Zum Buch:

Mordsacker – ein Dorf mit 199 etwas verschrobenen Einwohnern, umgeben von glitzernden Seen mit rauschendem Schilf, dunkelgrünen Wäldern, saftigen Wiesen und Feldern. 100 Kilometer Luftlinie nördlich von Berlin – am Arsch der Welt, wo es nicht einmal ordentlichen Internetempfang gibt! Ausgerechnet hierhin hat es die ehemalige Schauspielerin Klara Himmel verschlagen. Einst flanierte sie durch die pulsierenden Straßen Berlins, genoss Kunst und Kultur – jetzt besteht ihr Alltag aus langweiligen Aufgaben im Haushalt und ihre größte Abwechslung ist das Treffen der Landfrauen. Doch wer hätte gedacht, dass sich ausgerechnet in Mordsacker die Chance für etwas Aufregung bietet: Cynthia Bernstein, eine der Landfrauen, wird nämlich plötzlich tot aufgefunden. Klara ist begeistert, einen Mord aufzuklären ist schließlich viel spannender als Marmelade kochen! Kopfüber stürzt sie sich in die Ermittlungen.

»So rasend komisch wie liebenswert schräg.«

Buchjournal über »Die Spreewaldgurkenverschwörung«

Zur Autorin:

In der Grundschule ließ Cathrin Moeller noch andere für sich schreiben: Ihre Mutter verfasste die verhassten Deutsch-Aufsätze. Erst später, in ihrem Beruf als Theaterpädagogin, entdeckte sie den Spaß am Schreiben. Seitdem schleicht sie sich täglich morgens um fünf Uhr ins Wohnzimmer und kuschelt sich mit dem Hund Giovanni aufs Sofa, wo sie ihre Geschichten erfindet. Ihr Debütroman »Wolfgang muss weg!« landete auf Anhieb auf der Spiegel-Bestsellerliste.

Lieferbare Titel:

Wolfgang muss weg!
Die Spreewaldgurkenverschwörung
Mordsacker

Cathrin Moeller

HIMMELFAHRTS KOMMANDO

Ein Mordsacker-Krimi

MIRA® TASCHENBUCH
Band 26124

1. Auflage: Juli 2018
Copyright © 2018 by MIRA Taschenbuch
in der HarperCollins Germany GmbH
Deutsche Erstveröffentlichung

Copyright © 2018 by Cathrin Moeller.

Dieses Werk wurde vermittelt durch die
Autoren- und Projektagentur Gerd. F. Rumler, München.

Umschlaggestaltung: büropecher, Köln
Umschlagabbildung: Ewais / Pawel Kazmierczak / shutterstock
Lektorat: Maya Gause
Satz: GGP Media GmbH, Pößneck
Printed in Germany
Dieses Buch wurde auf FSC®-zertifiziertem Papier gedruckt.
ISBN 978-3-95649-799-5

www.mira-taschenbuch.de

Werden Sie Fan von MIRA Taschenbuch auf Facebook!

»Kein Problem wird gelöst, wenn wir träge
darauf warten,
dass Gott sich darum kümmert.«

Martin Luther King

Prolog

Das Kribbeln begann im Mund. Anfangs war es nicht unangenehm. Dann wurde es stärker, nahezu übermächtig. Bald fühlten sich Fingerspitzen und Zehen an, als steckten sie in einem Ameisenhaufen, dessen emsige Bewohner gerade in höchstem Aufruhr waren.

Obwohl ihr das Blut in den Adern gefror, strömte ihr gleichzeitig der Schweiß aus allen Poren. Muskeln, Magen und Gedärme verkrampften sich so heftig, dass ihre Sinne zu schwinden drohten. Aber den Gefallen taten sie dem Gehirn nicht. Die Rezeptoren sendeten das Signal *Schmerz* im Akkord. Die Gegenstände ringsum, die gerade noch im Blickfeld gewesen waren, schienen sich im nächsten Moment in Luft aufzulösen.

Das Telefon! Sie musste versuchen, es zu erreichen. Aber alles um sie versank im Nebel, Arme und Beine zitterten so heftig, dass sie die Kontrolle über sie verlor.

Verzweifelt rief sie um Hilfe, doch ihre Stimme versagte den Dienst. Und wer sollte sie auch hören? Bis jemand sie vermissen würde, war es sicherlich zu spät.

Schmerz ... Unerträglicher Schmerz ...

Das Summen in ihrem Kopf schwoll unaufhörlich an und erzeugte einen immer größeren Druck. Gewiss würde er gleich explodieren. Gleich war alles vorbei.

Exitus.

Aber der Mensch hängt an seinem Leben. Unser Selbsterhaltungstrieb kämpft, auch wenn es aussichtslos erscheint.

In ihrem Fall war es leider aussichtslos.

Kapitel 1

»... Es bleibt weiterhin heiß. Perfekt. Allen Meckerern sei gesagt, es ist Sommer, Leute! Das waren eure Wetteraussichten von Radio Welle Nord. Kommt gut über den Tag! Hier geht es weiter mit Pohlmann, Wenn jetzt Som...«

Mit spitzen Fingern drehte ich der Quakstimme des übermotivierten Moderators den Saft ab.

Pah! Von wegen perfekt! Vorstufe zur Hölle würde es bei 34 Grad im Schatten plus der Wärme, die der Herd in meiner Küche ausstrahlte, eher treffen. Dagegen war ein Scheiterhaufen im Mittelalter der reinste Gefrierschrank!

Genervt wischte ich mir mit dem Handrücken eine rote Locke von der Wange. Sie war auf meiner schweißnassen Haut quer über dem Gesicht kleben geblieben und ließ sich einfach nicht wegpusten. Mein feuchtes T-Shirt schmiegte sich aufdringlich an Brust, Bauch und Rücken fest. Ich öffnete die Terrassentür zu unserem Frühstücksplatz hinter der Küche, der morgens in der Sonne, aber für den Rest des Tages im Schatten lag.

Mich wehte ein schwülwarmer Luftzug an, der auch keine Abkühlung brachte. Prustend schnappte ich mir den zweiten Eimer mit Kirschen und schüttete ihn in das Spülbecken aus. Nummer eins war bereits fertig entsteint. Die Früchte köchelten mit Wasser, Zucker und einer Prise Chili dampfend im Topf auf kleiner Flamme vor sich hin. Genau wie es in dem Rezept stand, das ich mir aus einer Frauenzeitschrift herausgesucht hatte.

So weit war es schon gekommen, dass ich mir Rezepte ausschnitt. Mann, Mann, Mann!

Schnaubend schüttelte ich den Kopf, zupfte den Kirschen im Spülbecken die Stiele ab, drehte den Wasserhahn auf und rettete noch schnell einen Marienkäfer vorm Ertrinken.

Mein Mann Paul musste heute Morgen in aller Herrgottsfrühe noch vor dem Ziegenmelken und Hühnerfüttern wieder dem Erntewahn verfallen sein, bevor er in seine Uniform geschlüpft war und sich zum Dienst auf der Polizeiwache verabschiedet hatte. Als ich gegen zehn Uhr aufgestanden war, um mir Kaffee zu holen, hatte sich meine Küche in einen Obst- und Gemüseladen verwandelt: Neben Salatköpfen, Gurken, dreckverkrusteten Möhren und mindestens tausend Radieschen standen zwei Zehn-Liter-Eimer gefüllt mit Süßkirschen auf dem Tisch.

Und jetzt erwartete mein Gatte, wie sein Vorfahre aus der Steinzeit, von seinem Weib, dass ich den Tag nutzte und das ganze Grünzeug zu wohlschmeckenden Speisen verarbeitete und irgendwie für den Winter haltbar machte?

Seit wir hier in Mordsacker wohnten, ich zwangsweise zur Hausfrau und mein Mann zum Hobbybauern mutiert war, kam ich mir bereits wie eine Müßiggängerin vor, wenn ich einmal nur meinen Gedanken nachhing oder erst nach sieben aufstand. (Warum sollte ich auch zu Zeiten aus dem Bett hüpfen, wo man eigentlich noch eine Nachtwanderung machen könnte?)

Ich war bestimmt nicht faul, aber es ödete mich an, dass mein Tag lediglich aus Haus- und Gartenarbeit bestand, für die ich als ehemals moderne berufstätige Großstadtpflanze nun mal nicht geschaffen war.

Der Umgang mit Staubsauger, Kochlöffel und Gießkanne

forderte mich einfach nicht heraus und fühlte sich wie Zeitverschwendung an. Schon der Gedanke an Tätigkeiten, die in Berlin Dienstleister für mich erledigt hatten, motivierte mich keineswegs auch nur einen Zeh unter der Bettdecke hervorzuschieben.

Oh, wie ich mein Großstadtleben vermisste: den steten, unterschwelligen Lärm, den Gestank von Autoabgasen, die Parkplatzsuche, all die Menschen, die beim Laufen oder in Cafés sitzend wie willenlose Zombies auf ihr Smartphone starrten und ihre Umwelt ignorierten. Ich seufzte, weil mich die Sehnsucht nach meinem alten Leben wie eine Abgaswolke zu ersticken drohte. Der Gedanke an die zufälligen Berührungen von Fremden in der U-Bahn ließ mich vor wohligem Ekel erschauern.

Mein Göttergatte sah das leider völlig anders. Er mochte das Leben in diesem Kaff, mit den Bewohnern, deren Horizont am Feldrand endete, die ihre Dorffeste mit Saufgelage als Kulturgut pflegten und außer beim Tratsch im Hofladen kaum das Maul aufbekamen. Inbrünstig kümmerte er sich um unsere federn- und felltragenden Mitbewohner und erfüllte sich durch diese Selbstversorgernummer mit Obst, Gemüse, Eiern, Milch und Fleisch seinen Kindheitstraum.

Für mich war es der Albtraum! Leider war ich darin gefangen, denn wir versteckten uns im Rahmen des Zeugenschutzprogrammes hier in der tiefsten mecklenburgischen Provinz mit neuer Identität vor dem Mafiaboss Ricardo Perez. Er hatte ein Kopfgeld auf uns ausgesetzt ... na ja, eigentlich speziell auf mich, weil ich als einzige Zeugin den kaltblütigen Mord an Katharina Wolff beobachtet hatte.

Selber schuld! Denn ich hatte Paul hinterherspioniert, weil ich felsenfest davon überzeugt war, er würde mich mit dieser Frau, Katharina Wolff, betrügen. Alle Indizien hatten schließlich dafürgesprochen. Woher hätte ich wissen sollen, dass diese blonde Schönheit seine Informantin war, wenn er nicht mit mir über sein geheimes Projekt redete? Und dann war ich eben irgendwie zwischen die Fronten geraten.

Dank mir war nicht nur die Undercover-Mission meines Mannes aufgeflogen, sondern ich hatte auch den von langer Hand vorbereiteten Schlag des Berliner LKA gegen den größten Drogenring der Hauptstadt zunichtegemacht. Wie gerne hätte ich die ganze Sache unter »Dumm gelaufen!« verbucht. Doch leider hatte ich das Leben meiner gesamten Familie unwillentlich aufs Spiel gesetzt …

Gedankenverloren betrachtete ich das Chaos in meiner Küche. Wie hatte ich es nur so schnell geschafft, alle Arbeitsflächen und Fronten mit Kirschsaft zu beschmieren? Meine Küche sah nun aus wie ein blutverschmierter Tatort. Ungeputztes Gemüse lag zwischen Schüsseln, Löffeln, Messern, Schneidebrettern, Gefrierbeuteln, Tüten mit Gelierzucker und Einweckgläsern herum.

»Pfffhhhhh!« Kirschen entsteinen war wohl meine Strafe, weil ich mich der Todsünde Eifersucht ergeben hatte. Lieber Kirschen als Fegefeuer. Ich liebte meinen Mann auch nach siebzehn Jahren Ehe und hatte um ihn kämpfen wollen. *Wer auf die Jagd nach einem Tiger geht, muss damit rechnen, einen Tiger zu finden!* Eine Klara Himmel stand zu ihren Fehlern.

Natürlich suchte ich nach einem Ausweg, die mir auferlegten Sanktionen, über die ich mich ja nicht einmal beschweren konnte, im Großen wie im Kleinen so erträglich wie möglich zu gestalten.

Am besten hatte mir das Provinzleben gefallen, als Paul

krank gewesen war und ich an seiner Stelle heimlich als selbst ernannte Ermittlerin den Mord an einem Schweinebauern aufgeklärt hatte. Und mit dem Erntewahn meines Gatten war ich zunächst auch gut fertiggeworden. Die erste Kirschschwemme hatte ich einfach eingefroren. Doch nun platzte die Tiefkühltruhe aus den Nähten und alle Einwohner von Mordsacker, die in den letzten Wochen das Zeitliche segneten, waren *leider* auf natürliche Weise gestorben.

Zu allem Überfluss hatte ich den Kriminalroman, zu dem mich die Ermittlung in meinem ersten Fall inspiriert hatte, schneller geschrieben als gedacht. Das Manuskript war längst an eine Literaturagentur abgeschickt, die mich unter Vertrag genommen hatte und nun meinen Erstling verschiedenen Verlagen zur Veröffentlichung anbot.

Ich saß also gerade in einer Art Warteschleife fest und langweilte mich zu Tode. Paul ahnte nichts von meiner Autorinnenkarriere, denn ich hatte den Vertrag vor zwei Wochen heimlich unterschrieben. Ich konnte es wieder einmal nicht lassen meinen Kopf durchzusetzen, obwohl Paul mich vor den Folgen gewarnt hatte, sollte der Krimi zum Bestseller werden und ich ins Interesse der Medien geraten. Dann würde die Geheimniskrämerei um den Autor die Neugier der Journalisten erst recht anstacheln.

Pah! Dass ich als unbekannte Autorin mit meinem Debüt die Bestsellerliste stürmte, schloss ich als unwahrscheinlich aus – auch wenn ich natürlich von so einem Erfolg träumte.

Dickköpfig sein, das konnte ich!

Was ich nicht konnte, war Kirschmarmelade kochen. Entweder war sie zu dünn oder sie klumpte.

»Mama, mach doch Kirschbrand!«, hatte mir meine erwachsene Tochter Sophie vorgeschlagen. Sie nahm mir nämlich auch keine Kirschen mehr ab und ich hatte keine Ideen, was ich mit den Tonnen von Früchten anstellen sollte.

Als ob das so einfach wäre! Im Hofladen war der Hochprozentige, die Grundlage, vergriffen und erst in ein paar Tagen wieder lieferbar, weil in Mordsacker und Umgebung gerade alle Schnaps brannten. Bis dahin waren die Kirschen verschimmelt, und mein Hobbybauer war sauer, wenn sein Obst in der Mülltonne landete.

Als Paul dann vorgestern seine vollbusige Kollegin Anette Schwanenfuß, die er neuerdings *Nettchen* nannte, für ihren hausgemachten Fruchtaufstrich – Kirschen in Kombination mit Marzipan – bewundert hatte, hatte mich wieder einmal die Eifersucht gepikst. Diese Superfrau und Göttin am Herd war mir von Anfang an ein Dorn im Auge gewesen.

Hey, vor zwei Monaten hatte ich Pauls Ehre gerettet und einen Mordfall für ihn aufgeklärt. Im Falle des verstorbenen Biobauern Schlönkamp war er nämlich vorschnell von einem natürlichen Tod ausgegangen, meine Ermittlungen hatten jedoch den Beweis geliefert, dass die Tochter des Opfers ihre Finger im Spiel hatte. Ohne mich hätte er sich also ganz schön blamiert. Doch setzte er mir deshalb ein Denkmal? Nein, aber vor *Nettchens* Kochkünsten fiel er regelmäßig auf die Knie.

Also hatte ich beschlossen, meine geheime Rivalin zu überbieten und die ultimative Marmelade zu fabrizieren. Mit meinem Käsekuchen hatte ich sie schließlich auch vom Thron gestürzt. Nach mehreren Versuchen hatte ich ein Meisterstück gebacken und damit den Hauptpreis im Tortenwettbewerb der Landfrauen eingeheimst. Seitdem musste ich mir Pauls Aufmerksamkeit zwar mit einer anderen zweibeinigen Diva im Haus teilen, aber der konnte ich wenigstens den Hals umdrehen, ohne dafür verhaftet zu werden, wenn sie mich zu sehr ärgerte.

Leider hatte ich bei meinem neuesten Plan, Anette zu übertrumpfen, nicht bedacht, dass man für Marmelade die Kirschen entsteinen muss. Eine Heidenarbeit.

Ich schnappte mir das Kochmesser und stach mit der Spitze in das Fruchtfleisch hinein, dass der rote Saft nur so herausspritzte.

»Orr, ich hasse Perez! Mordsacker! Anette! Kirschen! Und meine Blödheit!«, fluchte ich dabei. Hätte ich Paul vertraut, würde ich jetzt auf der Terrasse meines Berliner Lieblingscafés sitzen, an einer kühlen Limonade nuckeln und hinter Sonnenbrillengläsern die Leute beobachten, die auf dem Ku'damm vorbeischlendern.

Stattdessen fummelte ich Kirschkerne heraus! Das war ja noch nerviger als Krabbenpulen. Ich schniefte. Im Topf quoll die klebrige Masse der ersten Ladung Marmelade schäumend über den Rand und verbrannte zischend auf dem Ceranfeld. Die verkohlte Kruste stank wie Zuckerwatte.

Widerlich! Ich warf die nächste Kirsche zurück und zog einhändig den Topf so ruckartig vom Herd, dass er überschwappte und ich mir den Handballen verbrannte. »Autsch!«

Genau in diesem Moment klingelte es an der Haustür.

Perfektes Timing!

Fluchend lief ich in den Flur und drückte dabei den Brandfleck gegen die kühlende Klinge des Messers. Das tat gut. Der Störenfried ließ nicht locker und klingelte im Intervall. »Mann, ich komme ja schon!«, rief ich und riss die Haustür auf, vor der das Postauto mit laufendem Motor parkte.

»Moin!« Anke, unsere wohlgerundete Postfrau, fächerte

sich mit meinen Briefen und einem Werbeprospekt Luft in ihr faltenfreies Gesicht. Anscheinend war die Klimaanlage im Transporter kaputt, denn sie glühte puterrot. Ungeduldig trampelte sie mit ihren krampfaderdurchzogenen Fußballerwaden, die aus dunkelblauen Bermudas hervorlugten, von einem Fuß auf den anderen.

»Na endlich!«, beschwerte sie sich und musterte mich von Kopf bis Fuß. »Ich komme wohl unpassend. Was hast *duuu* denn für ein Massaker angerichtet?«

Ich folgte ihrem Blick auf das Messer in meiner Hand und das blutrot beschmierte T-Shirt, das mir immer noch nass geschwitzt wie eine zweite Haut am Leib klebte. »Ach, ich hab nur meinen Mann gekillt«, antwortete ich zwinkernd.

Anke grinste. »Du hast ihn also mit Anette im Bett erwischt!«

»Schlimmer!«

»Er hat dir das Haushaltsgeld gekürzt?«

Ich verdrehte die Augen. »Viel schlimmer! Seit einer Woche schleppt er mir schon morgens tonnenweise Kirschen in die Küche.«

»Verstehe! Kann ich dich buchen?« Sie kicherte.

»Haha!«, lachte ich gequält.

Anke drückte mir meine Post in die Hand. Nur belangloses Zeug, das sie auch einfach hätte in den Briefkasten werfen können. Warum hatte sie geklingelt? Ich zog die Augenbrauen hoch, denn sie kramte einen gefalteten Zettel aus der hinteren Hosentasche hervor, den sie mir mit nachdrücklicher Mahnung überreichte: »Du hast für die erste Theaterprobe heute Nachmittag noch nicht zugesagt.«

»Tja, dann werde ich wohl die Absicht haben, nicht teilnehmen zu wollen«, sagte ich schnippisch.

»Als Clubmitglied der Landfrauen kannst du dich unserem Sommerspektakel nicht entziehen. Wir sind das Fundament der Kulturtour. Die Leute kommen jedes Jahr von überall mit dem Fahrrad her, um die Inszenierung von Ritter Runiberts Abenteuern zu sehen. Dagegen sind die Vineta-Festspiele auf Usedom ein Kindergeburtstag.«

»Nun beruhige dich wieder! Zu gegebener Zeit werde ich euch unterstützen. Ich kann ja die Kasse am Einlass übernehmen oder mich um eure Kostüme kümmern.« Ich machte eine bedeutungsschwere Pause, bevor ich weitersprach: »Aber eins werde ich definitiv nicht: auf der Bühne stehen.«

Anke vergaß kurzzeitig das Atmen und guckte wie eine Kuh, wenn's donnert. »Aber genau dort brauchen wir dich, als Mutter der Bernsteinhexe. Du bist die Einzige, die das authentisch spielen kann.«

Ich schluckte. Niemand konnte wissen, dass ich eigentlich Schauspielerin war. Hatte ich mich irgendwo verplappert? Ich kniff die Augen zusammen. »Sagt wer?«, fragte ich.

»Anette.« Anke nickte eifrig.

Künstlich kichernd wehrte ich ab. »Da überschätzt unser Fräulein von der Staatsmacht meine Fähigkeiten aber total.«

In meinem Gehirn ratterten dabei die Datenbanken. Leider hatte Anette vor einigen Monaten meine Fingerabdrücke an einem umgenieteten Leitpfosten auf der Landstraße kurz vor Mordsacker gefunden und aufgrund von Fahrerflucht ermittelt. Und sich gewundert, dass die Abdrücke zu einer Toten gehört hatten. Zu Franziska Bach, das war mein Name, bevor ich untergetaucht war und mein altes Leben in Berlin samt meiner Schauspielkarriere aufgegeben hatte. Sollte sie tatsächlich weiter nachgeforscht haben?

»Darüber mach dir mal keine Sorgen, wir sind alle nur Laiendarsteller. Aber du bist die Einzige mit roten Haaren.«

Daher wehte der Wind. Erleichtert atmete ich auf. »Wenn es nur darum geht, hat Moni bestimmt eine Perücke in ihrem Friseursalon für diejenige rumliegen, die die Rolle spielt«, sagte ich, zerriss den Infozettel und machte schnell auf dem Absatz kehrt.

Anke drohte mir hinter meinem Rücken: »Okay, dann schick ich dir Steffi und Karen vorbei, die werden dich schon überzeugen.« Ich drehte mich noch einmal um, aber Anke schloss schon grinsend das Gartentor.

Ich rief: »Vergiss es! Wenn ich einmal Nein sage, heißt das Nein!«

Mit der Hand imitierte sie einen Mund, der auf und zuklappte, schickte mir einen Luftkuss und sprang dann hinters Steuer ihres Transporters.

»Das fehlt noch, dass ich mit Amateuren in einem Laientheaterstück auftrete!«, empörte ich mich, knallte die Haustür hinter mir zu und warf die Briefe auf die Kommode. Angriffslustig stürmte ich mit dem Messer voran in die Küche zurück und traute meinen Augen nicht. Der Marmeladentopf lag umgekippt auf dem Herd, die klebrige Masse tropfte an der Küchenfront herunter und den weißen Fliesenboden übersäten rote Spuren in der Form vom Dreizack des Teufels. Meine gefederte Diva hob ihren Kopf mit dem marmeladeverschmierten Schnabel und lugte mich aus ihren Knopfaugen schadenfroh an.

»Na warte!« Mit dem Messer in der Hand sprang ich zu ihr. Wir lieferten uns eine wilde Jagd um den Küchentisch. Pai no joo – das Huhn, das ich beim Tortenwettbewerb der Landfrauen gewonnen hatte – gackerte aufgeregt, schlug mit den Flügeln und versuchte, mich mit verschiedenen Richtungswechseln auszutricksen.

»Morgen gibt's saures Hühnchen, meine Liebe!«, drohte ich, langte nach dem Vogel und erwischte nur eine Schwanzfeder, die wie alle anderen schwarz gesprenkelt war und an ein Dalmatinerfell erinnerten. Pai no joo gehörte zur Rasse *Leghorn*. Mit ihren zweieinhalb Kilo war sie schwerer als der Durchschnitt ihrer Artgenossen, im Gegensatz dazu wogen ihre winzigen Eier nur neunundvierzig Gramm. Man rechnete bei der Rasse mit einer üblichen Legeleistung von zweihundert Eiern im Jahr, also mit vier Eiern pro Woche. Woher ich diese ganzen unnützen Details wusste? Von meinem Hobbylandwirt Paul natürlich.

Doch die Diva fühlte sich nicht genötigt, ihren Job zu erledigen und rang sich höchstens zwei Eier pro Woche ab, die sie dann ihrem Traumhahn, Paul, gern als Geschenk direkt ins Bett legte.

Das Zusammenleben mit den anderen Hühnern im Stall schien eindeutig unter ihrer Würde zu sein. Am wohlsten fühlte sie sich in Pauls Nähe und rang erbittert um seine Aufmerksamkeit. Ihre Abneigung gegen mich zeigte sie offen und hackte ständig nach mir. Wahrscheinlich hatte ich ihre Intelligenz unterschätzt und einmal zu oft vorgeschlagen, aus ihr eine schmackhafte Brühe zu kochen. Und das obwohl ich Vegetarierin war!

Aber dieses Huhn nahm sich einfach zu viel heraus, denn es wollte seinen Rang in der Hackordnung unserer Familie zu meinen Ungunsten verbessern. Es drängte sich noch offensichtlicher als Anette zwischen Paul und mich und versuchte, meinen Platz einzunehmen.

So wurde das nix, dieses Vieh war einfach zu clever. Ich

blieb stehen und zuckte mit den Schultern. »Du hast gewonnen. Saures Huhn ist von der Speisekarte gestrichen.« Ich legte das Messer auf dem Tisch ab wie ein überführter Gangster, der sich ergibt. Dafür erntete ich ein kehliges »Dok, dok!«, das ziemlich arrogant rüberkam. Pai no joo sonnte sich in ihrem Erfolg. Ein typischer Fehler. Unterschätze niemals deinen Feind! Ich schoss nach vorne und umklammerte das störrische Biest mit einer Hand. »Jetzt gibt es Huhn Stroganoff!«, sagte ich und grinste hinterlistig.

»Pffft«, machte es und meine Hose war gesprenkelt mit Hühnerkacke. »Du Mistvieh, ich hole den Kochtopf!«, rief ich empört und schnappte mir das Messer erneut.

Mittenhinein schrillte die Türklingel. »Orr, das sind bestimmt schon Ankes Busenfreundinnen. So eine Petze!« Ich beschloss, den Besuch zu ignorieren, zischte Pai no joo an: »Schnabel halten!«

Das Huhn in meinem Arm verstummte. Ich flüsterte: »Kluge Entscheidung.« Doch Pai no joo hatte nur genügend Luft geholt, um dann extra laut zu kreischen. Anscheinend hoffte es auf Hilfe, denn durch die offene Küchenterrassentür hörte man das Geschrei bestimmt im ganzen Dorf.

Kies knirschte. Das mussten Steffi und Karen sein, die mich davon überzeugen sollten, dass ich bei diesem blöden Theaterstück mitspielte. Die waren echt dreist, stolzierten einfach hinten herum in unseren Garten, dachte ich verärgert. Ich hatte keine Lust mit ihnen zu reden. »Wenn du nicht willst, dass ich dich sofort absteche, dann vertreib sie, so wie du es immer mit mir machst!« Pai no joo zuckte nicht mit der Federspitze. Ich ließ sie los und huschte in die Speisekammer, um mich zu verstecken.

Ha! Keiner zu Hause!

Ich hörte eine Männerstimme: »Hallo? Frau Himmel?«

Oberstaatsanwalt Kühl?

Noch ehe ich mich sammeln konnte, jammerte er: »Lass das! Au!« Ich staunte nicht schlecht.

Mit einem Schritt trat ich aus der Speisekammer und scheuchte Pai no joo weg, die den Eindringling wie befohlen attackierte. Von wegen dummes Huhn!

Oberstaatsanwalt Kühl musterte mich irritiert. So verschwitzt, wie ich war, mit zerzausten Haaren, kirschsaftbeschmiertem Shirt, meiner hühnerkackeverzierten Hose und dem Messer, das ich immer noch in der Hand hielt, musste er mich für irre halten.

»Entschuldigung! Ich dachte …«

»Keine Angst, hier sind Sie sicher«, beruhigte er mich. Bedeutungsschwanger fügte er hinzu: »Das heißt, *noch*.« Er stellte seinen Aktenkoffer ab, richtete das schüttere Haar, nahm seine Brille von der Nase und betupfte seine Stirn mit einem Stofftaschentuch, das er aus der Westentasche hervorzog. Trotz der tropischen Temperaturen trug er einen Anzug mit weißem Hemd, dessen Kragen ein korrekt gebundener Schlips zusammenhielt.

»Was treibt Sie nach Mordsacker? Ist etwas passiert?«, fragte ich und spürte wie mir die Knie etwas weich wurden. Denn eigentlich war es unüblich, dass der ermittelnde Oberstaatsanwalt ohne vorherige Ankündigung Kontakt zu seinem Kronzeugen aufnahm und ihn noch dazu am Ort, wo dieser mit neuer Identität lebte, aufsuchte. Wenn es etwas zu besprechen gab, dann wurden solche Treffen sehr aufwendig von Mittelsmännern an sicheren Orten organisiert und durchgeführt. Es war nämlich immer damit zu rechnen, dass die Gegenseite den anklagenden Staatsanwalt bei allen

Schritten beobachtete, die er unternahm. Dass er jetzt hier ohne Vorwarnung auftauchte, konnte nur Gefahr im Verzug bedeuten.

»Wenn Sie mit Martin … ich meine Paul, reden wollen …, der ist noch auf der Dienststelle. Ich kann ihn anrufen«, bot ich an. Vielleicht waren die beiden ja verabredet, und Paul hatte nur vergessen, es mir zu sagen. Ja, das konnte eine Erklärung sein. Verzweifelt versuchte ich, meinen Puls wieder auf Normalfrequenz zu drücken.

Der Skeptiker meldete sich in mir: Einem Treffen bei uns hätte Paul nie zugestimmt!

Kühl wischte meinen Küchenstuhl mit seinem Taschentuch ab, bevor er sich setzte. »Wenn Sie ein Glas Wasser hätten? Die Hitze …«

»Natürlich, Entschuldigung!« Ich sprang zum Kühlschrank: »Sie können auch gerne ein kaltes Bier …«

Er wehrte ab. »Danke, aber ich bin mit dem Wagen.«

»Klar.« Mit zitternden Händen stellte ich ihm Mineralwasser und ein Glas hin.

Während ich auf einem Fingernagel herumkaute, goss er sich ein, trank in großen Schlucken und putzte sich dann den Mund ab. »Setzen Sie sich! Sie machen mich ja ganz nervös«, bat er.

Ich nahm ihm gegenüber Platz. Er griff sich an den Schlips, fragte: »Darf ich?«, und lockerte ihn, als ich nickte. »Und wie geht's?«

»Geht so!«, murmelte ich.

»Wie ich sehe …« Er zeigte auf das Chaos. »… haben Sie sich eingelebt.«

Was sollte das denn jetzt heißen? »Ich bemühe mich. Paul und Sophie fällt es leichter, sich mit der neuen Lebenssituation anzufreunden. Ich bin eine Großstadtpflanze und vermisse mein Berlin«, sagte ich.

Ich seufzte.

Er tupfte sich den Schweiß vom Hals. »Der Überfluss an Stille, Weite und Natur wäre mir auch zu eng.«

»Mir fehlt dieses Irrenhaus. Niemand ranzt einen an, weil man ihm den Parkplatz weggeschnappt hat, einfach schrecklich!« Wir lachten.

Sein Gesichtsausdruck wurde ernst. »Ich komme besser schnell zur Sache. Es tut mir leid, aber Ricardo Perez hat das Gefängnis als freier Mann verlassen. Für das Berliner Gericht ist der Fall erledigt.«

Ich nickte betreten. »Wir haben es in den Nachrichten gesehen. Was passiert denn jetzt?

»Ich habe die Absicht gegen das Urteil Berufung einzulegen. Das weiß noch niemand. Denn das macht nur Sinn, wenn Sie vor Gericht aussagen.«

»Wird er weiter nach uns suchen?«, fragte ich erschrocken.

»Ich fürchte ja. So lange Sie am Leben sind, stellen Sie als einzige Zeugin ein Sicherheitsrisiko für ihn dar.«

»Aber wir sind doch tot, hochoffiziell bei einem Autounfall verbrannt«, protestierte ich.

»Glauben Sie wirklich, dass er diese Lüge geschluckt hat? Er ist der Kopf eines organisierten Verbrecherclans. Der kennt unsere Methoden, Kronzeugen aus der Schusslinie zu bringen.«

Ich spürte, wie sämtliches Blut mein Gesicht verließ, mir wurde eiskalt. *Und ich beschwere mich noch über mein langweiliges Leben ...*

Ängstlich wandte ich mich an den Oberstaatsanwalt:

»Also ist es nur eine Frage der Zeit, dass er uns hier aufspürt?«

»Ich will ehrlich sein, früher oder später wird er Sie finden.« Kühl putzte seine Brille akribisch. Er sah mir direkt in die Augen, bevor er forderte: »Sagen Sie gegen ihn aus!«

Ich war hin- und hergerissen, wusste gar nicht, wo ich hingucken sollte. Meine Füße besaßen plötzlich ein Eigenleben und zappelten nervös. Er trank einen Schluck aus seinem Wasserglas und beobachtete mich dabei aufmerksam.

Dann sprach Kühl langsam, aber bestimmt, weiter: »Er wird verurteilt … und ich verspreche Ihnen … dass Sie dann nach Berlin zurückkehren können.«

Mir blieb vor Schreck der Mund offen stehen. Zurück nach Berlin, diesen Albtraum hier hinter uns lassen … Was sollte ich dazu sagen? Was würde mein Mann Paul davon halten, meine Tochter Sophie?

Der Oberstaatsanwalt unterbrach meine Gedanken. »Franziska, ähm … Klara, Sie können mir doch nicht erzählen, dass es Ihnen egal ist, wenn dieses miese Schwein ungeschoren davonkommt.«

»Nein, natürlich nicht, aber …« Ich hörte, dass die Haustür geöffnet wurde.

Paul.

Er schäkerte anscheinend mit Anette, denn ihr Kichern erklang. Meine Nackenhaare richteten sich auf wie bei einem wütenden Kampfdackel im Angriffsmodus. Beinahe hätte ich geknurrt.

Mein Mann rief: »Klara? Wie geht's meinen Ziegen?« Pause. Dann rief er lauter: »Klara?«

»Keine Ahnung«, rief ich zurück. »Ich kann mich nicht zweiteilen. Außerdem habe ich Besuch«, warnte ich ihn vor.

Im nächsten Moment stand Paul, gefolgt von Anette, in der Küchentür. Seine gute Laune erstarb augenblicklich. Ich spürte seine plötzliche Anspannung. Pauls Stimme nahm einen förmlichen Ton an, während sich die Blicke der beiden Männer für einen Moment trafen. »Oh, du hast Besuch.«

»Das habe ich dir gerade gesagt.«

»Guten Tag, Herr ...?«

»Rot«, stellte sich Kühl mit falschem Namen und verkniffenem Lächeln vor.

»Himmel, ich bin der Ehemann und das ist meine Kollegin Schwanenfuß.« Anette drängte sich mit ihrem Busen dicht an Paul vorbei und reichte Kühl die Hand. Ihre Uniform schmiegte sich straff an den Barbiekörper und betonte ihn aufreizend. Trotz der hohen Temperaturen schwitzte sie kein bisschen. Das Make-up saß genauso perfekt wie ihre blonde Mähne. Wäre das hier ein Junggesellenabschied, würde ich sie für die Überraschung halten – eine Stripperin, die sich im nächsten Moment tanzend auszieht.

Mein Gatte zeigte auf Kühls Aktenkoffer. »Und was machen Sie?«

»Oh, ich berate.«

»Aha! Das sind die Schlimmsten«, zischte Paul warnend in meine Richtung und fragte dann Kühl: »Zu welchem Thema beraten Sie denn so?«

»Ich kläre über Möglichkeiten auf, Umstände zu optimieren, wenn der Energiefluss an einem Ort oder in einem Haus auf Dauer gestört ist«, improvisierte Kühl mit einer verschlüsselten Botschaft.

Paul sah Anette missbilligend an, weil sie gleich begeistert quietschte: »Oh! Feng-Shui, das kenne ich. Das ist sooo interessant.«

Ich täuschte ein Lächeln vor, obwohl ich spürte, wie sehr sich mein Mann zusammenreißen musste. Betont scherzhaft sagte er: »Eigentlich müsstet ihr Mädels doch von Schneewittchen gewarnt sein, dass Haustürgeschäfte tödlich enden können.«

Kühl hustete hinter vorgehaltener Hand.

»Kommen Sie immer unangemeldet?«, fragte Paul barsch.

»Ihre Frau hat mich gerufen, ihr bereitet der Platz Unbehagen«, log er und zeigte mit einer Hand nach oben.

Paul runzelte die Stirn. »So?« Er nahm seine Habachtstellung ein. »Darüber hat sie mich gar nicht informiert?« Sein eisiger Blick drang bis in mein Gehirn. Hoffentlich sah er dort, dass ich völlig unschuldig war.

»Ich bin gekommen, um mit Ihnen eine gut ausbalancierte Lösung zu erarbeiten, damit sich in Zukunft positive Auswirkungen auf Ihr Wohlbefinden ergeben.«

Anette jauchzte: »Das *Qi* muss fließen, Paul! Nur wenn sich Yin und Yang im Einklang befinden, kann man sich die Kräfte der vorhandenen Energien zunutze machen.«

»Unser Yin und Yang befindet sich hier in bester Harmonie … Es gibt keinen Grund, irgendetwas zu verändern«, bügelte Paul seine Kollegin und den falschen Feng-Shui-Berater ab. Anette redete auf ihn ein: »Typisch Mann! Keine Ahnung, was sich positiv auf unser Wohlbefinden auswirkt, aber erst mal dagegen sein. Paul, lass Klara doch mit Herrn Rot einen Weg finden, eure Lebenssituation zu verbessern. Was kann denn falsch daran sein, ein paar Dinge anders zu platzieren?« Dann wandte sie sich an Kühl und fragte: »Wie gehen Sie vor? Untersuchen Sie auch die Merkmale der Umgebung, wie den Verlauf von Wasser und messen Sie dafür die Richtungsaspekte mit dem *Luo Pan* aus?«

Kühls Lächeln schien in Stein gemeißelt. Paul gönnte dem Oberstaatsanwalt sichtlich, dass er ins Schleudern kam.

Ich sprang ihm bei und fragte Anette: »*Luo Pan?*«

»Das ist dieser spezielle Kompass, den die Feng-Shui-Gelehrten benutzen. Damit untersuchen sie, aus welcher Richtung das *Qi* in deinem Haus ankommt und wohin es wieder abfließt«, belehrte sie mich.

Kühl nickte immer noch lächelnd: »Die Kollegin Ihres Mannes kennt sich aus.« Mit einem eindringlichen Blick forderte er Paul allerdings stumm auf, ihm die uniformierte Frau vom Hals zu schaffen.

Doch Paul ließ ihn zappeln. Im Gegenteil, er brachte Kühl noch weiter in Bedrängnis. »Ich will mir ja nicht nachsagen lassen, dass ich mich von vornherein neuem Gedankengut versperre. Also, ich höre. Wie beseitigen wir den Störfaktor?«

»Für die Aufnahme eines Verfahrens ist zur Neubewertung der Situation zuerst die Aussage Ihrer Frau erforderlich«, sagte Kühl verschwörerisch.

Anette mischte sich ein: »Paul, im Feng-Shui braucht es eine gründliche Analyse über den Istzustand der Bedürfnisse der Bewohner eines Hauses. Du kannst doch nicht von Herrn Rot erwarten, dass er ohne eure Mithilfe Lösungen aus dem Ärmel zaubert, damit Klara in ihrer Umgebung das Gefühl von Stärke, Schutz und Geborgenheit empfindet.«

Mein Mann lachte. »Bei Risiken und Nebenwirkungen fragen sie Ihren Arzt oder Apotheker. Klara! Feng-Shui ist definitiv die falsche Methode, um deine Lebensenergie in Schwung zu bringen.«

Ich guckte Paul feindselig an. Er musste doch merken, wie ängstlich und verzweifelt ich war.

»Lass dich nicht täuschen. Alles Humbug! Der Einzige, dem diese Methode nützt, ist der Herr Feng-Shui-Berater«, zischte Paul verächtlich, wandte sich an Anette und schob sie zur Tür: »Komm Anette, wir müssen! Viel zu tun. Und der liebe Herr Rot hat bestimmt gleich den nächsten Termin …«

»Eine Verbrechenswelle in Mordsacker hat natürlich Priorität«, schnaubte der Staatsanwalt herablassend.

Anette protestierte: »Wir haben doch gar nichts zu tun!«

»Ah! Und der Fall des verschwundenen Huhns aus Oma Birkes Garten? Der muss dringend als Anzeige aufgenommen werden.«

Kühl gab noch nicht ganz auf: »Falls Sie es sich doch anders überlegen, Frau …«

»Das wird sie definitiv nicht! Sie können sich also den Weg hierher sparen«, erwiderte Paul bestimmt und wartete, bis der Oberstaatsanwalt vor ihm die Küche verließ, bevor er mir einen eiskalten Blick zuwarf und flüsterte: »Wir sprechen uns später!«

Anette lief dem falschen Feng-Shui-Berater hinterher, kam aber kurz darauf schon wieder zurück: »Er ist einfach davongefahren. Dabei wollte ich ihn für mich engagieren. Hast du eine Karte von ihm?«, fragte sie mich.

»Nein«, erwiderte ich genervt.

Paul sagte: »Feierabend!«

»Und die Anzeige?«, warf Anette ein.

»War ein Vorwand. Du hast selbst gesagt, wir haben nichts zu tun.«

Anette war sichtlich verwirrt. »Verstehe ich nicht.«

»Nettchen, ich wollte diesen Berater loswerden.«

»Was hat das denn mit dem verschwundenen Huhn von Oma Birke zu tun?«

»Nichts!« Mein Mann lugte in den Kühlschrank, öffnete sich ein kaltes Bier und trank gleich aus der Flasche.

»So ein netter Herr. Schade, von dem hätte ich mir gern die Lebensenergie in Schwung bringen lassen. Und du hast wirklich keine Kontaktdaten von ihm?«, fragte sie mich verzweifelt.

»Natürlich habe ich Kontaktdaten von ihm. Aber die muss ich erst suchen. Guck doch mal, wie es hier aussieht.«

Neugierig blickte sie sich um. »Du kochst Marmelade? Hast du ein besonderes Rezept? Wir können uns austauschen. Paul liebt ja meine Kirschmarmelade mit Marzipan.« Sie himmelte ihn an.

»Macht das mal. Ich kümmere mich jetzt um meine Ziegen.« Er zog die Schuhe aus. Während er bereits sein Uniformhemd aufknöpfte, verschwand er nach oben, um sich umzuziehen. Uns ließ er einfach stehen.

Ich verabschiedete Anette. Sie fragte, ob ich nachher zum Treffen ins Gemeindehaus kommen würde.

»Nein. Ich kann nicht Theaterspielen«, wehrte ich ab.

»Es macht wirklich Spaß«, versuchte sie mich zu überreden, und ich leierte denselben Text noch einmal herunter, den ich Anke schon vorgetragen hatte.

»Du bist aber die Einzige mit roten Haaren, die vom Alter her als Mutter der Bernsteinhexe passt.«

Wie bitte?

So sah mich Fräulein Kurvenwunder also, als alternde Hexe. Innerlich kochend schob ich das blond gelockte Pinup-Girl zur Haustür hinaus, obwohl ich es am liebsten gemeinsam mit unserem Divenhuhn abgemurkst hätte.

Kapitel 2

Paul trabte in Arbeitsklamotten die Treppe hinunter und blieb stehen. »Du hast dich bei Kühl über unsere Lebenssituation beschwert?« Sein Blick war finster.

»Das stimmt nicht.« Das schlechte Gewissen schlängelte sich heiß an meinem Hals nach oben. Mein Gesicht nahm garantiert die Farbe meines kirschbefleckten T-Shirts an.

»Wie kommt er dann zu der Aussage, dass dir der Platz hier ›Unbehagen‹ bereitet?«, bohrte mein Mann gnadenlos nach.

Oh, er sieht genau, dass ich lüge.

Ich setzte zu meiner Verteidigung an, doch Paul hob die Hand. »Vergiss es! Ich kenne dich und ich kenne Kühl! Du würdest unser Leben aufs Spiel setzen, damit du dein Ziel erreichst!« Schroff schob er mich beiseite, weil er seine Gummistiefel anziehen wollte, die hinter mir vor dem Hauseingang standen.

»Du denkst, ich habe ihn herbestellt?«, fragte ich entrüstet.

»Nein, so weit bist du nicht gegangen. Er ist gekommen, weil er seinen Prozess verloren hat und nun blöd dasteht. Du hast die Gelegenheit genutzt.« Paul stieg in seine Stiefel. »Warum hast du ihn ohne mein Wissen hereingelassen und mich nicht sofort angerufen?«

Ich zischte: »Ich hab ihn nicht reingelassen, die Terrassentür war offen, da stand er plötzlich in der Küche.«

Paul ließ mich stehen und stapfte mit den erdverkrusteten

29

Stiefeln durch Flur und Küche zur Terrassentür hinaus, dass die Erdklumpen nur so herumflogen. In jeder anderen Situation hätte ich lauthals protestiert, mich ihm in den Weg geworfen und ihn zur Haustür zurückgeschickt. Heute formulierte ich mein Anliegen vorsichtiger: »Könntest du vielleicht etwas weniger schwungvoll auftreten?«

Meine Bitte prallte an ihm ab wie ein Ball an der Hauswand. Er kriecht ja auch nicht auf allen vieren herum und wischt die Spuren weg, dachte ich. *Orr!* Jetzt war ich auch in Rage und das nicht nur wegen des verdreckten Fußbodens. Allmählich färbte das Verhalten der Eingeborenen von Mordsacker auf ihn ab. Anstatt mit mir seinen Ärger zu besprechen, kriegte er einfach das Maul nicht auf.

Ich folgte ihm im Stechschritt bis in den Ziegenstall, einem Nebengebäude mit dicken Lehmmauern und niedrigen Decken, das sich gleich an das Wohnhaus anschloss und laut Architekt eigentlich zu einem Badehaus mit Innenpool und Sauna umgebaut werden sollte. Als viel zu dekadent und teuer hatten wir den Vorschlag abgelehnt.

Eigentlich hätte ich die windschiefe Hütte am liebsten abreißen lassen. Sie störte mein ästhetisches Empfinden, so wie sie an unserem Wohnhaus klebte. Doch Paul wollte Ziegen halten. Das Gebäude bot sich an, war es doch groß genug für den starken Bewegungsdrang der Tiere. Weil Ziegen es hell, trocken und gut belüftet mochten, kalkte er die Wände weiß, legte den Boden mit Stroh aus und kaufte Futterkrippen. Er baute Sichtschutzwände, Brettergerüste und Liegenischen, die Konflikte zwischen den Ziegen verhindern sollten.

Und schon bald merkte ich: Wer Ziegen hielt, brauchte Humor!

Sie fraßen einfach alles, was aus Holz war oder zumindest

so erschien, und sich nicht wehren konnte. Gartenmöbel? Auch davor machten sie nicht Halt. Jeden Tag zeigten uns die liebenswerten Tiere außerdem, wo unser Zaun oder der Stall Schwachstellen hatte.

Was als Hobby mit einem Bock und fünf Geißen begonnen hatte, war nun zu einem Kleinbetrieb angewachsen, denn alle fünf waren hochträchtig. Fehlte nur noch der Wolf, dann konnten wir Grimms Märchen mit Doppel- und Dreifachbesetzung spielen.

Mit heraushängenden Zungen und einem »Mhhhäää« beklagten sich fünf kugelrunde Geißen auf dünnen Stöckchenbeinen über fehlendes Wasser im Trog. Paul gab die Beschwerde mit einem strafenden Blick an mich weiter. Zeigte er mir gegenüber die Empathie eines Holzscheits, so fühlte er bei seinen Viechern schon mit, wenn bei ihnen nur ein Barthaar schief hing.

»Du kannst nicht erwarten, dass ich deinen Hobbybauernhof im Alleingang schmeiße!«, motzte ich ihn an.

Stumm und verbissen befüllte er die Tröge mit dem Wasserschlauch, wobei er mich völlig ignorierte. Was mich nur noch wütender machte.

Breitbeinig verschränkte ich die Arme vor der Brust. »Fakt ist, Perez ist frei. Ich bin ein Sicherheitsrisiko für ihn. Er wird uns, mich, so lange suchen …«

Paul unterbrach mich: »Hör auf! Ich will nicht darüber reden!«

»Aber ich will mit dir darüber reden!«

Paul drehte den Wasserhahn aus und legte den Schlauch beiseite.

»Wenn ich diese Aussage vor Gericht mache und er eingesperrt wird, kann er mich nicht mehr verfolgen.«

Paul lachte bitter auf. »Weißt du eigentlich, *wer* da hinter uns her ist, seitdem du so dämlich warst, mir eine Affäre zu unterstellen und nachzuspionieren?«

Ich schluckte. So hart und deutlich hatte er es noch nie in Worte gefasst. »Ja, ich habe mit eigenen Augen gesehen, wozu Perez fähig ist«, sagte ich kleinlaut.

»Dann erübrigt sich ja die Diskussion.« Paul tastete die schwangeren Bäuche der Ziegen ab und verzog das Gesicht schmerzerfüllt, als würde er selber in den Wehen liegen.

»Es geht los!«

»Nein«, entgegnete ich.

»Doch, Frau Schmidt krampft. Hier ist lauter Fruchtwasser.« Er zeigte auf blutiges Stroh in einer Nische. Die braun gescheckte Ziege mit Namen Schmidt jammerte und legte sich hin. »Was meinst du, schafft sie das allein?«

»Das hat die Natur eigentlich bei allen Lebewesen so vorgesehen«, antwortete ich barsch und wagte einen erneuten Vorstoß, weil er sein Schutzschild abgeworfen hatte. »Kühl meinte, Perez kennt die Tricks, mit denen ihr Kronzeugen aus der Schusslinie bringt.«

»Nur zwei Leute wissen von unserem Identitätswechsel und wo wir sind: Mein Kollege Max und Kühl. Max vertraue ich zu einhundert Prozent. Wenn die Pappnasen von der Staatsanwaltschaft keine Verbindung zu uns aufgenommen hätten, hätte Perez keine Chance gehabt, uns zu finden. Aber jetzt, wo Kühl hier aufgekreuzt ist …«

»Das macht mir Angst.« Ich berührte ihn am Ärmel. Eine vertraute Geste, mit der ich wieder Nähe schaffen wollte.

Paul schüttelte meine Hand jedoch ab. »Das ist aber neu. Erinnerst du dich? Noch vor einer Woche, als wir schon wussten, dass Perez frei ist, haben wir über den Agenturvertrag und die mögliche Veröffentlichung deines Krimis unter Pseudonym gestritten. Da hatte ich nicht den Eindruck, dass du Angst hast. Kühl hat dich eingelullt. Was hat er dir versprochen, wenn du aussagst?«

Betreten sah ich zu Boden. »Dass wir nach Berlin zurückkehren können.«

»Darum geht es dir.« Er lachte schrill auf. »Es ist ja auch so schrecklich hier auf dem Land. Nicht auszuhalten mit mir und diesen primitiven Menschen, die dir alle nicht das Wasser reichen können.« Er stemmte die Hände in die Hüften.

Ich imitierte seine Pose. »Ah, ich bin also arrogant!«

»Lieber bringst du dich und uns ein zweites Mal in Lebensgefahr, als den Versuch zu unternehmen, dich zu integrieren.«

»Die Leute hier mögen mich nun mal nicht.«

Er zeigte mit dem Finger auf mich. »Andersherum. Du magst die Leute nicht, weil du dich für etwas Besseres hältst und das spüren sie.«

»Pah!«, schnaubte ich.

»Ha! Da bist du sprachlos.« Paul ging in die Hocke und strich Frau Schmidt über die Hörner.

Ich protestierte. »Ich hole nur Anlauf!«

»Du bist ein elender Sturkopf. Wenn du wirklich auf die Menschen hier zugehen willst, warum schlägst du dann ihr Angebot aus, beim Theaterspektakel mitzumachen?«

»Wer hat das denn gesagt?«, fragte ich.

»Anette.«

Die schon wieder! Na, das war ja klar!

Mein Gatte versuchte mich zu überreden. »Dort könntest du dich endlich mit deinen Fähigkeiten einbringen. Dein Beruf fehlt dir doch so.«

33

»Es ist ein Laienspiel!«, empörte ich mich.

»Du tust ja gerade so, als hättest du mit deinem Talent den Grimme-Preis gewonnen und dich in Berlin vor Angeboten kaum retten können.«

»Und du bist ein Egoist, ein kleiner Möchtegernbauer, der im Stall seine idyllische Kindheit wiederfinden will …« Ich stampfte auf. Der Bock im Gatter interpretierte meine Haltung anscheinend als Kampfansage. Er scharrte mit den Hufen und rammte seinen Kopf gegen die Bretterwand, vor der ich stand.

»Ja, das möchte ich wirklich. Und ich will nicht in die Großstadt zurück. Dein geliebtes Berlin ist ein brutales Pflaster, ein Nest für gescheiterte Existenzen, ein Sumpf, in dem früher oder später jeder untergeht. Und ich habe das Herumwühlen in diesem Dreck so satt.«

Es war zwecklos, mit ihm zu diskutieren.

Eine weitere Ziege legte sich jammernd ins Stroh. Paul betrachtete das Elend und wurde nervös wie ein werdender Vater: »Klara, was mache ich denn jetzt?«

»Keine Ahnung«, sagte ich gleichgültig und marschierte zum Stallausgang.

»Wo willst du denn hin?«

»Ich denke, ich soll mich integrieren?«, erwiderte ich herausfordernd und verabschiedete mich. Dann würde ich halt zum Treffen der Landfrauen gehen, die das Sommerspektakel in Mordsacker inszenieren wollten.

Sollte er doch zusehen, wie er mit seinen Ziegen allein zurechtkam!

Mein eigener Mann denkt, dass ich mich für etwas Besseres halte? Pah!

Ungewollt schossen mir die Tränen in die Augen. Meine

emotionale Stabilität glich der einer Pusteblume. Als Schauspielerin eigentlich die beste Voraussetzung für eine steile Karriere.

Am Ende der Fahrt mit dem Gedankenkarussell fand ich mich vor meinem Kleiderschrank wieder und öffnete seine Holztüren, die immer etwas klemmten. Aber so war das eben bei Möbeln mit Geschichte. Wenn ich in meinem Alter meine Gelenke nicht mit Sport ölte, knirschten sie auch wie eingerostet.

Ich zog das befleckte T-Shirt aus und wischte mir damit die Schniefnase ab. Voller Kleiderschrank und doch nichts anzuziehen! In Berlin hätte ich bei der Auswahl meines Looks sorgsam darauf geachtet, was gerade angesagt ist. Schaulaufen auf dem Ku'damm, als wäre man gerade dem neuesten Modemagazin entsprungen.

Ich atmete tief durch. Und durchsuchte den Hosenstapel, zog eine weiße Jeans heraus und legte sie aufs Bett. Dann zerrte ich eine orangerote Bluse vom Kleiderbügel und hielt sie mir vor die Brust. Zu grell und viel zu overdressed, befand ich und schmiss die Klamotte auf den Sessel neben dem Fenster, an dem Hinrichs Tauben gerade ihre Bürzel abschmierten. Forsch klopfte ich gegen die Scheibe, um sie zu verscheuchen.

Wie sagte schon Albert Einstein: »Probleme kann man niemals mit derselben Denkweise lösen, durch die sie entstanden sind.« Vielleicht musste ich einfach Geduld aufbringen, Paul vertrauen und mich auf meine Umgebung einlassen? Wenigstens vorübergehend.

»Hah!« Im Grunde war es hier doch auch ganz schön, versuchte ich mir selbst einzureden. Anstatt der Bürgersteige und Plätze, kackten die Tauben in Mordsacker bloß die Fenster zu. Der Gedanke heiterte mich auf.

35

Ich griff nach einem schwarzen Shirt und einer ebensolchen Leinenhose im Haremsstil, kombinierte es mit üppiger Glasperlenkette und Espadrilles in meiner Lieblingsfarbe grün sowie einem grün-türkisen Webschal. Den schlang ich mir wie einen Turban um den Kopf, denn meine roten Locken klebten an diesem Bad Hair Day wie verkochte Spaghetti am Kopf. Die musste ich unbedingt verstecken. Zufrieden betrachtete ich mich im Spiegel. So war der Schlabberlook dem Anlass angemessen.

Okay, ich gucke mir diesen Laientheaterverein an. Niemand soll behaupten, ich gehe nicht auf die Leute zu oder bin arrogant.

»Auch wenn es noch so banal und amateurhaft ist, was die Landfrauen da produzieren wollen. Du hältst dich mit deinem Urteil zurück und erteilst keine wohlmeinenden Ratschläge!«, murmelte ich meinem Spiegelbild mahnend zu.

Kurz nach drei! Auch wenn ich mich noch so beeilte, würde ich zu spät kommen. Trotzdem schnappte ich mir das Fahrrad und trat in die Pedale. Ich raste die Dorfstraße entlang, als gälte es die Tour de France zu gewinnen.

Worüber war ich eigentlich wütender? Dass Paul mir die Aussage vor Gericht verbot oder dass er mich als überheblich abstempelte? Während ich nach der Antwort suchte, holten mich die quietschenden Bremsen eines mattschwarzen Mercedes CLS abrupt in die Wirklichkeit zurück. Er schoss aus der Seitenstraße heraus, die zur Kirche und zum Friedhof führt und die ich gerade überquerte. Ich sprang vom Rad, ließ es los und fing mich an der Kühlerhaube des Wagens ab. Die Sonne blendete mich.

Der Fahrer fluchte so laut: »Kruzifix!«, dass ich es durch die geschlossenen Autofenster hörte. Er ließ die Seitenscheibe herunter und brüllte mich an: »Ist der Teufel hinter Ihnen her? Oder sind Sie einfach nur lebensmüde?«

Erschrocken fasste ich mir an die Brust.

Das war knapp!

Dann wurde ich sauer und meckerte zurück: »Ja, Herrgott! Das ist eine Dorfstraße, nicht der Nürburgring.«

Die letzten hundert Meter zum Gemeindesaal schob ich das Fahrrad neben mir her. Der Schock saß mir noch in den Knochen. Außerdem eierte das Vorderrad.

Ich stellte den Drahtesel an der Hauswand der Dienststelle des Polizeipostens ab, die sich im gleichen roten Backsteingebäude direkt neben der Durchfahrt zum Innenhof befand. Dort parkte der Streifenwagen. Das Rad anzuschließen sparte ich mir, obwohl Paul mich immer ermahnte, nicht so leichtsinnig zu sein.

Das war auch ein Vorteil gegenüber Berlin! Dort wusste man nie, ob selbst der mit einem Bügelschloss gesicherte Drahtesel nach zehn Minuten noch stand, wo man ihn abgestellt hatte. Hier besaßen die Menschen ein Urvertrauen, dass sie sogar ihre Haustüren offen stehen ließen. Pluspunkt für Mordsacker!

Gute Idee, so eine Pro-und-Kontra-Liste könnte mir helfen, mich mit der Situation abzufinden.

Ich lauschte. Im Gemeindesaal ging es anscheinend schon heiß her, denn die Stimmen überschlugen sich. Vorsichtig öffnete ich die Tür, wollte ich mich doch unauffällig in die letzte Reihe schleichen und erst einmal hören, was die Landfrauen ausgeheckt hatten.

Es gab keine letzte Reihe. Zwölf Frauen, darunter zwei, die den Altersdurchschnitt auf unter vierzig drückten, saßen im Stuhlkreis. Anscheinend war ich nicht die Einzige, die zu spät kam, denn vom Landfrauenclub fehlten auch noch Anette und Moni. Die beiden Jungschen kannte ich nur vom Sehen. Die Hübsche war neu im Dorf. Ihre großen braunen Kuhaugen blickten unschuldig und sie hatte eine bezaubernde kleine Stupsnase. Die vollen roten Lippen bildeten einen interessanten Kontrast zur porzellanweißen Haut mit zartrosa Wangen und rotbraunen Haaren. Ich hatte sie mehrmals aus Karens Pension »Zum Henker« herauskommen sehen und vermutet, Karen hatte das Mädchen angestellt. Vielleicht machte sie aber auch ein Schülerpraktikum im Hotelwesen, denn ich schätzte ihr Alter höchstens auf achtzehn Jahre.

Gegenüber dieser grazilen Gestalt, edel wie ein Hannoveraner, wirkte die Andere mit den derben Knochen, dem teigigen Mondgesicht und den kurzen schwarzen Haaren wie ein Haflinger. Genauso trampelig wütete sie lautstark vor sich hin, während ich mich leise auf einen der freien Stühle setzte.

»Was hat die hier zu suchen? Die gehört nicht zum Dorf. Seit wann spielen Fremde in unserem Spektakel mit?«, ereiferte sich der Ackergaul mit ganzem Körpereinsatz.

Ich war irritiert. Meinte die mich?

Bärbel Fries sagte: »Es gibt keine Satzung, die das verbietet.« Ich guckte fragend in die Runde.

»Dann wird es Zeit, so eine Regel festzulegen.«

»Du hast doch nur Angst, dass Alina dir auch noch die Hauptrolle wegschnappt«, warf Steffi Wels, die Fischbudenbesitzerin, ein. Mit den harten Zügen um den Mund herum, sah sie stets aus, als würde sie gegen den Wind ankämpfen. Sie sprach emotionslos, ohne eine mimische Regung. Allein, dass sie die Arme in Zeitlupe auf dem etwas vorquellenden Bauch ablegte, zeigte, dass der Ärger über den Streit der beiden in ihr kochte.

Die Grobschlächtige fühlte sich ertappt und lächelte verkniffen. Sie zeigte mit dem Finger auf die Hübsche und verkündete: »Glaubst du, diese Hexe hängt grundlos ständig mit Cynthia zusammen?«

Wer war denn nun Cynthia? Diese Frage flüsterte ich unserer Postbotin Anke, die neben mir saß, ins Ohr. »Unsere Regisseurin und Textbuchautorin. Kommt gleich. Moni holt sie gerade ab. Schön, dass du es dir anders überlegt hast.« Anke zwinkerte mir grinsend zu.

»Dass du diese Person verteidigst?« Die Dralle schüttelte den Kopf, sprang auf und watschelte drohend auf die Hübsche zu, die dem feindseligen Blick der Angreiferin standhielt. Einziger Makel ihrer vollkommenen Schönheit war eine winzige Lücke zwischen den Schneidezähnen. Das zeugte von einem eingewachsenen Lippenbändchen, das unbehandelt geblieben war. Steffi warf sich mit einer ruckartigen Armbewegung zwischen die Kampfhennen. »Wiebke! Reiß dich zusammen!«

»Wenn es nun einmal Cynthias Wunsch ist, dass ich die Bernsteinhexe spiele? Was willst du dagegen tun, Wiebke Möllenhoff?«, fragte die Hübsche mit verschlagenem Lächeln von oben herab und fuhr sich beinahe gleichgültig mit den Fingern durchs Haar. Ein Rubin im Silberring an ihrer Hand reflektierte das Licht.

Wiebke platzte nun völlig der Kragen. »Sag ich doch, die beiden haben das längst abgemacht.« Sie pfefferte ihren Stuhl in die Ecke. »Wenn du denkst, dass ich mir das gefallen lasse, hast du dich geirrt!«

Der Kampf zwischen den beiden Frauen schien eröffnet.

Ich guckte Anke neben mir fragend an. Interessierte mich doch der Grund der Feindseligkeit brennend. Sie flüsterte: »Seit Alina aufgetaucht ist, verschmäht Thorben seine Zukünftige. Das ärgert Wiebke hauptsächlich.«

Was verständlich war. Theatralisch marschierte die Verlassene aus dem Raum. An schauspielerischem Talent mangelte es ihr nicht, denn ihr Auftritt glich einem gut inszenierten Bühnenabgang. Dass sie dabei Moni in die Arme lief und sie schwungvoll zur Seite schubste, machte den Schmerz über den erlittenen Verlust noch authentischer. Besser hätte ich es nicht spielen können.

»Ey!«, beschwerte sich Moni, bevor sie ratlos rief: »De Cyndhia machd de Düre nich auff. Ich hab beschdimmd zwanz' sch Mal geglingeld. Endweder hadse de Hörgeräde nich im Ohr oder s'is was bassierd, denn dr Fernseher läufd.«

Die Friseurmeisterin wedelte aufgeregt mit ihren rot lackierten Krallen, die einen Kontrast zum schwarzen Haar bildeten, das wie Lackleder glänzte. Sie hatte etwas Südländisches an sich – kein Wunder, sie stammte ja auch aus Sachsen.

Alle guckten sich an. Ein Raunen ging durch die Runde: »Nich to glöven! Eigentlich ungewöhnlich ... immer so akkuraat ...«

Die sitzende Damenwelt von Mordsacker erhob die Hintern fast synchron und drängelte sich aufgeregt zum Ausgang. Da ich im Moment nichts anderes vorhatte und absolut keine Lust verspürte, dem schlecht gelaunten Paul bei der Geburt seiner Ziegen beizustehen, ließ ich mich von den

Mädels anstecken und marschierte mit ihnen im Pulk zum Haus der Vermissten.

Unterwegs hetzte uns Anette entgegen. »Entschuldigt, ich hab beim Umräumen des Schlafzimmers die Zeit vergessen.« Sie kicherte verlegen: »Hihi!« Als niemand darauf reagierte, ereiferte sie sich: »Mein Bett stand völlig falsch und hat den Durchfluss des *Qi* blockiert. Kein Wunder, dass ich so schlecht schlafe.«

Armes Nettchen. Ich verdrehte die Augen.

Als die Mädels trotzdem weiterliefen, wunderte sie sich: »Wo wollt ihr denn hin?« Ah! Sie dachte anscheinend, wir waren geschlossen losmarschiert, um Fräulein Staatsmacht abzuholen.

»Nach Cynthia sehen. Da stimmt was nicht. Der Fernseher läuft, aber sie öffnet nicht.«

»Vielleicht hat sie ja nur die Hörgeräte rausgenommen«, mutmaßte Anette.

Sie schloss sich uns an. Zu mir sagte sie: »Der nette Herr Rot hat gar keine Homepage und im Branchenbuch habe ich auch keinen Feng-Shui-Berater mit seinem Namen gefunden, verstehst du das?« Ich verkniff mir eine Antwort und zuckte nur mit den Schultern, denn wir blieben vor dem niedrigen gelben Backsteinhaus mit den weißen Sprossenfenstern und der grünen aufwendig geschnitzten Holztür stehen. Das Gebäude erinnerte mich immer an ein englisches Cottage aus einem Rosamunde-Pilcher-Film, wenn ich daran auf dem Weg zum Hofladen von Bärbel Fries vorbeilief. Heute waren die Fenster mit Fensterläden verschlossen. Eine knallrote Kletterrose rankte sich an der Hauswand empor. Hinter einem Jägerzaun präsentierte sich ein gepflegter Vorgarten. Hortensien, Stockrosen und andere Blumenstauden, die ich nicht benennen konnte, leuchteten in Rosé, Blau und tiefem Violett um die Wette. Wer hier wohnte, besaß eindeutig einen grünen Daumen, dachte ich anerkennend, als ich meine mickrigen Büsche mit dieser Blütenpracht verglich.

C. Bernstein stand in geschwungener Handschrift auf dem Schild am Briefkasten, der gleich neben der Gartenpforte angebracht war.

Wir schoben die Mülltonne beiseite und klingelten. Weil niemand öffnete, drückten wir die Klinke der Gartenpforte herunter. Im Gänsemarsch stolzierten wir in den Vorgarten, wo wir innehielten und lauschten. Dass drinnen der Fernseher lief, konnte man jetzt deutlich hören.

Die örtliche Vertreterin des Gesetzes drängelte sich nach vorn und waltete ihres Amtes. Nach Cynthia rufend, wummerte Anette mit der Faust erst gegen die Haustür und dann gegen die Fensterläden. An ihnen hätte sich jeder Einbrecher die Zähne ausgebissen, denn sie ließen sich von außen nicht öffnen.

Keine Reaktion.

Zu beiden Seiten schloss sich eine zwei Meter hohe Eibenhecke als Sichtschutz vor neugierigen Blicken direkt an das Haus an und trennte den Vorgarten vom hinteren Grundstück ab. Wir kamen ohne Leiter, Schlüssel oder Brecheisen nicht weiter.

Steffi wies ihren Mann Ole telefonisch an, er solle doch eine Leiter bringen. Das dauerte. Nach geschlagenen zwei Minuten war er immer noch nicht da.

Die Frauen diskutierten. Derweil klingelte ich die Nachbarn gegenüber heraus und schleppte eine Bockleiter vor die Hecke. Ich kletterte hinauf. Aus dieser Perspektive konnte ich direkt in Cynthia Bernsteins Wohnzimmerfenster an der Giebelseite des Hauses sehen. Auf dem Bildschirm des Fernsehers warf sich eine junge Frau in die starken Arme ihres Geliebten und küsste ihn leidenschaftlich.

Solch Glück war der Bewohnerin des Hauses leider nicht mehr vergönnt. Sie saß auf dem Stuhl. Der Oberkörper lag mit steif herunterhängenden Armen kopfüber auf dem Kaffeetisch, und das Gesicht war im Sahnetortenstück auf dem Teller vor ihr versunken. Sie rührte sich nicht. Da ich nicht annahm, dass die alte Dame eine Yogaübung machte, brüllte ich: »Brecht die Tür auf! Gefahr im Verzug!«, und stieg schnell von der Leiter herunter.

Anette, Bärbel, Moni, Steffi und Karen stemmten sich mit voller Wucht gegen das massive Holz. Vergeblich! Selbst mit Anlauf war dem Schloss der schweren Tür nicht beizukommen. Wieder diskutierten alle und redeten auf Anette ein. Sie riss als verlängerter Arm des Staates die Führung an sich und traf ähnlich kopflos keine Entscheidung darüber, welcher Weg zum Ziel führte.

Ich rannte um die Ecke die Straße herunter. Von der Leiter aus hatte ich gesehen, dass das Grundstück nach fünfzig Metern an der Friedhofsmauer endete. Hastig riss ich die schmiedeeiserne Pforte zur letzten Ruhestätte der Dorfbewohner auf, jagte an der Kirche vorbei und quer durch die Reihen der Gräber zur hinteren Mauer aus Feldsteinen, wo ich den Efeu beiseiteschob.

Ha! Hatte ich doch richtig gesehen. Hinter dem Gestrüpp versteckte sich eine verrostete Gittertür. Die geschwungene Klinke quietschte beim Herunterdrücken in den höchsten Tönen. Unverschlossen! Ich drückte mich gegen die Tür. Sie schwang ächzend auf.

Mit großen Schritten sprintete ich über Gemüsebeete und Blumenrabatten, die alle von niedrigen Buchsbaumhecken umsäumt und genauso wie der Vorgarten sehr gepflegt waren.

Die hintere Haustür war verschlossen. Ohne zu zögern schnappte ich mir einen Feldstein und warf mit ihm die Scheibe zum Wohnzimmer ein. Es klirrte.

Von der anderen Seite der Hecke hörte ich, wie Anette die Landfrauen anwies: »Ruhig, Mädels! Hört ihr das? Da ist jemand hinter der Hecke. Vielleicht ein Einbrecher?«

»Ich bin's, Klara!« Kopfschüttelnd löste ich meinen Turban und rief: »Ich bin gleich drinnen und mach euch auf.« Hurtig wickelte ich mir den Schal um die Hand, mit der ich die restlichen Splitter vorsichtig aus dem Rahmen brach. Dann kletterte ich zum Fenster hinein und eilte zur der leblosen Frau.

Rasch überprüfte ich ihren Puls.

Nichts! Sie war noch warm, aber eindeutig tot. Erbrochenes quoll ihr aus dem Mund. Oh je! Die Torte war ihr anscheinend nicht bekommen. War sie daran erstickt?

Ich guckte mich um. Weiße Häkeldeckchen schmückten nahezu alle Oberflächen. Weit und breit war kein Staubkorn zu finden. Elegante Kissen waren in Reih und Glied auf dem Sofa angeordnet. Die Teppichfransen schienen gekämmt; nicht eine tanzte aus der Reihe.

Die Leiche und ihre Ausscheidungen verströmten einen unangenehmen Geruch. Er verdrängte den Geruch nach Möbelpolitur und Pfefferminz. Der Gong einer Standuhr übertönte die dramatische Musik der Seifenoper in der Flimmerkiste.

Ich schaltete den Fernseher aus und sah mich noch einen Moment um.

Der Kaffeetisch war liebevoll mit Blumenstrauß, Silberbesteck und dem guten Porzellan mit Zwiebelmuster für eine Person gedeckt. In der Mitte drohte eine mächtige Sahnetorte in der Sommerhitze zu zerschmelzen. Drei Stücke, also ein Viertel, fehlten davon.

Anscheinend hatte es einen Anlass zum Feiern gegeben.

Aber woran war sie gestorben? Diese kleine zierliche Frau sah nicht so aus, als würde sie hemmungslos Süßkram in sich hineinstopfen, bis der Bauch platzte.

Salmonellen? Die grauhaarige Dame war nicht mehr die Jüngste. Gerade für ältere Menschen war die Infektion mit den Bakterien gefährlich. »Wie kann man denn bei den Temperaturen Sahne essen!«, ereiferte ich mich an die Tote gewandt.

Oder doch plötzlicher Herzstillstand, ein Aneurysma im Gehirn? Kein Zweifel, der Tod hatte sie überrascht. Mir fiel ein handgeschriebener Zettel auf, der auf einem schmalen Aktenordner neben ihrem Dauerwellenschopf lag. Die wenigen Worte auf dem Papier waren halb von einem Füllhalter und einer Brille verdeckt, die darauf lagen.

Ich trat auf die andere Seite.

Die Buchstaben verschwammen mir vor den Augen.

Mist! Hätte ich meine Brille mitgebracht, so hätte ich lesen können, was auf dem Zettel stand. Doch die lag zu Hause. In meiner Wut auf Paul hatte ich vergessen, sie mitzunehmen. Mit spitzen Fingern hob ich eine heruntergefallene Serviette mit Kirschmotiv auf, deren Rot die Farbharmonie störte. Vorsichtig schob ich damit den Füllhalter beiseite und fasste die Brille der Toten an, um sie als Lupe zu benutzen.

Es tut mir leid …

Ein Abschiedsbrief? Bevor ich Füllhalter, Brille und Serviette wieder genauso hinlegte, wie ich sie vorgefunden hatte, warf ich noch einen Blick in den Ordner und lugte dafür unter den Pappdeckel.

Ritter Runibert und die Bernsteinhexe, eine Tragödie in drei Akten von Cynthia Bernstein stand als Überschrift auf der ersten Seite eines eingehefteten Papierstapels. Das Manuskript des Theaterstücks für das Sommerspektakel. Anscheinend hatte sie sich zum Auftakt der Inszenierung für ihr Werk noch selbst belohnt. Hatte sie es übertrieben?

Was tat ihr denn leid? Hatte sie Selbstmord begangen? Dafür sprach die sorgsam abgelegte Brille neben dem Zettel, dessen Worte mit Füllfederhalter geschrieben waren. Ich grübelte. Füller und Brille konnte ein Täter genauso hindrapiert haben, wie den Zettel, der bei genauerem Hinsehen ziemlich abgegriffen aussah, als wäre er schon einmal zusammengeknüllt und wieder glatt gestrichen worden. Hatte doch jemand nachgeholfen?

Ein Rätsel! Ich begann innerlich zu glühen und wurde vor Enthusiasmus ganz zappelig. Das Schicksal hatte mich zu dieser Theaterprobe gelenkt. Na ja, die Entscheidung hatte ich selbst getroffen, wenn auch aus einer ganz anderen Motivation heraus.

Danke, Paul, dass du mich mit deiner Sturheit aus dem Haus getrieben hast. Der Rückweg nach Berlin war zwar vorerst versperrt, aber es gab einen neuen Fall! Und ich war dazu bestimmt, ihn zu lösen. Genau! Jetzt war ich hier und sollte mich fügen.

Ruhig, Sherlock!

Doch der Sherlock in mir hatte längst die Details der Umgebung wie Fotos in meinem Gehirn gesichert. In meinem Kopf ratterte es wie in einem Computerprogramm, das eingespeiste Daten miteinander verknüpfte. Mein Bauchgefühl meldete: »Da stimmt was nicht!«

Orr!

Ich tippte mich vor die Stirn. *Und ich Idiot hab die Fernbedienung angefasst.*

Ein Klopfen an der Haustür lenkte mich ab.

Ich lief in den Flur. Der Schlüssel, an dem ein Hühnergott, so ein Feuerstein mit Loch, baumelte, steckte an der Haustür. Bevor ich ihn anfasste, wickelte ich mir besser meinen Schal wieder um die Finger.

Schau an, Cynthia Bernstein hatte von innen abgeschlossen …

Ich öffnete Anette. Mit zusammengepressten Lippen und einem kurzen Schulterzucken teilte ich ihr mit, dass jede Hilfe zu spät kam.

Kapitel 3

Die Nachricht vom tragischen Tod ihrer Regisseurin verbreitete sich wie ein ansteckender Virus innerhalb weniger Sekunden bis zur letzten Person, die noch im Vorgarten stand. Die Mädels drängelten sich neugierig ins Haus hinein. Anscheinend glaubten sie erst, dass Cynthia Bernstein ihr Leben ausgehaucht hatte, wenn sie es mit eigenen Augen sahen.

Beim Anblick der Toten wurde Anettes geschminktes Gesicht blass. Sie hielt sich die Hand vor den Mund und schluckte, bevor sie wie ein aufgescheuchtes Huhn in den Garten hinauslief. Um sich zu übergeben?

Nein, ich hörte, wie sie telefonierte. Alle anderen standen starr da und begutachteten die Situation wie ein Gemälde, in dem der Betrachter nicht gleich erkennt, was der Maler ihm damit sagen will: *Tod am Tisch oder ...*

An Raumaufteilung und Farbharmonie gab es eigentlich nichts auszusetzen, sie hielten bis auf die Farbe der Serviette am Fußboden selbst Feng-Shui-Regeln stand.

Aber nicht das Rot war es, was mich störte.

Anette kam zurück, Hände und Stimme zitterten vor Anspannung. »Paul hat kurzfristig Urlaub genommen und abgelehnt, den Tatort zu sichern, weil du einfach abgehauen bist und er nun bei den Ziegen Geburtshilfe leisten muss«, beschwerte sie sich bei mir.

»Das hat er gesagt?«

Anette nickte. Ich ballte die Faust. *Na warte, mein Lieber! Wer spielt denn hier den Landwirt und will unbedingt Ziegen halten? Mir redest du wegen deiner Viecher kein schlechtes Gewissen ein.*

Anette murmelte vor sich hin: »Was mache ich denn jetzt?« Sie kratzte sich am Kinn, guckte mich hilflos an und wollte mir ihr Telefon geben: »Kannst du ihn überreden?«

»Du bist ein großes Mädchen und schaffst das hier ohne Pauls Beistand locker allein«, machte ich ihr Mut. Sie biss unschlüssig die Zähne zusammen.

Ich half ihr auf die Sprünge. Dabei trat ich beim Sprechen dicht an sie heran. Schließlich wollte ich sie nicht vor den anderen bloßstellen. »Den Tatort wegen der Spuren sichern, Dr. Ackermann oder Sophie anrufen, damit sie den Tod und die Ursache dafür feststellen und einen Totenschein ausstellen.«

»Ähm, ja, stimmt! In der Ausbildung hab ich das alles gewusst«, rechtfertigte sie sich und drängte die neugierige Menge zurück. »Mädels, könnt ihr bitte rausgehen? Und fasst nichts an. Steffi, das ist ein Tatort!«, ermahnte sie die Fischbudenbesitzerin, die aus der Traube hervorgetreten war, um die Worte auf dem Zettel neben der Toten lesen zu können.

»Ist ja gut!« Sie hob entschuldigend die Arme und machte drei Schritte rückwärts, bis sie wieder im Landfrauenpulk verschwand. Die anderen fragten neugierig. »Und was steht drauf?«

»Es tut ihr leid …«, sagte Steffi.

Bärbel Fries fragte: »Wie …?«, und presste sich die Hand auf den Mund.

Moni riss die Augen auf. »Had' se edwa unser Dheaderschdügg nich zu Ende jeschriebn?«

49

»Immerhin war sie länger krank«, warf Karen betreten ein.

Anke meldete sich zu Wort: »Ich dachte, sie war wieder fit, denn in der Arztpraxis hab ich sie seit vier Wochen nicht mehr gesehen. Und ich war fast jeden Tag dort wegen Mutters Diabetes-Fuß.«

»Das hat doch nichts zu sagen, Anke«, entgegnete Bärbel. »Also ich hab gehört, dass Cynthia ihre Behandlung abgebrochen hatte und sich neuerdings von unserer Bernsteinhexe heilen ließ.«

»Wiebke?«, fragte Steffi irritiert.

Karen tippte sich wegen Steffis Begriffsstutzigkeit an die Stirn: »Alina!«

»Es steht noch gar nicht fest, dass sie die Rolle bekommt«, antwortete die Fischbudenbesitzerin. Anscheinend hatte sie immer noch nicht kapiert worüber sie hier eigentlich sprachen.

»Wenn wir dieses Jahr überhaupt spielen, so ohne Regisseur und Textbuch«, warf Anke ein. Dann fragte sie Bärbel: »Das klingt, als wüsstest du, was Cynthia hatte?«

»Keine Ahnung. Glaubst du etwa, mir gegenüber war sie gesprächig?«

Während die Damen sich mit ihrem Wissen überboten, hatte ich jedes Wort registriert.

Anette reichte es jetzt und sie drängte die Truppe mit ausgebreiteten Armen zum Wohnzimmer hinaus. Dabei befahl sie: »Raus mit euch! Wartet meinetwegen auf der Straße.«

Mich wies sie an. »Du bleibst!« Ich erstarrte. Sie erklärte. »Du hast die Tote als Erste gefunden und ich muss deine Aussage aufnehmen, auch wegen dem eingeschlagenen Fenster.«

Karen rief verzweifelt: »Sichert das Textbuch, wir müssen trotzdem zu einer Aufführung kommen! Die Pension ist zur Kulturtour ausgebucht. Ich kann mir keine Stornierungen leisten.«

»Ja, ja später«, beruhigte Anette die aufgeregten Weiber, guckte auf ihr Handy und ließ die Mundwinkel fallen. Dass der mobile Empfang ein Glücksspiel war, nervte. Seufzend ging sie zum Festnetztelefon, tippte eine Nummer ein und hielt sich den Hörer ans Ohr. »Anrufbeantworter. Die Praxis ist nicht besetzt«, sagte sie zu mir und sprach nach dem Piepton: »Dr. Ackermann, ich brauche Sie dringend im Eulenweg 31. Die Bewohnerin Cynthia Bernstein ist tot, bitte …«

Ich unterbrach sie: »Das ist doch sinnlos! Es ist Dienstagnachmittag, die Praxis hat noch geschlossen, weil Sophie und Nils ihre Hausbesuche machen.«

»Vielleicht erledigt Frau Schneider den Papierkram und gibt die Nachricht an ihre Chefs weiter.«

»Hast du keine Mobilnummern?« Ich zückte mein Smartphone. Ein Balken auf dem Display zeigte auch mir das Funkloch an. Also trat ich neben das Sofa und tippte Sophies Mobilnummer in den altertümlichen Festnetzapparat ein.

Sophie meldete sich sofort. Ich gab den Hörer an Anette weiter.

Drei Minuten später stürmte mein erwachsenes Kind in kurzen Hosen und Badelatschen zum Wohnzimmer herein. Ihre klatschnassen Haare tropften den polierten Boden voll. Sie stellte den Notfallkoffer ab, streifte sich Gummihandschuhe über und kontrollierte die Vitalfunktionen wie Körpertemperatur, Puls und Atmung der alten Dame.

»Exitus«, sagte sie mit Blick zu Anette und mir. Mit der Pupillenleuchte strahlte sie der Rentnerin in die Augen. »Keine Reaktion«. Sophie roch am Teerest, der den Boden der Tasse bedeckte. Sie verzog das Gesicht zum Fragezeichen und schüttelte dann den Kopf. Hoch konzentriert hob sie einen Arm der Toten an und beugte ihn im Ellenbogengelenk mit etwas Kraft. Unseren fragenden Blick beantwortete sie mit dem Satz: »Ich breche die Totenstarre.«

Sie ließ den Arm wieder los und gerade herunterhängen. Dann wartete sie ab, ob die Starre erneut einsetzte. »Über 30 Minuten«, sagte sie zu Anette und maß die Leichentemperatur mit einem Fieberthermometer im Ohr. »37 Grad.«

Sophie zog die Stirn kraus und redete weiter: »Gut, hier drinnen ist es schwülwarm, mindestens 24 Grad, und der Leichnam ist angezogen, kühlt also langsamer aus.« Dann schlug sie der Toten mit der Handkante heftig gegen den Bizeps. Irritiert rissen Anette und ich die Augen auf. Meine Tochter erklärte: »Kurz nach dem Tod, so bis zu 2,5 Stunden, reagiert die quergestreifte Muskulatur auf Schläge. Das ist die, die wir im Gegensatz zum Herzmuskel bewusst steuern können. Die Fasern ziehen sich so heftig zusammen, dass sich der Arm bewegt. Das haben wir gesehen. Entsprechend der Temperatur und der geringen Totenstarre hat sie vor drei Stunden noch gelebt. Ich würde den Todeszeitpunkt zwischen 12.30 und 14.30 Uhr eingrenzen.«

Mein Kind war mit der Begutachtung der Leiche fertig und starrte mich an. »Wo ist eigentlich Papa?«, fragte sie mich.

»Geburtshilfe bei seinen Ziegen leisten«, sagte ich mit spitzem Unterton und ergänzte: »Anette schafft das auch allein.«

»Wenn ihr meint? Und wieso stehst du dann hier herum?«

»Ich habe die Leiche als Erste gefunden …«, rechtfertigte ich meine Anwesenheit.

Anette mischte sich ein: »Ich brauch deine Mutter noch, um ihre Aussage zu protokollieren.«

Ich konnte mir ein triumphierendes Lächeln nicht verkneifen. Daraufhin rollte Sophie mit den Augen. Ich wusste genau, was sie dachte. *Jetzt geht das wieder los, Mutter im Ermittlungswahn!*

Dann sagte sie förmlich zu Anette: »Der Tod muss plötzlich eingetreten sein, so wie sie vornübergebeugt auf dem Tisch liegt, kam es zu einem plötzlichen Herzstillstand. Wahrscheinlich löste ihn ein Gift aus, dass sie mit dem Tee zu sich genommen hat. Ihre Haut ist weiß marmoriert. Sie hat kurz vor Eintritt des Todes erbrochen. Ich sehe aber keine Anzeichen, dass sie daran erstickt ist. Keine hellroten Totenflecke, keine geweiteten Pupillen und kein Geruch nach Marzipan oder Mäuseharn. Deshalb schließe ich Gifte wie Zyanid, Coniin und Atropin aus.« Wir guckten sie ungläubig an. Sophie ergänzte: »Ihr kennt das sicherlich als Zyankali, Schierling und Tollkirsche. Bei Thallium wirkt das Gift schleichend, wenn es zum Tod führt, fallen dem Vergifteten alle Körperhaare aus. Ich tippe auf Aconitin, Blauer Eisenhut.«

»Den kann man doch nicht verwechseln, oder?«, fragte Anette.

»Auch wenn Herzversagen zum Eintreten des Todes geführt hat, handelt es sich um kein natürliches Ableben. Zu bestimmen, ob es sich um einen Unfall, Selbstmord oder Mord handelt, überschreitet meine Kompetenz«, sagte Sophie, zog sich die Gummihandschuhe aus und kniff dabei warnend die Augen in meine Richtung zusammen. Was so viel heißen sollte, wie: Und du Mutter, hältst dich raus!

Ich senkte den Blick unterwürfig.

Sie sagte zu Anette. »Für die weitere äußere Leichenschau müssten wir Frau Bernstein bewegen und ausziehen. Das würde ich ungern im Beisein von Zeugen machen. Und Fotos von der Auffindesituation hast du bestimmt auch noch nicht geschossen.«

»Dafür müsste ich erst den Apparat von der Dienststelle holen«, entschuldigte sich die Polizeimeisterin.

Naseweis schlug ich vor: »Sophie und ich können ja derweil die Stellung halten.« Dafür erntete ich ein entrüstetes »Mama!« von meinem Kind.

Schützend hob ich die Hände. »Sorry, ich wollte nur helfen!«

»Das kenn ich!«, antwortete Sophie prompt.

»An deiner Stelle, Anette, würde ich lieber die übergeordnete Dienststelle anfordern, wenn Papa nicht kommt.«

Anette atmete erleichtert durch. »Du hast recht, darauf bin ich noch gar nicht gekommen.«

Sophie begann den Totenschein auszufüllen. Während Anette nach draußen zum Telefonieren ging, sagte ich zu meiner Tochter: »Die arme Frau! Was meinst du, hat sie im Todeskampf gelitten?«

»Zuerst kribbelt es in Händen und Füßen. Dabei fühlt es sich an wie Ameisenlaufen oder feine Stromschläge. Dann spürst du Lähmungen im Gesicht und ein unerträgliches Kältegefühl durchströmt den gesamten Körper. Die Gefühllosigkeit breitet sich in Armen und Beinen aus. Die Gliedmaßen gehorchen dir nicht mehr. Die Atmung ist erschwert. Es folgen Schwindel, Ohrensausen, Erbrechen ... Je nach

Giftmenge tritt der Tod innerhalb von wenigen Minuten bis drei Stunden durch Atemlähmung oder Herzversagen ein. Besonders quälend sind die sehr starken Schmerzen bis zum Exitus, weil das Bewusstsein bis zuletzt klar bleibt. Die Todesfahrt ist keine Luxusreise. Da gibt es heutzutage einfachere und schmerzlose Wege, um sich das Leben zu nehmen. Aber das Pflanzengift ist leichter zu beschaffen, zumal wenn es bei einem selbst im Vorgarten wächst.« Sie zeigte auf den Strauß in der Vase.

»Ach?«

»Hast du draußen nicht die blaue Blütenpracht gesehen?«

»Das ist also Eisenhut, gut zu wissen.« Ich trat einen Schritt zum Tisch und guckte mir die Killerblume genauer an.

»Mama, sei bitte vorsichtig!«

»Oh, keine Angst ich habe nicht vor, davon zu naschen.«

»Du solltest sie nicht einmal berühren«, warnte Sophie, als ich den Finger nach der blauen Blüte ausstreckte. Sie legte den Stift ab. »Aconitin ist eins der stärksten Gifte in der Natur. Bereits die Berührung des Blauen Eisenhutes mit der bloßen Hand kann lebensgefährlich sein, weil das Alkaloid auch durch die unverletzte Haut eindringen kann. Die Wurzel ist am giftigsten.« Sie schrieb weiter.

Schnell vergrößerte ich den Sicherheitsabstand zu der Mörderblume. »Dabei sieht das Pflänzchen so harmlos aus«, antwortete ich und dachte: *Jetzt muss ich mich wohl auch noch mit Pflanzenkunde beschäftigen, damit ich beim Wühlen im Beet nicht tot umfalle.*

Ich sagte: »Da hat sich die Natur ja eine feine Waffe ausgedacht.«

»Jo!«, antwortete Sophie, auf ihr Formular konzentriert.

Ich wurde richtig wütend. Oh, diese hoffnungslosen Romantiker, die ständig so ein Gedöns von sich gaben wie entspannend doch das Landleben sei, hatten garantiert noch keinen Hühnerstall ausgemistet, Ziegen gemolken, Kirschen entsteint oder auf allen vieren Unkraut gejätet. Die hatten doch überhaupt keine Ahnung, welche Tücken in der Natur auf sie lauerten; Brennnesseln, Rosendornen, Insektenbisse, Ziegenhörner, Hühnerschnäbel und jetzt auch noch Aconitin ...

Und von wegen Entschleunigung! Seit wir Pauls kleine Farm betrieben, war der Tag von Sonnenaufgang bis Sonnenuntergang durchstrukturiert. Viel mehr Stress! In der Stadt hatte ich weder Hornhaut an den Füßen noch ständig Dreck unter den Fingernägeln. Autolärm ist ein monotones Geräusch, an das man sich nachts bei offenem Fenster gewöhnt. Dagegen dringt Vogelgezwitscher morgens um drei in verschiedenen Tonlagen bis in die hinterste Ecke des Gehirns und wird nur von einem Schlafkiller übertroffen: Wenn sich der Dackel im Hof des Nachbarn für einen Werwolf hält und den Vollmond anjault. Ich geriet innerlich so in Rage, dass ich Sophies Frage erst beim zweiten Mal mitbekam. »Kennst du die Überlieferung aus der griechischen Mythologie wie der Blaue Eisenhut entstand?«

»Nee.«

»Der Zeussohn Herakles brachte den dreiköpfigen Hund Zerberus aus der Unterwelt auf die Erde hinauf. Das Ungeheuer geiferte giftigen Speichel, weil ihn das Tageslicht so schrecklich blendete. Die Spucke regnete auf die Erde. Daraus wuchs dann der Blaue Eisenhut.

»Aha! Du tendierst also dazu, dass sie Selbstmord begangen hat?«, fragte ich.

Sophie hielt sich zurück. »Das müssen Kriminaltechnik und Rechtsmedizin herausfinden.«

Ich zeigte auf Abschiedsbrief sowie Brille und sagte: »Hinter- und Vordertür waren abgeschlossen. Der Schlüssel steckte von innen an der vorderen Haustür. Am helllichten Tag hatte sie alle Fensterläden geschlossen …?«

Genervt guckte meine Tochter hoch: »Draußen ist es heiß. Ich habe zu Hause auch die Vorhänge zugezogen.« Sie schrieb weiter.

Ich verdrückte mich kurz in die Diele. Der Schlüssel mit dem Hühnergottanhänger steckte jetzt an der Hintertür. Anette hatte mit ihm aufgesperrt. Sie stolzierte im Garten auf und ab, während sie in das Telefon sprach. Grübelnd lief ich zurück ins Wohnzimmer.

»Mama, misch dich dieses Mal bitte nicht ein und überlass den zuständigen Behörden die Beantwortung der Fragen«, sagte Sophie, als sie meinen Gesichtsausdruck sah, bevor sie weiter das Formular ausfüllte.

Ich blieb mitten im Raum stehen. »Moni meinte vorhin, sie war lange krank. Schwer? Heilbar?«

Sophie drohte mir mit dem Zeigefinger und zischte mit warnendem Unterton: »Mama!« Ihre Augen sprühten Funken.

»Schon gut. Verstehe, ärztliche Schweigepflicht. Aber ich bin deine Mutter!«

»Eben!« Sie senkte den Blick und kritzelte auf das Papier.

»Aber dass sie drei Stück von dieser Riesentorte verputzt hat, kann ich mir irgendwie kaum vorstellen, so klein und zierlich wie dieses Persönchen ist.«

Sophie erhob erneut ihr Gesicht. Demonstrativ presste sie die Lippen zusammen und hielt die Luft an. So wütend war sie ihrem Vater verdammt ähnlich.

»Ich mache mir eben meine Gedanken«, sagte ich mit erhobenen Händen und trollte mich, bevor sie noch wie eine Autobombe explodierte und mich rauswarf. Sie beruhigte sich wieder und murmelte, während sie das Formular umblätterte: »Wenn du Papa genauso löcherst, dann verstehe ich, dass er von dir genervt ist.«

»So? Ist er das?«, entgegnete ich beleidigt. Da wollte man helfen, indem man seine Überlegungen einbrachte, und was war der Dank? Was wäre ich denn für eine Ehefrau und Mutter, würde ich mich nicht für den Beruf meines Mannes und meiner Tochter und das was sie beide beschäftigt, interessieren?

Pah! In Zukunft behalte ich die Eindrücke aus meinen Beobachtungen eben für mich und recherchiere heimlich weiter. Ihr werdet schon sehen, dass ich recht habe: Hier stimmt etwas nicht!

Anette kam zurück. »Kommissar Huck vom K11 aus Neustrelitz ist unterwegs und in zwanzig Minuten hier.«

Huck? Das war doch dieser Schnösel, über den sich Paul so aufgeregt hatte.

Anette schien sich keinesfalls mehr zu freuen, dass sie Unterstützung von oben bekam. Sie fragte mich stotternd: »Kön... können wir schnell noch deine Aussage zu Protokoll nehmen?«

»Wenn du etwas zum Aufschreiben hast«, merkte ich an.

»Ähm? Ja ..., Sophie hast du vielleicht Papier und einen Stift für mich dabei?« Die Nachricht darüber, wer den Fall übernahm, hatte sie irgendwie aus der Spur geschleudert, dachte ich ein bisschen schadenfroh.

Kapitel 4

Ein sehr sportlicher Typ, mit kantigem Gesicht, das von überlangen Koteletten eingerahmt war, schlenderte ins Haus. Als er durch den niedrigen Türrahmen kam, musste er den Kopf einziehen. Seine sonnengebräunte Haut und das kurze braune Haar wirkten sehr gepflegt. Strahlend weiße Zähne, manikürte Nägel und der dezent herbe Duft, der ihm vorauseilte, zeugten davon, dass der Mann mehr als fünf Minuten für seine Morgentoilette aufgewendet hatte. Handgenähte Lederschuhe, schwarze Jeans und ein graues Shirt gaben ihm die Lässigkeit eines neureichen Lebemanns, den man eher bei Gosch auf Sylt als an einem Tatort vermutete. Die Waffe hatte er völlig unnötig gut sichtbar am Gürtel platziert. Er nahm die teure Markensonnenbrille ab. Ein Sonnenstrahl spiegelte sich im silbernen Armbändchen an seinem Handgelenk. Sein Blick aus graugrünen Augen wanderte an mir vorbei, richtete sich herablassend auf Anette, bevor er Sophie eingehend taxierte. Sophie hob den Kopf und erwiderte den Blick. Sein Mund verzog sich zu einem schiefen Lächeln. Er Jäger, sie Beute?

Ich fasste es nicht. Meine Tochter bewunderte den Jungbullen, der sich garantiert in jedem Spiegel begutachtete, weil er sich so unwiderstehlich fand. *Anscheinend denkt der Typ, er spielt die Hauptrolle in »CSI Mordsacker«.*

Ein »Guten Tag!« hielt er beim Betreten eines Raumes genauso für unnötig wie sich bei uns vorzustellen.

Ernüchtert zog ich die Augenbrauen hoch.

Mit angeekeltem Gesicht begutachtete er die Tote am Tisch von Weitem. »Da hat sich wohl jemand überschätzt und zu viel Kuchen gegessen«, lästerte er. Anette sah ihn entsetzt an.

»Das war doch nur ein Scherz, Anette«, sagte er und wandte sich Sophie zu »Haben Sie bereits erste Erkenntnisse?«

»Das Opfer ist etwa zwei Stunden vor meinem Eintreffen verstorben. Bei der Toten handelt es sich um Cynthia Bernstein, 73 Jahre alt. Die sichtbaren Anzeichen sprechen zwar für Herzstillstand. Trotzdem habe ich vorerst unnatürliche Todesursache angekreuzt, weil ich eine Vergiftung in Erwägung ziehe.«

In professionellem Ton gab mein Kind ihre Erklärung zu dieser Vermutung ab und rechtfertigte sich am Ende mit den Worten: »Mehr kann ich im Moment noch nicht dazu sagen. Um Zeichen von Fremdeinwirkung festzustellen, ist eine ordentliche Leichenschau erforderlich. Dafür hätte ich in den Fundort eingreifen müssen. Das habe ich aber nicht getan, weil noch niemand Fotos gemacht hat. Außerdem wollen Sie sich als ermittelnder Kommissar sicher einen ersten Eindruck der Auffindesituation verschaffen.«

Er nickte erhaben wie ein König und erteilte der Polizeimeisterin mit einer ausladenden Handbewegung das Wort.

Anette erstattete Bericht und endete mit: »… deshalb gehe ich von Selbstmord aus.« Er drehte die Sonnenbrille in der Hand. »Anette, Rückschlüsse aus den Spuren zu ziehen, überlässt du bitte mir und der Frau Doktor. Deine Qualifikation beschränkt sich auf das Absichern des Tatortes. Wie lange bist du jetzt vor Ort? Eine Stunde? Und du hast es noch nicht einmal geschafft, die neugierige Menge draußen und drinnen …«, er sah mich kurz verächtlich an, bevor er fortfuhr, »… davon abzuhalten, alle Spuren zu zertrampeln, geschweige denn Tatortfotos zu schießen, damit die Frau Doktor und ich eine ordentliche Leichenschau durchführen können?«

Anette blickte betreten zu Boden. »Ich kann nicht überall sein und hab nur zwei Hände.«

»Dafür hast du einen Kollegen vor Ort. Anscheinend färbt dessen Einfluss, Kompetenzen zu überschreiten, langsam auf dich ab. Konzentriert ihr euch auf die Hühnerdiebe und überlasst die Ermittlung in richtigen Fälle den Profis.«

Dieser Schnösel war ja noch arroganter, als Paul ihn beschrieben hatte. Von wegen Kompetenzen überschritten, Paul hatte ihm lediglich gezeigt, wie man bei einer Vernehmung die richtigen Fragen stellte. Er schaute sich demonstrativ um: »Wo treibt sich der Herr Polizeipostenleiter eigentlich rum? Draußen hab ich ihn nicht gesehen.«

»Er ist außer Dienst, Ziegen hüten«, antwortete Anette spitz.

So eine Liebedienerin! Um ihren eigenen Hintern zu retten, schob sie Paul den Schwarzen Peter zu.

Huck lachte gehässig. »Das passt zu ihm.«

Orr! Ich war kurz vorm Platzen.

Sophie sagte: »Mein Vater leistet Geburtshilfe, ein Notfall.« Dabei schaute sie dem Kommissar provozierend direkt in die Augen.

Huck räusperte sich und wirkte für den Bruchteil einer Sekunde verlegen. Eins zu null für Sophie!

Er nahm wieder seine überhebliche Haltung ein. »Und wer ist das?«, fragte er Anette und zeigte auf mich.

»Die Zeugin, die die Tote zuerst gefunden hat. Ich habe ihre Aussage bereits protokolliert«, versicherte Anette schnell, um die nächste Klatsche von Huck zu vermeiden.

Er schritt auf den Feldstein zu, der vor dem eingeschlagenen Fenster auf dem Teppich lag. »Es gab einen Einbruch?«

»Das Fenster hat die Zeugin eingeschlagen.«

Ein Stirnrunzeln des Kommissars reichte aus, dass Anette eine ausschweifende Erklärung abgab, wie es dazu gekommen war.

»Ja, ja, ich hab's kapiert«, wehrte der Kommissar ab und gab ihr einen Autoschlüssel. »Der Spurensicherungskoffer und die Kamera liegen im Kofferraum. Bring noch die Cola mit!«

Anette glotzte ihn mit großen Augen an. Daraufhin antwortete er: »Ich habe Durst.« Sie blieb regungslos stehen.

»Na los, beweg deinen hübschen Hintern!« Ich spürte ihre Abscheu gegenüber dem Kerl und die war mehr als dienstlich. Vermutlich hatte sie sich ihm mal an den Hals geworfen. Und da Huck bestimmt kein Kostverächter war, hatte er Fräulein Busenwunder benutzt. Hinterher war er sicher weitergezogen und hatte Anette ernüchtert zurückgelassen.

Er fragte: »Was ist denn bloß so schwer zu verstehen an dem Satz ›Der Spurensicherungskoffer und die Kamera liegen im Kofferraum und bring noch die Cola mit‹?«

Wütend marschierte sie los und ich hörte wie sie die Haustür hinter sich zuknallte. Sie tat mir sogar ein kleines bisschen leid, was aber eher aus weiblicher Solidarität herrührte.

Huck streifte die Gummihandschuhe über und inspizierte den handgeschriebenen Zettel auf dem Kaffeetisch.

»Ein Abschiedsbrief ...«, murmelte er vor sich hin. »Sie sind die Landärztin hier vor Ort?«, fragte er Sophie.

»Ja, Cynthia Bernstein war meine Patientin.«

Er roch am Inhalt der Tasse. »War sie suizidgefährdet?«

Sophie schwieg und guckte zu mir. »In Anwesenheit von Zivilisten möchte ich diese Frage ungern beantworten.«

Huck blaffte mich an: »Worauf warten Sie noch? Polizeimeisterin Schwanenfuß hat Ihre Personalien und Aussage aufgenommen. Gehen Sie bitte nach draußen hinter die Absperrung. Wenn wir noch etwas wissen wollen, kommen wir auf Sie zu.«

Ich fügte mich. Im Flur blieb ich kurz vor der Haustür stehen und lauschte. Dabei hörte ich, wie Sophie zu Huck sagte: »Sie hatte einen faustgroßen Tumor in der Brust, der ziemlich schmerzhaft gewesen sein musste. Vor vier Wochen hat sie die schulmedizinische Behandlung abgebrochen und die Operation abgelehnt.«

Dann lief mir Anette in die Arme. Regnete es oder hatte sie geheult?

»Du hast da was am Auge«, sagte ich und wies sie auf die verschmierte Wimperntusche hin. »Mach es lieber weg, bevor du da reingehst.«

Sie zog die Nase hoch und nickte unmerklich: »Danke.«

Eigentlich hatte sie diese Fürsorge nicht verdient, aber ich war ja kein Arschloch.

Wir gingen aneinander vorbei. Ich blinzelte in die Sonne und traute meinen Augen kaum. Der Tod von Cynthia Bernstein musste sich wie ein Lauffeuer herumgesprochen haben.

Mittlerweile hatte sich die schaulustige Menge auf der Dorfstraße hinterm Gartenzaun verdreifacht. Manch ältere

Dame hatte sich sogar einen Klappstuhl mitgebracht. Niemand wollte etwas verpassen. Die Einheimischen waren neugieriger als Paparazzi, die beim Tod eines Promis dessen Haus belagerten, weil sie eine skandalträchtige Story für die Titelseite witterten. Alle hatten Angst, etwas zu verpassen und einige nutzten die Gelegenheit sogar, um Geschäfte zu machen.

Bärbel Fries verkaufte Kaffee, Eis und gekühlte Limonade. Unsere Postbotin, die nebenberuflich einen Online-Handel betrieb, schwatzte den Wartenden passend zum Wetter Sonnenschutzhüte zum Schnäppchenpreis mit Sonderrabatt auf. So trugen die Omis neongrüne und rosa Basecaps, auf denen halbnackte Männer ihre Muskeln spielen ließen. Moni hatte ihren Frisiersalon »Flodde Logge« kurzerhand auf die Dorfstraße verlegt und schnitt Steffi die Haare.

Ich trat aus der Haustür und scannte möglichst unauffällig im Vorgarten die Blumenrabatten ab. Neben den blau blühenden Giftpflanzen blieb ich abrupt stehen, tat so, als drückte mir ein Kiesel im Schuh. Ich bückte mich. Während ich den Schuh auszog und das imaginäre Steinchen in Zeitlupe herauspulte, suchte ich mit den Augen die Beete nach einem Anzeichen dafür ab, dass eine der Killerblumen abgeschnitten, ausgegraben oder herausgerissen worden war.

Gleich neben der Beeteinfassung entdeckte ich eine abgeschnittene Pflanze. Ich war keine Botanikerin, aber dass die unteren Blätter wie die des Blauen Eisenhuts aussahen, erkannte ich. Die Hausbewohnerin hatte mehrere der gefährlichen Schönheiten auf beiden Seiten des schmalen Weges nebeneinandergesetzt. Das sah wirklich hübsch aus.

Mein Blick blieb an einer Lücke inmitten der Pracht hängen und ich entdeckte eine Vertiefung in der Erde. Hier könnte auch ein todbringender Übeltäter gestanden haben, dachte ich, behielt diese Beobachtung für mich und lief arglos weiter, um mich zu den anderen zu gesellen. Vielleicht konnte ich ihnen noch ein paar Informationen entlocken.

Die Dorfgemeinschaft empfing mich wie einen langersehnten Boten. Kaum hatte ich das Gartentor hinter mir geschlossen, löcherten mich alle mit ihren Fragen: »Woran ist sie denn gestorben? Hat sie sich wirklich umgebracht?«

So war das jetzt eigentlich nicht gedacht.

»Ich weiß auch nicht mehr als ihr!«, antwortete ich deshalb gereizt.

Steffi protestierte: »Aber du warst doch bis jetzt drinnen und konntest luustern!« *Du konntest lauschen.* Ungläubig schüttelte sie den Kopf.

Friseurin Moni schimpfte: »Hald schdille, Schdeffi! Sonsd verschneide ich mich und du siehsd aus als häddn dich de Radden anjefressen.«

»Deine Tochter und dieser Huck müssen doch irgendwas gesagt haben«, bedrängte mich Karen und schubste mich in die Seite.

Ich zuckte mit den Schultern. »Herzstillstand, mehr weiß ich wirklich nicht, Mädels.«

Moni merkte an: »Da lach doch aber der Zeddel auf dem Ordner mit dem Dexd vom Theadersdügg. Hamm' se dazu nischd jesachd?«

»Ich wette, sie hat es nicht zu Ende geschrieben.« Karen wurde puterrot vor Aufregung.

Anke mischte sich ein: »Da stand doch, es täte ihr leid. Was soll ihr sonst leidtun? Sie hat keine Kinder, keinen Mann. Der Zettel war für uns bestimmt.«

»Ich krieg die Krise! Was soll ich denn den Gästen sagen, die extra wegen dem Spektakel reserviert haben?«, rief Karen und raufte sich verzweifelt die Haare. Ihre Gesichtsfarbe wechselte von rot zu kalkweiß.

»Nich opregen!«, mahnte Steffi und raunte dann geheimnisvoll: »Wir wissen doch gar nicht, ob sie sich umgebracht hat. Vielleicht sollte es auch nur so aussehen.« Karen fächelte sich Luft zu. »Mir geiht dat schetterig.« *Mir geht es schlecht.*

Mit einer schnellen Kopfbewegung wies die Fischbudenbesitzerin auf einen korpulenten Mann hin. Moni schrie kurz auf. Seine riesigen Füße steckten in neuen weißen Turnschuhen und passten überhaupt nicht zu seinem ungepflegten Erscheinungsbild. Er gaffte mit offenem Mund. Ich sah, dass ihm ein Schneidezahn fehlte. Er merkte, dass wir ihn im Visier hatten und verschwand wieder hinter der illustren Menge.

Ich fragte leise: »Wer war das?«

»Hauke Bernstein. Komisch, dass es sich so schnell bis nach Lütjendorf herumgesprochen hat? Er kam sie doch sonst kaum noch besuchen.«

»Ich denke, sie hat keine Verwandten?«

Steffi flüsterte: »Die Beziehung zu ihrem Neffen ist schon länger kaputt, weil sie ihm keinen Cent mehr gab. Entweder hat er gerochen, dass es was zu erben gibt, oder ...?«

»Du meinst, der hat nachgeholfen?«, fragte ich.

»Zutrauen würde ich es ihm.«

Huck trat aus dem Haus. Der Kommissar blaffte mich und die anderen Leute an: »Ich weiß, dass der Tod eines Nachbarn für euch hier auf dem Dorf spannender ist als jeder

Krimi im Fernsehen. Trotzdem! Wer nichts zur Aufklärung des Falls beitragen kann und keine Aussage zu machen hat, weil er etwas gesehen, gehört oder gewusst hat, geht jetzt nach Hause! Oder Anette lässt den Platz räumen. Vorher nimmt sie aber eure Personalien auf und es gibt eine Anzeige, weil ihr gegen das Versammlungsrecht verstoßt.«

Meine Tochter kam dazu und wies ihn auf die blau blühenden Gewächse im Vorgarten hin. Der Kommissar bückte sich und untersuchte genau wie ich zuvor den Boden und die Pflanzen. Karen flüsterte mir zu: »Warum untersucht der den Blauen Eisenhut? Die Pflanze ist hochgiftig. Hat sie sich doch selbst umgebracht?«

»Vermutlich. Habt ihr nicht gehört, er hat gerade von einem unnatürlichen Tod gesprochen«, zischte Steffi uns zu.

Huck horchte auf, kam mit energischem Schritt näher und wollte wissen: »Worüber tuscheln Sie?«

»Ach, nichts von Belang«, sagte ich schnell und warf Steffi, Moni und Karen eindeutige Blicke zu. *Wir haben auch unseren Stolz und werden diesem Fatzke bestimmt nicht verraten, was wir vermuten.*

Er ging zurück zu Sophie. Sie nahm ihm ein nummeriertes Schildchen ab und postierte es vor der Vertiefung in der Erde, die ich auch schon bemerkt hatte. Huck fotografierte die Spur. Ein Lächeln huschte über ihr Gesicht in Richtung Kommissar.

Genau in diesem Moment quietschten Bremsen. Nils Ackermann sprang aus dem Wagen und eilte mit seinem Notfallkoffer auf das Gartentor zu. Die Männer musterten sich wie Rivalen. Sophies Chef und Teilzeitliebhaber hatte mit einem Blick erkannt, dass seine Angebetete gerade mit dem Jungbullen flirtete. Nicht nur in der Tierwelt wollten die Männchen mit dem lautesten Ruf, dem prächtigsten Gefieder oder dem eindrucksvollsten Tanz den potenziellen Partnerinnen imponieren. Nils markierte sein Revier gegenüber dem Eindringling mit einer vertraulichen Geste. Er gab Sophie einen Wangenkuss.

Das Menschenweibchen Sophie spielte allerdings nicht mit und drehte den Kopf zur Seite. Sie verfolgt ihre eigenen Ziele, dachte ich und beobachtete das Drama weiter. Anscheinend war die Liebe zwischen Nils und ihr doch nicht erloschen, so wie sie es mir noch letzte Woche weismachen wollte. Ich kombinierte: Sie kokettierte mit dem Schnösel, um Nils eifersüchtig zu machen. Und der sprang wie ein gut geölter Rasenmäher darauf an. Also war sie ihm keinesfalls egal. Ich schmunzelte in mich hinein, weil ich spürte, wie die Luft zwischen ihnen brannte. Oh, wie ähnlich sie mir doch war.

»Brauchst du noch Hilfe, Sophie?«, fragte der blond gelockte Arzt, den sich jede Schwiegermutter für ihre Tochter gewünscht hätte. Ihr Gesichtsausdruck wurde förmlich. »Alles erledigt, Alexander und ich haben die äußere Leichenschau durchgeführt. Den Totenschein hab ich ausgestellt.« Dann flüsterte sie ihm etwas zu, das ich nicht verstand. Ich trat einen Schritt vor und lauschte angestrengt. Dabei hörte ich, wie Sophie in schnippischem Ton sagte: »Ich habe keine äußeren Anzeichen auf Fremdwirkung gefunden, was Alexander bestätigt hat. Benjamin Grube ist schon unterwegs, um Frau Bernstein in die Rechtsmedizin nach Neustrelitz zu überbringen.«

Nils Ackermanns Mundwinkel sackten herunter. »Dann ist alles erledigt.«

»Ja«, bestätigte Huck und schenkte Sophie einen mehr als

anerkennenden Blick. »Ihre Kollegin ist sehr kompetent und hat hervorragende Arbeit geleistet.«

»Na, dann!«, sagte Nils und musterte meine Tochter ebenfalls. Sie konnte sich das triumphierende Grinsen nicht verkneifen.

Mann! Mann! Mann! Übertreib es nicht, Kind!

Nils trabte ab. Erst jetzt bemerkte ich, dass sich hinter mir die Reihen der Gaffer gelichtet hatten. Es standen nur noch ein paar Ältere da, die sich entweder mit einer Aussage wichtigmachen wollten oder der Drohung des Kommissars trotzten.

Mit Notizheft und Stift in der Hand befragte Huck eine kleine Gruppe von Rentnern. Aufgeregt berichteten sie ihm von mysteriösen Vorfällen im Dorf. »Mit Giftpflanzen kennt die sich aus. Ich habe Cynthia oft mit ihr gesehen ... Wer weiß, warum der junge Thiessen sie schon nach drei Wochen als Pflegerin seines Vaters wieder gefeuert hat ... Vielleicht hat sie versucht, den Alten zu vergiften ... Das hätte er dann davon gehabt, der John, Geizkragen elender, anstatt einen ordentlichen Pflegedienst zu beauftragen. Der ist ja überhaupt daran schuld, dass die sich jetzt bei uns im Dorf eingenistet hat. Es dauert nicht lange, dann kommt die ganze Zigeunersippe hinterher ...«

»Diese Hexe hat meiner Tochter den Verlobten ausgespannt! Wer so skrupellos ist, schreckt auch vor einem Mord nicht zurück«, geiferte eine Schwarzhaarige, die wie die ältere Ausgabe von Wiebke Möllenhoff aussah. Aha, das war bestimmt die Mutter der jungen Frau, die vorhin im Gemeindesaal ihrem Ärger über Alina Luft gemacht hatte.

»Danke für den Hinweis!« Huck lächelte gequält.

Die Schwarzhaarige fragte: »Was passiert jetzt?«

69

»Obermeisterin Schwanenfuß nimmt Ihre Aussagen später zu Protokoll!« Huck wollte sich abwenden.

»Sie müssen die Frau doch festnehmen, sonst entwischt sie Ihnen noch, wenn sie sich wieder in ihre Heimat absetzt«, verlangte sie nachdrücklich und hielt den Kommissar am Arm fest.

Er schüttelte ihre Hand energisch ab und bemühte sich, höflich zu bleiben. »Keine Angst, wir kümmern uns darum!«, sagte er und winkte Anette heran, die gerade Fingerabdrücke an der Haustür sicherte.

Sichtlich genervt streifte sie die Gummihandschuhe ab, eilte zu der Gruppe und nahm Hucks Anweisungen entgegen.

Nun steuerte der Kommissar direkt auf mich zu.

»Haben Sie noch sachdienliche Hinweise beizutragen, oder warum lungern Sie immer noch hier herum?«

Weil ich das Gefühl habe, dass da etwas nicht stimmt, dachte ich und presste mir drei Tränen heraus. Die Lippen zog ich schmerzvoll zusammen. »Ich bin einfach nur entsetzt und wie gelähmt. Ich kannte Cynthia kaum. Ich mache mir Gedanken darüber, ob sie vielleicht depressiv war. Wie sie dalag ... Oh Gott! Sie hat bestimmt im Todeskampf gelitten.« Ich schluchzte theatralisch. Wozu war ich einmal Schauspielerin!

»Nun beruhigen wir uns mal!« Huck tätschelte mir steif den Arm. »Für die alte Dame kam der Suizid sicher einer Erlösung gleich. Es kommt oft vor, dass ältere kranke Menschen ihrem Leben selbst ein Ende setzen, weil sie sich einen qualvollen Leidensweg ersparen wollen«, versuchte er mich zu trösten. Vielleicht war der Typ hinter der Hochglanzfassade ja doch nicht ganz hohl.

Während ich äußerlich die erschütterte Frau gab, spukten die Puzzleteile meiner Erinnerungen vom Tatort wie ungebetene Geister in meinem Kopf herum. Irgendetwas störte mich an dem Gesamtbild und ich fragte mich: Hat diese kleine zierliche Frau wirklich drei riesige Stücken von der mächtigen Cremetorte vertilgt, von deren Anblick mir schon schlecht geworden ist? Vielleicht war die Torte vom Vortag und sie hatte die Stückchen nicht mit einem Mal gegessen? Ja, so konnte es gewesen sein. Andererseits: So eine Sahnetorte hob bei diesen Temperaturen niemand auf. Außerdem hatte sie das Treffen zum Auftakt der Theaterproben im Gemeindesaal selbst initiiert. Sie hatte sich hübsch gemacht, so als wolle sie vor den anderen Dorfbewohnern glänzen. Die Enthüllung ihres neuen Theaterstücks sollte in einem festlichen Akt vollzogen werden. War das hier eine Art vorgezogene Feier, bei der sie von einem Besucher überrascht worden war? Oder war es doch die würdige Inszenierung des eigenen Abgangs?

Es stand kein zweites Gedeck auf dem Tisch. Vielleicht in der Spüle oder der Spülmaschine! Hatte Huck sich die Küche diesbezüglich angesehen? Sollte ich ihn oder Anette darauf hinweisen? Ich musterte ihn skeptisch, während er mich immer noch halbherzig tätschelte.

Der Neffe flatterte im nächsten Bild vor meinem geistigen Auge vorbei. Oder diese Alina?

Wieso war sie eigentlich nicht mitgekommen, Cynthia abzuholen? Wir waren bis auf sie und die Alten, die kaum laufen konnten, fast geschlossen losmarschiert. Wusste sie bereits, was uns erwartete?

Ich entgegnete vorsichtig: »Aber es kann doch auch Mord gewesen sein?«

»Sie schauen echt zu viele Krimis, gute Frau. Gehen Sie nach Hause oder in die Kirche und zünden Sie für die Seele der Verstorbenen eine Kerze an!«, sagte Huck und belächelte mich. Ich kam mir vor wie eine minderbemittelte Hysterikerin.

Nöö! Weder ihm noch Fräulein Schwanenfuß würde ich einen Gefallen tun und meine Gedanken mitteilen.

Sophie trat hinzu: »Mama, du stehst ja immer noch hier!«

Huck zog irritiert eine Augenbraue hoch.

Meine Tochter warf ihm einen Blick zu, der mein Verhalten entschuldigen sollte. Sie schob mich beiseite, damit er nicht hören konnte, was sie mir zu sagen hatte: »Diese Falte auf deiner Stirn gefällt mir gar nicht!«

»Echt?«, entgegnete ich mit Unschuldsmiene.

»Ich kenne dich! Noch mal, Alexander und ich sind uns einig. Es handelt sich zweifelsfrei um Selbstmord!«

»Ach, ihr seid schon beim Du«, merkte ich spitz an und fragte provokant: »Ich denke, das muss die Rechtsmedizin herausfinden? Wie könnt ihr da so sicher sein?«

»Weil es eine medizinische Vorgeschichte gibt, die ich dir kaum auf die Nase binden werde. Also hör auf, Geister heraufzubeschwören und irgendwelchen Gespenstern hinterherzujagen! Kümmere dich lieber um Papa und hilf ihm bei den Ziegen«, konterte Sophie.

Mein Blick verriet ihr anscheinend, dass ich das auf keinen Fall vorhatte, denn sie schlug vor: »Dann koch Marmelade, aber vergiss das Detektivspielen. Klar, Mama? Ich würde mich echt über ein paar Gläser freuen. Ich muss wegen der Sprechstunde zurück, sonst kriegt der Herr Kollege einen Anfall.« Sie verdrehte genervt die Augen.

»Ich glaube kaum, dass dort einer im Wartezimmer sitzt. Und du hör auf, mit diesem Huck zu flirten!«

»Ich finde den Kommissar eben interessant.«

»Du willst Nils eifersüchtig machen. Das kann ich verstehen. Aber übertreib es nicht!«, ermahnte ich meine Tochter.

»Quatsch, Dr. Ackermann ist endgültig abgehakt.«

Ich nickte schmunzelnd. »Wenn du meinst.«

Kapitel 5

»Pah, ich lasse mir doch nicht von jedem Befehle erteilen! ›Kümmere dich um Papa, koch Marmelade!‹ Wieso machen mir ständig alle Vorschriften, was ich zu tun oder zu lassen habe?«, motzte ich leise vor mich hin, während ich mich von Cynthias Haus entfernte.

Natürlich hielt ich mich nicht an Sophies Anweisungen und schlenderte nur zum Schein die Straße so herunter, als wollte ich brav nach Hause zu meinen Kochtöpfen. Anstatt nach links bog ich aber schnell nach rechts in Richtung Friedhof ab.

Ich hatte eine Idee: Wenn Cynthia doch ermordet wurde, hatte der Täter ihr Haus und Grundstück über die eiserne Tür in der Friedhofsmauer verlassen. An der Haustür vorne steckte der Schlüssel von innen. Der passte auch hinten. Also hatte ihr Mörder mit einem Zweitschlüssel abgeschlossen und war unbemerkt über den Friedhof geflohen. Ob der Neffe einen Schlüssel zum Haus seiner Tante besaß? Ich wiegte den Kopf hin und her. Selbst wenn, hätte das nichts zu bedeuten. Jeder, den Cynthia hereingelassen hatte, konnte ihren Zweitschlüssel mitgenommen haben. Dabei nahm ich an, dass sie wie normale Hausbesitzer oder Wohnungsmieter mindestens einen Ersatzschlüssel besaß.

Der Friedhof war menschenleer. Ich lief an der Kirche aus Feldsteinen vorbei und durchquerte die Reihen der Gräber, die dahinter unter uralten Eichen lagen. Dabei guckte ich mich noch einmal um, um sicher zu sein, dass mich niemand beobachtete. Ich schob den Efeu vor der Eisengittertür beiseite. Eine abgerissene Ranke lag daneben. War ich das vorhin? Nachdenklich knabberte ich am Daumennagel. Das hätte ich bemerkt, oder?

Ich guckte mir das Schloss unter der Klinke genauer an. Die obere Rostschicht am Rand des Schlüssellochs war abgeblättert und gab ringsherum einen goldgelben Farbstreifen frei. Ich bückte mich, betastete mit der flachen Hand die Erde und betrachtete meine Handflächen. Sie waren von rostigen Eisenpartikeln übersät. Hier hatte eindeutig jemand nach längerer Zeit einen Schlüssel benutzt. Ich war überzeugt, denn die Spuren waren ganz frisch.

Vor Aufregung begann mein Bauch zu kribbeln. Mein Instinkt sagte mir, Cynthia war nicht freiwillig aus dem Leben getreten, sondern wurde mit Gewalt ins Jenseits befördert.

Jemand hatte ihr unbemerkt den Blauen Eisenhut in den Tee gemischt. Jemand, den sie kannte! Sie hatte den Jemand hereingelassen und …

Stopp! Ich bremste mich selbst aus. Zuerst brauchte ich einen Plan, sonst verzettelte ich mich.

Durch die Gittertür sah ich den Bestatter meines Vertrauens, Benjamin Grube. Mit ihm verband mich mehr als die Leidenschaft zum Tango. Ohne ihn hätte ich bei meinem letzten Fall nicht beweisen können, dass der Schweinebauer Schlönkamp ermordet worden war.

Benjamin und ein anderer Angestellter des Beerdigungsinstitutes legten gerade im Wohnzimmer Cynthias Leiche in einen schmucklosen Metallsarg und schlossen den Deckel.

Mist! Die Informationen wirbelten in meinem Kopf wie Schneeflocken während eines Blizzards durcheinander. Die

75

entscheidende Frage war doch: Hatte sie Besuch gehabt? Drei riesige Stück Torte fehlten. Ihr Gesicht lag in einem kläglichen Rest. Zweieinhalb Stücke müssten ja dann in ihrem Magen gelandet sein. Bei der Nachforschung konnte mir nur einer helfen: mein Freund Benjamin!

Ich wartete fünf Minuten und beobachtete noch wie Anette das zerschlagene Wohnzimmerfenster notdürftig mit Folie und Klebeband abdichtete. Danach rief ich Benjamin an. Ich musste den Transport der Leiche in die Rechtsmedizin stoppen.

»Gut, dann beeile dich! In zwanzig Minuten bei mir im Keller«, schlug Benjamin ohne zu zögern vor. Seine Vorfreude war deutlich hörbar. Benjamin war Ende zwanzig, aber keineswegs grün hinter den Ohren. Er teilte meine detektivische Neugier und interessierte sich brennend für die Pathologie. Leider hatte ihm sein Vater – Gott hab ihn selig – das Studium verwehrt und darauf bestanden, dass er als sein einziger Sohn das Familienunternehmen weiterführte. Also wurde er Bestatter. Und weil er es aus Respekt vor den Toten nicht fertigbrachte, dass so mancher nach der Obduktion mit dem Gehirn im Bauch begraben worden wäre, sah er es als seine moralische Verpflichtung an, das Durcheinander in Ordnung zu bringen. So konnte er doch noch Hobby und Beruf miteinander verbinden und ganz nebenbei sein Wissen um die Anatomie des menschlichen Körpers verfeinern.

»Gib mir dreißig Minuten. Damit Paul nichts merkt, muss ich das Fahrrad nehmen.«

Ich eilte zum Gemeindehaus. Mein Drahtesel lehnte verwaist an der Hauswand. Als ich in die Pedale trat, eierte das

Vorderrad immer noch. Damit kam ich nie bis nach Lütjendorf. »Och, nee!«, rief ich aus und schubste es zurück.

Ich guckte mich um. Vor Karens Pension standen fünf
schicke Mountainbikes für ihre Urlauber, ungesichert in einem Fahrradständer.

Da sie sowieso keine Gäste hatte, konnte ich mir doch
schnell eins ausborgen. Der Drahtesel würde schließlich
spätestens in zwei Stunden wieder an Ort und Stelle stehen. Schnell schnappte ich mir eines der Fahrräder. Hurtig
schwang ich mich auf, jagte die Dorfstraße entlang und ließ
das Ortsausgangsschild von Mordsacker hinter mir, bevor
mich Anette wegen Fahrraddiebstahls belangen konnte.

Die goldgelben Getreidefelder rauschten im Sommer-
wind. Es roch nach reifem Korn. Hitze schlug mir entgegen
und flimmerte über dem schwarzen Asphalt, der aussah wie
Lakritz, das in der Sonne schmilzt.

Ich japste. »Puh!« Schweiß tropfte mir aus allen Poren.
Mein Körper protestierte. Selbst die Kette des Rades teilte
mir knackend mit, was sie davon hielt, bei der Hitze so be-
ansprucht zu werden.

»Komm schon! Die fünf Kilometer sind ein Klacks!«,
trieb ich den bockigen Drahtesel und meinen Schweinehund an.

Benjamins Augen leuchteten. Mit seiner typischen ausladenden Geste – wie ein Autoverkäufer, der einem sein absolutes
Schmuckstück präsentieren möchte – bat er mich herein.
»Willkommen in meinem Reich, liebste Tangopartnerin«,
sagte er und forderte mich auf: »Tritt ein!«

Ich stolperte direkt in seine Arme, noch bevor er »Vorsicht, Stufe!« rufen konnte. Verschämt hauchte er mir einen

Kuss auf die Wange, der mir die Röte ins Gesicht zauberte, was ich beim Blick in den goldumrandeten Spiegel hinter ihm sah.

Bei meinem ersten Besuch, als ich im Fall des toten Schweinebauern ermittelt hatte, war ich von den fröhlichen Farben des ausgestellten Blumenschmucks und der Wände seines Beerdigungsinstitutes ziemlich irritiert gewesen. Von einem Bestattungsunternehmen hatte ich etwas anderes erwartet. Dazu kam noch die bunte Auswahl an mancherlei makabren Miniaturgegenständen, die man zur Erinnerung an die Vorlieben und Hobbys des Toten – und hier gab es wirklich alles von A wie Angeln bis T wie Treckerfahren … – mit ins Grab geben konnte.

Als Sohn eines Bestatters war der Tod für Benjamin etwas ganz Alltägliches. Wahrscheinlich hatte er schon als kleiner Junge heimlich in Kühlfächer geguckt oder sich beim Verstecken spielen in einem Sarg verkrochen. Solche Erlebnisse prägen die Persönlichkeit. Kein Wunder, dass er dabei seine eigene Philosophie vom Tod entwickelt hatte und sich bei seiner Arbeit mit den Trauernden an die Worte von Marcus Aurelius hielt: *Der Tod lächelt uns alle an, das Einzige, was man machen kann, ist zurücklächeln.*

Er schloss hinter uns die Tür wieder ab. Ich fragte: »Was hast du als Ausrede benutzt, um den Abtransport der Leiche herauszuzögern?«

»Autopanne, kommt öfter vor.«

Benjamin schien meinen skeptischen Blick zu bemerken. »Komm! Viel Zeit haben wir nicht.«

Wir stiegen in den Keller hinab.

»Du hast also Zweifel, dass es sich um Selbstmord handelt?«, fragte er und öffnete die Tür zu dem weiß gekachelten

Raum, in dem er täglich Leichen für die letzte Reise ansehnlich herrichtete.

Ein Tuch verbarg den leblosen Körper von Cynthia Bernstein auf dem Edelstahltisch vom Hals an abwärts. Beim Anblick der toten Augen und der wachsweiß marmorierten Haut lief mir ein kalter Schauer über den Rücken. Während Benjamin sich die Gummischürze umband, klärte ich ihn über meine Vermutung auf. »Wir müssen den Mageninhalt untersuchen.«

Er guckte mich fragend an.

»Kann man feststellen, ob sie drei Stück Torte gegessen hat?«, wollte ich wissen.

Seine Antwort kam prompt: »Die Säure zersetzt alles zu Brei.«

»Sie hat die Torte kurz vor ihrem Tod gegessen. Sie müsste also noch unverdaut sein. Oder arbeitet der Magen ohne Befehl von oben einfach weiter?«

Benjamin schüttelte den Kopf.

»Der Magen müsste voll sein. Das kann man doch bestimmt fühlen?«

»Schwierig.« Er erklärte: »Wir können den Mageninhalt nicht untersuchen, ohne dass wir Spuren hinterlassen. Ich müsste sie aufschneiden, den Magen entnehmen und selbigen auch aufschneiden.«

»Hast du in deinem Hightech-Laden kein Endoskop, was wir ihr mit einem Schlauch über die Speiseröhre einführen können?«, schlug ich vor.

»Das nützt uns nichts.«

Ich raufte mir die Haare.

»Klara, das untersucht die Rechtsmedizin, wenn es angeordnet ist.«

»Ist es angeordnet?«, fragte ich.

Er holte den Lieferschein und sah nach. »Das Kreuz fehlt.«

Ich zögerte keine Sekunde. »Dann machen wir eben dieses Kreuz. Hast du einen blauen Kuli?«

Er suchte in einer Schublade herum, in der es genauso chaotisch aussah wie bei mir. Dabei hätte ich wetten können, dass er seine Stifte ordentlich ausgerichtet nebeneinanderlegt.

»Wie willst du an das Ergebnis kommen?«, fragte Benjamin.

»Die Informationen bekommt allein Huck.« Ich las und ergänzte: »Und Polizeiobermeisterin Schwanenfuß, wenn es hier vermerkt ist.« Ein weiteres Kreuz von mir auf dem Formular sorgte dafür, dass Anette eine Kopie des Berichts erhalten würde. »Der leitende Dorfsheriff hängt den Schlüssel zur Dienststelle üblicherweise an das Brett in unserem Hausflur. Somit hat die Ehefrau relativ ungehindert Zutritt zu Anettes Arbeitsplatz, wenn die Polizeimeisterin ihren wohlverdienten Feierabend genießt.« Ich lächelte verschmitzt.

»Warum mischst du dich eigentlich in die Ermittlungen ein?«, fragte Benjamin. »Was ist dein Motiv? Beim Schweinebauern wolltest du die Ehre deines Mannes retten, aber jetzt?«

»Ich langweile mich zu Tode und habe es satt, den ganzen Tag Marmelade einzukochen. Kleiner Zeitvertreib, ein bisschen Nervenkitzel, das ist wie Schokolade essen. Eigentlich sollte man es nicht tun, weil es nicht gut für einen ist, aber man kann sich nicht zurückhalten. Außerdem ist Kommissar Huck ein arroganter Arsch.«

Dass ich mich von meiner Trauer ablenken wollte, weil Paul mir den Weg zurück nach Berlin versperrt hatte, verschwieg ich ihm aber.

»Du willst dem Kommissar aus Neustrelitz eins auswischen?«

»Nein, ich will ihm nur beweisen, dass er falschliegt.«

»Wonach es bis jetzt aber nicht aussieht«, wandte er ein.

Ich schluckte den Kloß in meinem Hals herunter.

Benjamin setzte sich seine randlose Brille auf und streifte sich die Gummihandschuhe wie eine zweite Haut über.

Ich sah dabei zu, wie er die Leiche gründlich untersuchte. »Sophie hat recht. Nicht eine Spur von Fremdeinwirkung. Dieser pfirsichgroße Knoten in ihrer Brust gibt mir zu denken.« Benjamin runzelte die Stirn und schob die verrutschte Brille hoch. Dann öffnete er einen der drei Wandschränke, hinter denen sich die Apparaturen verbargen, die er zur Ausübung seines Hobbys benötigte. Er besaß alle Gerätschaften eines modernen ambulanten Operationssaales.

Routiniert zog er zog einen Rolltisch hervor, auf dem ein Ultraschallgerät stand. Mit geübtem Griff schaltete er es ein, verteilte farbloses Gleitgel auf der Haut der Toten und fuhr großflächig mit dem Schallkopf über Cynthias Brust. Auf dem Monitor zeigte sich der Tumor als weißer Fleck. Er fuhr über den Bauch, zeigte mit der anderen Hand auf den Bildschirm und sagte voller Mitgefühl: »Metastasen in der Leber. Der Krebs hat bereits gestreut.« Benjamin wischte das Gel an der Leiche und am Gerät mit einem Papiertuch ab und entsorgte es anschließend in einen Müllbehälter.

»Du glaubst also auch, dass sie Suizid begangen hat«, brachte ich resigniert hervor und sah mich schon wieder in meiner Küche.

Benjamin stach der Toten die Kanüle einer leeren Spritze unter die Brust direkt ins Herz. »Ich befürchte, ja«, sagte er und zog langsam den Kolben hoch. Der Plastikbehälter füllte sich mit Blut.

Irritiert fragte ich: »Wieso nimmst du das Blut aus dem Herzen ab?«

»Weil ich mir sicher bin, dort Blut zu finden. Venen und Adern laufen nach Eintritt des Todes quasi leer, ohne dass der Herzmuskel sie vollpumpt. Es sickert an die tiefste Stelle und gerinnt. Ein Rest verbleibt in der Herzkammer.« Er öffnete den zweiten Schrank, in dem er ein komplettes Labor beherbergte. Mit gezielten Handgriffen füllte er Proben der abgezapften Flüssigkeit in mehrere Reagenzgläschen um und versetzte sie mit verschiedenen Chemikalien. Wir warteten, bis es zu sichtbaren Veränderungen kam.

»Eindeutig Aconitin.« Benjamin sah mich bedauernd an. *Ach, Mensch!*

Er streifte sich die Handschuhe ab und tätschelte mir den Arm. »Sorry, dass ich dich enttäuscht habe, aber der Fall scheint ziemlich klar.«

»Schade!«, sagte ich und ließ den Kopf hängen. Obwohl mein Bauchgefühl immer noch gegen das Ergebnis rebellierte. »Dank dir trotzdem, Benjamin.«

»Was machst du nun?«

»Mich weiter langweilen und Marmelade kochen.«

Ich verabschiedete mich. Er hielt mich zurück. »Wir könnten ein bisschen … Tango üben«, schlug er vor und legte seinen Arm auffordernd um meine Taille.

Dankbar lächelte ich ihn an. Wie lieb, dass er versuchte, mich aufzuheitern. Aber ich war jetzt nicht in der richtigen Stimmung. »Tango kann man nicht üben, man muss ihn fühlen. Das hast du selbst gesagt.« Ich zeigte auf meine Füße. »Falsche Schuhe … und ich bin müde«, log ich. In Wirklichkeit grübelte ich, was ich als nächsten Schritt unternehmen könnte, um doch noch einen Beweis dafür zu finden, dass Cynthia Bernstein ermordet worden war.

Benjamin schmunzelte. »Könnte es sein, dass du einer Fata Morgana hinterherjagst?«

Ich fühlte mich ertappt. War ich so durchschaubar? Offenbar hatten mich die Begegnung mit Oberstaatsanwalt Kühl und der Streit mit Paul so aufgewühlt, dass ich nicht mehr klar denken konnte. Fakt war, ich brauchte wieder eine Aufgabe. Eine, die mich kreativ herausforderte, sonst würde ich in diesem Kaff kaputtgehen.

Benjamin guckte immer noch enttäuscht, wie ein Zehnjähriger, dem man das Pausenbrot geklaut hatte. Erhoffte er sich etwa, dass ich mit ihm …?

Ich bin tausend Jahre älter! Er könnte locker mein Sohn …
Ich dachte an Paul und meine Wut flammte erneut auf.

Warum eigentlich nicht? Eine halbe Stunde Tango stellte möglicherweise mein emotionales Gleichgewicht wieder her. Danach sah die Welt bestimmt gleich viel besser aus.

Kapitel 6

Drei Takte der Musik reichten aus, dass ich meine Pläne vorerst über Bord warf und mich ergab. Wir zogen die Schuhe aus und Benjamin presste mich an sich, dass kein Blatt Seidenpapier mehr zwischen uns passte. Erst drückte er mich sanft nach hinten, dann nach unten. Ich gab den Widerstand auf. Die Sehnsucht floss aus mir heraus. Mit jeder Bewegung erzählte mein Körper vom Schmerz meiner Seele.

Benjamin nahm mein Gefühl auf und wir gingen beide mit einem Bein in die Knie. Das andere streckten wir zur Seite aus. Mit ruckartigem Hüftschwung drehte er mich und drängte mich in die andere Richtung. Barfuß schwebten wir im Kerzenschein inmitten von Särgen über das Holzparkett des Ausstellungsraums. Die zugezogenen Samtvorhänge schützten uns vor neugierigen Blicken. Oh, der jugendliche Bestatter war ein Meister der Verführung! Ähnlich Graf Dracula nährte er meine Gier, nicht nach ihm oder Freiheit, sondern nach der Lösung des Rätsels.

Mein Kopf kämpfte dabei gegen den Bauch. Der Bauch gewann und triumphierte: »Ha! Der Mensch lebt durch die Leidenschaft.«

Als wir schwitzend außer Puste kamen, guckte ich auf die Uhr. Aus einer halben Stunde waren zwei geworden.

»Du musst los in die Rechtsmedizin und ich nach Hause. Sonst gibt Paul noch eine Vermisstenanzeige auf«, sagte ich und hatte es plötzlich verdammt eilig.

Er schmunzelte: »Dir geht's demnach besser?«

»Oh ja!« Hatte ich mein Ziel doch klar vor Augen: Ich musste mir einfach in Cynthias Haus den Tatort noch einmal ganz genau ansehen. Ich war mir sicher, dass ich etwas finden würde.

Wir verabschiedeten uns und er brachte mich galant wie ein Gentleman zur Tür.

Draußen dämmerte es. Am Himmel rotteten sich graue Wolken wie Halunken zusammen, die einen heimtückischen Überfall planten. Die Schwüle ließ erahnen, dass es bald krachen würde. Wollte ich nicht in das Gewitter kommen, musste ich mich jetzt echt beeilen.

»Soll ich dich nicht besser fahren?«, fragte Benjamin besorgt, als ich das Fahrrad von der Hauswand nahm und auf die Straße schob.

»Kümmern Sie sich mal um Ihren Job, Herr Bestatter. Ehe die da oben ihre Diskussion beendet haben, sitze ich längst mit einem Glas Rotwein in meinem Lesesessel.« Ich stieg auf und radelte los.

Er winkte mir hinterher: »Pass auf dich auf!«

Nach drei Vierteln der Strecke passierte ich das Waldstück und das Bushäuschen aus rotem Klinker an der Badebucht des Sees. Sturm kam auf und bremste mich aus. Am Horizont rasierte eine Windhose das Kornfeld. Aufgeregt zwitschernde Schwalben jagten im Tiefflug aus den Bäumen. Dunkles Grollen ertönte. Oje!

Mit voller Kraft trat ich in die Pedale. Einzelne Regentropfen platschten auf mein Gesicht. Der Asphalt bekam tiefschwarze Flecken. Ein Blitz zuckte. Ich erschrak. Zu spät. Die Wolken entleerten sich schlagartig, als wollten sie alles Leben auf der Erde ertränken. Ich warf das Rad ins Gras und rannte die zwanzig Meter zum Bushäuschen zurück, wo ich mich unterstellte. Draußen ging mit lautem Getöse die Welt unter. Drinnen war es zumindest trocken – obwohl es nicht gerade sehr einladend aussah: Die Bank wirkte klebrig und es stank nach Mäusekot und Katzenpisse.

Ekelhaft.

Zum Glück hörte der sintflutartige Regen schon nach wenigen Minuten auf. Die schwarzen Wolken verzogen sich samt Blitz und Donner dorthin, wo sie hergekommen waren.

Ich trat auf die Straße. Wasser tropfte von den Bäumen und die Natur roch wie frisch gebadet. Ich atmete auf. So ein Gewitter hat in jeder Hinsicht etwas Reinigendes, dachte ich und nahm mir vor, nach meiner Rückkehr noch einmal mit Paul zu reden.

Ich verließ den Unterschlupf und klaubte das Fahrrad aus dem Straßengraben. *Pitschnass!* Meine Augen suchten die Umgebung nach etwas ab, mit dem ich den Sattel trocken wischen konnte. In einer Pfütze schwamm einsam eine bunte Serviette.

Ich putzte den Sattel mit dem T-Shirt ab, schwang mich wieder aufs Ross und radelte voller Elan los, stoppte aber im nächsten Moment wieder, weil die Kette hakte.

Orr! Ich fummelte mit den Fingern am Zahnrad herum, drehte mit der Hand die Pedale, bis es wieder reibungslos funktionierte. In der Zeit kam das Gewitter zurück. Meine Güte! Also los, die Abkürzung durch den Wald. Sonst musste ich hier noch übernachten! Ich zögerte kurz. Eigentlich war ich kein ängstlicher Mensch, aber als Frau eines Polizisten, der einem eingebläut hat, dunkle einsame Ecken und Wege zu meiden – man wusste ja nie, wer sich da so rumtrieb – war ich eben vorsichtig.

Donner grollte. Ich schaute zum Himmel. Düstere Wolken wuchsen erneut zu einem Gebirge an. Ach, was sollte schon passieren? Einem Wildschwein, Wolf oder Vergewaltiger konnte ich wenigstens davonradeln. Wenn ich auf offener Straße von einem Blitz getroffen würde, hätte ich schlechtere Überlebenschancen.

Rasch bog ich nach links in einen unbefestigten Waldweg ab und jonglierte mein Reisegefährt über Stock und Stein. Ein Blitz zuckte am Himmel und krachte irgendwo hinter mir in einen Baum. Ich erschrak und raste im Affentempo über die holprige Piste. Mit einem Ruck verkeilte sich die Kette. Obwohl ich versuchte, mich mit beiden Armen festzukrallen, flog ich im hohen Bogen über den Lenker und landete ungebremst in den Brombeerbüschen. Sie dämpften den Aufprall zwar ein wenig, trotzdem taten mir alle Knochen weh.

In Zeitlupe rappelte ich mich hoch, spuckte Blätter aus, wischte mir den Dreck vom Gesicht und sortierte vorsichtig meine Glieder. *Autsch!* Ich sah die abgeschürfte Haut an den Armen und spürte eine Prellung am rechten Handgelenk. Es blutete und schwoll zusehends an, wie ein Luftballon, den jemand aufbläst.

War es etwa gebrochen? Vorsichtig bewegte ich die Finger. Nein, es schmerzte zwar tüchtig, schien aber nur verstaucht. Langsam drehte ich die Hand. Es funktionierte. Ansonsten war nichts Ernsthaftes passiert. Die blutenden Wunden stammten von den Brombeerstacheln. Aber das Fahrrad war hin. Mit der Acht im Vorderrad konnte ich es nicht mehr gebrauchen. »Ik dösch di to Brie!«, fluchte ich und hob es auf. »Ich schlag dich zu Brei«, hieß das auf Eingeborenisch – ein bisschen was hatte ich in meiner Zeit in Mordsacker schon aufgeschnappt.

Jetzt musste ich wohl laufen.

Ganz schöner Verschleiß! An einem Tag zwei Räder kaputtfahren, dass musste mir erst einmal einer nachmachen.

Ich überlegte: So konnte ich es kaum wieder zurückstellen. Karen erstattete garantiert Anzeige, sonst bekäme sie den Schaden am demolierten Pensionsfahrrad nicht von der Versicherung ersetzt. So ein Mountainbike war in der Anschaffung bestimmt teuer gewesen. Und wie ich unser Fräulein von der Staatsmacht kannte, leitete sie eine Ermittlung ein. »So ein Mist!« Dienstbeflissen würde sie mit ihrem Kriminaltechnikkoffer anrücken und zur Spurensicherung den Drahtesel in alle Einzelteile zerlegen. Dann würde sie eine Sonderkommission bilden, ein zusätzliches Büro einrichten und drei Mann Verstärkung anfordern. Da kannte unsere Anette nichts!

Oje, Lenker, Kette und Gepäckträger waren nicht nur von meinen Fingerabdrücken übersät, sondern am Rahmen klebte auch noch mein Blut. Es abzuwaschen war genauso sinnvoll wie sich mit Nutella die Zähne zu putzen.

Ich überlegte weiter: Das Rad mit nach Hause nehmen und es in der Garage oder im Stall verstecken, war zu riskant. Paul fand alles. Und er würde blöde Fragen stellen. Das wollte ich mir bei unserem derzeitig angespannten Verhältnis ersparen. Außerdem sah er mir jede Lüge an der Nasenspitze an. Er würde nachbohren, wie ich dazu kam, ein Fahrrad zu klauen, wo ich damit war und was ich dort wollte. Ich hörte ihn schon meckern. Nee, dann ließ ich es lieber verschwinden. Zumindest vorerst.

Ich würde es unter einem Haufen Ästen und Laub noch tiefer im Wald verstecken. Morgen würde ich es abholen und mit dem Auto in die Werkstatt nach Neustrelitz bringen. Spätestens am Wochenende hatte Karen es dann wieder. »Ein guter Plan!«, murmelte ich vor mich hin.

Gedacht, getan!

Mühsam verbuddelte ich den Drahtesel wie eine Leiche, die beseitigt werden musste. Das dauerte etwas länger, da ich nur mit meiner unverletzten Hand graben konnte. Als ich endlich fertig war, prägte ich mir die Stelle mit der Kuhle neben dem entwurzelten Baum gut ein und humpelte auf den Waldweg zurück. Über mir rumorte der Himmel.

Jetzt aber nichts wie heim! Ich rannte los. Der Wind peitschte den Regen durch die Baumkronen. Blätter und kleine Zweige wirbelten herum. Am Rand einer Lichtung hielt ich nach Luft schnappend inne. Es wurde echt Zeit, dass meine Jogginghose nicht mehr nur in der Waschmaschine spürte, was Bewegung ist.

Ein Käuzchen rief – oder …? Ich lauschte. Nee! Mitten im hohen Gras wimmerte etwas, schwoll zu einem weinerlichen Singsang an, der mich neugierig machte. War das ein verletztes Tier? Vorsichtig pirschte ich mich durch die klatschnasse Wiese vor. An manchen Stellen versank ich knöcheltief.

Ein zierliches Mädchen in weißem Nachthemd, das ihr auf der Haut klebte, kauerte wie ein Häufchen Unglück mit dem Kopf am Boden. Ihre tropfenden langen Haare verdeckten Gesicht und Hände.

Eine hilflose Person!

Entsetzt rieb ich mir das Wasser aus den Augen und rief gegen den prasselnden Regen und ihr Schluchzen an: »Ist dir was passiert? Brauchst du Hilfe?« Wie in Trance richtete sie sich auf und die verheulten Augen starrten ins Leere. Hände, Brust, Bauch und Gesicht waren mit Blut beschmiert. Vor ihr stand ein Weidenkorb, den ein Tuch bedeckte.

Das war doch diese Alina. Was machte die bei diesem Gewitter heulend im Wald? Das ganze Blut. Oje, sie war verletzt. Hatte Wiebke, ihre Rivalin, ihr etwas angetan?

Ich rannte auf sie zu; dabei sah ich mich suchend um. Hoffentlich war ihre Peinigerin nicht in der Nähe. »Was ist passiert? Keine Angst, ich bin Klara Himmel, die Ehefrau des Dorfpolizisten und Mutter der Landärztin. Wir haben uns heute im Gemeindesaal gesehen. Ich bringe dich in Sicherheit«, redete ich beruhigend auf das Mädchen ein, obwohl mir das Adrenalin durch die Adern brauste. Ich schnappte ihren Korb und wollte ihr hochhelfen. »Komm!«

Ihr Blick klärte sich. Sie schüttelte meinen Arm ab und riss mir wie eine Furie den Korb aus der Hand, warf den Kopf in den Nacken und lachte hysterisch. Dann wand sie sich am Boden wie eine Schlange. Mit großen Augen stand ich wie zur Salzsäule erstarrt daneben. Was machte man in so einem Fall? Sie war ja völlig traumatisiert.

»Keine Angst! Ich bin okay. Ich habe mich nur gereinigt«, sagte sie und leckte sich das Blut von den Lippen.

Ich starrte sie ungläubig an.

»Aber *Sie* sehen aus, als bräuchten Sie Hilfe«, sagte sie und zeigte auf meine Hand, die von der Verstauchung zu einem undefinierbaren Klumpen angeschwollen war.

Ich fragte: »Mit Blut?«

»Ich habe ein schamanisches Ritual durchgeführt, damit Cynthias Seele den richtigen Weg in das Reich der Toten findet.«

»Aha!« Mehr fiel mir dazu nicht ein.

»Das Blut stammt von einem Huhn.« Sie deutete auf eine kreisrunde kahle Stelle im Rasen, die wohl von einem Feuer herrührte. Dort lag ein kopfloses Huhn, dessen schwarz gesprenkeltes weißes Gefieder mir ziemlich bekannt vorkam. Pai no joo? Ich riss die Augen weit auf. »Woher hast du das?«, fragte ich empört.

Alina faltete die Hände zum Gebet. »Es ist mir zugelaufen, weil es mir vertraut hat und wusste, dass ich es von seinem bitteren Los befreie.«

»Und zum Dank hast du dem armen Tier den Kopf abgehakt?«

»Besser ein Ende mit Schrecken, als ein Schrecken ohne Ende.«

»Ach so?«, schnaubte ich entrüstet.

»Es war dem Tod geweiht. Erbarmen zeigt, wer die Qual der Kreatur beendet.« Sie hob das tote Huhn über ihr zum Himmel gerecktes Gesicht. Als der nächste Blitz zuckte, tropfte sie das restliche Blut in ihren Mund und stimmte einen Singsang an. Ihr Lächeln schien von der Welt entrückt. Sie tanzte und geriet dabei durch immer schneller werdende Bewegungen in Ekstase, bis sie erschöpft zu Boden sank. Im Vergleich zu Wiebkes Wutausbruch im Gemeindesaal wirkte das esoterische Getue wie ein schlechtes Schauspiel auf mich.

Irritiert schüttelte ich den Kopf. Die Situation wurde mir zu verrückt. Ich glaubte nicht an Magie oder Heilung durch Handauflegen. Vielleicht lag es daran, dass unsere Tochter Schulmedizinerin war. »Ich will dann auch nicht länger stören«, verabschiedete ich mich.

Entgegen meiner Erwartung unterbrach sie die Zeremonie, hielt mich am Arm zurück, legte ihre blutigen Finger auf mein geschwollenes Gelenk und murmelte eine Beschwörungsformel, die die Heilung wohl beschleunigen sollte. Die tickte doch nicht ganz richtig! Oder hatte sie gar Drogen genommen? Ich ließ es unfreiwillig geschehen und bedankte mich sogar. Wer wusste schon, wie sie in ihrem Wahn reagierte, wenn ich offenbarte, was ich von ihren Methoden hielt.

Dann machte ich aber, dass ich zurück ins Dorf kam.

Irgendwie konnte ich diese Wiebke jetzt verstehen. Das Mädchen war mir nicht ganz geheuer.

Kapitel 7

Ich kam in Mordsacker an. Mensch und Federvieh hatten sich längst in ihre Behausungen zurückgezogen. Allein die Katzen streunten herum und hatten den Dorfplatz zu ihrem Versammlungsort erkoren. Entsprechend feindselig reagierten sie, als sich unsere Wege kreuzten.

Ich überlegte: Sollte ich nach Hause gehen und erst was Trockenes anziehen? Wie sollte ich Paul erklären, dass ich noch einmal loswollte? Dass es mir um die Zeit und bei dem Wetter nach einem Abendspaziergang gelüstete, würde er mir kaum abkaufen.

Natürlich könnte ich behaupten, dass ich Sophie besuchen wollte. Aber nach unsrem heutigen Intermezzo würde sie mir bestimmt kein falsches Alibi verschaffen, um meine heimlichen Ermittlungen zu unterstützen.

Also bog ich gleich zum Friedhof ab.

Die zerfetzte Folie im notdürftig zugeklebten Wohnzimmerfenster flatterte fröhlich im Wind. War da bereits jemand in das Haus eingedrungen, nachdem Anette es abgeschlossen und versiegelt hatte? Vorsichtig pirschte ich mich heran, versteckte mich hinter einem Rhododendronbusch, lauschte und beobachtete die Hinterseite des Hauses. Weder bewegte sich etwas noch sah ich den Schein einer Taschenlampe im finsteren Haus. Außer dem Pfeifen des Windes, der weiter an der Folie zerrte, und dem Klappern eines Fensters im Dachgeschoss, war nichts zu hören. Wahrscheinlich hatte sich die dünne Plane beim Sturm gelöst.

Ich stieg ein, schloss die offenen Fensterläden der Gartenseite, ohne sie zu verriegeln. Dann schaltete ich das Licht ein. Das Wohnzimmer sah bis auf den leeren Stuhl unverändert aus. Nur das Ticken der Standuhr durchbrach die Stille. Obwohl der Raum durch das kaputte Fenster belüftet worden war, roch es unangenehm nach den Flüssigkeiten, die einem Menschen nach dem Tod aus dem Körper entweichen. Fliegen labten sich an den Säften und hatten sich nicht nur in der Lache am Fußboden unter dem Stuhl angesammelt. Sie machten sich auch über die halb zerflossene Torte mit der dekorativen Rosenverzierung aus Marzipan her. Die essbaren Blüten brachen langsam auseinander, so als würden sie verwelken.

»Ja, so ist das mit den Rosen, genau wie mit Mädchen: *Kaum entfaltet, ist ihre holde Blüte schon veraltet*«, zitierte ich Orsino aus Shakespeares Komödie *Was ihr wollt*. Diese Szene hatte sich bei mir eingebrannt, weil ich sie den Schauspielstudenten an der Akademie oft zum Fraß vorgeworfen hatte.

Mich wunderte, dass Huck Torte und Teetasse nicht zur toxikologischen Untersuchung ins kriminaltechnische Labor mitgenommen hatte.

Ah, Moment! Die Tasse war leer. Also hatte er den Inhalt umgefüllt. Und der Tortenstückrest auf Cynthias Teller fehlte genauso wie der angefangene Abschiedsbrief und der Füllhalter. Auf dem blauen Theatertextordner lag nur noch ihre Brille. Außerdem vermisste ich den bunten Blumenstrauß, mit dem Cynthia Sommer und Tod in Form des Eisenhuts aus ihrem Vorgarten ins Haus geholt hatte.

In dieser Hinsicht zollte ich Huck Respekt. Er hatte die entscheidenden Spuren, die den Nachweis für einen vermeintlichen Selbstmord erbrachten, gesichert. Aber eben nur diese. Für ihn hatte das Ergebnis von vornherein festgestanden. Kein Wunder, dass in Deutschland jeder zweite Mord unentdeckt blieb. Gerade wenn alte und kranke Leute starben …

Entweder fehlte Huck der nötige Instinkt oder er verhinderte weitere Ermittlungen aus Faulheit …

Vielleicht wollte er aber auch Sophie mit seinem schnellen Urteil beeindrucken. Schließlich hatte er sich nicht ohne Grund vor ihr wie ein Gockel aufgeplustert.

Ich drehte mich einmal ratlos im Kreis, blieb stehen und kratzte mich am Kopf. Wonach suchte ich eigentlich?

Nach Indizien, die mein Bauchgefühl bestätigten, dass Cynthia mit ihrem Mörder Tee getrunken und Torte gegessen hatte.

»Der Zweitschlüssel!«, murmelte ich vor mich hin. Wenn ich ihn nicht fand, gab es entweder keinen – was ich nicht glaubte, denn gerade eine alte, gebrechliche Frau sollte immer jemanden einen Nachschlüssel anvertrauen, wenn sie Hilfe brauchte – oder der Täter hatte ihn mitgenommen, und die Hintertür von außen zugeschlossen.

Ich schaute mir beide Schlösser an Vorder- und Hintertür an. Es handelte sich um Sicherheitsschlösser. Also kriegte ich über den Hersteller des Schlüssels heraus, wie viele Exemplare davon angefertigt wurden. Dafür brauchte ich aber mindestens den, der an der Haustür von innen gesteckt hatte. Ich untersuchte alle Schlüssel am Schüsselbrett. Sie passten weder vorne noch hinten. Anette hatte das Haus abgeschlossen, versiegelt und den Schlüssel mit auf die

Dienststelle genommen. Es war kein Problem, ihn zu besorgen.

Stopp! Bevor mir die Gedanken wie durchgehende Pferde davongaloppierten, brauchte ich unbedingt etwas zu schreiben. Ohne dass ich mir meine Beobachtungen und Vermutungen notierte, vergaß ich die Hälfte. Ich suchte in den Schubladen und Fächern des alten Buffets im Wohnzimmer nach Stift und Papier und wurde umgehend fündig. Cynthia war offenbar eine sehr ordentliche Frau, die ihr Leben bis in die kleinste Ecke gut sortiert hatte. Es war also möglich und keine Illusion, was Ikea uns mit seiner Kleiderschrankwerbung vorgaukelte, dachte ich und gelobte Besserung.

In der Küche bezweifelte ich, das hier jemals gebacken und gekocht worden war. Wie in meiner Berliner Wohnung zeigten die teuren Einbaumöbel keinen Hauch von schmutzigen Küchenschlachten. Neben der Spüle stand ein sauberes Gedeck bestehend aus Dessertteller, Untertasse und Tasse des gleichen Service wie auf der Kaffeetafel samt silbernem Teelöffel und Kuchengabel.

Interessant! Ich spitzte die Lippen und guckte in Hochglanzschränke. Bunte Steinguttassen, Teller und Schüsseln standen ausgerichtet wie Soldaten beim Staatsempfang in Reih und Glied. Töpfe und Pfannen waren der Größe nach ineinander gestapelt. Ein schlichtes Edelstahlbesteck lag sortiert im dafür vorgesehenen Kasten.

Ich folgerte: Cynthia hatte Alltags- und Sonntagsgeschirr unterschieden, denn das Gedeck auf dem Kaffeetisch war aus feinstem Porzellan mit Zwiebelmuster. In meinem Bauch kribbelte es. Entweder war der Besuch, den sie erwartet hatte, nicht gekommen und sie hatte sich vor Enttäuschung, vielleicht sogar Wut, ein Viertel der Torte in den Mund geschoben und danach umgebracht. Oder der Besuch hatte sein benutztes Geschirr und Besteck heiß abgewaschen, um seine DNA-Spuren daran zu beseitigen. Von Paul wusste ich, dass das möglich war. Ich betrachtete das einzelne Gedeck des guten Porzellans neben der Spüle.

Nachdenklich lief ich zurück ins Wohnzimmer und fand das edle Service in der Vitrine. Unbewusst zählte ich die Einzelteile; *zwölf Speiseteller, zwölf Suppenteller, zwölf Eierbecher, zehn Dessertteller, zehn Untertassen und zehn Kaffeetassen.*

Gedeck Nummer elf stand auf dem Tisch und Gedeck Nummer zwölf neben dem Spülbecken. Ich huschte zurück in die Küche. Der Geschirrspüler war leer. Alles Geschirr stand in diesem Haushalt an Ort und Stelle.

So penibel wie sie war, hätte sie das saubere Gedeck samt Silberbesteck doch gleich in die Vitrine im Wohnzimmer zu den anderen Teilen des Porzellanservice geräumt, anstatt es erst in die Küche zu tragen. Nachdenklich guckte ich in den Kühlschrank. Drei Scheiben Wurst und Käse in Tupper-Dosen, ein Pfirsich, zwei Äpfel, drei Tomaten und eine Schüssel voller Kirschen. Meine Adrenalinpumpe sprang an. Kirschen!

Am Daumennagel knabbernd eilte ich zurück ins Wohnzimmer und suchte unterm Tisch nach der Serviette, mit der ich heute Nachmittag die Brille der Toten angefasst hatte. Auf ihr war ein Kirschmotiv abgebildet.

Sie fehlte. Achselzuckend schob ich die Unterlippe vor. Dann hatte Huck sie bestimmt auch mitgenommen. Aber wo war die Serviette zu dem zweiten Gedeck?

Wenn Cynthia für sich und ihren Gast die Kaffeetafel gedeckt hatte, legte sie bestimmt nicht nur für sich eine Serviette hin. Möglichkeit A: Der Besuch kam nicht, sie brachte das unbenutzte Gedeck samt Besteck in die Küche, obwohl es eigentlich in die Wohnzimmervitrine gehört. Wo hatte sie die unbenutzte Serviette hingelegt? Zurück in die Verpackung oder hatte sie sie, weil sie einmal angefasst worden war, entsorgt?

Ich lief zurück in die Küche und guckte in den Mülleimer. Er war leer und nur mit einem frischen Plastikbeutel ausgekleidet. Nichts! Kein Fitzelchen von einem Indiz. Heute war Dienstag, da kam die Müllabfuhr. Vielleicht hatten die alles mitgenommen. Die Tonne stand jedenfalls vor dem Haus. Dort konnte ich nachher einen Blick reinwerfen. Ich hielt inne. Aber wenn ich jetzt nicht anfing, für mich etwas schriftlich festzuhalten, würde ich die Details vergessen.

Ich unterbrach die Nachforschung und notierte stehend, wie bei einem Brainstorming, erst einmal alles unzensiert auf einem Blatt, was mir einfiel. Dann setzte ich mich doch an den fremden Küchentisch und besann mich auf die Methode des Mindmappings, die ich früher benutzt hatte, um Schauspielkurse und Veranstaltungen zu planen. Dabei hatte man auf einem Blatt alle Fakten im Überblick, vergaß kein Detail und konnte die Zusammenhänge besser erkennen.

Ich strukturierte die Puzzleteile in Kategorien und entwickelte eine Strategie für mein Vorgehen.

Du musst wie damals als Kommissarin Emma Schröter denken! Ich versuchte, mich in meine einzige Fernsehrolle hineinzuversetzen. Was hätte Emma als Nächstes getan? Ich starrte ein Loch in die Luft. Sie hätte aus den Beobachtungen und Vermutungen den Tathergang rekonstruiert.

»Okay, der Fundort ist der Tatort. Der Täter kam zur Vordertür herein. Das Opfer hat ihn oder sie vermutlich als

Gast erwartet, um mit ihm oder ihr beim Kaffeetrinken etwas zu besprechen, zu feiern oder einfach nur zu plaudern. Hat Cynthia heute Geburtstag gehabt? Sie hatte sich so hübsch mit weißer Bluse, Perlenkette und Brokatrock herausgeputzt.« Ich hielt inne. Dann murmelte ich weiter vor mich hin: »Da es an ihrem Körper kein Anzeichen von Fremdeinwirkung gibt, hat der Täter oder die Täterin ihr das Gift nicht mit Gewalt verabreicht, sondern in einem unbeobachteten Moment.« Voll konzentriert drehte ich den Stift in der Hand. Die vermeintliche Tatwaffe, der Eisenhut, befand sich in der Vase unter den anderen Blumen, die ebenfalls so aussahen, als stammten sie aus Cynthias Vorgarten. Was natürlich erst von der kriminaltechnischen Laboruntersuchung bestätigt werden musste. »Es kann auch gut möglich sein, dass der Gast den Blumenstrauß mitgebracht hat«, setzte ich das Selbstgespräch fort. Die Ergebnisse der Untersuchung würde Anette morgen auf dem Tisch haben und ich musste nur der Dienstelle einen Besuch abstatten.

Ich kaute auf dem Kugelschreiber herum und fragte die Wand: »Wie soll der Gast das angestellt haben?«

Die Wand blieb stumm. Anscheinend erschien es ihr genauso unmöglich wie mir. Aber irgendwie musste das Gift ja in den Tee gekommen sein. Reichte der Pflanzensaft im Stiel aus, um einen Menschen innerhalb kürzester Zeit zu töten? Die Wurzel war am giftigsten …

Ich wiegte den Kopf hin und her. Das musste ich unbedingt recherchieren.

Schlüssiger erschien mir, dass der Täter den Tatort manipuliert und dafür die Pflanze aus Cynthias Vorgarten nachträglich in den Strauß gesteckt hatte, um eine falsche Spur zu legen. Es sollte wie ein Selbstmord aussehen.

Plötzlich schoss mir ein Satz wie ein Querschläger durch den Kopf. *Erbarmen zeigt, wer die Qual der Kreatur beendet.* Oh Gott! Cynthia hatte einen Tumor in der Brust, der schon Metastasen streute und laut Sophies Aussage bestimmt schmerzhaft war. Und sie wurde in letzter Zeit öfter mit dieser verrückten Alina gesehen, die sich für eine Schamanin hielt. Und was hatte sie gleich noch mal über das getötete Huhn gesagt, von dem ich hoffte, dass es nicht identisch mit unserer Diva war. *Es ist mir zugelaufen, weil es mir vertraut hat und wusste, dass ich es von seinem bitteren Los befreie.*

War dieses Mädchen so etwas wie ein Todesengel, der sich berufen fühlte, Gott zu spielen? Die Rentner hatten doch gesagt, sie hätte den alten Thiessen gepflegt – aber nur drei Wochen, dann hatte der Sohn sie plötzlich gefeuert. Aber warum? Hatte sie sich mit der kranken Cynthia vielleicht ein neues Opfer gesucht? Ich war entsetzt. So vorschnell durfte ich mich nicht auf eine Möglichkeit einschießen, sonst war ich nicht besser als Huck.

Ich schrieb das Wort Tatverdächtige und unterstrich es. Darunter notierte ich den Namen Alina. Nachname: Unbekannt. Den bekam ich bei Karen in der Pension raus.

Die Standuhr gongte in Moll und ich erinnerte mich an: »Hört ihr Kinder und lasst euch sagen: Die Glock' hat zwölf geschlagen!«

Mitternacht! Ich hatte wieder einmal die Zeit vergessen. Paul war garantiert sauer. Komisch, der Groll auf ihn war im Zuge meiner Ermittlungen irgendwie verflogen.

Aber ich war noch nicht fertig. Ob ich jetzt nach Hause kam oder erst in einer Stunde, war eigentlich egal, er würde so oder so meckern.

Ich konzentrierte mich wieder und griff meine Idee auf, dass der Täter den Tisch mit der Pflanze aus Cynthias Vorgarten dekoriert hatte, um den Verdacht auf einen Suizid zu lenken.

»Er hat das Gift einer anderen Eisenhutpflanze bereits mitgebracht und unbemerkt in den Tee geträufelt. Zum Beispiel, während das Opfer den Raum verlassen hatte, um irgendetwas zu holen.« Mein Blick fiel auf den Lappen, der über dem Wasserhahn der Spüle hing. Der Täter oder die Täterin konnte vorsätzlich gekleckert haben, um Cynthia aus dem Wohnzimmer zu locken. Ich lief in die gute Stube und guckte mir die Tischdecke genau an. Blütenweiß, bis auf den großen Fleck, den die Tote selbst hinterlassen hatte.

Und unter dem Tisch? Ich ging auf die Knie und strich mit der Handfläche über den Teppich unter und neben den Stühlen, wo der vermeintliche Gast gesessen haben konnte. Ha! Da hing eine winziger Fetzen in Rot zwischen den ansonsten porentiefreinen bordeauxroten Teppichfasern, die sich irgendwie feucht anfühlten. Ich pulte ihn heraus und legte ihn mir auf die Hand. Das war ein Stück von einer Serviette. Jemand hatte damit auf dem Teppich herumgerubbelt. Der Zellstoff hatte die Feuchtigkeit aufgenommen und sich abgelöst.

Ich bückte mich tiefer und roch am Teppich. Leider war ich im Gegensatz zu Nachbar Hinrichsens Dackel Putin kein Hund. Gegen seine fünfundzwanzig Millionen Riechzellen besaß ich eben nur fünf Millionen. Ich könnte ihn entführen und zu meinem Assistenten ausbilden. Dann hätte er tagsüber was zu tun und würde nachts schlafen und mich nicht mehr mit seinem Gejaule nerven. *Blödsinn. Klara, hör auf zu spinnen! Konzentrier dich lieber, sonst kommst du heute überhaupt nicht mehr ins Bett.*

Eigentlich war der Fetzen noch kein Beweis für meine Hypothese. Da sich die Stelle aber feucht anfühlte – hier wurde eindeutig mit einem nassen Tuch nachgewischt –, nahm ich an, dass das Malheur erst heute passiert war. Meine Theorie von einem Gast erhärtete sich. Bloß wie konnte ich sie belegen?

Noch mal von vorn: Wenn der Täter absichtlich gekleckert hatte, benutzte er seine Serviette, um sich abzuputzen und den Teppich zu säubern. Cynthia war sicher aus Angst um ihren guten Perser entsetzt aufgesprungen. Ein Umstand, den der Täter einkalkuliert haben könnte. Das hieße: Der Täter kannte sie gut.

Ich merkte, dass ich glühte und spielte in der Rolle von Cynthia die mögliche Szene nach: Während sie ein nasses Tuch oder den Lappen aus der Küche holte, hatte der Täter ihr das Gift in den Tee geschüttet. Sie kam zurück, beseitigte das Missgeschick, brachte den Lappen wieder weg, setzte sich zurück an den Tisch und trank den tödlichen Tee. Der Todeskampf setzte ein, ihr Herz versagte, sie kippte nach vorn und war beinahe sofort tot.

Dann schlüpfte ich gedanklich in die Rolle des Täters. Er brachte sein Gedeck samt Besteck in die Küche, wusch es heiß ab und stellte es neben die Spüle. Die benutzte Serviette nahm er mit, weil an ihr seine DNA-Spuren klebten.

Und wie beweise ich das jetzt?

Ich durchforstete die Schubladen in der Vitrine. Wer sein Sonntagsgeschirr im Wohnzimmer aufbewahrte, lagerte die Servietten bestimmt auch dort. In einem mit Rosenmotiv bemalten Holzkasten lagen mehrere angefangene Serviettenpäckchen. Ich sortierte Weihnachts- und Ostermotive sowie einfarbig blaue und grüne mit aufgedruckten Zitronen aus. An der ziemlich vollen Packung mit Kirschmotiv blieb ich hängen und verglich sie mit dem gefundenen Fetzen.

Hm! Schwierig ohne Brille. Das musste ich mir zu Hause unter der Lupe genau ansehen. Grübelnd lief ich in die Küche und suchte nach kleinen Folientüten, um den gefundenen Schatz zu sichern. Wenn ich bloß wüsste, ob sie die Packung neu angerissen hatte! Wie viele Servietten waren eigentlich in so einer Packung? Ich zählte. Dann verglich ich das Ergebnis mit der Anzahl Weihnachtsservietten. Was natürlich Blödsinn war, weil da auch welche fehlten. Ein brauchbares Ergebnis würde ich nur erhalten, wenn ich die Anzahl der Servietten in der angerissenen Packung mit einer unversehrten des gleichen Produktes verglich.

Gab es die Servietten in Bärbels Hofladen? Das würde ich gleich morgen früh herausfinden.

Noch ehe ich den Gedanken weiterführen konnte, hörte ich, dass sich jemand an der Eingangstür des Hauses zu schaffen machte. Ein Schlüssel wurde ins Schloss gesteckt. Verdammt, wer war das? Geistesgegenwärtig löschte ich in der Küche das Licht und huschte hinter die offen stehende Küchentür, wo ich vor Anspannung erst einmal die Luft anhielt.

Schritte bewegten sich ins Wohnzimmer, blieben stehen. »Habe ich echt vergessen, das Licht auszumachen? Alex, der Blödmann, hat mich voll durcheinandergebracht.«

Anette!

Es raschelte kurz, dann entfernten sich die Schritte wieder in den Hausflur.

103

Ich atmete auf. Doch zu früh gefreut. Anette kam zurück und murmelte: »Wieso ist der Fensterladen verschlossen?«

Oh! Sie hatte bestimmt gemerkt, dass die Folie am Fenster zerrissen war und würde nun mit gezogener Waffe das Haus nach dem Eindringling durchsuchen.

Kurze Stille. Dann vernahm ich, wie sie den Fensterladen einhakte.

»Der Wind hat es zugeschlagen«, sagte Anette zu sich selbst. Sie stieg die Treppe herauf und ich hörte, dass sie oben ein Fenster schloss, wieder hinunterlief und die Haustür hinter sich absperrte.

Bloß gut, dass der liebe Gott sie mit dem kriminalistischen Instinkt eines Goldfischs ausgerüstet hat. Das war knapp!

Ich trat hinter der Tür vor und tastete mich ins Wohnzimmer zurück. Das Licht wieder einzuschalten, wagte ich vorerst nicht. Mein Puls raste. Sie hatte doch etwas weggenommen! Als sich meine Augen an die Dunkelheit gewöhnten, bemerkte ich, dass der Ordner auf dem Kaffeetisch fehlte. Was sie wohl damit vorhatte? Entweder hatte sie ihn noch als Beweismittel gesichert oder sie wollte ihn den Landfrauen übergeben, damit das Theaterstück stattfinden konnte.

Jemand starb und die Welt drehte sich für die Lebenden erbarmungslos weiter. Ich seufzte. Immerhin stand die Existenz von Karens Pension auf dem Spiel!

Beim Wort Existenz fiel mir der Neffe ein. Was hatte Steffi gesagt? Hauke Bernstein brauchte Geld und Cynthia lieh ihm schon lange nichts mehr. Man hatte ihn einmal wütend aus ihrem Haus rennen sehen. Damit besaß er ein eindeutiges Motiv.

Er wohnte in Lütjendorf, hatte sich aber ziemlich schnell unter die Gaffer vor Cynthias Haus gemischt. Sollte sich die Neuigkeit so schnell bis ins Nachbardorf herumgesprochen haben oder war er nur neugierig, ob die Polizei ihn schon verdächtigte? Er war ein grobschlächtiger Kerl und ich bezweifelte, dass Cynthia ihn unter den gegebenen Umständen zum Kaffeeklatsch eingeladen und sich extra für ihn schick gemacht hatte. Außerdem morden meistens Frauen mit Gift.

Schon wieder hörte ich Geräusche. Es schepperte. Irgendetwas war im hinteren Hof umgefallen. Streifte eine Katze über den gepflasterten Platz, wo mehrere Blumenkübel und Blumentöpfe standen? Ein Schlüssel wurde an der hinteren Haustür im Schloss umgedreht. Das war definitiv keine Katze.

Wohin jetzt? Ich riss die Tür zu einem Raum neben dem Wohnzimmer auf und befand mich in Cynthias Schlafzimmer. Es roch nach alter Frau und Melissengeist.

Hurtig verkroch ich mich unter dem Bett, weil mir nichts Besseres einfiel. Ich hörte, wie schwere Schritte durchs Haus trampelten. Rumpelnd krachten Gegenstände zu Boden. Eine Männerstimme fluchte. Die Schlafzimmertür flog auf. Das Licht ging an. Die Dielen ächzten unter den weißen Turnschuhen der Marke Billig, die so groß wie Babysärge waren und auf das Bett zukamen.

Das konnte nur der Neffe sein, denn die Turnschuhe waren mir an seinen Riesenfüßen aufgefallen, als er sich zu den Schaulustigen gesellt hatte. Ich rutschte weiter an die Wand, an der das Bett mit einer Seite stand. Cynthias Neffe riss Schränke und Schubladen auf. Kleiderbügel klapperten und Wäsche fiel zu Boden. Er ärgerte sich offensichtlich darüber, dass er nicht fand, was er suchte, denn er schnaubte wie ein Pferd und pfefferte etwas gegen die Wand. Ich zuckte kurz zusammen. Tabletten kullerten mir vors Gesicht. Er setzte sich aufs Bett. Der Lattenrost über mir bog sich gefährlich durch. Kurze Pause. Dann hörte ich, wie er Stoff auffetzte. Federn flogen herum bis unter das Bett und kitzelten mich an der Nase. Verdammt! Ich hielt sie mir schnell zu.

Nicht auszudenken, was er mit mir macht, wenn er mich hier findet.

Panik überfiel mich beim Gedanken, dass alte Leute ihr Bargeld häufig unter der Matratze versteckten. Das wusste sicher nicht nur ich. Wenn er auf die gleiche Idee kam, war ich geliefert. Ich presste mich in die hinterste Ecke, machte mich steif wie ein Trockenfisch, in der Hoffnung, dass er mich mit den schwarzen Klamotten vielleicht so übersah. *Würden nur meine roten Locken nicht so leuchten.* Vorsichtig zog ich an einem dunkelblauen Zipfel, der im Spalt zwischen Wand und Bett herunterhing. Der Baumwollstoff gab nach und rutschte herunter. Über mir tobte der Kerl bedrohlicher als das Gewitter, aus dem ich ohne größeren Schaden entkommen war. Keine Sekunde zu früh verkroch ich mich unter der Decke.

Die Matratze flog hoch, der Lattenrost krachte polternd aus der Halterung und begrub mich in meiner Ecke unter sich. Ich biss mir auf die Lippen. Beim kleinsten Mucks würde er mich finden. Bernstein jubelte »Wusste ich's doch, die *ole Kreih!*« Plötzlich war es still. Hatte er mich entdeckt? Ich biss mir vor Angst auf den Daumen und presste die Augen fest zusammen. Lieber Gott, wenn ich hier lebend rauskomme, werde ich nie wieder auf eigene Faust herumschnüffeln! Papier riss und raschelte. Bernstein brabbelte: »Dreitausend …«

Puh! Er hatte gefunden, was er gesucht hatte.

»Kack, ich brauch mindestens zehn!«

Aus dem Hausflur drangen Geräusche. Bernstein verhielt sich still. Wer kam denn jetzt? Hier ging es ja zu wie auf dem Berliner Hauptbahnhof. Noch mal Anette?

Ich hörte wie Bernstein das Fenster öffnete, die Läden entriegelte und hinaussprang. Erleichtert atmete ich auf. Trotzdem blieb ich in meinem Versteck. Dass Anette mich entdeckte, wollte ich auf keinen Fall riskieren. Nachher machte sie mich noch für die Verwüstung im Haus verantwortlich und ich musste nicht nur ihr und Huck, sondern auch Paul Rede und Antwort stehen.

Aus dem Wohnzimmer näherten sich Schritte. Die Scharniere der Schlafzimmertür quietschten. Ich rührte mich nicht. Die Dielen knarrten leise.

Es handelte sich also um eine leichte Person, die beim Anblick des Chaos im Wohnzimmer zögerte. Anette? Nee, die Polizeimeisterin hätte sofort ihre Waffe gezogen und die angelehnte Schlafzimmertür mit dem Fuß aufgestoßen.

Ich lugte durch eine Ritze unter dem Stoff auf nackte Füße, die vor einem leeren Briefumschlag stehen blieben. Eine zierliche Hand, deren Ringfinger ein Rubin in Silberfassung schmückte, hob ihn auf. Den Ring hatte ich heute schon zweimal gesehen. Alina!

Sie hatte auch einen Schlüssel? Interessant.

Sie sagte: »*Cholera Jasna!*«, was sich wie ein Fluch anhörte, den ich aber leider nicht verstand.

Bevor sie das Licht löschte und auf dem gleichen Weg, wie sie gekommen war, wieder verschwand, schloss sie Fensterladen und Fenster, durchsuchte die Schränke und herumliegenden Schubladen. Ich hörte noch, dass sie die Tür zum Garten hinter sich zuschloss.

Als es wieder still war im Haus, schlüpfte ich aus meinem Versteck. Die Standuhr mahnte mit einem Gongschlag, dass der neue Tag bereits eine Stunde auf dem Buckel hatte und es Zeit wurde, nach Hause zu gehen.

An die Standpauke von Paul mochte ich gar nicht denken. Er hasste es, wenn ich unterwegs war und mich stundenlang nicht meldete.

Kapitel 8

Zu Hause angekommen schlich ich mich wie ein Dieb ins dunkle Haus. Ein kurzer Blick in die Küche ernüchterte mich. Niemand hatte das Chaos vom Nachmittag aufgeräumt. Ich schaffte es sogar, unbemerkt bis ins obere Bad zu kommen. Dort versteckte ich meinen Schatz vorübergehend in der Schminktasche. Dann schlüpfte ich ins Nachthemd, huschte auf meiner Seite unter die Decke und tastete nach meinem Mann.

Pauls Seite war leer und sein Bettzeug weg. Irritiert stand ich wieder auf und lugte aus dem Fenster. Aus dem Stall hinterm Haus drang kein Licht.

Ich suchte ihn im Arbeitszimmer, wo die Besuchercouch stand.

Wo war er? Mich im Dorf suchen? Verdammt!

Das schlechte Gewissen piesackte mich. Ich holte das Handy, das ich beim Ausziehen im Bad liegen gelassen hatte. Der Akku war leer. Ich lud es auf, wartete kurz, bis es sich wieder einschalten ließ und gab die PIN ein, um die SIM-Karte zu entsperren. Nicht ein Anruf von Paul in Abwesenheit. Dann war er wegen unseres Streits mehr als sauer. Ich stemmte die Hände in die Hüften. Oder lag es daran, dass ich ihn mit seinen Viechern im Stich gelassen hatte. »Puh!« Ich schlüpfte in die Gartenlatschen und lief zum Ziegenstall, aus dem zwischen kläglichem Gemecker Schnarch-Tiraden drangen.

Ich öffnete die Tür einen Spalt breit. Paul schlief zwischen den Ziegen im Stroh, bewacht von einem schwarz-weiß gesprenkelten Huhn. Die Diva lebte! Es freute mich, obwohl sie den Schnabel hob und mich böse anfunkelte. Ich gönnte ihr die Nacht mit Paul und entfernte mich vorsichtig, um ihn nicht zu wecken. Eigentlich fast ein Ding der Unmöglichkeit, denn er hörte selbst im Tiefschlaf jedes Geräusch.

Ich gähnte. Es wurde Zeit, dass ich auch eine Mütze voll Schlaf bekam. Meine verletzte Hand bettelte um Kühlung. Völlig erschöpft freute ich mich auf den nächsten Tag, der mehr als Marmelade kochen versprach.

Am nächsten Morgen war ich entsprechend früh auf den Beinen. In der Chaosküche zischte die Kaffeemaschine. Paul stand barfuß in T-Shirt und Boxershorts davor. Strohreste hingen ihm an den Klamotten. Er gähnte.

»Moin!«, startete ich einen Versöhnungsversuch. Er ignorierte mich genauso wie die Unordnung. Stumm wie ein Fisch nahm er die gefüllte Tasse.

»Du redest also nicht mehr mit mir?«

»Gewöhn dich schon mal daran.« Er trank einen Schluck und schlurfte Richtung Terrasse. Entweder gönnte er sich gleich ein gemütliches Frühstück in der Morgensonne oder er wollte zurück in den Stall.

Bevor er aus der Tür trat, fragte ich zaghaft nach: »Wie geht es denn deinen Ziegen?«

»Tu doch nicht so, als ob dich das interessiert«, brummte er. Ich hatte ihn mehr als verärgert. Entsprechend kleinlaut sagte ich: »Sorry, ich war gestern etwas länger unterwegs«, und holte mir eine Tasse aus dem Schrank.

»Na und! Du machst doch sowieso, was du willst«,

brachte er einsilbig heraus und ließ mich stehen. Auf der Terrasse schlüpfte er in seine Gartenlatschen.

Vielleicht sollte ich ihn einweihen. Die nächtliche Aktion war nicht ganz ungefährlich. Ja, ich hatte wieder unüberlegt gehandelt, aber wer rechnete denn auch damit, dass es in dem Haus der alten Dame zuging wie auf dem Basar.

Wenn ich Paul von Huck erzählte, würde er sich bestimmt mit mir verbünden. Ich überlasse ihm meine Informationen und er kann dem arroganten Typen beweisen, wer hier der Profi ist. Im Gegenzug verlange ich, dass er noch mal wegen meiner Aussage vor Gericht vernünftig mit sich reden lässt.

Ich eilte ihm hinterher. »Willst du gar nicht wissen, wo ich war?«

»Nein!« Er setzte sich auf die Bank vor dem Stall, streckte die Beine aus, trank einen Schluck und reckte dann das Gesicht mit geschlossenen Augen in die Sonne.

Weil er keine Anstalten machte, beiseitezurutschen, blieb ich vor ihm stehen und fragte: »Dieser Alexander Huck, was ist denn das für ein Schnösel?«

Paul reagierte nicht. Während ich es ihm gleichtat und ebenfalls das Gesicht mit geschlossenen Augen zur Sonne reckte, sagte ich: »Er hat den Fall der toten Cynthia Bernstein übernommen, weil du dir gestern frei genommen hast.«

Ich öffnete die Augen und guckte Paul an. Immer noch keine Reaktion.

»Der kann alles und weiß alles, oder? Auf den ersten Blick stand für ihn fest, dass es Selbstmord war. Der hat doch überhaupt keinen kriminalistischen Spürsinn, genau wie Anette, die wegen einer umgefahrenen Straßenrandmarkierung eine Belohnung ausschreibt und wegen eines verschwundenen Fahrrads sicher eine Sonderkommission einrichten und Verstärkung anfordern würde. Entscheidende Indizien an einem Tatort, die auf einen Mord hindeuten, übersieht sie aber.«

»Klara, behalt es für dich! Ich will davon nichts wissen.«

»Huck hat sich aber aufgeregt, dass du ihm nicht als Handlanger zur Seite standest und dir frecherweise freigenommen hast.«

»Klara, noch mal! Es interessiert mich nicht!«

»Auch nicht, dass er deine Tochter am Tatort angebaggert hat?« Ich linste zu ihm rüber.

Paul guckte gleichgültig zurück. »Sie ist schlau genug zu erkennen, was Huck für ein Typ Mann ist.«

»Eben nicht! Sie hat mit ihm geflirtet, auf Teufel komm raus.«

Paul verzog die Lippen zu einem überlegenen Schmunzeln und zuckte mit den Schultern.

»Du musst etwas unternehmen! Oder ist dir egal, wenn der Schnösel dein Schwiegersohn wird?«

»Übertreibst du nicht maßlos?«

»Nils hat sich von Sophie getrennt, weil seine Frau reumütig zurückgekehrt ist. Ich denke, er hat es wegen seiner Tochter Mathilda getan. Sophie steckt in einer emotional labilen Phase, da traue ich ihr so manche Dummheit zu …«

»Ach so!«

Ich gab zu: »Ja, das hat sie von mir, wenn es dich beruhigt.«

»Das tut es aber nicht!« Sein kalter Blick traf mich. Er trank seinen Kaffee aus und stellte die Tasse auf die Bank. Im Aufstehen sagte er: »Hör auf, dich aufgrund von bloßen Vermutungen in etwas hineinzusteigern. Damit hast du schon einmal beträchtlichen Schaden angerichtet.«

Das hatte gesessen.

Paul verschwand in seinem Stall. In mir kochte die Wut hoch.

Gut, dann eben keine Versöhnung! Wollen doch mal sehen, wer von uns die dickeren Eier hatte. Wenn er sich von diesem Huck beleidigen ließ, okay, seine Sache. Aber ich ließ mich von dem eingebildeten Kerl nicht als einfältige Frau, die zu viele Krimis guckt, abkanzeln. Ich würde ihm beweisen, dass er mit seiner Selbstmordtheorie falschlag.

Entschlossen eilte ich zurück ins Haus. Pauls Tasse ließ ich stehen, so weit kam es noch, dass ich ihm seinen Kram hinterherräumte!

Ich setzte mich an den Schreibtisch im Arbeitszimmer und wertete die Aufzeichnungen der letzten Nacht aus. Dabei kühlte ich meine Hand mit einer Kalt-Kompresse. Das tat gut. Die Schwellung war kaum noch zu sehen.

Nach einer Stunde hatte ich mir eine ordentliche Übersicht der Fakten erarbeitet. Dabei kristallisierten sich Hauke Bernstein und Alina als gleichstarke Tatverdächtige heraus. Beide besaßen einen Schlüssel zu Cynthias Haus. Wobei ich nicht wusste, ob sie ihn im Vertrauen zu Lebzeiten von der Toten bekommen oder sich nach der Tat einfach genommen hatten.

Hauke brauchte eindeutig Geld. Hingegen könnte Alinas Motiv für ein höheres Ziel gestanden haben. Die Irre fühlte sich berufen, Kreaturen von ihrem Leid zu befreien. Oder steckte hinter dem Hokuspokus auch nur die Gier nach dem schnöden Mammon? Was hatte sie gestern Nacht im Haus der Toten gesucht? Auch Geld? Hatten nicht die meisten Todesengel, die in Altenheimen oder Krankenhäusern ihr

Unwesen trieben, nur gemordet, um letztendlich an das Vermögen ihrer Schützlinge zu gelangen? Wer war diese Alina, wo kam sie her? Weshalb hatte Thiessen junior sie gefeuert? Und warum freundete sich ein junges Mädchen mit einer dreiundsiebzigjährigen Frau an?

Tausend Fragen.

Für die Antworten musste ich das Haus verlassen und mich ins Getümmel stürzen. Bärbels Hofladen war der beste Umschlagplatz für die aktuellsten Nachrichten aus Mordsacker, und wenn ich Glück hatte, gab es dort auch die Servietten.

Ich betrachtete meine verstauchte Hand. Sie war wieder auf Normalgröße geschrumpft.

Puh, meine Nägel könnten auch mal wieder eine Generalüberholung vertragen. Das passte hervorragend, denn die zweitbeste Möglichkeit an den neusten Dorfklatsch zu kommen, war ein Besuch in Monis Frisiersalon.

Ich zog mich an, schlüpfte in die Sandalen und sah mein grünes Tuch auf der Flurkommode. Mir fiel das Fahrrad ein, das ich im Wald vergraben hatte. Halbherzig setzte ich die Aufgabe, es zur Reparatur in die Werkstatt nach Neustrelitz zu bringen, an die letzte Stelle auf meine Prioritätenliste des Tages. Bevor ich mich darum kümmerte, gab es Wichtigeres zu tun. Und die verdreckte Küche musste ich auch später aufräumen.

Kapitel 9

Im Hofladen von Bärbel Fries war es überraschend leer. Selbst die Besitzerin stand weder hinter ihrem Tresen noch räumte sie Regale ein.

»Moin!«, grüßte ich extralaut und bekam keine Antwort. *Ganz schön leichtsinnig, Laden und Kasse unbeaufsichtigt zu lassen.*

Ich schnappte mir einen Korb und wanderte durch die zwei Regalreihen. Vom Kohlkopf über Zahnpasta bis zur Grillkohle gab es alles, was man zum fröhlichen Landleben so brauchte. Selbst eine kleine Auswahl an Schuhen, Haushaltswaren, Zeitschriften, Groschenromanen und Textilien hielt Bärbel in ihrem Sortiment für die Leute im Dorf bereit. Mordsacker lag weit ab vom Schuss; die nächste Stadt mit Einkaufsmöglichkeiten in dreißig Kilometer Entfernung. Der Linienbus fuhr nur dreimal, in den Schulferien höchstens zweimal am Tag.

Während ich hemmungslos in der Serviettenauslage herumwühlte, kam Bärbel Fries zusammen mit der bleichen Karen völlig aufgeregt aus dem Lager. Beide verströmten den Duft nach Zigarettenrauch, der sich sofort im ganzen Laden ausbreitete.

»Anette hat es doch gesichert ...«, beruhigte Bärbel die Pensionswirtin. Karen sank auf einen Stuhl neben der Kasse und sah aus, als würde sie im nächsten Moment kollabieren. Ups! Mein schlechtes Gewissen meldete sich. Hatte sie der

115

Fahrraddiebstahl so mitgenommen? Bärbel zauberte eine Wodka-Flasche samt Glas unter dem Tresen hervor und schenkte Karen einen Schnaps ein. Die Verzweifelte kippte ihn in einem Zug herunter.

»Moin, Klara!«, sagte Bärbel und ergänzte mit Blick auf die Serviettenpackung mit Papageienmotiv in meiner Hand: »Ein Restposten, diese Woche im Sonderangebot zu 0,59 Euro. So preiswert kriegste die nich' mal beim Billomarkt in der Stadt.«

»Danke, ich schaue nur mal! Eigentlich suche ich welche mit Kirschmotiv«, antwortete ich und legte die Packung wieder ins Regal, bevor ich scheinheilig fragte: »Was regt dich denn so auf, Karen?«

»Cynthia hat es nicht zu Ende geschrieben!«, stöhnte die Pensionswirtin und unterstrich die Dramatik ihrer Worte mit einer theatralischen Geste. Ich atmete erleichtert auf. Es ging gar nicht um das geklaute Rad.

Bärbel verdrehte die Augen: »Der gesamte dritte Akt fehlt.«

»Eine Katastrophe! Wenn das Spektakel nicht stattfindet, werden meine Gäste alle absagen.«

Bärbel winkte ab. »Ich weiß auch nicht, ob ich die Vorbestellungen bei der Brauerei rückgängig machen kann.«

»Scheiße, ich hab für die Modernisierung der Zimmer einen Kredit aufgenommen. Wie soll ich die Raten zahlen, wenn sie leer bleiben.« Noch ein Schnaps fand den Weg in Karens Rachen.

Damit gab sie mir die Steilvorlage, um das Gespräch in die gewünschte Richtung zu lenken. »Schlimme Sache mit Cynthia Bernstein.«

»Ihr Selbstmord schadet uns allen.«

»Seid ihr wirklich sicher, dass sie sich umgebracht hat?«, heizte ich die Gerüchteküche ein bisschen an.

»Anette, der hübsche Kommissar und deine Tochter haben den Selbstmord doch bestätigt.«

»Ja schon, aber so ein unfertiger Text ist doch nun wirklich keine Schande und kein Grund sich ...«

»Der Abschiedsbrief war für mich eindeutig«, unterbrach mich Karen. »Ich sag euch, sie hat sich geschämt und hätte es nicht ertragen, mit halb fertigem Textbuch vor uns zu treten. Cynthia war eine Perfektionistin durch und durch. Einen disziplinierteren Menschen habe ich nie kennengelernt. Was hat sie uns in den letzten Jahren bei den Proben getriezt«, ereiferte sich Karen und drehte das leere Glas in ihrer Hand.

Bärbel warf ein: »Wehe, du hattest deinen Text nicht gelernt.«

»Da kannte sie nichts!« Karen seufzte und schielte sehnsüchtig auf die Schnapsflasche in Bärbels Hand.

»Ich habe mich eben nur über ein Sache gewundert«, sagte ich so beiläufig wie möglich.

Beide guckten mich erwartungsvoll an. »Es ging mir nicht in den Kopf, dass sie alleine so viel von der Torte gegessen hat. Auch wenn nur ein Gedeck dastand, sah es für mich aus, als hätte sie Besuch empfangen.«

Karen entgegnete: »Cynthia beteiligte sich doch nicht an den Kaffeekränzchen der Rentnerinnen aus dem Dorf, die sich immer reihum treffen.«

»Nee, da hätte ihr ja jemand den Teppich dreckig gemacht«, bestätigte Bärbel gehässig und begründete ihr Argument: »Sie war schon immer eine verknöcherte Eigenbrötlerin. Und lass dich nicht von ihrer zierlichen Gestalt täuschen. Die konnte Mengen in sich hineinstopfen ...«

Karen ergänzte abfällig: »Besonders, wenn es kostenlos war.«

»Hatte sie denn keine Familie?«

»Mein Vadder hat immer gesagt, Cynthia war der Ladenhüter, den keiner wollte.«

»Ich glaub ja eher, es hat sich niemand wegen des jähzornigen Vaters an sie herangetraut«, wandte Bärbel ein.

»Sie hat bis zu seinem Tod mit ihm auf dem Hof gewohnt, den die Möllenhoffs nach der Wende für einen Appel und ein Ei gekauft haben. Das Haus, in dem sie gestorben ist, gehört nicht ihr, sondern der Kirche.«

»Dort hatte sie Wohnrecht auf Lebenszeit und das sogar …«, fügte Bärbel hinzu.

»Mietfrei!«, unterbrach Karen sie.

»Wie das?«, fragte ich neugierig.

Bärbel erklärte: »Bis zur Rente hat sie für unsere Pfarrei als Sekretärin und Haushälterin gearbeitet; erst für unseren Pfarrer Hassteufel und dann für seinen Nachfolger Pfarrer Bart.«

Karen erbettelte einen dritten Schnaps. Bärbel goss ihr einen Schluck nach und lachte. »Und was hat sie nun davon gehabt, dass sie ihr Sparbuch gestreichelt hat?«

»Wenn ich kostenlos wohnen würde, könnte ich auch sparen«, sagte Karen, kippte den nachgeschenkten Schluck hinunter und beschwerte sich gleich: »Das war ja nur für den hohlen Zahn.«

»Sehe ich aus wie die Heilsarmee! Das Zeug kostet mich zwölf Euro im Einkauf.«

Ich unterbrach die zwei und fragte: »Cynthia war also vermögend?«

»Na, ich schätze arm war sie nicht, hat ja kaum was ausgegeben.«

»So üppig war ihre Rente nun auch wieder nicht«, wiegelte Bärbel ab.

»Hauke wird sich schon auf sein Erbe freuen.«

»Wenn sie ihn nicht enterbt hat«, gab Bärbel zu bedenken.

Karen meinte: »Das traue ich ihr zu. Sie hat sich richtig geschämt, mit ihm verwandt zu sein.«

»Obwohl er immer im Garten und bei Reparaturen am Haus geholfen hat.« Bärbel nickte mir empört zu.

»Er ist sogar für sie einkaufen gegangen, als sie das Gipsbein hatte.«

Bärbel seufzte. »Obwohl sie so fromm war, konnte Cynthia gegenüber anderen sehr hartherzig sein.«

Ich lenkte das Gespräch in eine andere Richtung. »Steffi hat gesagt, Cynthia hing mit diesem jungen Mädchen herum, die, mit der Wiebke Möllenhoff gestern den Streit wegen der Hauptrolle im Theaterspektakel hatte.«

»Alina Grabowski«, sagten beide wie aus einem Munde. Bärbel zauberte zwei Schnapsgläser unter der Theke hervor, stellte sie neben Karens Glas und füllte alle drei auf.

Ich spekulierte: »Vielleicht hatte sie die junge Frau zum Kaffeetrinken eingeladen, um mit ihr vor der ersten Probe über das Spektakel zu reden.«

»Warum? Wenn Cynthia es doch nicht zu Ende geschrieben hat ...«, sagte Karen und kippte sich in ihrer Verzweiflung den nächsten Schnaps in den Hals. Bärbel erhob ihr Glas. »Na, denn man Prost!« Mir wurde schon vom Zusehen schlecht. Es war zehn Uhr vormittags. Nach dem Schnaps bin ich tot, dachte ich und prostete zurück. Die Flüssigkeit brannte sich bis in den Magen hinunter. Bläh! Ich schüttelte mich und mutmaßte weiter: »Vielleicht wollte sie mit ihr den dritten Akt zusammen entwerfen. Schauspieler improvisieren doch gerne. Die Geschichte entwickelt sich dann im Spiel weiter.«

»Du klingst, als hättest du Ahnung davon.«

Ich winkte schnell ab und stellte das leere Glas auf den Verkaufstresen. »Das hab ich mal in einem Artikel gelesen.«

Beide guckten mich mit großen Augen an. Ich sprach weiter: »Der blaue Ordner auf dem Tisch mit dem Text, warum lag er sonst da? Oder hatte Cynthia gar Geburtstag? Sie sah ziemlich herausgeputzt aus mit der weißen Bluse und der Perlenkette. Und ihre Kaffeetafel war auch sehr hübsch gedeckt.«

»So lief sie immer rum und wie gesagt, sie war eine sehr akkurate Person, schon so ein bisschen etepetete.«

Ein LKW rumpelte über die Dorfstraße und hielt direkt vor dem Schaufenster. Der Fahrer, ein schmächtiges Kerlchen, der sein Baseballcap nach hinten in den Nacken geschoben trug, eilte in den Laden und unterbrach unsere Unterhaltung. Er überreichte Bärbel Lieferscheine. Sie guckte sich die Papiere an. »Fahren Sie auf den Hof und dann links abbiegen. Ich komme gleich nach hinten an die Laderampe.«

Er stiefelte grußlos davon, sprang auf seinem Bock hinters Lenkrad und fädelte den LKW durch die schmale Toreinfahrt.

»Mädels, sorry, aber den muss ich kontrollieren, Sonderlieferung aus Polen.« Sie griff nach dem Kugelschreiber neben der Kasse und probierte ihn aus. Er versagte. Sie wühlte unter ihrem Verkaufstresen nach einem anderen herum. »Guck mal hier! Servietten mit Kirschmotiv.« Bärbel warf fünf Serviettenpackungen mit unterschiedlichen Motiven auf den Tresen, deren Verpackungsfolienecken eingerissen waren. »Die habe ich eigentlich aussortiert. Beschädigt sind nur die Verpackung und die oberste Serviette. Ich verkaufe dir zwei Packungen zum Preis von einer, einverstanden?«

Karen mischte sich ein und drehte die mit den gemalten Kirschen in ihrer Hand. »Hübsches Motiv, die hätte ich auch gerne für mein Frühstücksbuffet. Wieso hab ich die noch nicht bei dir gesehen?«

Die Hofladenbesitzerin winkte ab. »Das war ein Karton mit Restposten verschiedener Motive. Den hab ich erst vorgestern geliefert bekommen. Bei dem Händler werde ich nie wieder bestellen. Die Hälfte konnte ich aussortieren, weil die Ware beschädigt war.«

»Die nehme ich, sind wirklich hübsch. Die lagen auch neben Cynthias Leiche unterm Tisch.«

»Stimmt, die hat sie gestern früh gekauft«, sagte Bärbel.

Das bedeutete, sie hatte die Packung gekauft, weil sie Besuch erwartet hatte und im Sommer keine Servietten mit Osterhasen oder geschmückten Tannenbäumen auf den Tisch legen wollte. Wenn zwei Servietten fehlten, war das die Bestätigung für meine Theorie.

Bärbel sagte: »Schon gruselig die Vorstellung, wie schnell das Leben zu Ende sein kann. Wir haben noch über das Spektakel geredet und sie hat mich kritisiert, weil ich letztes Jahr manchmal zu spät zur Probe gekommen bin. Ich hab ihr sogar noch meinen Schirm geborgt, weil es nach Regen aussah und sie gerade vom Friseur gekommen war.« Bärbel presste die Lippen zusammen und wir verharrten in einer Gedenkminute.

War Cynthia extra zum Friseur gegangen oder war das ihr regelmäßiger Termin? Das würde ich auf der gegenüberliegenden Straßenseite bei Moni erfahren. Während ich bezahlte, sprang Karen wie von der Tarantel gestochen von ihrem Stuhl. »Verdammt, es ist gleich halb elf. Ich muss rüber in meine Pension, der Fliesenleger kommt und ich muss noch die Bettwäsche aus der Maschine nehmen, bevor ich nicht mehr ins Bad kann.« Sie stürmte aus dem Laden. Schade, ich hätte sie gerne noch ein bisschen über Alina Grabowski ausgefragt. Obwohl sie vier Schnäpse wie Wasser hinuntergekippt hatte, schwankte sie kein bisschen. Respekt!

Ich legte Bärbel zwei Euro auf den Tisch. Sie wollte mir das Wechselgeld geben. Ich erhob die Hände. »Stimmt so! Der Rest ist für den Schnaps.«

Draußen war es tropisch schwül. Vom Himmel hingen dicke Wolken träge herab. Erst nach Hause, Servietten zählen und Informationen sortieren oder sollte ich erst noch weitersammeln und mir gleich bei Moni die Nägel machen lassen?

Ich entschied mich für einen Besuch in Monis Friseurund Kosmetikstudio »Flodde Logge«, marschierte schräg über die Dorfstraße und betrat den Salon.

»Hallo, Moni«, grüßte ich mit aufgesetztem Lächeln. Auf fünf Stühlen saßen Rentnerinnen unter pinken Umhängen mit eingedrehten Haaren. Über ihren Köpfen rauschten Trockenhauben. Alle Damen steckten ihre Nasen in die Boulevardpresse. Es roch nach billigem Haarspray. Die Friseurmeisterin mit Zusatzausbildung in Kosmetik und Nageldesign stand hinterm Waschbecken und spülte gerade der Mutter von Wiebke Möllenhoff den Schaum aus den Haaren. Mist! Sie hatte alle Hände voll zu tun und keine Zeit, sich um meine ramponierten Nägel zu kümmern. »Ich dachte, ich komm mal vorbei und lasse mich von dir ein bisschen runderneuern. Ich sehe schon, du bist ausgebucht.«

Sie trocknete sich die Hände ab. »Heude Nachmiddag? Warde!« Moni holte Wiebkes Mutter ein Handtuch, schlang es ihr wie einen Turban um den Kopf und eilte zu ihrem Terminkalender, der auf dem Tisch neben der Registrierkasse lag. »Um vier hab ich Lufd?«

Ich nickte zustimmend und sie schrieb mich ins Buch. »Bis später!«, verabschiedete ich mich und stand im nächsten Moment wieder auf der Straße.

Also ab nach Hause! Ich zögerte. Vielleicht konnte ich Paul mit einem Matjesbrötchen versöhnen? Ich drehte auf dem Absatz um und lief zum südwestlichen Dorfausgang Richtung Brisenow, wo Steffis Fischbude, ein umgebauter Zirkuswagen, am Straßenrand stand.

Aus den offen stehenden Fenstern über der Vorderachse qualmte es. Schon von Weitem strömte mir der Geruch von gebratenem Fisch in die Nase. Ich stieg die zwei Stufen der Hühnerleiter zum Eingang des Imbisses hoch. Die Holzverkleidung, auf der sich gemalte Meeresbewohner im Wasser tummelten, strahlte mich maritim in Blau und Weiß an.

Auf einer Tafel neben der offenen Tür stand das Tagesangebot, das immer davon abhing, was Ole, Steffis Mann, am Morgen aus seinen Netzen aus dem See geholt hatte. War der Kartoffel- oder Nudelsalat auch aus dem Eimer, aber der Fisch war bei Steffi Wels immer frisch.

»Moin!«, grüßte ich und guckte um die Ecke. Über den vier Tischen und Bänken im Gastraum hing eine Wolke aus verdunstetem Bratenfett. Aus dem Radio erklang Musik.

Steffi tänzelte in einer winzigen Küche vor dem Herd herum und panierte Fischfilets, die sie anschließend in die Pfanne schmiss, dass das Fett nur so spritzte.

Sie wunderte sich: »Klara, was treibt dich denn in mein Reich.«

»Zwei Matjesbrötchen!«, sagte ich und blieb im Türrahmen zur Küche stehen.

»Damit kann ich leider nicht dienen. Matjes ist Hering und den gibt's nur im Salzwasser. Wie wär's mit gebackenem Zanderfilet an Kartoffelsalat? Den Zander hat Ole heute Morgen frisch gefangen.« Sie zwinkerte mir zu und wendete die krossen Filets in der Pfanne.

Das glaubte ich gern, aber wie alt der Kartoffelsalat war, verriet sie nicht.

»Zweimal ohne den Kartoffelsalat mit Brötchen. Eins esse ich gleich hier. Das andere nehme ich für Paul mit.«

Ich setzte mich an einen der Holztische, die zum Schutz vor Bierglasrändern und Fettflecken mit karierten Wachstuchdecken überzogen waren.

Steffi kam hinzu und wischte den Tisch ab. »Und, haben es die Ziegen geschafft?«

»Was? Ach so! Ja, wenn ich ehrlich bin, hab ich mich gar nicht gekümmert.«

»Wir hatten auch mal Ziegen. Hör auf! Die Viecher sind so anspruchsvoll. Jeden Tag hatten sie eine Überraschung parat, leider meistens keine gute. Neben ihrer Neugierde waren sie echt erfinderisch! Die Abmachung lautete: Sie bleiben in ihrem abgesteckten Revier. Ole sorgt für genügend artgerechtes Futter. Hielt er sich nicht an seinen Teil der Vereinbarung, erinnerten sie ihn. Es gab nichts, was es nicht gab!«

Sie schüttelte den Kopf. »Und aggressiv können die werden. Wir haben es bald aufgegeben, auch wegen Thorben. Als der Junge gerade mal elf war, hat der Bock ihm seine Hörner mit Schwung in die Seite gerammt. Das war nicht mehr lustig, wir hatten Glück, dass nicht mehr passiert ist.«

Sie schüttelte den Kopf und legte mir Besteck und Serviette hin. »Was zu trinken?«

»Ein stilles Wasser, bitte.«

»Bei mir gibt's doch kein Wasser. Wenn du schon mal da bist, dann müssen wir darauf anstoßen.«

Sie stellte eine bereits geöffnete Flasche Sekt auf den Tisch.

Oh nein, mir war noch von dem Schnaps in Bärbels Hofladen flau im Magen. Aber wenn ich Steffi davon abhalten wollte, in ihre Küche zu verschwinden, musste ich wohl oder übel mit ihr anstoßen.

Sie füllte die Gläser mit dem billigen Schaumwein, der zu allem Übel auch noch warm war. Ich lächelte gequält. Bevor ich daran nippte, brachte ich das Gespräch auf Cynthias Tod: »Anette hat das gestern ohne Paul gut gemeistert, findest du nicht auch?«

»Schlimme Sache mit Cynthia.«

»Karen ist fix und fertig, weil sie Angst hat, dass ihre Gäste die Reservierungen stornieren, wenn das Spektakel ausfällt.«

»Verstehe ich. Wir müssen es eben ohne Cynthia hinkriegen. Du bist dabei?«

Ich wollte mich keinesfalls festlegen. »Beim Text fehlt der komplette dritte Akt«, gab ich zu bedenken.

»Ach? Und woher weißt du das?«

»Von Bärbel und Karen. Anette hat den Ordner als Beweismittel gesichert und nachgesehen. Dabei fällt mir ein, wenn der Neffe alles erbt, wird er auch zum Besitzer von Cynthias Theatertexten. Das bedeutet, an ihn gehen alle Rechte über. Wenn er ein fieser Typ ist, verlangt er Kohle von uns, damit wir es überhaupt aufführen dürfen.«

»Dann sollten wir Anette darauf hinweisen, dass sie den Inhalt des Ordners schnell kopiert, bevor Hauke ihn in die Hände bekommt.« Sie kippte das Gesöff hinunter.

»Das wird nichts nützen. Ist er echt so ein fieser Kerl?«

»Eigentlich nicht, aber Hauke steht das Wasser bis zum Hals. Der ist mehr als pleite und würde seine Großmutter verkaufen, um an Geld zu kommen.«

Ich machte große Augen. »Das hattest du gestern schon angedeutet.«

Steffi hob die Flasche und wartete darauf, dass ich endlich austrank, um uns nachzuschenken. Dabei redete sie leise weiter: »Seit Hauke diesen Unfall hatte, ist er antriebslos, säuft und verbringt den ganzen Tag im Casino. Yvonne, seine Frau, hat mir erzählt, dass er Spielschulden im fünfstelligen Bereich angehäuft hat. Sie ist so fleißig, arbeitet im Schlosshotel als Zimmermädchen. Ein Knochenjob, wenn du mich fragst. Ich finde das völlig verständlich, dass sie ihren Mann unter den Umständen mit dem zwölfjährigen Malte verlassen hat.«

Ich nickte zustimmend. »Als Mutter hat man schließlich auch eine Verantwortung.«

»Seitdem ging es noch weiter bergab mit ihm. Es heißt, er hat so ein Inkassounternehmen am Hals. Russen!«

Ich setzte zum Trinken an. »Die fackeln nicht lange, wenn er nicht zahlt«, bestätigte ich und fragte nach einer rhetorischen Pause, in der ich das Glas wieder hinstellte: »Und trotzdem hat ihm seine Tante nicht geholfen? Du hast gestern gesagt, dass er sie immer am Haus und im Garten unterstützt hat.«

»Das war einmal.«

»Hat er sie bestohlen?«, provozierte ich. »Er hatte doch

bestimmt einen Schlüssel zum Haus? Da war es ein Leichtes, an ihr Geld zu kommen.«

»Den hat sie ihm schon vor Wochen abgenommen, angeblich hat sie ihn dabei erwischt, wie er die Schränke und Schubladen durchwühlt hat.«

Gestern Nacht fand er also, was er schon lange gesucht hatte ...

Ich prostete Steffi zu und schüttete mir den billigen Fusel in den Hals. Dabei kombinierte ich. Hauke Bernstein hatte sich entweder einen Nachschlüssel anfertigen lassen oder er hatte den Zweitschlüssel nach der Tat an sich genommen. Nachts war er zurückgekehrt, um das Geld zu suchen. Das hätte er auch gleich, nach Cynthias Tod, tun können, oder? Nein, das wäre zu riskant gewesen. Ich wiegte den Kopf hin und her.

Drei braun gebrannte Arbeiter, deren Gesichter verschwitzt glänzten, betraten den Imbiss. Steffi winkte ab »Es is' noch geschlossen! Essen gibt's erst ab elf.« Sie goss uns erneut ein.

Die drei brummten. »Dann ist unsere Mittagspause fast vorbei.« Aus der Küche roch es irgendwie angebrannt. Steffi sprang auf und stürzte zu ihren Pfannen. Sie steckte den Kopf um die Ecke und rief »Na gut! Setzt euch! Bier nehmt ihr euch aber selber aus dem Kasten.«

Die Männer ließen sich am Nebentisch nieder. Ihre Klamotten verströmten einen unangenehmen Geruch nach Arbeiterschweiß.

Außerdem hatte ich erst einmal genügend Informationen, über die ich nachdenken musste. Ich stand auf und trat neben die Küchentür. »Ich nehme die beiden Backfische mit. Du hast bestimmt gleich alle Hände voll zu tun, wenn der Laden voll ist.«

127

Kapitel 10

Zu Hause wurde ich allein von der gefederten Diva empfangen. Sie stellte sich mir auf dem Abtreter in den Weg. Ich hatte eindeutig das falsche Haustier adoptiert. Ein Hund freute sich, wenn sein Frauchen zurückkehrte und wedelte mit dem Schwanz oder sprang es fröhlich an. Eine Katze strich dir um die Beine und legte dir dankbar tote Mäuse vor die Tür.

Pai no joo, unser Huhn, verteidigte sein Heim mit spitzem Schnabel sowie einem missbilligenden Blick. Keinen Millimeter rückte es beiseite. Fehlte nur noch, dass es die Flügel vor der Hühnerbrust verschränkte.

Ich drohte: »Denk an Huhn Stroganoff!« Als ich es wegscheuchte, verschwand es hoch erhobenen Hauptes beleidigt gackernd Richtung Stall, um seinem auserwählten Hahn, meinem Göttergatten, die Ankunft seines unwürdigen Weibes anzukündigen.

Bis auf Pauls benutzten Kaffeepott, der neben dem Spülbecken stand, sah meine Küche noch genauso aus, wie ich sie heute Morgen verlassen hatte. Das ungeputzte Gemüse vom Vortag welkte vor sich hin. Der Haufen Kirschen, den ich nicht fertig entkernt hatte, lag in der Spüle. Marmeladenspuren zierten Küchenfronten und Fußboden. Egal!

Ich drapierte den Fisch an Petersilie, Zitrone und Tomaten zu einem kleinen Kunstwerk auf zwei Tellern. Dann zählte ich den Inhalt der Packung mit den erworbenen Kirschmotivservietten; sechzehn.

Freudig erregt schaffte ich Ordnung und deckte den Terrassentisch, während ich überlegte: *Das hieß, bei Cynthia fehlten genau zwei Servietten. Eine hatte die Polizei mitgenommen und die andere hatte der Täter verschwinden lassen.*

Ich holte noch Gläser und füllte eine Karaffe mit Wasser und den restlichen Zitronenscheiben. Die einfachste Lösung wäre gewesen, der Täter hätte sie im Klo heruntergespült.

Vor meinem geistigen Auge tauchte die aufgeweichte Serviette in der Pfütze an der Bushaltestelle auf, wo ich mich gestern untergestellt hatte. Ich starrte ein Loch in den Tisch. *Sie war genauso bunt, aber hatte sie auch ein Kirschmotiv?* Daran erinnerte ich mich nicht. Eine Hummel flog brummend vorbei und landete auf dem Teller.

Hauke Bernstein wohnt in Lütjendorf. Wenn er nach der Tat diesen Weg genommen hatte, könnte er die Serviette an der Bushaltestelle weggeworfen haben.

Aber das war nur Spekulation! Bevor ich weitere Schlüsse ziehen konnte, musste ich alles zusammentragen, was eine Täterschaft bewies. Die Serviette lag bestimmt noch am Straßenrand. Ich wollte sowieso das kaputte Pensionsfahrrad aus dem Wald holen, um es zusammen mit meinem Drahtesel in die Werkstatt zu bringen. Dann würde ich den Punkt auf meiner Liste vorziehen und gleich nach dem Essen losfahren. Damit überbrückte ich die Zeit bis zum Termin in Monis Friseursalon wenigstens sinnvoll.

Da Paul nicht im Haus war, suchte ich ihn im Ziegenstall. Unter das klägliche Gemecker der trächtigen Geißen mischte sich das leise »Mäh!« von zwei winzigen Zicklein, die im Stroh lagen.

»Willkommen im Leben!«, sagte ich, bückte mich und

streichelte den beiden Fellknäulen über die Köpfchen, auf denen ich die Hörner deutlich spürte. Dann füllte ich ihnen noch frisches Wasser in den Trog, damit sie bei der Hitze nicht verdursteten.

Ich lief in den Garten hinter der Scheune. Kein Paul weit und breit. Kartoffeln, Gurken und Salat hingen welk in der Ackerfurche. Ich stellte auch hier den Sprenger an. Von Weitem hörte ich, dass die Polizei mit Martinshorn an unserem Haus vorbei und aus dem Dorf herausfuhr. Da war doch was passiert! Hatte Anette Paul etwa zur Unterstützung geholt? Ein Autounfall? Oder gar noch eine Leiche?

Aber dann hätte er mir zumindest einen Zettel hingelegt, oder? Er war sauer und ich hatte ihn gestern auch einfach stundenlang allein gelassen, ohne mich zu melden. War das jetzt die Retourkutsche, um mir zu zeigen, wie es sich anfühlte?

»Hach, Männer!«, seufzte ich.

Ich lief zurück ins Haus, deckte den Tisch auf der Terrasse wieder ab und stellte die vollen Teller in den Kühlschrank. Allein essen mochte ich nicht.

Dann wollte ich mir den Autoschlüssel vom Haken im Flur holen, doch er war nicht da. Ich kramte in der Holzschale auf der Kommode herum und guckte unter die Jacken an der Garderobe, wo Paul ihn manchmal an dem schwarzen Band aufhängte.

Das bedeutete, Paul war mit dem Auto weggefahren. Aber wohin? Wollte er etwas für die Ziegen besorgen? Ich zuckte mit den Schultern. Planänderung. Dann musste das Pensionsfahrrad noch in seinem Loch ausharren, bis ich von Monis Nagelverschönerungstermin kam.

Aber die Überprüfung der Serviette am Straßenrand duldete keinen Aufschub mehr! Die zwei Kilometer bis zur Bushaltestelle erreichte ich joggend über die Abkürzung durch den Wald mühelos in zwanzig Minuten. Ich wollte eh wieder mehr Sport machen, spornte ich meinen Schweinehund an, der träge protestierte und mich vor einem Kreislaufkollaps wegen der Hitze in Verbindung mit dem übermäßigen Alkoholkonsum heute Vormittag warnte.

Schweißüberströmt und nach Luft schnappend kam ich auf der Lichtung an, wo ich letzte Nacht Alina begegnet war.

Vor meinen Augen flimmerte es so, dass ich mich an einem Baumstamm abstützen musste. Mein Schweinhund klatschte hämisch in die Hände.

»Ja ja, schon gut, du hattest recht. Bei der Hitze mit Alkohol im Blut zu joggen, war vielleicht doch keine so gute Idee«, lenkte ich ein und gönnte mir eine Verschnaufpause.

Über die bunte Blumenwiese flatterten Schmetterlinge und Libellen im Sonnenlicht. Ein laues Lüftchen wiegte Gräser sowie Blüten im Takt und trug aufgeregte Stimmen aus dem Wald in mein Ohr.

Neugierig machte ich mich auf den Weg. Schon aus der Ferne sah ich das gelb-schwarze Absperrband der Polizei zwischen den Bäumen flattern. Vorsichtig pirschte ich mich heran. Hatten sie etwa doch eine Leiche gefunden?

Anette stand neben unserem Nachbarn Hinrichsen. Dazwischen saß sein Dackel Putin und verfolgte die Unterhaltung aufmerksam. Als er mich wahrnahm, rannte er plötzlich bellend auf mich zu und stellte mich wie einen Verbrecher. Ich erstarrte. »Hey, Putin, mein Kleiner, erkennst du die Tante Klara nicht?«, presste ich zwischen den Lippen hervor und wagte mich keinen Millimeter zu bewegen. Der Hund knurrte und seine Nackenhaare stellten sich zur Bürste auf. Anette zog ihre Waffe. Mit der anderen Hand schützte sie ihre Augen vor dem Sonnenlicht, das sie beim Blick in meine Richtung blendete.

»Ich bin's, Klara«, gab ich mich zu erkennen. Nicht dass der Polizeimeisterin aus Versehen der Finger vom Abzug rutschte. Sie nahm die Waffe wieder runter. Hinrichsen rief: »Putin, aus!« Der Hund fletschte noch ein letztes Mal die Zähne, dann lief er zu seinem Herrchen zurück. Ich folgte ihm quasi unauffällig, wollte ich doch wissen, was der Anlass für Nettchens überzogenes Verhalten war.

»Hab ich mich vielleicht erschreckt, da joggt man nichts ahnend durch den Wald …«, rief ich ihnen im Laufen entgegen.

»Was ist denn los, habt ihr etwa eine Leiche gefunden?« Nee, hatten sie nicht, sondern mein verstecktes Fahrrad, beantwortete ich mir die Frage selbst, als ich zu ihnen gestoßen war.

Anette war ganz aufgeregt und klärte mich über den Sachverhalt auf, dass Hinrichsens Dackel sich schon auf der Lichtung losgerissen hatte und mein Nachbar ihn von einer Blutlache zurückziehen musste. Er hatte sich erst nichts dabei gedacht. Das konnte ja auch von einem Tier sein. Hinrichsen hatte den Hund wieder angeleint. Als sie dann aber durch den Wald gegangen waren und sein Putin ihn mit der Nase am Boden bis zum Fundort regelrecht hinter sich her zog, war er stutzig geworden und hatte die Polizei gerufen.

»Das Fahrrad ist voller Blut. Klara weißt du, wo Paul ist? Ich kann ihn einfach nicht erreichen.«

Ich zuckte mit den Schultern. »Das Auto stand nicht in der Garage, da wird er wohl in die Stadt gefahren sein, um etwas für seine Ziegen zu besorgen.«

Ihr Gesicht fiel in sich zusammen wie ein Hefeteig, der Zugluft bekommen hatte. Ich sah, wie sie die Schultern hochzog und sich verkrampfte. »Dann muss ich wohl oder übel Alexander Huck verständigen.«

»Ist das nicht ein bisschen voreilig?« Ich trat mit einem Schritt an die Grube und guckte auf den halb freigelegten Drahtesel. »Es hat ein verbeultes Vorderrad, vielleicht ist nur jemand damit gestürzt und hat sich die Knie aufgeschlagen. Es gibt doch gar keinen Beweis, dass das Blut am Fahrrad mit dem auf der Lichtung identisch ist.«

»Du hast recht. Ich werde es ebenso von der Kriminaltechnik untersuchen lassen wie das Blut auf der Lichtung.«

Oh nein, ich hatte es geahnt. *Warum bin ich nicht gleich heute Morgen losgefahren, um dieses verdammte Fahrrad in die Werkstatt zu bringen?*

»Vielleicht bekommst du über die Rahmennummer erst einmal heraus, wem es gehört? Ohne gleich die Kriminaltechnik zu bemühen. Irgendjemand muss es ja vermissen.«

Anette nahm mich kurz beiseite, damit Hinrichsen uns nicht hören konnte. »Klara, ich finde das ganz lieb von dir, dass du mich und Paul vor der Zusammenarbeit mit Alexander Huck bewahren willst. Aber irgendetwas stimmt hier nicht. Ich wittere ein ganz mieses Verbrechen dahinter. Wer ein Fahrrad im Wald wie eine Leiche vergraben hat, wollte einen Beweis verschwinden lassen.«

Ich flüsterte: »Ich verstehe deine Befürchtung, aber bevor du dich vor Huck lächerlich machst, weil du wegen einer

Bagatelle den gesamten Polizeiapparat in Gang gesetzt hast, fang klein an und mach den Besitzer ausfindig. Die Blutspuren laufen dir ja nicht weg. Und das Blut auf der Lichtung sicherst du vorsichtshalber. Ich denke, es handelt sich um einen Dummejungenstreich. Die Kinder haben ein Fahrrad geklaut, es dann aus Versehen kaputtgefahren und sich verletzt. Guck doch mal, die vielen Wurzeln hier!« Ich zeigte auf den unbefestigten Waldweg. »Aus Angst vor den Folgen haben sie es im Wald versteckt.«

»Und das viele Blut auf der Lichtung?«

»Das kann doch nur von einem Tier sein.« Anette guckte immer noch skeptisch.

Ich fragte: »Oder gibt es irgendeine Vermisstenanzeige?«

»Nein.« In ihr arbeitete es.

Ich nickte ihr aufmunternd zu. »Dann schicke erst einmal die Probe davon ins Labor. Paul würde es so machen.«

»Gut.«

Das war knapp. Ich atmete auf. Das Blut auf der Lichtung war von dem Huhn, das Alina letzte Nacht geköpft hatte. Und wenn sich herausstellte, dass das Fahrrad zu Karens Pension gehörte, würde Fräulein Schwanenfuß ihre Ermittlung schnell wieder einstellen.

Nachdem Hinrichsen und ich Anette beim Verladen des Rades in den Streifenwagen geholfen hatten, trennten sich unsere Wege. Ich joggte weiter in Richtung Landstraße, wo ich nach der Serviette Ausschau hielt, die ich gestern Abend zum Abwischen meines Sattels verschmäht hatte.

Die Pfützen in den Schlaglöchern waren längst ausgetrocknet und ich musste eine Weile am Straßenrand suchen, bis ich den zusammengepappten Zellstoff fand.

Ich ging in die Hocke und faltete die Serviette vorsichtig auseinander. Die Farben waren ausgewaschen und ineinander verlaufen, aber eine Kirsche mit Stiel war noch deutlich zu erkennen.

Dass ein Auto auf mich zuraste, merkte ich viel zu spät.

Kapitel 11

Hinter mir quietschten Bremsen. Ich drehte mich erschrocken um. Die Mittagssonne blendete in den Augen.

Eine Autotür wurde aufgerissen, Paul sprang aus dem Wagen und brüllte: »Klara, bist du wahnsinnig geworden? Ich hätte dich beinahe umgefahren!«

Der Schock steckte mir noch in den Gliedern, als ich mir mit der Serviette die Stirn abwischte und sie geistesgegenwärtig in der Hand versteckte.

»Mir war plötzlich so schlecht«, log ich und spürte, wie ich rot wurde. Was er zum Glück nicht sah, weil ich von der ungewohnten körperlichen Anstrengung glühte.

»Nur Verrückte und Lebensmüde gehen bei der Hitze joggen.« Er beäugte mich skeptisch. »Sag mal, hast du Alkohol getrunken?«

»Nicht freiwillig«, rechtfertigte ich mich und erzählte ihm beim Einsteigen, wo ich den Vormittag verbracht hatte. Die entscheidenden Details ließ ich dabei aber aus.

»Und wo warst du? Keine Nachricht, selbst dein Nettchen hat dich vergeblich gesucht.«

Er wich mir aus. »Erstens ist das nicht ›mein‹ Nettchen und zweitens hab ich Urlaub.«

Das stimmte! Also war es auch nicht notwendig, ihn mit dieser Fahrradangelegenheit zu behelligen. Trotzdem, irgendetwas war faul. Nach siebzehn Jahren Ehe spürte man das. Ich musterte ihn von der Seite und bohrte nach. »Du hast dir freigenommen, um Geburtshilfe zu leisten, aber wie ich gesehen habe, sind erst zwei Kinder da. Wo hast du dich herumgetrieben?«

»Was erledigen«, sagte Paul kurz angebunden, betätigte den Blinker und fuhr los.

Wenn er so reagierte, wollte er nicht darüber sprechen, was ihn beschäftigte. Er war ein typischer Mann, der sich zurückzog, um über Probleme allein nachzugrübeln. Entweder war er immer noch sauer auf mich oder …?

»Hast du dich mit Kühl getroffen?«

»Klara, bitte! Ich muss mich auf die Straße konzentrieren«, sagte er abweisend. Er verhielt sich wirklich merkwürdig.

»Entschuldige, dass ich dich abgelenkt habe, bei dem hohen Verkehrsaufkommen ist das unverzeihlich«, antwortete ich schnippisch und verdrehte dabei die Augen theatralisch. Der Besuch des Oberstaatsanwaltes gestern hatte ihn aus der Bahn geworfen und ich verletzte ihn mehr als gedacht, weil ich ihn als Egoisten beschimpft hatte. Außerdem dachte mein Mann, dass ich alles aufs Spiel setzen wollte, um nach Berlin zurückzukehren.

Wir rollten aufs Grundstück und parkten vor der Garage. Paul zog die Handbremse und hielt mich am Arm zurück, als ich aussteigen wollte. »Damit das ein für alle Mal klar ist, ich lasse nicht zu, dass Kühl dich als Kronzeugin in seinem Prozess gegen Perez benutzt. Sollte der Herr Oberstaatsanwalt es wagen, jemals wieder ohne Vorankündigung hier aufzutauchen, dann erwarte ich von dir, dass du ihn rausschmeißt. Es war unverantwortlich von ihm genau wie von dir, unsere Tarnung zu gefährden!«

»Was kann ich dafür, wenn er in meiner Küche steht?«

»Dafür kannst du nichts. Aber dass du den Vertrag mit der Literaturagentur, die dein Manuskript verkauft hat, doch unterschrieben hast, dafür kannst du etwas.«

Ich kam ins Stottern: »Woher weißt du …?«

»Da ist heute Vormittag ein Brief angekommen.«

»Du öffnest meine Post?«

»Klara, hier geht es um unsere Sicherheit, um unser Leben, hast du das immer noch nicht kapiert?«, rief er wütend.

Er stieg aus und knallte die Fahrertür zu. Ich blieb noch eine Sekunde sitzen und knetete die Serviette in meiner verstauchten Hand zu einem Ball zusammen. *Autsch!* Die Schwellung war abgeklungen, aber die Brandwunde am Ballen schmerzte und sah entzündet aus. Es dauerte einen Moment, bis ich registrierte, dass er gesagt hatte: »Die Literaturagentur, die dein Manuskript verkauft hat.« Jubel und Enttäuschung rangen in mir miteinander.

Ich sprang aus dem Wagen und sprintete Paul ins Haus hinterher. »Wo ist der Brief?«

»Hab ich zerrissen.« Mürrisch zeigte er auf den vollgestopften Papierkorb im offenen Arbeitszimmer und schlurfte in die Küche.

Achtlos ließ ich die Serviette vorm Schreibtisch fallen, kippte den Papierkorb aus und sammelte die Einzelteile des Agenturbriefes zusammen. Da stand es: Mein Manuskript war in einer Auktion mehreren Verlagen angeboten worden. Der Höchstbietende war ein großer Publikumsverlag, der es als Auftakt einer Reihe um meine Hauptfigur, eine Hobbyermittlerin, veröffentlichen wollte.

Wahnsinn!

Ich rannte Paul mit dem Brief hinterher. Er aß seinen Fisch neben dem Kühlschrank im Stehen. Ich wedelte mit den Fetzen: »Wenn es dir etwas bedeutet, dass ich auch glücklich bin, dann lass uns darüber reden.«

»Es ist eine Illusion, dass trotz geschlossenem Pseudonym deine Anonymität gewahrt bleibt. Gerade damit wird der Verlag Werbung machen, um das Buch zu verkaufen. Was glaubst du, was durch diese Geheimniskrämerei passiert?«

»Es wird mindestens einen vorwitzigen Journalisten geben, der herausfindet, dass sich hinter dem Pseudonym die ehemalige Fernsehschauspielerin Franziska Bach verbirgt«, sagte ich kleinlaut und ließ Schultern und Mundwinkel hängen.

»Genau! Aber Franziska Bach ist tot, zusammen mit Ehemann und Tochter bis zur Unkenntlichkeit bei einem Autounfall verbrannt. Es braucht nicht einmal viel Fantasie, um den Zusammenhang zwischen Perez, dir, mir und dem gescheiterten LKA-Vorstoß gegen den größten Drogenring Berlins herzustellen, nachdem darüber am 20. Februar diesen Jahres alle Zeitungen berichtet haben.« Paul bedachte mich mit einem warnenden Blick, der keinen Widerspruch zuließ.

Ich presste die Lippen zusammen und stopfte den zerrissenen Brief in den Küchenmüll.

Wortlos ging er sich umziehen. Als er zurückkam, zeigte er auf meine Brandwunde an der Hand und fragte: »Was hast du gemacht? Das sieht böse aus.«

»Woher kommt die plötzliche Fürsorge? Küchen- und Gartenarbeit hinterlassen eben ihre Spuren«, sagte ich wütend.

Paul verschwand beleidigt in seinen Stall.

Was nun? Mein Enthusiasmus war zerplatzt wie eine Seifenblase. Ich schlurfte ins Arbeitszimmer zurück und sam-

melte das herumliegende zerknüllte Papier aus dem ausge-
kippten Papierkorb vom Teppich, stopfte es zurück und
leerte den Behälter in die Papiertonne im Vorgarten. Meine
Hand schmerzte. Da hatte Alinas Beschwörungsformel
wohl versagt. Ich sollte besser mal Sophie einen Blick darauf
werfen lassen.

Pai no joo tippelte mit aufrechtem Schnabel vor mir ins
Haus. Ich lief ihr in die Küche hinterher. Das Huhn flatterte
auf den Tisch und machte sich über Pauls Brötchenreste auf
dem Teller her, den er stehen gelassen hatte. Es gackerte zufrieden: »Dok, dok, doook!« Ich goss mir ein Glas Wasser
ein und setzte mich zu ihm. Erschrocken hob es den Kopf,
erstarrte und machte sich bereit zu fliehen. Dabei verlor es
hinten ein Ei, das weich im Obstkorb landete. Anscheinend
erwartete es den nächsten Mordanschlag von mir.

Gedankenverloren trank ich. So einfach ließ ich mich
nicht unterkriegen. Gut, Berlin war vorerst abgehakt. Das
hatte ich verstanden, aber die Chance, zukünftig als Schrift-
stellerin von Kriminalromanen zu arbeiten, wollte ich mir
nicht nehmen lassen. Es gab immer eine Lösung! Eine davon
war eine Vertragsklausel, die dem Verlag unter allen Umständen verbot, die Identität des Autors preiszugeben. So
würde nicht einmal Paul etwas davon merken.

Ich holte den Brief wieder aus dem Küchenmüll, legte die
Einzelteile zusammen und las noch einmal: »... Erschei-
nungstermin Teil 1 im Programm Herbst/Winter 2017 geplant ... Das ist in anderthalb Jahren. Bis dahin ist längst
Gras über die Sache gewachsen und niemand interessiert sich
mehr für die Ereignisse im Februar 2016«, murmelte ich vor
mich hin.

Okay, zuerst brauchte ich ein Postfach, damit Paul zukünftig nichts mehr von dem Briefwechsel mitbekam. Darüber konnte ich mir später Gedanken machen.

»Teil 2 soll dann im Frühjahrs- und Sommerprogramm 2018 folgen. Der Verlag erwartet das Manuskript dazu noch in diesem Herbst«, schrieb meine Agentin. Ich hatte eine Agentin, wie das klang! Oh Gott, ich brauchte neuen Stoff! Das hieß, dass ich meine Ermittlungen im Fall der toten Cynthia etwas vorantreiben musste.

Wo hatte ich die Serviette hingetan? Mist! Ich rannte in den Vorgarten und kroch halb in die Papiertonne hinein, klaubte sie heraus und legte das Corpus Delicti sicher eingetütet im Bad zu dem anderen Schatz, dem Fund von Cynthias Teppich, in die Kosmetiktasche. Dabei fiel mir etwas Entscheidendes ein: Wenn es sich um die Serviette vom Tatort handelte, dann müsste der abgerubbelte Zellstofffetzen daran fehlen.

Ich kippte also die Kosmetiktasche ins Waschbecken und suchte zwischen Pinseln, Lippenstiften, Rouge, Lidschatten, Concealer, Wimpernzangen und -bürsten nach der Pinzette. Mit Brille auf der Nase und Lupe in der Hand sezierte ich am Schreibtisch im Arbeitszimmer die einzelnen Lagen der Serviette und des roten Zellstofffetzens auseinander, beäugte und verglich sie kritisch. Der winzige Fetzen passte genau an einer Stelle. Ich war mir ziemlich sicher. Der Täter hatte seine Serviette nach der Tat auf der Landstraße nach Lütjendorf entsorgt.

Und Hauke Bernstein wohnte in Lütjendorf.

Kapitel 12

Wenn der Neffe der Toten kein Alibi für die Tatzeit hatte ...

Ich schrieb den Namen des Tatverdächtigen in mein Notizbuch, zog einen Kreis herum und ordnete die Indizien, die für und gegen ihn sprachen, mit rotem bzw. grünem Stift außerhalb an. Das Gleiche machte ich mit dem Namen Alina Grabowski. Ich konnte es drehen und wenden wie ich wollte, die Indizien waren einfach noch nicht ausreichend, um die Täterschaft einer der beiden Personen stichhaltig zu beweisen. Mit einer DNA-Analyse hätte ich den Schuldigen gleich am Haken. Nein! Ich konnte mir nicht noch einmal erlauben, Pauls Unterschrift zu fälschen und die Serviette in seinem Namen ins Labor schicken, wie ich es bei meinem letzten Fall getan hatte. Auch wenn es dem Herausfinden der Wahrheit diente.

Orr! Huck hätte es mit seinen technischen Möglichkeiten so einfach, einen Täter zu ermitteln. Aber ihm fehlte der Spürsinn, er übersah die Details und gab sich viel zu schnell mit dem scheinbaren Ergebnis zufrieden.

Leider blieb mir nur übrig, nach der herkömmlichen Methode vorzugehen, aus der Zeit, als es noch keine DNA-Analyse gab. Also Alibis überprüfen, Zeugen finden, den Täter langsam einkreisen, ihm eine Falle stellen und hoffen, dass er sich dadurch selbst verriet. Der Schmerz in meiner Hand breitete sich aus. Ich guckte mir den Arm an und befühlte meine Stirn. Hatte ich etwa Fieber?

Sophie meckerte: »Du weißt schon, dass du deine Tetanusimpfung alle zehn Jahre auffrischen musst. Es sind schon Leute an Wundstarrkrampf gestorben, die sich an einem Rosendorn verletzt haben.« Sie saß neben dem Behandlungstisch in ihrem Sprechzimmer und versorgte meine Hand.

»Ja ja, ich weiß!«, wiegelte ich ab. Meine Spritzenphobie war schuld, dass ich mich immer vor der Schutzimpfung gedrückt hatte. Meine Tochter reinigte die Wunde und deckte sie mit einem sterilen Verband ab. Ich biss die Zähne zusammen und guckte besser weg. Sie stand auf und öffnete den Medikamentenschrank. Ich stöhnte und sprach dabei: »Bis vor drei Monaten habe ich nicht in der Erde herumgewühlt und war deshalb auch nicht gefährdet.«

»Du unterschätzt das Infektionsrisiko. Da reicht Straßendreck. Die Krankheitserreger gelangen durch eine verunreinigte Wunde in den Körper, das können auch unscheinbare Kratzer oder Stiche sein«, setzte sie ihren Vortrag fort und schüttelte den Kopf: »Mutter! Der kleine Piks dauert keine zehn Sekunden und bringt dich bestimmt nicht um.«

Sie öffnete die Ampulle und zog eine Spritze auf. Schon bei dem Anblick wurde mir schlecht. Ich begann zu schwitzen. Sophie schloss theatralisch die Augen und legte die Spritze noch einmal ab. Sie forderte mich auf, mich mit heruntergezogener Hose und dem Gesicht zur Wand gedreht auf die Pritsche zu legen. In beruhigendem Ton fragte sie: »Wie ist das überhaupt passiert?« Anscheinend hatte sie Angst, dass ich vor ihren Augen kollabierte.

»Erst am Topf verbrannt und dann mit dem Fahrrad im Wald über eine Wurzel gestürzt.« Sie streichelte meinen Arm. »Was machst du denn im Wald?«

»Ich habe gestern eine Leiche gefunden. Das ist ja wohl

143

für einen Otto-Normalbürger nicht alltäglich. Kannst du dir vorstellen, dass ich dieses Bild irgendwie loswerden wollte?«

Warum ich wirklich durch den Wald gefahren war, erzählte ich besser nicht, sonst würde sie mir die Spritze sofort gnadenlos ins Fleisch stechen.

Sophie tätschelte mir die Schulter. Ihr Blick war eher misstrauisch als mitfühlend. Sie merkte, dass ich in ihren Augen las, dass sie mir kein Wort glaubte. Bevor ich zum Protest ansetzte, jagte sie mir die Nadel in den Po.

»War's schlimm?«, fragte sie und entsorgte die Spritze. Ich schämte mich für meine Angst und zog mich mit gesenktem Kopf wieder an. »Mach dir nichts draus. Das geht vielen Leuten so.«

»Okay, ich habe ein bisschen herumgeschnüffelt«, gab ich zu. »Weil ich es erst nicht glauben konnte, dass …«

Sophie durchbohrte mich mit einem strengen Blick. Den hatte sie eindeutig von ihrem Vater.

»Ich war sogar bei Benjamin und wir haben uns die Leiche vorgenommen. Leider haben wir auch nichts anderes herausgefunden. Keine Anzeichen auf Fremdeinwirkung. Bei der Blutanalyse hat er eindeutig Aconitin nachgewiesen.«

Sophie war entsetzt: »Seid ihr verrückt. Ihr könnt euch doch nicht in eine polizeiliche Ermittlung einmischen.«

»Nun beruhige dich wieder, er hat die Leiche ja dann in die Rechtsmedizin verbracht.«

»Mama, die sehen den Einstich eurer Blutentnahme, auch dass dieser post mortem zugefügt wurde, und werden sich fragen … Mensch, wenn das Papa erfährt, kannst du dich auf was gefasst machen.«

»Du musst es ihm ja nicht auf die Nase binden«, konterte ich schuldbewusst und erzählte ihr von der mysteriösen Begegnung mit Alina im Wald. Dass ich sie noch mal im Haus der Toten beobachtet hatte, verschwieg ich lieber, um mir ihre Standpauke zu ersparen.

Sophie lachte bitter auf. Ich fragte: »Was ist?«

»Für mich grenzt das, was diese Alina vorgibt zu sein, an Scharlatanerie. Als Schulmedizinerin halte ich nichts von Naturheilmethoden, deren Wirkung in keinen wissenschaftlichen Studien nachgewiesen ist.«

»Der Kommissar hat gestern zu mir gesagt, dass sich Cynthia Bernstein mit dem Selbstmord einen langen Leidensweg ersparen wollte. Du kennst Benjamins Folterkammer, Sophie. Dort steht auch ein Ultraschallgerät. Wir haben den faustgroßen Tumor in der Brust gesehen. Er hat bereits Metastasen in der Leber gestreut.«

Mein Kind presste die Lippen aufeinander. Ihr Blick verfinsterte sich. »Genau das meine ich! Sie hat die Behandlung abgebrochen, weil sie der festen Überzeugung war, dass eine Operation unnötig ist und ihr Tumor sich allein durch Kräuterwickel schrumpfen lässt. Nur weil kurzzeitig durch Alinas Behandlung eine Linderung eingetreten ist, hat sie der Schulmedizin misstraut.«

»Und du konntest sie nicht vom Gegenteil überzeugen?«

»Nein! Sie war wie verhext. Ich habe ja nichts gegen den Einsatz ergänzender Hausmittel, die eine Krebstherapie erträglicher machen. Aber nicht mehr. Allein mit Kräutern und gutem Zureden lässt sich die Krankheit nicht aufhalten.« Ihr traten Tränen in die Augen.

»Mach dir keine Vorwürfe, du kannst nichts dafür«, sagte ich tröstend.

Sophie holte tief Luft. »Das hätte ich dir alles gar nicht sagen dürfen.«

»Ich bin deine Mutter, glaubst du, ich haue dich in die Pfanne und gehe damit hausieren?« Nun tätschelte ich sie beruhigend.

Sie guckte zu den Karteikarten auf ihrem Tisch. »Mama, ich hab keine Zeit mehr. Da draußen sitzen noch zwei Patienten und eigentlich habe ich schon seit zwei Stunden Feierabend.«

»Kommst du später zum Essen? Ich koch uns was.«

Sie grinste frech. »Du?«

»*Spaghetti* oder *himmlisches Rührei* krieg ich hin! Ernsthaft!«

»Sorry, aber ich hab ein Date«, sagte sie geheimnisvoll.

»Nils?«

Bei dem Namen verkrampfte sie sich. Ihre Augen schienen Funken zu sprühen. »Das geht dich nichts an«, zischte sie wütend.

»Du hast dich doch nicht etwa mit Kommissar Huck verabredet?«

»Dein Eindruck von Alexander ist völlig falsch.«

»Sophie!«, empörte ich mich.

Sie reckte ihr Näschen selbstbewusst in die Höhe. »Mama! Ich glaube, ich bin alt genug, um allein entscheiden zu können, mit wem ich ausgehe.«

Ich wollte noch rufen: »Er hat deinen Vater beleidigt.« Aber da hatte sie mich schon zur Tür hinausgeschoben.

Auf dem Weg zum Friseurtermin überreichte ich Cynthias Nachbarn noch schnell einen Pralinenkasten als Dankeschön für ihre schnelle Hilfe mit der Leiter. Wir tauschten Höflichkeiten, Floskeln über das Wetter und die Kirschschwemme aus und priesen dann ihren und Cynthias blühenden Vorgarten. Als wir zum Thema gekommen waren und sie sich entsetzt über den plötzlichen Tod ihrer Nachbarin ausließen, stellte ich die entscheidende Frage, ob diese gestern Besuch empfangen hatte.

Die Unterhaltung zog sich etwas länger hin. Ich nickte wohlerzogen und erfuhr alles über ihre Gebrechen, die Enkel und den Ärger mit der Rentenversicherung. Leider enthielten die Informationen keine verwertbaren Neuigkeiten, denn das Ehepaar Dierksen war zum Tatzeitpunkt bei einem Arzttermin in Neustrelitz gewesen und hatte danach die Gelegenheit für einen Großeinkauf im Rowo-Markt genutzt. Man kam ja nicht so oft in die Stadt. Sie informierten mich noch, dass sich die Nachbarn links und rechts schon wieder im Urlaub befanden. Unter einem Vorwand bei ihnen zu klingeln, konnte ich mir also sparen.

Viertel nach vier betrat ich Monis Salon, in dem mich gähnende Leere und die angesäuerte Inhaberin empfingen.

Oh, oh! Ich war fünfzehn Minuten zu spät dran.

Moni guckte mich an wie die Lehrerin den Schüler, der die erste Unterrichtsstunde am Montagmorgen geschwänzt hatte.

Ich entschuldigte mich: »Sorry, ich hab die Zeit verquatscht«, und setzte mich auf den Stuhl vor einem der Spiegel, den sie mir zuwies.

Sie begutachtete mein Gesicht und die Haare. »Da müss' mer uns jedzd aber beeilen, dass mer das Brogramm bis zum Veierabn'd schaffen.«

»Ich dachte eher an meine Nägel«, merkte ich an und hielt ihr meine Hände hin.

»Geine Sorge, die mach' mer nebenbei, wenn de Farbe ziehd.«

147

Ehe ich mich versah, warf sie mir einen Umhang um. Ich sah meinen entsetzten Blick im Spiegel. »Aber ich wollte nur die Nägel …«

»Du hasd Runderneuerung gesagd, da habch dich für das volle Brogramm eingebland. Und mal ehrlich, das hasde auch nödig. Gugge dir doch mal das Jefussle auf deinem Gobf an.«

Ich lächelte panisch und rechtfertigte mich: »Das ist vom Regen gestern. Wenn ich sie wasche, ist alles wieder schick.« Meine Lockenpracht war mir heilig, da ließ ich niemand anderen mit einer Schere heran. Die Spitzen verschnitt ich immer selbst.

Moni schüttelte ihre geglättete Mähne: »So gannsde doch nich rumlaufen mid den grauen Haarn dazwischen, wie siedn das aus. Außerdem muss der Schblizz rausgeschnidden wärdn. Un deine Haud is auch ziemlich droggen. Lass mich mal machen! In drei Schdunden fühlsde dich wie ein neuer Mensch und wirsd dich nich mehr wiederergenn'n.«

Das glaubte ich gern. Oje!

»Weißde was, damid es eine echde Überraschung wird, häng' mer den Schbiejel zu.«

Versteckte sich hinter der liebenswerten Moni eine Sadistin, die ihre wahre Freude daran hatte, ihre Kunden zu quälen? Mein Fluchtinstinkt setzte ein. Der Hasenfuß in mir erwachte und brüllte mich an: »Hau ab, bevor es zu spät ist!«

Moni schien meine Gedanken zu lesen und legte mir die Hand beruhigend auf die Schulter. »Verdrau mir, ich verschdehe mein Handwerg.«

Um an Informationen zu kommen, muss ich dieses Opfer bringen, dachte ich tapfer und blieb sitzen. *Es sind nur Haare.*

Während Moni mit einem Pinsel Farbe in einer Schüssel anrührte, sprach ich mein Bedauern über den gestrigen Selbstmord von Cynthia aus: »Und dabei sah sie so schick aus, als wäre sie extra noch einmal beim Friseur gewesen.«

Moni hielt inne und legte eine Schweigesekunde ein. »Sie gam jeden Diensdach um neun immer waschen, droggnen, legen und einmal im Monad noch schneiden. Nun glaffd in meinem Galender immer ne Lügge.« Die Friseurmeisterin seufzte und zog mehrere Stücke Alufolie von einer Rolle ab. »Dabei wollden wir in der nächsden Woche mal was Neues ausbrobieren. Sie hadde sich endlich dazu überreden lassen, die lila Schbülung zu nehmen. Wahrscheinlich haddse das gessdern nur jesagd, damid ich nüschd davon merge, was wirglich in ihrem Gobf vorging.«

»Du meinst, sie war komisch drauf?«

»Eher so erleichderd, als ob ihr was von der Seele genommen wurde. Verschdesde!«

Sie pinselte meine Lockenpracht ein. Ich schüttelte verzweifelt den Kopf unter ihren Händen.

»Hald schdille!«, befahl die Friseurin. »Wie soll ich sagen, die Cynthia war nich so vergrambft wie sonsd, mid diesem bidderen Zug um den Mund rum.«

Wie passte dieses Verhalten des Opfers in meine Mordtheorie? Instinktiv lenkte ich das Gespräch auf den Streit zwischen Wiebke und Alina wegen der Hauptrolle im Stück. Ich machte deutlich, dass ich nicht verstand, warum das junge Mädchen nicht mitspielen sollte, nur weil sie eine Zugezogene war. »Mich hat Anke doch auch genötigt, obwohl ich nur sechs Wochen länger in Mordsacker wohne.«

»Wiebge dengd, Alina had sich die Rolle durch die scheinheilige Freundschafd zu Cyndhia ergaufd.«

149

»Wie das?«

»Gaum, dass John Dhiessen Alina als Pflegerin bei seinem demenzgrangen Vader rausjeschmissen hadde, biederde sie sich bei Cyndhia an. Na ja! So richdich zujezochen is' se ja eigendlich nich. Sie wohnd ja in der Bension.«

»Wie haben sie sich denn kennengelernt?«

»Bei mir im Salon. Das Mädchen dad mir leid und da hab ich se butzen lassen. Zurüg nach Bolen wollde se nich und von irchendwas mussde se ja leben.«

»Putzt sie immer noch bei dir?«

»Nee, se had dann janz schnell wieder offjehörd. Wahrscheinlich hadse von Cyndia Geld dafür begommen, dass se ihr jeholfen had.«

»Hat sie dir erzählt, warum sie bei Thiessen rausgeflogen ist?«

»Darüber had se gein Word verlorn. Und der John had auch nichds erzähld. Aber irjendwas muss vorjefallen sein.«

»Na ja! Ein bisschen eigenartig ist sie ja schon«, sagte ich und erzählte ihr von dem, was ich gestern auf der Lichtung beobachtet hatte. Woher ich gekommen und wieso ich bei dem Unwetter im Wald unterwegs war, ließ ich dabei geschickt unter den Umhang des Schweigens fallen. Moni legte Schale und Pinsel beiseite und rollte eine mobile Trockenhaube heran. »So, dann hamwer zwanzig Minuden Zeid für deine Manigüre.«

Sie setzte sich neben mich auf einen Hocker. »Wo hasde dich denn da verlezd?«, fragte sie und bearbeitete die Finger meiner linken Hand mit der Feile. Ich sagte: »Beim Marmeladekochen verbrannt, ist aber nicht der Rede wert.«

»Damid göndesde zu Alina gehen, die legd dir ein bar Gräuder auf und zauberd die Wunde mid einem Schbruch weg.«

150

»Das hat sie gestern Abend bereits probiert«, sagte ich schmunzelnd.

Moni entfernte die Nagelhäutchen mit der Schere und fragte: »Und mergsde schon was?«

Ich verdrehte die Augen. »Wenn es nicht von alleine heilt, vertraue ich eher Sophies Heilmethoden.«

»Middn Gräudern gennd se sich aber aus, die Gleene. Ich hadde Ausschlach am Hals von dem ganzen Chemiegelumbe in meinem Beruf. Der war nach ihrer Behandlung rug zug weg.«

Sie zeigte mir ihren Hals. »Aber das schamanische Gedue is nadürlich Humbuch und solls wahrscheinlich indressand machen.« Sie setzte sich auf die andere Seite und nahm sich meine rechte Hand vor, während sie weitersprach: »Se had schon einigen jeholfen, hier och dem Hund vom, wie hesdn der gleich, na egal …, und de Cyndhia is och nich mehr zum Arzd jegangen, seid Alina sich um sie jegümmerd had.« Mit einem Radierer polierte sie meine Nägel glatt und pinselte sie mit Pflegeöl ein.

»Was hatte sie denn? Krebs?« Ich stellte mich dumm.

Moni zuckte unwissend mit den Schultern. »Darüber had de Cyndhia nich gereded.«

»Einige Weiber im Dorf bezeichnen sie aber als Hexe.«

»Ich sach dir, die sind nur eifersüchdich, weil ihre Männer der Gleenen hinderherguggen.« Ein Wecker piepste. Moni lugte unter die Folienstreifen auf meinem Kopf. »Noch zwei Minuden. »In der Zeid rühre ich die Masge an.« Sie verschwand hinter einem Perlenvorhang im Nebenraum.

»Jedzd hab ich ganz vergessen, dir ein Gaffee anzubieden«, sagte sie und stellte mir eine dampfende Tasse hin. »Milch, Zugger?«

Ich winkte ab. Zufrieden betrachtete ich meine Nägel. Sie sahen in ihrer neuen ovalen Form so natürlich und gepflegt aus wie schon lange nicht mehr.

Ich grübelte. Alina war also ganz nah an Cynthia dran. Deshalb hatte das Mädchen auch einen Schlüssel zum Haus. Was hatte sie für ein Motiv, sie umzubringen, wenn sie von der alten Dame für ihre Dienste bezahlt wurde? Wollte sie noch mehr Geld?

Ich pustete in die Tasse, bevor ich einen Schluck trank. Moni teilte den Perlenvorhang, schaltete die Trockenhaube aus und rollte sie beiseite. Dann schob sie ein mobiles Waschbecken heran und bog meinen Kopf zurück. Während sie mir die Haare wusch, fragte ich beiläufig: »Wer beerbt sie eigentlich?«

Hatte Alina gestern Abend vielleicht ein Testament gesucht?

Moni zuckte spürbar mit den Schultern. »De Kirche? Se war ja so fromm. Ich nehme an, Hauge gricht nüschd mehr.«

»Wenn er der einzige Verwandte ist, steht ihm der Pflichtteil zu«, entgegnete ich.

Moni schüttelte verneinend den Kopf »Sie had mir mal angedeudet, dass sie ihn wegen seiner Schbielsuchd enderben wollde, aber ob se's gemachd had, weiß ich nich.«

Vielleicht hatte aber auch Alina ihre Hände im Spiel und sie überredet, ein Testament zu ihren Gunsten aufzusetzen. Bezogen sich Cynthias letzte Worte – »Es tut mir leid.« – auf ihren Sinneswandel? Der Zettel, auf dem die Worte standen, war zerknüllt und wieder glatt gestrichen worden.

Orr! Ich ärgerte mich. Hatte ich es doch gestern Abend versäumt, in ihren Papierkorb zu gucken. War es der Anfang eines Briefes? Fakt ist, sie wollte sich damit bei jemandem für etwas entschuldigen. Aber wofür? Darüber konnte ich mir den Kopf zermartern, wie ich wollte. Meine Gedanken waren verworren wie ein Wollknäuel. Und als mir dann noch mein Indiz, die Serviette mit Kirschmotiv, einfiel, zurrte sich der Knoten im Kopf fest. Nichts passte mehr zusammen.

Ich hätte mir die Haare raufen können. Konnte ich aber nicht, weil meine Finger dann mit Monis Schere kollidiert wären. Oh Gott! Erst jetzt bemerkte ich, dass zwanzig Zentimeter lange Locken auf dem Boden landeten. Ich hatte mein Haar immer schulterlang getragen, seit ich zwölf war. Panisch rutschte ich auf dem Stuhl hin und her.

»Sorry, aber der Schblizz lässd mir geine andere Wahl. Die sind ja völlich gabudd. Wann warsdn du das lezzde Mal beim Frisör?«

»Mit achtzehn«, presste ich wütend zwischen den Lippen hervor.

»So, sehnse auch aus.«

Das Gefühl teilte ich nicht, war ich doch immer stolz auf meine roten Naturlocken gewesen.

»Hübsch!« Moni legte die Schere beiseite. Ich bettelte. »Zeig!«

»Nää! Ersd wenn wir ferdig sind.« Sie schmunzelte und wickelte mir ein schwarzes Handtuch um den Kopf. »Jedzd gehen wir nach hinden und renoviern dein Gesichd.«

Ich legte mich auf die Pritsche und wollte sie nicht beleidigen. Also ließ ich Reinigung, Augenbrauen zupfen und färben, wachsen der Oberlippe sowie den Vortrag über die Einzigartigkeit der Produktpalette, die sie bei meiner Behandlung anwendete, über mich ergehen. Erst bei der Gesichtsmassage entspannte ich. Bei der Maske schlief ich ein und träumte wirr von Cynthia Bernstein, wie sie den Tisch

153

deckte. Die Serviette wurde vom Gewittersturm hoch in die Luft gewirbelt und bis zur Landstraße nach Lütjendorf getragen, wo sie mit dem Regen vom Himmel fiel und in der Pfütze landete, in der ich sie gestern Abend gesehen hatte.

Moni sprach mich an und wischte mir die Maske von der Haut. Davon wachte ich auf und war überzeugt, dass der Täter sehr vertraut mit Cynthia gewesen war. Er wusste von ihrem Sinneswandel und dem schlechten Gewissen. Ich durfte mich nicht vom Fundort der benutzten Serviette irritieren lassen. Die Serviette war einzig und allein das Indiz, dass es einen Besucher gegeben hatte. Der Täter war sehr schlau, so wie er den Tatort manipuliert hatte.

Traute ich diese Gerissenheit eher Hauke Bernstein oder Alina Grabowski zu? Schwierig. Der Neffe wirkte aufbrausend und ich zweifelte an seiner Intelligenz. Aber so mancher brachte kriminelle Energie auf, wenn es um die nackte Existenz ging. Und um die ging es bei ihm, wenn ihn ein russisches Inkassounternehmen am Haken hatte.

Alina hielt ich für gewiefter, sie hatte etwas Berechnendes und gaukelte das hilflose Mädchen nur vor. Keine Ahnung, warum ich zu dieser Einschätzung kam, denn auch sie kannte ich zu wenig.

Moni holte mich in dem Moment in die Wirklichkeit zurück, als sie ihre Hände von meinem Gesicht nahm und mich zufrieden anstrahlte. »Schön!«, sagte sie, voller Stolz auf ihr Werk. Sie schob mich zum verhangenen Spiegel zurück. Dann löste sie das Handtuch um meinen Kopf und wusch mir noch einmal die Haare. Sie föhnte und kämmte, was das Zeug hielt, und bearbeitete meine Locken mit dem Glätteisen. Mit dem Vorsatz, zu Hause den Kopf unter den Wasserhahn zu halten, ließ ich sie ohne Murren gewähren. Sogar

das Schminken erlaubte ich ihr. Jetzt war sowieso alles egal!
Ich wappnete mich für den Moment, wenn gleich der Vorhang fiel.

»Dada!«, imitierte sie einen Tusch und löste einen Zipfel des Handtuchs, den sie oberhalb hinter den Spiegel gesteckt hatte.

Ich schluckte bei meinem Anblick und war erst einmal sprachlos. So hatte ich mich noch nie gesehen.

Moni strahlte. »Und wie gefälld es dir?«

»Es sieht gut aus!«, sagte ich und lächelte mich im Spiegel an. Wow! Das hatte ich ihr gar nicht zugetraut.

In den roten Haaren schimmerten Lichtreflexe, die meinen Teint und die grünen Augen zum Leuchten brachten. Aus der unbändigen Lockenmähne war ein durchgestufter Bob geworden, deren Fransen frech abstanden und mich um zehn Jahre verjüngten. Warum hatte ich mich das noch nicht eher getraut? Das Gesicht, dezent geschminkt, wirkte so glatt und frisch, dass ich mich gar nicht von meinem Anblick lösen konnte.

»Hab ich deinen Geschmagg jedroffen? Dein Paul wird schdaunen«, sagte sie und tippte auf ihre Registrierkasse ein. »Das machd dann 194,85 Euro.« Ich schluckte kein bisschen bei dem Preis, sondern legte zweihundert Euro auf den Tisch und sagte: »Stimmt so!«

Kapitel 13

Stolz trug ich mein neues Ich nach Hause und fand Paul im Ziegenstall beim Ausmisten. Aus dem Augenwinkel registrierte ich, dass sein Bettzeug von letzter Nacht über einem Holzbalken hing.

Da ich kein Mensch bin, der Groll lange mit sich herumschleppen konnte, begegnete ich ihm so freundlich, als hätten wir uns nie gestritten. Sicher trugen die äußere Verwandlung und die recht erfolgreiche Informationsbeschaffung ihren Teil bei, dass ich ihm verzieh. Ich war sehr zufrieden damit, wie sich der heutige Tag entwickelt hatte. Paul hingegen schien einen miesen Tag gehabt zu haben. Entsprechend grimmig reagierte er bei meinem Anblick.

»Und wie findest du's?«, fragte ich.

Er guckte kurz hoch, schaufelte aber gleich weiter. »Gewöhnungsbedürftig.«

Beleidigt verschränkte ich die Arme vor der Brust. Natürlich war er ein Mann, der auf lange Haare stand, aber …

Paul unterbrach meinen Gedanken, denn er schob die volle Karre haarscharf an mir vorbei. Das war doch absichtlich! Ich sprang zur Seite. Im vorwurfsvollem Ton sagte er: »Du hast also einen Neuanfang geplant.«

»Hä?«, platzte es aus mir heraus. Ich folgte ihm im Stechschritt: »Welcher Elefant ist dir denn über den Rücken getrampelt?« Er reagierte nicht darauf, sondern begründete seine Aussage: »Wenn Frauen sich die Haare abschneiden, wollen sie doch eine Veränderung. Ich hoffe, du kalkulierst die Folgen ein.«

Jetzt kapierte ich, was in ihm vorging.

Er beschwerte sich: »Ich dachte, wir sind eine Familie und helfen uns gegenseitig. Du hast doch gesehen, wie viel ich zu tun habe. Während ich mich um die Ziegen kümmere, hätte ich mich über ein bisschen Unterstützung bei den anderen Arbeiten gefreut. Ich habe gehofft, du erntest, suchst die Eier aus den Nestern und machst uns wenigstens was zu essen. Aber nein, Madame betrinkt sich schon am Vormittag, geht joggen und sitzt drei Stunden beim Friseur.«

Das tat weh. Ich beobachtete ihn. Paul wich meinem Blick aus und konzentrierte sich auf die Arbeit. So sah er mich also, als feine Madame. Nein, das war nicht die Ursache für seine Wut.

»Ich bin nicht dafür verantwortlich, dass der Oberstaatsanwalt gestern hier erschienen ist«, sprach ich ihn auf den tatsächlichen Stachel in seinem Fleisch an, der ihn quälte.

»Oh doch, das bist du! Ohne dein Misstrauen mir gegenüber wäre das nämlich alles nie passiert.«

»Du hast mir doch damals genauso misstraut, indem du mir weisgemacht hast, dass du zu einem Seminar nach Hamburg fährst, anstatt mir zu sagen, dass du dich mit einer Informantin triffst ...« Ich hörte, wie sich meine Stimme überschlug und mahnte mich zu innerer Ruhe. Mein Nacken verkrampfte sich. »Hättest du nur eine Andeutung gemacht, dass du in einem gefährlichen Fall undercover ermittelst, und ich mir keine Sorgen machen muss, wenn einiges nicht zusammenpasst, dann wäre ich dir nie gefolgt.«

»Auch wenn du es mir nicht glaubst. Ich mache mir genug

Vorwürfe.« Er ließ mich einfach stehen, schnappte sich einen Korb und verschwand im Hühnerstall.

In einem Anfall von unbändiger Wut trampelte ich auf der Stelle.

Okay, du willst Krieg. Den kannst du haben!

Um meinen Schmerz in den Griff zu bekommen, musste ich mich ablenken. Die Beschäftigung mit den Indizien im Fall Cynthia Bernstein würde die schlechten Gedanken schon verdrängen.

Bevor ich mich über meine Notizen setzte, um sie mit den gesammelten Informationen zu ergänzen, wollte ich mir ein Glas Wasser aus der Küche holen.

Dort sah es schon wieder aus wie auf einem Schlachtfeld. Aber dieses Mal war Paul der Urheber. Eierschalen und Brotkrumen lagen zwischen benutzten Kaffeetassen, mit Senf und Butter beschmierten Messern, einem leeren Marmeladenglas und einer aufgerissenen Käseverpackung. Auf dem Herd stand eine verkrustete Pfanne, in der mein Göttergatte sich Rührei gebraten hatte. Der Dunst von verbranntem Fett hing in der Luft.

Ich öffnete die Terrassentür und verharrte. Meine Gedanken schweiften wieder zu der Ermittlung ab.

Mehrere Indizien wiesen auf zwei Verdächtige hin, die beide ein Motiv hatten. Wobei das von Alina nur auf einer Vermutung beruhte. Ich betrachtete meine neuen Fingernägel. *Triff keine voreiligen Schlüsse!*

Es war an der Zeit, die Alibis der beiden unter die Lupe zu nehmen. Doch wie stellte ich das an?

Ich schnappte einen schmutzigen Teller und klappte den Geschirrspüler auf. Voll! Also schaltete ich ihn ein, ließ Wasser ins Spülbecken und wusch das herumstehende Geschirr mit der Hand ab. Die besten Ideen kamen mir sowieso, wenn ich gerade etwas ganz anderes tat.

Hauke Bernstein ist arbeitslos und anscheinend spielsüchtig. Ihn würde ich bestimmt im Casino finden. Und es gab nur ein einziges Casino in der Gegend: In dem Hotel am See, das neben dem Golfplatz hinter Lütjendorf lag.

Das Geschirrspülmittel schäumte über den Rand. Ich schloss den Wasserhahn und griff nach dem Stöpsel, um ein wenig Wasser abfließen zu lassen.

In Gedanken versunken, tauchte ich die falsche Hand bis über das Handgelenk ins heiße Wasser. Autsch! Schnell zog ich sie zurück. Zu spät! Das Pflaster weichte durch. Ich riss es vorsichtig ab und ließ die Wunde vorerst unbedeckt. *Hrrr!* Irgendwie kam ich nicht weiter. Die Wunde brannte, die Ränder sahen rot entzündet aus. Ich ignorierte den Schmerz, schrubbte die Pfanne, schmiss Eierschalen und leere Verpackungen in den Müll und wischte den Tisch sowie die Arbeitsplatten der Küchenschränke ab.

»Noch mal von vorn!« Den Tathergang hatte ich theoretisch rekonstruiert, Tatzeitpunkt und Tatwaffe standen fest. Wirklich? Ich warf einen Blick auf die Wanduhr, deren Zeiger 20.10 Uhr anzeigten. Entschlossen trocknete ich mir die Hände am Geschirrtuch ab, klebte mir ein neues Pflaster auf die Wunde, holte die Brille aus dem Arbeitszimmer und klaubte im Flur Pauls Schlüsselbund vom Haken.

Wie erwartet, gehörte die Dorfstraße um diese Zeit den Katzen. Sie hockten zu Dutzenden auf Mauern oder lagen quer auf dem Fußweg und verfolgten mich mit ihren Blicken, während ich an ihnen vorbeilief.

Ich hörte es sägen, bohren und klopfen. Einige zweibeinige Bewohner werkelten also noch ein bisschen in ihren Werkstätten und Garagen hinter verschlossenen Hoftoren herum. In manchen Vorgärten liefen Rasensprenger. Aus geöffneten Fenstern hinter halb heruntergelassenen Jalousien kündigte die Stimme des Meteorologen der Tagesschau für die nächsten Tage Starkregen im Süden von Deutschland an.

Bevor ich in das Haus huschte, in dem sich der Gemeindesaal und das Büro des Polizeipostens befanden, vergewisserte ich mich mit einem Rundumblick, dass mich niemand außer den Katzen beobachtete.

Die Helligkeit, die um diese Zeit noch durch die Jalousien drang, ersparte mir das Licht einzuschalten. Ich setzte mir die Brille auf und durchstöberte mit spitzen Fingern Anettes Ablage nach den Berichtkopien der KTU – *Kriminaltechnische Untersuchung* – und der Rechtsmedizin. Sie lagen direkt unter der Diebstahlanzeige von Mutter Birke.

Zuerst las ich den Obduktionsbefund quer: *Todesursache war Herzversagen, ausgelöst durch das Gift des Blauen Eisenhuts Aconitin, das in erhöhter Konzentration im Blut nachgewiesen wurde. Keine äußeren Anzeichen von Fremdeinwirkung, Krebserkrankung im …*

Bla, bla, bla, das wusste ich alles schon.

Die Zusammensetzung des Mageninhalts mit einer Masse von 243,36 Gramm lässt darauf schließen, dass sie kurz vor Eintritt des Todes Sahnetorte mit Marzipan sowie schwarzen Tee zu sich genommen hat.

Wie viel wog ein Stück Torte im Schnitt? Ihr Kopf lag im Rest eines Tortenstückes; dem ersten, zweiten oder dritten? Ein weiterer Gedanke gesellte sich dazu: Die Torte sah handgemacht aus, ihre Küche wirkte aber unbenutzt. Irgendwo musste sie die Torte gekauft haben. Von Koppelbart und Riese war sie jedenfalls nicht. Mit deren Sortiment kannte ich mich aus.

Das bekam ich morgen beim einzigen Bäcker der Umgebung in Brisenow heraus. So plante ich den nächsten Schritt und hielt plötzlich inne: Vielleicht hatte der Täter oder die Täterin die Torte mitgebracht? Aconitin ist farb-, geruch- und geschmacklos. Ich verwarf den Ansatz, weil sie das Gift mit dem Tee zu sich genommen hatte. Obwohl ich die Bestätigung für diesen Verdacht noch nicht im Bericht gefunden hatte.

Die folgenden Seiten überflog ich nur und las keine nennenswerten Neuigkeiten. Der von Sophie und Benjamin errechnete Todeszeitpunkt bestätigte sich auch.

Im Bericht der KTU stand:

Keine Einbruchspuren am Haus, das vorne und hinten abgeschlossen war. Das grafologische Gutachten ergab, dass die Handschrift auf dem Zettel mit den Worten »Es tut mir leid« die der Toten ist und mit dem Füllhalter geschrieben wurde, der auf dem blauen Ordner lag. An der Teetasse, mit der sie das Gift in einer Assam-Mischung zu sich genommen hat, waren ausschließlich ihre Fingerabdrücke; genau wie an den anderen Gegenständen auf dem Tisch oder an den Stuhllehnen.

»Daran hatte Huck also gedacht, die Fingerabdrücke von den Stühlen zu nehmen, die um den Tisch herumstanden«, sagte ich bewundernd und revidierte die Meinung, dass er den kriminalistischen Spürsinn eines Goldfischs besaß. Zumindest schien er ein einigermaßen intelligenter Goldfisch zu sein.

Die Torte auf dem Teller des Opfers enthielt keine Spuren des Giftes.

Meine Theorie erhärtete sich.

Ich stufte den Täter oder die Täterin eigentlich als schlau ein. Hätte er die Torte mitgebracht, wäre es doch viel einfacher gewesen, Cynthia darin unbemerkt das Gift zu verabreichen, als auf einen Moment zu vertrauen, dass sie das Zimmer verlässt? Ich starrte auf Anettes Kuckucksuhr, die fröhlich vor sich hin tickte.

Einen Umstand hatte ich bisher völlig außer Acht gelassen: Blauer Eisenhut wirkte in der richtigen Dosis gegen Schmerzen und Angstzustände. Am gestrigen Nachmittag hatte das halbe Dorf darauf gewartet, dass Cynthia das fertige Theaterstück präsentierte. Dem fehlte aber der dritte Akt. Bärbel hatte gesagt, sie wäre eine Perfektionistin, die andere für ihre Unzuverlässigkeit oder Fehler kritisierte. In diesem Fall hatte sie jedoch selber versagt und war bestimmt aufgeregt gewesen, weil sie es den anderen beichten musste.

Alina vertraute sie die Hauptrolle, ihre Gesundheit und sicher auch ihre Ängste an. Was wäre, wenn beide nun bei Tee und Kuchen zusammengesessen hatten und die selbst ernannte Heilerin sich mit der Dosis des Heilkrautes verschätzt hatte? Dann war es ein Unfall. *Aus Angst in den Fokus der Ermittlung zu geraten, inszeniert sie den Tatort so, dass es nach Selbstmord aussieht, verschwindet heimlich über die Hintertür, schließt ab und kommt zur ersten Probe im Gemeindehaus, als ob nichts wäre. Boah!* Das ergab einen Sinn und erklärte auch ihr Verhalten im Wald. Sie verarbeitete ihre Schuldgefühle! Sie glaubte an den esoterischen Quatsch, den sie praktizierte. Darin war ich mir auf einmal sicher. Wer sich abends im Unwetter allein auf einer Waldlichtung tanzend mit Blut übergoss, rechnete nicht mit Zuschauern. Also war es echt und keine Show gewesen. Aber was hatte Alina später noch einmal in Cynthias Haus gesucht?

Okay! Manche Gedankenschnipsel musste man kompostieren, bevor man darin Zusammenhänge erkannte.

Ich las den Bericht weiter.

Die Pflanzen des Blumenstraußes in der Vase auf dem Tisch, der auch Blauen Eisenhut enthielt, stammten aus dem Vorgarten und wurden mit derselben Schere – sie lag im Hausflur in einem Eimer zusammen mit Gartenhandschuhen – abgeschnitten.

Ich blätterte mich durch die Beweisfotos, die die Schnittstellen zeigten.

Fingerabdrücke wurden keine auf der Schere gesichert.

Klar, wer die Blumen abgeschnitten hatte, trug Gartenhandschuhe. Ich fand leider keine Bemerkung dazu, ob diese innen auf DNA-Spuren untersucht wurden.

Es konnte nicht hundertprozentig nachgewiesen werden, ob es sich bei der Blauen Eisenhutpflanze im Blumenstrauß um die Tatwaffe bzw. Teile der Tatwaffe handelt.

Am giftigsten war die Wurzel. Ich starrte kurz an die Wand und lenkte den Blick weiter auf den Bericht.

Im Vorgarten befand sich eine Erdvertiefung in unmittelbarer Nähe einer Pflanzengruppe der genannten Art. Es ist davon auszugehen, dass weitere Pflanzen mitsamt der Wurzel dort entfernt wurden. Die fehlenden Pflanzenteile, sprich Wurzel, unterer Stiel und Blätter, befanden sich nicht im Haushalt der Verstorbenen.

Ein Geräusch katapultierte mich in die Realität zurück. Schlich da jemand im Hausflur herum? Ich hatte echt keine Lust, dass mich Anette in ihrem Büro überraschte. Das war mir bei der Ermittlung im Fall des toten Schweinebauern einmal zu oft passiert. Heute konnte ich mich nicht damit rausreden, dass Paul mich geschickt hatte, um sein Telefon zu suchen, weil er mit Männerschnupfen im Bett lag und darauf wartete, dass seine Organe versagten.

Ich rückte die Unterlagen auf dem Schreibtisch der Polizeimeisterin wieder gerade und tastete mich auf Zehenspitzen vorsichtig bis zum Waschraum, öffnete und schloss die Tür genauso lautlos wie das Fenster, das im Gegensatz zu dem der Gewahrsamszelle – sie grenzte auch an das Büro des Polizeipostens an – zum Glück nicht vergittert war. Mit den Fluchtmöglichkeiten und den Sackgassen in diesem Gebäudebereich kannte ich mich noch von meinem letzten Fall bestens aus.

Ich schwang mich auf das niedrige Fensterbrett und ließ mich auf der anderen Seite in den Innenhof herabgleiten, wo der Streifenwagen parkte. In seinem Schutz huschte ich zum Durchgang, der am Eingang zum Büro des Polizeipostens vorbei zur Dorfstraße führte. Genau in diesem Moment öffnete sich die Tür. Anette trat heraus und stolperte mir beinahe in die Arme. Sie schien genauso überrascht wie ich und versteckte den Stoffbeutel in ihrer Hand hinter sich.

»Hab ich dich doch noch erwischt«, sagte ich mit gespielter Erleichterung in der Stimme.

Anette lief knallrot an. »Kann das bitte unter uns bleiben?«

Hä?

Ah! Ich kapierte. Der Stoffbeutel enthielt den blauen Ordner aus Cynthias Haus. Sie entwendete ein Beweismittel und hatte Angst, dass ich sie bei Paul oder Huck verpfiff.

»Ich will es zu Ende schreiben«, rechtfertigte sich die Polizeimeisterin. »Von dem Spektakel hängt die Zukunft unseres Dorfes ab, nicht nur die Existenz von Karens Pension. Es ist eine Frage der Ehre. Die Brisenower Trällerkehlen und Lütjendorfer Hupfdohlen lachen sich ins Fäustchen, wenn wir scheitern.«

Ich sah die Polizeimeisterin fragend an. Von Hupfdohlen und Trällerkehlen hatte ich noch nie etwas gehört.

Anette klärte mich auf. »Zwischen uns gibt es einen Wettbewerb. Wer mit seinem Kulturprogramm im Sommer die meisten Touristen anlockt, hat gewonnen. Da wird knallhart gezählt. Dem Dorf mit den wenigsten Besuchern zur Kulturtour wird im Folgejahr der Förderzuschuss um die Summe gekürzt, den der Gewinner obendrauf bekommt.«

Ich verstand.

»Cynthia hat uns mit ihrer strengen Art immer angetrieben, damit wir die Besten sind. Ich denke, wir haben es unterschätzt, wie schwer krank sie war. Wir hätten sie mehr bei der Vorbereitung des Stückes unterstützen müssen. ›Es tut mir leid‹ ist ihre Botschaft an uns. Dass sie sich gerade am Tag der Eröffnung des Spektakels umgebracht hat, ist ein Zeichen dafür, dass wir ihr Vermächtnis fortführen sollen«, vollendete Anette ihre Predigt mit einem dramatischen Beben in der Stimme.

Ich lächelte ihr verschwörerisch zu. »Keine Angst, ich bin bestimmt die Letzte, die bei Kommissar Huck petzen geht. Paul hat Urlaub und mit dem Fall nichts zu tun.«

Anette atmete erleichtert auf. »Danke!« Eine Falte grub sich in ihre Stirn. »Was machst *du* eigentlich hier, so spät am Abend?«

»Na, ich hab dich gesucht, weil … weil ich dir sagen wollte, dass ich dich bei deinem Vorhaben unterstützen will.

Ich hab zwar null Ahnung vom Theaterspielen, aber man kann es ja mal probieren«, redete ich mich raus.

Sie fiel mir um den Hals. »Das ist so lieb von dir!«

Ich musste zukünftig wirklich aufpassen, was ich zu ihr sagte, sonst adoptierte sie mich noch.

Anette verkündete stolz: »Ich habe beschlossen, die Regie zu übernehmen.«

»Das schaffst du locker!«, spornte ich sie an und klopfte ihr auf die Schulter.

Sie malte mit der Schuhspitze einen Kreis aufs Pflaster. »Meinst du echt!«

»Wer hat denn sonst außer dir das Zeug dazu? Allein vor deiner Uniform haben die Leute Respekt.«

Anette lächelte verlegen. »Na ja, ein bisschen Erfahrung habe ich ja auch. In den letzten Jahren hat mir Cynthia zwar immer nur eine winzige Nebenrolle zugeteilt, aber früher im Schultheater hatte ich einmal die Hauptrolle als Spiegelei. Den Satz kann ich heute noch.« Sie nahm die Haltung an, als ob sie Hamlets Monolog *Sein oder nicht sein, das ist hier die Frage* deklamieren wollte. Stattdessen sprach sie jedoch: »Brat mich kross, brat mich …«

Ich klatschte in die Hände und fragte: »Wie alt warst du da?«

»Acht.«

»Ein frühzeitig gelegter Grundstein für eine vielversprechende Karriere! Warte nur!«

Anette winkte verlegen ab.

Um ihr und mir weitere Peinlichkeiten zu ersparen, wechselte ich das Thema und fragte: »Hat sich denn das mit dem Blut auf der Lichtung und dem versteckten Fahrrad im Wald aufgeklärt?«

Mit meinen Komplimenten und meinem Verständnis hatte ich sie so weit gebracht, dass sie mir vertraute. Sie kam dicht heran und weihte mich wie eine Freundin in ihr Geheimnis ein. »Erinnerst du dich an den umgefahrenen Leitpfosten auf der Landstraße vor Mordsacker? Ich habe dir doch Ostern gezeigt, wie wir Fingerabdrücke nehmen und sie in die Datenbank einspeisen und vergleichen. Dabei hatte sich doch herausgestellt, dass die gesicherten Spuren einer Franziska Bach gehören, die im Februar 2016 bei einem Autounfall ums Leben gekommen ist. Als ich mich darüber gewundert hatte, hast du gemeint, dass sie wahrscheinlich mal hier in der Region Urlaub gemacht, bei einer Radtour ihr Fahrrad an den Pfosten gelehnt und ihn dabei angefasst haben könnte. Vielleicht bist du der Wahrheit damit näher gekommen, als du gedacht hast.«

»Wie?« Mir wurde mulmig.

»Die Fingerabdrücke an dem Fahrrad im Wald sind mit denen am Leitpfosten zu hundert Prozent identisch. Also sind sie von ihr.«

Ich machte ein erstauntes Gesicht. »Oh! Oh!«

»Da war aber auch Blut und dann die Lache auf der Lichtung, verstehst du?« Anette presste die Lippen zusammen. »Am kuriosesten aber ist, dass der Baum, in dessen Mulde das Fahrrad begraben war, erst bei dem Sturm im April entwurzelt wurde«, ließ sie die Bombe platzen.

Oh Gott, wo hatte ich mich da hineinmanövriert. Mein Nacken meldete sich mit einem Krampf. Ich fragte: »Hast du Paul oder Kommissar Huck schon informiert?«

»Nein, ich warte erst noch das Ergebnis der DNA und die Blutanalysen ab.«

Ich nickte zustimmend und riet ihr: »Ich würde es an deiner Stelle erst einmal für mich behalten und alleine weiterermitteln, bis du stichhaltige Beweise hast. Damit kannst du Kommissar Huck zeigen, dass mehr in dir steckt, als ihm die Colaflasche hinterherzutragen.«

»Meinst du?«

»Das ging doch gestern gar nicht, wie er dich behandelt hat.«

Sie senkte den Blick auf ihre Schuhspitzen.

»Wenn etwas Wahres dran ist, dass sich hinter den Indizien ein Verbrechen oder vielleicht sogar ein Mord verbirgt, sollten nicht Paul oder Kommissar Huck die Lorbeeren für deinen kriminalistischen Spürsinn ernten, sondern du selber. Das ist dein Fall, Anette!«, sagte ich und berührte ihren Oberarm. Diese vertrauliche Geste wirkte außer bei meinem Göttergatten immer.

Sie stand etwas unschlüssig da. Ich zwinkerte ihr zu. »Wenn du Redebedarf hast, weil du mit der Lösung des Rätsels nicht weiterkommst, kannst du gerne mit mir sprechen.«

»Aber du bist eine Zivilistin.«

»Anette, wir sind doch Freundinnen. Das, was du mir erzählst, bleibt unter uns.« Ganz bestimmt! Da konnte sie Gift drauf nehmen.

Anette bedankte sich. Puh! Zumindest hatte ich mir erst einmal einen Puffer verschafft, um mir eine Lösung auszudenken, wie ich meine wahre Identität geheim halten konnte.

Kapitel 14

Später saß ich in meinem Lesesessel und zermarterte mir den Kopf, wie ich Anette ausbremsen konnte. Dabei versteckte ich mich zum Schein hinter einem Buch, falls Paul sich doch noch vom Stall ins Haus verirrte. Ich hatte einfach keine Ahnung, was ich tun sollte. Außerdem kreisten meine Gedanken immer wieder um die gewonnenen Erkenntnisse über Alina, Hauke und Cynthia. Das Rätsel zu knacken, erschien mir reizvoller, anstatt erst einmal den eigenen Kopf aus der Schlinge zu ziehen.

Paul klopfte an die Terrassentür in der Küche. Ich öffnete ihm. Wortlos stiefelte er mit finsterem Gesicht an mir vorbei und verschwand im Hausflur. Nun konnte er sich aber langsam mal wieder einkriegen. Erst regte er sich auf, wie es im Haus aussah und dann bemerkte er nicht einmal, dass ich klar Schiff gemacht hatte. Empört verschränkte ich die Arme vor der Brust. Schließlich war es sein Zeug, das ich weggeräumt hatte.

Ich folgte ihm bis zum Treppenansatz und horchte nach oben. Er hantierte in Schlafzimmer und Bad herum.

Als er wieder herunterkam, sah er geduscht aus und hatte die Arbeitsklamotten gegen Jeans und ein schwarzes T-Shirt getauscht. Ich drehte ihm den Rücken zu, verschwand wieder in den Lesesessel hinter das Buch und setzte noch schnell die Brille auf, damit meine Tarnung auch echt wirkte.

Doch er kam nicht ins Wohnzimmer. Die Haustür fiel ins

169

Schloss. *Wo will er denn jetzt noch hin?* Es war bereits Viertel vor elf. Ein komisches Gefühl machte sich in mir breit. Ich hörte, wie er mit dem Auto wegfuhr.

Und die Ziegen?

Ich schlief kaum und wachte am nächsten Morgen wie gerädert allein in unserem Doppelbett auf. Dass ich kein Auge zubekommen hatte, lag nicht allein am Vollmond und an Nachbars Dackel Putin. Ich konnte nicht einschlafen, weil ich krampfhaft auf das Geräusch eines nahenden Autos gewartet hatte. Die Zeiger des Weckers standen auf Viertel nach acht. Ich schälte mich aus den Federn, öffnete das Fenster zum Garten und lugte hinaus. Der blaue Himmel und die Sonne begrüßten mich strahlend. Aber das verbesserte meine Laune nicht. War Paul doch irgendwann nach Hause gekommen und zu seinem Schlaflager im Stroh marschiert?

Noch im Nachthemd lief ich quer über den Hof und öffnete die Holztür zum Stall. Einige Ziegen meckerten kläglich, während der Bock die Hörner gegen die Bretterwand seines Verschlags rammte. Paul lag in Jeans und T-Shirt schnarchend unter seiner Bettdecke im Stroh. Pai no joo hockte dicht daneben und bewachte seinen Schlaf.

Als er mich bemerkte, drehte er sich knurrend um und vergrub den Kopf tiefer ins Kissen. Das Huhn sprang auf, rannte drohend auf mich zu und hackte nach mir.

»Ganz ruhig, du Zicke!« Mit erhobenen Armen wehrte ich Pai no joo ab und stolperte drei Schritte rückwärts. »Ich lass deinen Traumprinzen ja schon in Ruhe«, zischte ich und trollte mich zurück ins Haus.

Lange blieb ich nicht allein vor der Kaffeemaschine hängen, Paul schlurfte bald zur Terrassentür herein. Ich musterte ihn von der Seite. Mein Gatte hatte morgens auch schon mal besser ausgesehen. Völlig schlaftrunken wartete er stumm und geduldig mit der leeren Tasse in der Hand darauf, dass ich ihm Platz machte.

Ich setzte mich mit meinem dampfenden Kaffeepott an den Küchentisch. Pauls nach unten gezogene Mundwinkel und die verquollenen Augen zeigten mir deutlich, dass er genauso gut geruht hatte wie ich.

»Das sieht nach einer verdammt kurzen Nacht aus«, teilte ich ihm meinen Eindruck mit und zeigte auf sein Gesicht. Grummelnd füllte er seinen blauen Becher. Ich fragte: »Wo bist du gestern Abend noch hingefahren?«

Wortlos trug er seinen Becher auf die Terrasse hinaus. Ich brüllte ihm hinterher: »Rede mit mir, verdammt!« Da war er aber schon in seinem Stall verschwunden.

Orrr! Ich hasste es, wenn er so war! Mochte ja sein, dass ich ihn vorgestern mit meinen Worten verletzt hatte, aber dann tagelang eingeschnappt zu sein, brachte uns auch nicht weiter. Gut, da war noch die Sache mit der heimlichen Unterschrift unter dem Agenturvertrag …

Ich ging in mich. So wie ich ihn jahrelang in das Korsett meiner Vorstellung vom Leben gepresst hatte, wollte er jetzt mit aller Macht, dass ich seinen Lebenstraum teilte und die fröhliche Farmersfrau spielte. Völlig zu Recht!

Trotzdem machte es mich wütend, dass er nicht dazu bereit war, den kleinsten Kompromiss einzugehen und mir wenigstens die Möglichkeit zugestand, mich als Autorin zu betätigen. Ich trommelte mit den Fingern auf die Tischplatte, spitzte den Mund und kniff die Augen zu Schlitzen zusammen. Paul wusste, dass ich sein Schweigen schwer aushielt und genau das war seine Strategie: mich mürbezumachen, damit ich meinen Standpunkt aufgab und ihm meine Kooperation zusicherte.

Das konnte er vergessen! Wenn ich mein Leben schon in diesem Kaff fristen musste, dann wollte ich auch ein bisschen Spaß haben. Und den hatte ich nun mal beim Ermitteln, dem Knacken des Rätsels – und am besten noch beim anschließenden Verarbeiten des Erlebten in einem Kriminalroman.

Entschlossen sprang ich auf und räumte das benutzte Geschirr weg. Ich stellte das Radio an und tänzelte zu fröhlicher Sommermusik durchs Haus, um mich anschließend im Bad ausgehfertig zu machen.

Eine Dreiviertelstunde später war ich startklar und bester Laune – bis ich vor der leeren Garage stand und mein Tatendrang jäh gebremst wurde. Ich ärgerte mich darüber, dass Paul mir das Auto vor der Nase weggeschnappt hatte. Dass er schon wieder verschwunden war, ohne mir Bescheid zu geben, rief lediglich ein Schulterzucken hervor.

»Mist! Auto weg, Fahrrad kaputt.« Jetzt musste ich wohl oder übel mit dem Bus nach Lütjendorf ins Hotel *Kranichnest* fahren, wo ich hoffte, den spielsüchtigen Hauke Bernstein schon am Morgen im Casino anzutreffen. Nein, ich hoffte es nicht. Ich war fest davon überzeugt. Er war arbeitslos, haltlos und würde ganz sicher den Tag vorm Spielautomaten verbringen, um sein Glück zu versuchen.

Die Bushaltestelle fünfzig Meter von unserem Haus entfernt wirkte verwaist. Auf der eisernen Bank unter dem Regendach aus Wellblech hatte sich ein Graffiti-Künstler genauso wie auf dem Papierkorb daneben mit dem Schriftzug »Ohne Nets ist ales dof« verewigt. Die gewonnene Zeit, in der er nicht im Internet surfen konnte, hätte er mal lieber nutzen sollen, um seine Nase in Bücher zu stecken.

Unkraut wucherte in den Lücken zwischen den Pflastersteinen des Fußwegs und zwei leere Bierflaschen standen am Straßenrand. Ein leichter Wind fegte eine offene Chipstüte knisternd ins Gebüsch. Würde jetzt John Wayne am Horizont erscheinen, mit der Hand an der Waffe breitbeinig die Straße entlangkommen und die Titelmusik von *Spiel mir das Lied vom Tod* dazu erklingen, wäre das Setting für einen Western perfekt.

Mit der Brille auf der Nase studierte ich den übersichtlichen Fahrplan in drei Sekunden: Der Bus hielt zweimal am Tag, fuhr morgens um acht nach Lütjendorf und kam nachmittags um drei aus Lütjendorf an. Ein verzweifelter und völlig sinnloser Kontrollblick auf mein Handy verriet mir, dass es schon nach halb zehn war. Den morgendlichen Bus hatte ich haarscharf verpasst! Konnte ich es wagen, mir bei Karen ein Pensionsfahrrad zu borgen? So ganz offiziell mit vorher fragen.

Ich hatte mich noch nicht für eine Variante der Fortbewegung entschieden, da rollte ein junger Mann im grauen Kleintransporter heran. Sein mittelblondes Haar stand ihm rebellisch vom Kopf in alle Richtungen ab. Der weiße Kollar unter dem schwarzen Hemd verriet mir seinen Berufsstand: Es handelte sich um einen Pfarrer. Er hielt an und fragte durch die heruntergelassene Seitenscheibe freundlich, wo ich hinwollte.

»Nach Lütjendorf«, antwortete ich.

»Da kann ich Sie mitnehmen.«

Ich stieg zu ihm, bedankte mich und stellte mich vor, weil wir uns noch nie begegnet waren.

»Mario Bart.«

Mein Mund verzog sich etwas spöttisch.

Diese Reaktion schien er gewohnt zu sein. »Ich rede zwar auch viel und für manche Menschen auch dummes Zeug, aber Stadien fülle ich mit meinen Predigten nicht.«

Ich lachte. »Würden Sie's denn gern?«

»Mir reicht, wenn Sonntagmorgen alle Kirchenbänke besetzt sind.«

Nachdem ich mir den Gurt angelegt hatte, betätigte der Pfarrer den Blinker und fuhr los.

»Sie habe ich dort noch nicht gesehen«, stellte er fest.

Ich bestätigte ihm das mit einem Kopfnicken. »Sorry, aber ich kann nicht an eine Macht glauben, die über unser Tun wacht, dabei scheinbar immer auf dem falschen Auge blind ist und so viel Böses in der Welt zulässt.« Das war meine Haltung gegenüber allen Religionen auf dieser Welt.

Er lächelte milde wie es Menschen tun, deren Glaube nicht erschüttert werden kann. »Schade, ich hätte Sie gerne in meiner Gemeinde begrüßt. Sie machen auf mich so einen Eindruck, dass Sie andere mitreißen könnten, hier etwas zu bewegen.«

Wenn ihn der Eindruck da mal nicht täuschte.

Wir fuhren schon in Lütjendorf ein, als er sagte: »Ich muss zu Bestatter Grube. Wo kann ich Sie denn absetzen?«

»Vielen Dank, aber das Stück bis zum Hotel *Kranichnest* laufe ich.«

»Arbeiten Sie dort?«

»So könnte man es nennen«, antwortete ich knapp, weil mich die Frage, was er mit Benjamin zu besprechen hatte, viel brennender interessierte.

»Dann ist die Leiche von Cynthia Bernstein wohl zur Beerdigung freigegeben worden?«, fragte ich und äußerte mich bedauernd über den Selbstmord seiner ehemaligen Mitarbeiterin. »So streng gläubig und dann versündigt sie sich im Tode. Das hätte ich ihr nicht zugetraut.« Da der Pfarrer mich ohnehin nicht kannte, konnte ich so tun, als hätte ich die Tote gekannt. »Das fällt für mich genauso unter Doppelmoral wie das Anzetteln von Kriegen im Namen der Religion.«

Er wich mir mit den Augen aus und sein Blick flatterte wie bei jemandem, der sich ertappt fühlte. Warum? Hatte ich ausgesprochen, was er insgeheim dachte, aber als katholischer Pfarrer nicht auszusprechen wagte, weil er in der untersten Stufe der Hierarchie einer Kirche stand, deren Geschicke von uralten Männern gelenkt wurde? Oder hatte er etwas mit dem Tod von Cynthia zu tun? Den letzten Gedanken verwarf ich sofort und legte ihn unter »So langsam wirst du aber paranoid, Klara!« in einer geistigen Akte zum Fall Bernstein ab.

Mit den Worten »Die Beerdigung findet morgen um dreizehn Uhr statt«, holte er mich aus meinen Überlegungen zurück.

»Das geht aber schnell!«

»Wir haben sie vorgezogen, weil am Montag der Gerüstbauer kommt. Dank eines unerwarteten Geldsegens kann endlich das Dach unserer Kirche erneuert werden. Ich denke, das ist ganz in Cynthias Sinne.«

»Glückwunsch, dann hat sie ihr Vermögen der Kirche vererbt?«

Er presste die Lippen aufeinander.

»Ich weiß, darüber dürfen Sie nicht reden, aber da gibt es bestimmt jemanden, der ziemlich sauer auf Sie ist«, sagte ich, während er vor Benjamins Bestattungshaus bremste. Ich sprang aus dem Wagen, winkte und rief: »Passen Sie gut auf sich auf.«

»Machen Sie Ihr Spiel – heute ist Ihr Glückstag« lockte ein Plakat im Empfangsbereich des Hotels die Gäste zum separaten Eingang, über dem das Wort Casino in großen Leuchtbuchstaben stand.

Ich schlenderte an der Rezeption vorbei in den großen Saal. Die grellen Farben der Ausstattung raubten mir augenblicklich den Atem. Rot-orange geblümte Auslegeware markierte die Wege. Rote Lederstühle standen um grüne Poker- und Roulette-Tische, die Inseln in der Mitte des Raumes bildeten. Über ihnen glitzerten opulente Kristallkronleuchter. An allen Wänden ringsum reihten sich Spielautomaten aneinander, die abwechselnd geräuschvoll piepsten und dabei blinkten.

Puh! Das Überangebot an Möglichkeiten, mein Glück zu machen, überforderte mich. Einen Moment stand ich ratlos in der Gegend herum. Außer mir waren nur das Personal und eine übernächtigte Fregatte in meinem Alter anwesend. Sie trug noch ihr Abendkleid und nippte zuerst an ihrem Sektglas, bevor sie einen Chip in den Schlitz des ersten einarmigen Banditen neben der Eingangstür fummelte und dann den Hebel herunterdrückte.

Die Walzen mit Obstsymbolen drehten sich rasend schnell, blieben stehen und eine elektronische Melodie, ähnlich dem Klingelton eines Handys, verkündete, dass die Dame Pech und die Maschine ihren Einsatz hinuntergeschluckt hatte. Ernüchtert kippte sie den Rest des Schaumweins in ihren grell geschminkten Mund, warf das Glas in

176

den Papierkorb und wühlte in der Miniatur-Glitzerhandtasche herum, die über dem Stuhl hing, neben dem sie stand.

Schwankend stöckelte sie auf das uniformierte Personal zu. Ein Geldschein und Plastikchips wechselten den Besitzer. Sie stöckelte zurück und forderte ihr Schicksal erneut heraus.

Ich trat an die Bar und bestellte mir einen Kaffee. Eine Angestellte des Hauses – jung, dynamisch und gepflegt – servierte mir das dampfende Heißgetränk und setzte ihr schönstes Werbelächeln auf: »Sie möchten Ihr Glück versuchen?«

Ich lächelte zurück, was sie als Aufforderung interpretierte, mir mit monotoner Servicestimme die Funktionsweise der Automaten und die Spielregeln zu erklären. Ich ließ sie ausreden und kratzte innerlich mein gesamtes schauspielerisches Können zusammen, um die abgebrannte Zockerin zu geben. »Danke für die Einführung, aber ich kenne mich aus. Eigentlich dachte ich, ich treffe einen Freund, der mir noch ein paar Kniffe und Tricks am Automaten zeigen wollte. Oh, das sehen Sie bestimmt nicht gern.«

Ich hielt mir verlegen die Hand vor den Mund. »Wissen Sie, ich habe in letzter Zeit ziemlich viel verloren …«

Die Kleine schmunzelte spöttisch von oben herab.

Mädel, Hochmut kommt vor dem Fall. Bedenke, dass die Spielsüchtigen dir deinen Job finanzieren!

Natürlich verbarg ich, was ich dachte, und spielte weiter meine Rolle. »Er hat mir gesagt, er sei hier Stammgast und ich könnte ihn jeden Tag schon am Vormittag treffen …« Demonstrativ guckte ich auf meine Armbanduhr und zuckte mit den Schultern. »Wahrscheinich bin ich zu früh. Wann kommt denn Hauke Bernstein immer?«

»Wenn er Geld hat, schon morgens um neun«, sagte sie herablassend.

»Verstehe, geht mir ähnlich. Dann hoffe ich, dass er heute welches hat. Eigentlich waren wir ja für Dienstagmittag so gegen zwölf verabredet. War er sauer, dass ich nicht gekommen bin?«

»Dienstag war er gar nicht da.«

»Sicher?«

Während die Kleine Gläser polierte, zählte sie auf: »Montag war er abgebrannt. Dienstag hab ich ihn nicht gesehen, da hat er sich bestimmt Geld besorgt, denn gestern war sein Einsatz ordentlich.«

Das Geld seiner Tante hatte er also gleich ins Casino geschleppt.

»Hat er wenigstens gewonnen?«

Sie schüttelte unmerklich den Kopf. »Darüber dürfen wir nicht reden.«

»Und sonst ist er wirklich jeden Tag morgens da?«, hakte ich noch einmal nach.

»Sie sind keine Zockerin, stimmt's?«

Mist! Dabei hatte ich mir solche Mühe gegeben. Ich presste die Lippen aufeinander. »Woran haben Sie das gemerkt?«

»Ein Spieler kommt rein, wirft das Geld mit zitternden Händen auf den Tresen, kann es kaum abwarten, den Chip in der Hand zu halten, und steuert damit sofort auf den Automaten zu. Ein Spieler würde sich niemals zuerst ein Getränk gönnen und es dann auch noch in aller Ruhe am Tresen trinken.«

Sie wischte die Theke ab. »Schuldet er Ihnen auch Geld?«

»Ich bin seine Therapeutin und kontrolliere, ob er sich an unsere Abmachung gehalten hat«, sagte ich verschwörerisch, stürzte den Rest meines Kaffes herunter und hoffte, dass sie mir wenigstens diese Rolle abkaufte. Dann bezahlte ich und fragte nach der Toilette.

Als ich wieder zurückkam, stand Hauke Bernstein am Tresen. Er diskutierte mit der Angestellten, die seinen Geldschein nicht annehmen wollte.

Sie bedauerte ihr Verhalten und schob mir den Schwarzen Peter zu. »Ihre Therapeutin …«

Er schlug mit der Faust auf den Tresen. »Hä? Therapeutin, was redest du da, Susanne?«

Sie zeigte auf mich.

»Ich kenne die Dame nicht.« Er kam drohend auf mich zu. »Wer schickt Sie, meine Frau? Hat sie immer noch nicht genug?« Ich machte einen großen Bogen um ihn und eilte zum Ausgang. Er folgte mir wutentbrannt.

Vor dem Hoteleingang erreichte er mich und bekam meinen Oberarm zu fassen. »Los raus damit, welcher von den Aasgeiern schickt Sie?« Seine Pranke hielt mich fest. In diesem Moment lenkten ihn zwei Glatzen mit tätowierten Armen, Lederweste und viel Metall an Stiefeln, Hals und Fingern ab, die lachend um die Ecke geschlendert kamen. Anscheinend hatten sie sich gerade einen Witz erzählt.

Kaum, dass sie Bernstein wahrnahmen, stürzten sie auf ihn los. Er erstarrte für den Bruchteil einer Sekunde. Ich befreite mich aus seiner Umklammerung und rannte Richtung Parkplatz. Die zwei Kerle schlugen auf ihr Opfer ein. Bernstein rief stöhnend: »Die da hat mich gerade bestohlen.«

Bam, bam, bam! Schwere Stiefel knallten hinter mir auf dem Asphalt. Die Schritte wurden immer schneller. Einer der Kerle folgte mir. Ziellos sprintete ich zwischen parkenden Autos hindurch. *Verdammte Scheiße!*

Jemand griff nach mir, ich stolperte, ließ die Handtasche fallen und konnte mich gerade noch an der Motorhaube eines schwarzen Range Rovers festhalten. Die Glatze nahm mich in den Schwitzkasten. Ich bekam kaum Luft. »Sie tun mir weh!«, brüllte ich und hörte freiwillig zu atmen auf, weil er mich mit seinem Knoblauchgestank anhauchte. Er brüllte: »Schnauze! Wo ist die Kohle?«

»Ich hab keine Ahnung, wovon Sie reden!« Er verpasste mir einen Fausthieb in die Magengrube: »Orrrrhhh!«

Ich protestierte mit Händen und Füßen. Er hob mich hoch. Meine Zehen zappelten in der Luft. Ich schlug um mich und trat nach ihm.

»Dein Busenfreund sagt, du hast die Kohle gestohlen.« Der nächste Schlag traf mich in die Nieren.

»Ohhhhh!« Ich hustete die Worte hinaus: »Merkst du nicht, dass der lügt, um von sich abzulenken.«

»Er hatte die Anzahlung besorgt.«

»Und längst wieder verzockt. Das ist ein Spieler, der kann nicht mit Geld umgehen.«

Ein weiterer Schlag verfehlte seine Wirkung nicht. Ich sank mit dem Oberkörper auf die Motorhaube und krümmte mich. Der brutale Glatzkopf durchwühlte meine Handtasche.

Ich wischte mir den Mund ab. *Blut? Orr, scheiße!*

Da der Schläger nichts fand, ließ er meine Tasche wieder auf den Boden fallen und drückte mich rücklings auf das Auto.

»Siehst du nun, dass er euch verarscht«, presste ich mühsam hervor.

Er hielt mich mit einer Hand am Blusenkragen fest. »Wenn mein Boss nicht in drei Tagen seine Kohle kriegt, seid ihr tot.«

»Ich hab mit Bernstein nichts zu tun. Wie viel schuldet er deinem Boss denn?«

»Bis heute 50 Mille, in drei Tagen ist die Summe doppelt so hoch, Süße.«

Eine Polizeisirene ertönte und ein Auto näherte sich. Der Streifenwagen bog im Schritttempo mit Blaulicht von der Straße ab und hielt vor dem Hotelportal. Sofort ließ der Glatzkopf mich los. Er stellte mich grinsend auf die Füße und reichte mir meine Handtasche: »Wir sehen uns, Baby!«

Der Dummpuffer dachte ernsthaft, dass ich gemeinsame Sache mit Bernstein machte. Der Glatzkopf rannte davon.

Ich rutschte mit dem Rücken am Auto hinab, zurück ich in den Dreck. Mein ganzer Körper schmerzte wie eine einzige große Wunde.

Anette sprang aus dem Wagen. Sie stürmte mit der Hand an der Waffe in die Drehtür und lief eine Runde im Kreis. In der Zeit rappelte sich der vorm Kücheneingang am Boden liegende Bernstein hoch. Er blutete aus mehreren Platzwunden im Gesicht. Stöhnend humpelte er zu einem verrosteten Fahrrad, das an der Hauswand neben den Mülltonnen lehnte. Mühsam stieg er auf und radelte in Schlangenlinien davon, noch bevor Anette mit gezogener Waffe auf den Parkplatz gerannt kam.

Wahrscheinlich hatte die Empfangsdame an der Hotelrezeption ihr den Tipp gegeben, dass ihr Einsatz nicht im, sondern neben dem Haus gefragt war. So sah sie nur die Rücklichter von beiden Tätern und einem Opfer. Ich versuchte, mich noch seitlich wegzuducken. »Autsch!« Zu spät! Sie

181

hatte mich erspäht, sicherte sich mit einem Rundumblick ab, steckte ihre Waffe weg und eilte auf mich zu. »Klara!«, rief sie entsetzt und half mir hoch, weil ich völlig kraftlos zwischen zwei Autos hing. Sie sammelte den herumliegenden Inhalt meiner Handtasche auf.

Da jeder Atemzug stach, als hätte jemand sein Messer in meinem Bauch vergessen, verzichtete ich auf überflüssige Sauerstoffzufuhr und atmete möglichst flach.

»Du blutest aus der Nase.«

Ich hielt mir die Hand davor. »Ein Schwächeanfall.«

»Für mich sieht das eher nach einem Raubüberfall aus.«

Sie gab mir ein Taschentuch.

»Haben die Lederwesten dir was getan?« Sie zeigte in Richtung der Glatzen, die in ihrem alten Mercedes davonfuhren.

»Die netten Männer haben mir nur auf die Beine geholfen.«

»Die Empfangsdame der Rezeption hat mich wegen einer Schlägerei angerufen. Hast du etwas gesehen?«

»Nöö!«

»Verstehe ich nicht.« Sie wickelte sich unschlüssig eine blonde Haarsträhne um den Finger. »Was machst du eigentlich hier?«

Mein Blick fiel auf das Werbeplakat am Rande des Parkplatzes, das »Die Gute-Laune-Formel: Muskeltraining + Fettverbrennung = Wunschfigur« anpries. »Ich wollte mich über das Fitness-Angebot informieren.«

»Ich bringe dich zu Sophie.«

»Alles halb so wild! Das sind nur Hormonschwankungen, weil ich in die Wechseljahre komme. Ich kenne das mittlerweile. Zu Hause lege ich mich eine Stunde hin, dann ist alles wieder schick«, versuchte ich sie mit gequältem Lächeln von der Harmlosigkeit meines Zustandes zu überzeugen. »Mach dir keine Umstände. Du hast sicher genug zu tun.«

»So kannst du auf keinen Fall selber fahren.«

»Bin eh mit dem Bus.«

»Ich bringe dich nach Hause.«

Sie führte mich zum Streifenwagen und ich war froh, dass ich mich auf dem Beifahrersitz anlehnen konnte. Allmählich ließ der Schmerz nach. Der Typ hatte ganze Arbeit geleistet und meine Rippen waren bestimmt mit Blutergüssen übersät. Wie sollte ich Paul die Blessuren erklären? Bis das vollständig abgeheilt war, musste ich aufpassen, dass er mich keinesfalls nackt zu Gesicht bekam.

Anette stieg ein und fuhr los. »Soll ich dich nicht doch zum Arzt bringen?«, fragte sie mit einem Seitenblick, weil ich mir beim Husten den Bauch festhielt. »Nein! Und bitte sage auch Paul nichts davon. Er macht sich nur unnötig Sorgen und nervt mich dann.«

»Wenn du meinst?«

Irgendwie traute ich ihr nicht. »Wir haben einen Deal: Ich spiele unter deiner Regie die Mutter der Bernsteinhexe im Theaterspektakel und du hältst gegenüber Paul und Sophie dicht, dass du mich in diesem Zustand hier aufgegabelt hast.« Ich rang mir ein Lächeln ab. »Versprochen?«

»Ja, aber …«

»Nix aber! Ein Deal ist ein Deal.« Zu einer weiteren Konversation war ich im Moment nicht fähig.

Anette setzte mich vor unserem Haus ab. Paul schloss gerade das Garagentor. Er drehte sich zu uns um und wunderte sich, dass ich bei Anette im Streifenwagen saß.

Beim Aussteigen kratzte ich meine ganze Energie zusam-

183

men und biss die Zähne zusammen, um nicht bei der kleinsten Bewegung vor Schmerzen zu stöhnen. Schwungvoll knallte ich die Autotür zu und winkte ihr fröhlich hinterher. Vorsichtig setzte ich einen Fuß vor den anderen. Paul beobachtete mich skeptisch. Bei jedem Schritt stach es in der Rippengegend und ich kriegte kaum Luft. Mein Bauch krampfte sich zusammen.

Er fragte: »Geht es dir gut?«

»Frauenprobleme ...«, redete ich mich heraus. Kaum im Haus, verschwand ich gleich im unteren Badezimmer und schloss hinter mir die Tür ab.

Ich hob die Bluse und schaute mir meinen Körper im Spiegel an. Lauter blaue Flecke und hässliche Blutergüsse. *Verdammt!*

Als Meisterin darin, selbst im Negativen etwas Positives zu sehen, gratulierte ich mir. Immerhin hatte ich mit ganzem Körpereinsatz herausgefunden, dass Hauke Bernstein am Dienstag Geld für den Inkasso-Fritzen besorgen wollte. Da er zur Tatzeit nicht im Casino war, sah es fast so aus, als hätte er dafür seine Tante gekillt.

Autsch!

Aber wie passte das alles mit Alinas Verhalten zusammen? Um das herauszufinden, hatte ich erst einmal einen guten Grund, um zu ihr zu gehen. Vielleicht beseitigten ihre heilenden Hände Blutergüsse und blaue Flecken schneller?

»Klara, was machst du da drin? Wieso schließt du ab?« Paul drückte die Türklinke herunter.

Ich schloss auf und drängelte mich an ihm vorbei. »Sorry, muss noch mal los!«

»Klara!«, rief er wütend, aber da war ich schon zur Haustür hinausgesprintet.

Kapitel 15

Im winzigen Vorraum der Pension »Zum Henker« empfing mich ein unbesetzter Tresen und die Quakstimme des übermotivierten Moderators von Welle Nord aus dem tragbaren Radio, das in einem Regal neben dem Schlüsselbrett stand. Die drei Sitzgruppen, dekoriert mit blumenlosen Vasen, bestanden aus zusammengewürfelten Möbeln und luden ankommende Touristen eher zum Weglaufen ein. Von den abgewetzten Lehnstühlen aus den Sechzigern bekam man beim Hingucken schon Rückenschmerzen und von Farbharmonie à la Feng-Shui hatte Karen anscheinend auch noch nie etwas gehört. Dabei konnte man aus dem Empfangsraum schon mit einfachen Mitteln wie Kissen, Pflanzen, Bildern und Lampen eine Wohlfühl-Oase zaubern, ohne gleich die gesamte Einrichtung auszutauschen.

»Moin, Karen!«, grüßte ich.

Die Besitzerin saß in einem angrenzenden Büro vorm Computer und hackte auf die Tastatur ein. Man sah sie nur im Profil. »Moin, komme gleich!«, rief sie und lehnte sich auf ihrem Stuhl zurück, um einen Blick zu mir in die Lobby zu werfen. »Was treibt dich denn in meine Folterkammer?«

Folterkammer? Hier sah es eher wie in einem Sperrmülllager aus. Von ihrem angeblichen Konzept, das die Pension so besonders machen sollte und Erlebnistourismus versprach, spürte ich nichts.

»Hast du dich mit deinem Mann gestritten und brauchst ein Zimmer?«, fragte mich Karen. Sie stand auf und kam zu mir. Mit jedem Schritt hüpfte ihr Busen beinahe aus dem zu tief ausgeschnittenen Sommerkleid, das die schrumpelige Haut ihres Dekolletés freigab. Sie scherzte mit todernster Miene: »Noch hast du die freie Auswahl. Also entscheide dich schnell! Wenn nachher tausend Radtouristen vor der Tür stehen, schnappen sie dir das Zimmer mit Seeblick vor der Nase weg.«

»So schlimm?«

Ihre Mundwinkel fielen noch weiter herunter. Sie seufzte. »Ich verstehe es nicht. Das Wetter passt. Fast ganz Deutschland hat Ferien. Wo fahren die alle hin?«

Ich presste mitfühlend die Lippen zusammen.

»Seit Tunesien, Ägypten und jetzt sogar die Türkei unsichere Reisegebiete sind, müsste man das doch hierzulande an steigenden Touristenzahlen merken.«

»Wahrscheinlich treten die sich alle lieber auf Mallorca oder den Kanaren tot«, sagte ich und dachte: *Es liegt leider eher an deinem unattraktiven Angebot, das keinen Besucher anlockt.*

»Schwitzen beim Wandern und Fahrradfahren bei fünfunddreißig Grad im Schatten kann man diesen Sommer hier auch.«

»Stimmt! Apropos Fahrradfahren ...« Bevor ich mich von ihr bei Alina ankündigen lassen wollte, nahm ich noch mein anderes Problem in Angriff.

»Sag mal, ist ein Gast von dir trotz Hitze mit dem Fahrrad unterwegs oder haben sie dir eins geklaut?«, fragte ich so beiläufig wie möglich.

»Wie kommst du denn darauf?«

»Wenn ich vorbeigehe, zähle ich immer unbewusst die Räder im Ständer; heute sind es nur fünf anstatt sechs.«

»Ich hab keine Gäste.«

»Dann hast du es wohl noch gar nicht gemerkt, dass eins fehlt?«

Sie zuckte desinteressiert mit den Schultern. »Der Schwund ist eingeplant. Bei mir ist das wie in diesem Nobelhotel. Dort steht unter den Gläsern: geklaut im *Schlempinski*.«

»Du musst Anzeige erstatten, ohne die bekommst du keinen Cent von der Versicherung.«

Ich erntete ein weiteres Schulterzucken.

»Du hast doch bestimmt die Rahmennummer?«

Sie schüttelte den Kopf und flüsterte mir hinter vorgehaltener Hand zu: »Das sind nur Fundräder, die besorgt mir immer der Martin aus Neustrelitz, der hier bei Schlosser Fidel die Ausbildung macht. Dafür hab ich fünfzig Euro bezahlt.«

Ich verdrehte die Augen. »›Fundräder‹ also? Du bist sicher, dass der die nicht irgendwo klaut?«

»Und wenn, ich weiß von nichts.«

Gut, damit war der Vorstoß verpufft, Anette von ihrer Verschwörungstheorie abzubringen.

»Ist Alina da?«

»Was willst du denn von der?«, fragte Karen neugierig.

Jetzt flüsterte ich: »Ich hab da so ein Frauenproblem, gegen das es bei Sophie keine hormonfreien Tabletten gibt. Ich habe gehört, sie hat schon einigen mit ihrem Kräuterwissen die Wehwehchen weggezaubert.«

»Da kommst du zu spät.«

»Ist sie unterwegs?«

»Unsere Dorfhexe ist heute Morgen bei mir ausgezogen.«

187

Ich guckte wahrscheinlich enttäuscht und verwundert zugleich.

»Und dann ist sie in Cynthias Haus eingezogen«, ergänzte Karen verärgert.

»Wie?«

Sie verschränkte die Arme unterm Busen, sodass er noch üppiger oben aus dem Kleid herausquoll. »Genau so. Sie hat Madame Bernstein beerbt.«

»Ich denke, das Haus gehört der Kirche?«, fragte ich irritiert.

Karen lächelte verkniffen. »Da gab es wohl einen Deal. Cynthia hat verfügt, dass ihr Haus an ihren Erben und ihr gesamtes Barvermögen an die Kirchgemeinde für das neue Dach übergeht. Das ist dringend sanierungsbedürftig. Schon Montag kommt der Gerüstbauer. Der ganze Dachstuhl ist nämlich einsturzgefährdet. Deshalb findet die Beerdigung auch schon morgen um dreizehn Uhr statt.«

»Und der Neffe?«, fragte ich.

»Geht leer aus. Cynthia hat ihn wohl erst vorige Woche testamentarisch enterbt.«

Da ich immer noch große Augen machte, legte sie nach: »Ich frage mich echt, wie sie das angestellt hat, diese kleine Hexe. Kommt aus Polen hierher, kümmert sich ein paar Wochen um eine alte Frau und erbt deren Vermögen. Ich mache irgendwas verkehrt.«

Das war schon etwas ungewöhnlich, das musste ich zugeben und fragte: »Wo kommt sie denn her?«

»Aus Stettin.«

»Echt? Sie spricht perfekt Deutsch, ganz ohne Akzent.«

»Darauf habe ich sie auch angesprochen. Sie ist zweisprachig aufgewachsen. In der Schule war Deutsch von Anfang an Unterrichtsfach.«

»Wovon konnte sie sich das Zimmer bei dir eigentlich leisten, wenn sie bei Thossen … rausgeflogen ist?«

Karen verbesserte mich: »Arne Thiessen, das ist der alte Korbmacher, der Vater von John Thiessen. Den Sohn kennst du bestimmt auch. So ein aalglatter geschniegelter Typ mit auffälligen Aknenarben im Gesicht. Der läuft immer mit gegelten Haaren herum und sieht klamottenmäßig aus wie ein Buchhalter, obwohl er Rettungsassistent ist. John hatte eine Pflegerin für seinen dementen Vater gesucht. Er kann ihn nicht mehr alleine lassen.« Sie zuckte mit den Schultern. »Es ist halt schwierig, wenn du arbeiten musst. Alina stand kurz darauf vor seiner Tür.«

»Das hat doch prima gepasst. Warum ist sie dann rausgeflogen?«

»Angeblich gab es Unstimmigkeiten bei der Behandlung. John kennt sich ja mit medizinischen Sachen aus. Vielleicht hat sie ihn aber auch abgewiesen. Thiessen junior findet nämlich keine Frau«, spekulierte Karen.

»Aber das muss ihm doch klar sein, dass ein so junges Mädchen …«

Karen verdrehte die Augen. »Er findet sich halt unwiderstehlich.«

»Du hast meine Frage noch nicht beantwortet. Wovon hat sie das Zimmer bezahlt, wenn sie nicht mehr gearbeitet hat?«, bohrte ich weiter.

»Die Unterkunft bei mir kostet kein Vermögen. Sie tat mir leid. Nachdem sie ihren Job verloren hatte, reichte ihr Geld noch für drei Tage. Sie konnte sich nicht einmal die Rückfahrt leisten. Ich hab sie eine Weile umsonst wohnen lassen, das Frühstück angeschrieben und sogar ihre Wäsche mitgewaschen.«

»Ganz schön großzügig von dir, obwohl du selbst so zu kämpfen hast«, sagte ich mit ehrlicher Bewunderung.

Ja, das war wieder ein Pluspunkt für Mordsacker: Hier halfen sie dir, wenn du einmal wirklich in Not warst. In Berlin würde es keiner bemerken, wenn du verreckst.

Karen bekam einen traurigen Zug um den Mund, den ich so noch nie bei ihr gesehen hatte.

»Mensch, sie könnte meine Tochter sein!«

Das Mädchen hatte etwas Zerbrechliches, das in einigen Dorfbewohnern den Beschützerinstinkt weckte. Mir kam es fast so vor, als wäre Karen enttäuscht, dass Alina ausgezogen war.

»Kinder waren mir leider nicht vergönnt. Deshalb ist mir auch mein Mann weggelaufen.«

»Das tut mir leid.«

»Schicksal!« Sie nahm ein paar Plastikblumen aus dem Regal und drapierte sie in die Vasen auf den Tischen. Dabei redete sie weiter. »Einen Teil hat sie dann bezahlt, als sie bei Moni geputzt hat. Heute hat sie mir den Rest in die Hand gedrückt, inklusive großzügigem Trinkgeld.«

Sie hielt inne. »Wir haben Mademoiselle Niedlich wahrscheinlich alle unterschätzt.« Karen richtete die Werbeflyer ihres Hauses neben den Vasen fächerförmig aus. »So ganz geheuer kam mir ihr esoterisches Getue nie vor. Sie hat sich im Zimmer in eine regelrechte Trance getrommelt, Tarotkarten gelegt, Geister heraufbeschworen und einen Altar im Schrank eingerichtet.«

»Du hast in ihren Sachen herumgeschnüffelt?«

»In meiner Pension werden die Zimmer täglich geputzt«, rechtfertigte sie sich. »Ich hab gedacht, sie ist jung und sie probiert sich aus. Manche nehmen in dem Alter Drogen, besprühen nachts Häuser mit Graffiti oder verkleiden und leben sich in diesen Online-Rollenspielen aus. Und sie praktiziert eben diesen Hexen- oder Schamanenkram. Das ist ja auch irgendwie im Trend. Wie du selbst sagst, dem ein oder anderen hat sie mit ihrem Kräuterwissen geholfen.« Karen rückte die Stühle gerade.

Ich stellte schmunzelnd fest: »Sie hat deinen Mutterinstinkt geweckt.«

»Das mag sein.« Karen hielt in ihrer Bewegung inne und stützte sich an einer Lehne ab. »Seitdem sie im Dorf wohnt, fehlt hier und da mal ein Huhn oder ein Kaninchen. Bei Möllenhoffs lag eine tote Katze vor der Tür, aber die Kuh von Birkes Mutter gibt dank Alinas Kräuterbehandlung wieder Milch. Ja, und dass einige unserer Damen eifersüchtig sind und behaupten, sie würde die Männer verhexen … Tja! Das ist nicht ihre Schuld. Du hast ja keine Ahnung, wie viele Herren hier mit angeblichen Rückenschmerzen und anderen erfundenen Wehwehchen auf allen vieren angekrochen kamen, um sich von ihr behandeln zu lassen«, verteidigte sie Alina.

Ich kratzte mich am Kopf. »Das ist irgendwie an mir vorbeigegangen. Prostituiert sie sich etwa?«

»Nein!«, rief Karen entrüstet aus. »Sie heilt.«

Ich nickte und wand mich zum Gehen. »Ciao, Karen. Kleiner Tipp, tausch die Plastikblumen gegen echte aus deinem hübschen Vorgarten aus.«

»Meinst du?«

»Die da wirken billig.«

Ich nahm mir einen Flyer mit. Vielleicht konnte ich ihr bei Gelegenheit mit ein paar kleinen Kniffen und einer Idee helfen, ihre Pension attraktiver zu gestalten. Dass sie den Kopf über Wasser hielt, obwohl ihr selbiges bis zum Kinn stand, erinnerte mich an die ein oder andere Situation in meinem Kampf um die Existenz der Theaterakademie in Berlin.

Sie gab nicht auf, hatte ein gutes Herz und verdiente, dass ihr Laden lief.

Ich klingelte bei Cynthia an der Tür, wo bereits »Alina Grabowski/Heilerin« auf dem Schild stand.

Die junge Frau öffnete die Tür vorsichtig einen Spalt breit. Das haselnussbraune Haar hing ihr beidseitig über der Brust. Sie war in eine bunte Tunika gehüllt, deren Saum ihre nackten Füße streifte. Untendrunter schien sie vollkommen nackt zu sein, denn weder ein BH noch ein Slip schimmerten durch den dünnen Stoff hindurch. Der Rubinring an ihrem Finger reflektierte die gleißende Sonne. Ihre wachen Augen baten mich herein, ohne dass sie mich fragte, was mich zu ihr führte.

Ich drückte meine Verwunderung über dieses Verhalten aus. »Willst du gar nicht wissen, warum ich hier bin?«

»Ich weiß es und habe Sie bereits erwartet.«

Hatte Karen per Telefon meinen Besuch angekündigt? Nee, das bezweifelte ich. Scheibenkleister, womit hatte ich mich denn verraten? Ich fühlte mich ertappt. Ahnte sie, dass ich wegen Cynthias Tod herumschnüffelte? Ich mutmaßte: Vielleicht hatte sie vorgestern gespürt, dass ich mich unter Cynthias Bett versteckt hatte und nur so getan, als hätte sie nichts bemerkt. Vielleicht war sie ja deshalb so schnell wieder verschwunden. Quatsch, diesen siebten Sinn gab es nicht. Sie konnte mich gar nicht gesehen haben, oder?

Ich lasse mich doch nicht von einer kleinen Möchtegernschamanin verunsichern, dachte ich entrüstet. Jetzt war schauspielerisches Können gefragt. Wollen doch einmal sehen, wer hier der Profi- und wer der Laiendarsteller war.

»Meine Hand …« Ich streckte ihr die linke entgegen. »… und da sind noch so blaue Flecke an meinem Körper … Sie sind Heilerin«, sagte ich und zeigte auf das Türschild draußen. Dabei fiel mir auf, dass ich das Mädchen plötzlich intuitiv siezte.

Irgendetwas an ihr flößte meinem Unterbewusstsein Respekt ein, sodass ich automatisch eine distanzierte Haltung einnahm.

»Kommen Sie!«

Neben der Kommode stand der Weidenkorb, den sie mir auf der Lichtung aus der Hand gerissen hatte. Sie ging durch den dunklen Flur voran in die Küche. Wir kamen an der verschlossenen Wohnzimmertür vorbei, aus deren Ritzen ein ekliger Geruch nach verbranntem Gummi strömte.

»Brennt da etwas?« Ich wies sie auf die kleinen Rauchschwaden hin, die aus dem Schlüsselloch krochen.

»Keine Angst, ich habe gerade den Raum gereinigt.«

Indem sie die Flecken aus dem Teppich brennt?

»Der Tod eines Lebewesens ist wie die Geburt mit Gefahren und Problemen behaftet. Manchmal verirrt sich der Verstorbene in der Zwischenwelt und weiß nicht weiter. Ich habe am Abend von Cynthias Tod auf der Waldlichtung in der nichtalltäglichen Wirklichkeit die Geister um Hilfe gebeten, ihr den Weg zu weisen. Leider war Cynthias Spirit nicht bereit, sich von diesem Ort zu lösen.«

Aha, der Spirit! Ich klimperte mit den Wimpern und grinste. Die Schamanin bekam von mir amüsierte Skepsis um die Mundwinkel geboten. »Vielleicht war ihr Abgang nicht ganz freiwillig«, rutschte es mir heraus. Ihr Blick enthielt mit einem Mal Wachsamkeit und stach sich wie eine Kanüle durch meine Haut. Ich fühlte mich schutzlos ausgeliefert.

Halt doch einfach mal die Klappe, Klara!

»Haben Sie gerade etwas gesagt?«

»Nein, nein.« Flugs strich ich mir die fehlenden Locken hinters Ohr. Sie redete weiter in einer Art, die mich beinahe überzeugte, dass sie an das glaubte, was sie sagte. »Dieses Phänomen kann dabei für uns sehr anstrengend sein. Erst äußert es sich über ein ungutes Gefühl, wenn man so einen Raum betritt, bis hin zu Albträumen. Es kann sich gar zu richtigem Spuk ausweiten.«

Oder war sie doch die bessere Schauspielerin von uns beiden? Ich nickte. »Unter den Umständen würde ich auch nicht hier wohnen wollen. Ich will ja nicht indiskret sein, aber sie hat Ihnen das Haus vererbt?«

Ich spürte, dass sie eigentlich nicht darüber reden wollte. »Ich war genauso überrascht.«

Lag es an ihrem Blinzeln und dem kurzen Zucken um die Mundwinkel, bevor sie ein unschuldiges Lächeln aufsetzte, dass ich ihr diesen Satz nicht abkaufte?

»Die Leute denken bestimmt, ich habe meine Zeit nur deshalb mit ihr verbracht. Dabei mochte ich sie wirklich.«

»Es mag da einige geben, die so denken, aber glauben Sie mir, auch die gewöhnen sich daran«, sagte ich, um ihr Vertrauen zu gewinnen. Sie war eine harte Nuss. Ohne dass sie sich in Sicherheit wiegte und mich als Verbündete gegen die Lästermäuler im Dorf betrachtete, würde ich nicht an die Wahrheit herankommen.

Wir setzten uns auf zwei Stühle, die einander gegenüber aufgestellt worden waren. Sie nahm meine gesunde Hand zwischen ihre und begann mit geschlossenen Augen etwas zu murmeln, was ich nicht verstand. Ich setzte ein Pokerface auf, um meine Skepsis zu verbergen.

Sie öffnete die Augen und erklärte: »Die Seele eines Menschen ist sein Energiekörper. Jeden Menschen umgibt eine Aura, die etwas Bestimmtes ausstrahlt. Wir Schamanen haben ein besonderes Gespür dafür. Wusstest du, dass Krankheiten entstehen, wenn ein Teil der Seele verloren geht?«

»Ich bin doch bloß bei dem Gewitter in die Brombeeren gestürzt.«

Sie schüttelte verneinend den Kopf, während sie weiter meine Hand hielt. »Dir ist schon vorher durch irgendein dramatisches Erlebnis ein Seelenstück im Leben abhandengekommen. Das spüre ich sofort, doch leider hast *du* diese Erkenntnis noch nicht erlangt. Deshalb ist es dir unmöglich, deine Seele zu heilen. Dein Unterbewusstsein hat dich in die Irre geführt, damit du deinem Körper Wunden zufügst – deine Seele bekämpft ihren Schmerz mit Schmerz.«

Ich schluckte und guckte sie mit großen Augen an.

»In das entstandene Loch in deiner Seele haben sich Parasiten eingenistet und blockieren die Heilung deines Körpers.«

Sie ließ meine Hand wieder los und redete weiter: »Leider regeneriert sich deine Seele nicht von alleine. Wenn dir einmal ein Teil abhandengekommen ist, fühlst du dich krank, bist häufig traurig und quälst dich mit negativen Gedanken. Was glaubst du, woher die meisten Magenkrämpfe kommen? Den Menschen drückt etwas auf die Seele. «

Das leuchtete mir sogar ein. Obwohl ich sonst natürlich an diesem Hokuspokus zweifelte.

Alinas Gesichtsmuskeln entspannten sich. »Meine Aufgabe als Schamanin ist es, die Parasiten zu verscheuchen und die Krankheit zu heilen. Dann füge ich die Teile deiner Seele wieder zusammen. Nur so gelangst du an den Ausgangspunkt deines Irrweges zurück. Hast du die Ursache erst einmal erkannt, dann kann der böse Geist keinen Besitz mehr von dir ergreifen.«

»Ich bin ein rationaler Mensch. Ich glaube nichts, was ich nicht sehe.«

Alina lächelte nachsichtig. »Und warum bist du dann zu mir gekommen, wenn du doch eigentlich der klassischen Schulmedizin vertraust, die deine Tochter praktiziert?«

Boah! Das hatte gesessen.

Das Klimpern eines Schlüssels im Schloss der Haustür rettete mich aus meiner Verlegenheit. Die Schamanin horchte auf. Weil der Schlüssel wohl nicht passte, wummerte der Besucher rhythmisch gegen die Haustür. Alina lief zögernd in den Flur und öffnete die Tür einen Spalt breit. Hauke Bernstein schob sich dazwischen, er war völlig betrunken. Ich rutschte mit dem Stuhl aus seinem Gesichtsfeld. Das fehlte mir noch, dass er mich hier sah. Um bloß kein Wort zu verpassen, lauschte ich angestrengt.

»Ich will meinen Anteil ...«, lallte Cynthias Neffe.

Alina rechtfertigte sich: »Ich kann nichts dafür, dass Ihre Tante Sie enterbt ha...«

»Tu doch nicht so, du kleines Luder!« Ich sah, wie Alina versuchte, ihn hinauszudrängen. Sollte ich mich einmischen und ihr helfen?

»Du hast sie in den Tod getrieben ... ihr diesen ganzen Quatsch eingeredet ... Die ganzen Jahre hab ich mich um sie gekümmert und plötzlich ist das alles nichts mehr wert gewesen.«

Sie verpasste ihm einen Stoß, den ich einer so zarten Person niemals zugetraut hätte. Dabei zischte sie ihn an: »Verpiss dich!«, und schloss die Haustür.

Was waren denn das für Töne? Es bewahrheitete sich immer wieder. In jedem von uns steckte auch eine dunkle Seite, die wir in stressigen Situationen nicht immer unter Kontrolle halten konnten.

Alina kam zurück und setzte sich wieder. Sie brauchte fünf Sekunden, um ihre demonstrative Gelassenheit zurückzugewinnen. Doch dann schepperte draußen ein Knüppel oder eine Eisenstange gegen die geschlossenen Fensterläden der Vorderseite des Hauses. Wir zuckten zusammen. Bernstein brüllte: »Du Hexe, dich mach ich fertig! Brennen sollst du! Ich komme wieder, verlass dich drauf!«

Für den Bruchteil einer Sekunde wirkte Alina verängstigt.

»Cynthias Neffen haben Sie mit Ihrem Einzug mehr als verärgert. Wollen Sie nicht die Polizei rufen? Der dreht ja völlig durch.«

Die Schamanin fing sich wieder. »Er wird sich beruhigen. Er kann mit dem Schmerz über den Verlust seines Seelenteils nicht umgehen. Deshalb betäubt er ihn mit seinen Süchten. Lässt deren Wirkung nach, potenzieren die Entzugserscheinungen den Schmerz in einem Maße, den er nur mit der nächsten Betäubung stoppen kann. Selbstmord auf Raten. In ein paar Minuten verfällt er in das übliche Verhaltensmuster, das ihm sein Korsett vorgibt, in das er sich selbst gepresst hat. Er wird noch mehr trinken oder einen Spielautomaten suchen«, prophezeite sie.

»Und wenn er kein Geld mehr für das eine oder das andere hat?«

»Dann gebe ich ihm welches.«

Interessant! Ich riss die Augen auf und fragte ungläubig:

197

»Sie würden also gegen Cynthias Willen seine Sucht unterstützen?«

»Ich lasse Gnade gegenüber einem Geschöpf walten, das sich auf seinem Weg verirrt hat«, antwortete sie und wirkte vollkommen überzeugt davon, dass diese Vorgehensweise die beste sei.

Draußen wurde es still. Die Schamanin zwinkerte mir zu und ergänzte: »Ich will schließlich nicht, dass er alles kurz und klein schlägt.«

Alina lief in den Flur und horchte an der Haustür. Der Angreifer schien vorerst aufgegeben zu haben. Sie setzte sich zurück auf ihren Stuhl.

»Waren Sie gegenüber Cynthia auch barmherzig?«

»Sie denken, ich habe sie vergiftet?« Alinas Lachen klang ein wenig zu schrill. Ich beobachtete sie genau.

»Das haben Sie jetzt gesagt. Zumindest kennen Sie sich als Heilerin mit Giftpflanzen aus«, entgegnete ich und lehnte mich langsam zurück, um meine Worte wirken zu lassen. »Nein, ich frage mich gerade, wenn laut schamanischer Vorstellung körperliche Krankheiten ein Symptom dafür sind, dass dem Lebewesen ein Seelenteil abhandengekommen ist, wie haben Sie dann Cynthias Schmerz gelindert?«

»Ich habe ihn mit Kräutern bekämpft und ausgeräuchert ...«

»Was war denn der seelische Auslöser für Cynthias Krebs?«

Sie wich mir aus. »Ähnlich der ärztlichen Schweigepflicht bin ich es meinen Patienten gegenüber auch schuldig, nicht mit Dritten über ihre Seelen zu reden.«

»Cynthia ist keine Patientin mehr. Sie ist tot. Ich möchte nur an ihrem Beispiel verstehen, was es mit deinen Behandlungsmethoden auf sich hat.« Jetzt hatte ich Oberwasser und duzte sie automatisch wieder. Ich zeigte auf Alinas Brust: »Warum hast du es nicht geschafft, die Krankheit aus ihrem Körper zu treiben?«

»Sie zweifeln an meiner Gabe?«

»An der schamanischen Lehre im Allgemeinen.« Ich schlug die Beine übereinander. Dabei entfuhr mir ein schmerzhafter Seufzer wegen des Blutergusses auf den Rippen. »Auch wenn ich zugeben muss, dass es irgendwie plausibel klingt«, legte ich nach.

»Tief in Ihrem Inneren wissen Sie, dass es richtig ist, weil in Ihnen eine ähnliche Gabe schlummert wie in mir. Diese Verbundenheit kann ich spüren.«

Ihr Blick wirkte hypnotisierend und ich wich ihm aus.

Alina erklärte: »Cynthia hatte eine Krankheit, die den Körper allmählich aufzufressen drohte. In solchen Fällen ist das Loch in der Seele vor sehr langer Zeit entstanden. Pro Sitzung können nur wenige Seelenteile zurückgebracht werden, deshalb dauert die Heilung Monate. Wir waren mitten in diesem Prozess.«

»Heißt das, sie hatte Hoffnung auf Genesung?«

»Ja, wir waren auf dem besten Weg.« Alina senkte den Blick.

»Warum hat sie sich dann umgebracht?«, fragte ich provozierend, um ihre Reaktion zu sehen.

Alinas Miene gefror zur Maske. »Keine Ahnung«, murmelte sie und wich mir aus. Ihr lag etwas auf dem Herzen, das sie belastete.

»Wenn du was damit zu tun hast, musst du mit der Polizei reden. Glaub mir, dein Gewissen wird dich sonst erdrücken.« Was redete ich denn da?

Alina schmunzelte überlegen. »Ärgere dich nicht darüber, was du gerade gesagt hast.«

Woher wusste sie …?

Sie nahm meine Hand. »Alles, was du in mir siehst, ist eigentlich in dir vorhanden. Eine Projektion. Du überträgst deinen innerpsychischen Konflikt auf meine Person. Genau das sind wir Schamanen; eine Projektionsfläche für Ängste und Sehnsüchte gleichermaßen. Und das hilft mir zu erkennen, was den Verlust deines Seelenteils verursacht hat.«

Langsam wurde es mir unheimlich. Wo geriet ich hier hinein? Anstatt, dass ich ihr ein Geheimnis entlockte, drängte sie mich mit ihren Antworten auf meine Fragen so geschickt in eine Richtung, dass ich, ohne es zu wollen, noch meine wahre Identität preisgeben könnte.

Pass bloß auf, Klara!

»Ich meine es nur gut!«, rechtfertigte ich mich und ging gar nicht auf ihre These ein, sondern begründete meine Sorge mit den Worten: »Du könntest vom Alter her meine Tochter sein. Bist du ja auch, wenn wir im Sommerspektakel auf der Bühne stehen.« Geschickt lenkte ich von meiner Unsicherheit ab.

Fragend blickte sie mich an.

»Anette hat mich für die Rolle der Mutter der Bernsteinhexe verpflichtet.«

»Die Landfrauen wollen das Theaterstück trotzdem inszenieren?«

»Ich fürchte ja. Davon hängen einige Existenzen im Dorf ab.«

Sie presste ihre Lippen zusammen, als wollte sie ihre wahren Gedanken auf keinen Fall aussprechen.

Nachdem sie sich kurz geräuspert hatte, fragte sie: »Steht auch schon fest, wer es zu Ende schreibt?«

»Wahrscheinlich Anette, sie übernimmt auch die Regie. Du hast gewusst, dass der dritte Akt fehlt?«

Irritiert suchte sie nach einer Antwort: »Ja … es hat Cynthia gequält, dass sie nicht in der Lage war, sich darauf zu konzentrieren.«

»Warum konnte sie nicht weiterschreiben?«

»Die Heilung ihrer Seele hat ihre gesamte Energie verschlungen.«

»Wann wollte sie es denn den anderen sagen?«

»Am Dienstag bei der Präsentation. Sie wollte die Regie auch an mich abgeben.«

»Verstehe ich das richtig, du solltest die Hauptrolle spielen und gleichzeitig Regie führen?«

»Es war ihr Wunsch.«

Diese Aussage kam mir nun doch etwas spanisch vor. Cynthia, eine Perfektionistin, wollte ihr Lebenswerk freiwillig an ein zugezogenes Mädchen abgeben, deren Bühnenqualitäten sie überhaupt nicht kannte? Zumal sie um die Bedeutung des Spektakels für das Dorf wusste. Steckte darin vielleicht Alinas Motiv? Das passte mit dem unterdrückten Schmunzeln zusammen, das sich gerade um ihre Mundwinkel ausbreiten wollte. Eine unbewusste Reaktion ihres Gesichts, die ihre wahren Gedanken verriet und sich nicht steuern ließ.

»Du kommst vom Fach?«, fragte ich.

»Wie?«

»Na, du bist ausgebildete Schauspielerin oder hast Regie studiert?«

»Nein.«

»Ich will dir ja nicht zu nahe treten und habe selbst auch überhaupt keine Ahnung vom Theater spielen, aber Hauptrolle und gleichzeitig Regie führen kriegen nur absolute Ausnahmetalente hin, die das schauspielerische Handwerk beherrschen.«

Trotzig wie eine Dreijährige schob sie die Unterlippe vor und verschränkte die Arme vor der Brust.

Klara, du schweifst ab, du willst wissen, ob sie der Besucher war, für den Cynthia den Tisch gedeckt hatte. Also konzentrier dich.

Wie einfach es doch Polizisten hatten. Sie zücken ihren Dienstausweis und stellen ihre Fragen, wurde mir zum wiederholten Male an diesem Tag klar. Ich hingegen musste verschleiern, dass ich ermittelte.

Ich bluffte: »Damit hat sie dir eine große Verantwortung übertragen. Die Übergabe an dich hat sie ja richtig feierlich inszeniert, hat sich hübsch gemacht und extra eine Torte gekauft.«

»Ich habe keine Ahnung, wovon Sie reden?«, sagte sie mit dem unschuldigsten Rehblick, den ich je gesehen hatte. Diese Verwunderung war echt, oder? Ich war nicht schlecht im Gesichter lesen, aber Pauls Beobachtungsgabe übertraf meine haushoch.

»Stimmt, du warst ja nicht dabei, als wir sie gefunden haben«, ergänzte ich deshalb schnell und erklärte ihr meine Vermutung. »Ich dachte, sie hatte dich als ihre Vertrauensperson und Stütze zu Torte und Tee eingeladen, bevor sie es der Dorfgemeinschaft bekannt gibt.«

»Nein, ich war am Dienstagmittag in der Kirche und habe für meine verstorbene Mutter eine Kerze angezündet und getrauert, weil sich ihr Todestag jährte.«

Die Alarmglocke in meinem Hinterkopf schrillte unüberhörbar wie früher die Schulklingel zum Unterrichtsende. Es hätte völlig gereicht, meine Vermutung mit einem Nein zu beantworten. Doch sie lieferte mir gleich ein Alibi mit einer Begründung, die einer Rechtfertigung gleichkam.

Orr! Wie raffiniert Alina doch war. Sie spielte mir genauso etwas vor wie ich ihr. In Wirklichkeit war ihr bewusst, dass ich sie verdächtigte. Mit dieser Gerissenheit überholte sie Hauke Bernstein und schaffte es auf Platz eins des Sieger-treppchens im Rennen um den Titel des Mörders. Der Täter hatte den Tatort so gekonnt manipuliert, dass es sich nur um einen sehr intelligenten Menschen handeln konnte. Sie sah mich sicher schon als Bedrohung an.

Um sie zu überführen, bräuchte ich nur ihre nächsten Schritte abwarten. Mich würde es nicht verwundern, wenn sie mir anbot mich in ihre schamanischen Geheimnisse ein-zuweihen, um mich unter Kontrolle zu bekommen oder gar zu beseitigen. Den Köder hatte sie ja bereits mit der Behaup-tung, ich trage ihre Gabe ebenfalls in mir, ausgeworfen.

»Das tut mir leid, woran ist deine Mutter gestorben?«

»Suizid, sie hat sich vergiftet.«

Da guck mal an, was für ein Zufall! »Das muss ja schreck-lich für dich gewesen sein.« Vielleicht war das hier nicht ihr erster Mord? »Oje! Und Cynthia, die dir nahestand, hat sich am gleichen Tag nur ein Jahr später …« Um mein Entsetzen möglichst echt vorzuspielen, hielt ich mir die gesunde Hand vor den Mund.

Klara, sei auf der Hut! Wenn dieses Mädchen eine Serien-täterin ist, dann ist sie kaltblütig genug, auch dich aus dem Weg zu räumen. Ich tätschelte ihr den Arm.

»Danke für dein Mitgefühl. Wir sitzen aber hier, um uns um deinen Schmerz zu kümmern.« Sie betrachtete meine Wunde, stand auf und zauberte eine Schüssel mit einem grünen Brei aus dem Kühlschrank, der völlig geruchlos war. Ich erinnerte mich an Sophies Worte über Eigenschaften und Gefährlichkeit des Blauen Eisenhuts, dessen Gift bereits über die Haut aufgenommen werden konnte. »Was ist das?«, fragte ich und bemühte mich, meine innere Panik zu unterdrücken.

»Das wird dir guttun.« Sie drückte meine Hand in die Schüssel, bis sie von der Masse völlig umschlossen war.

Nein, sie wird es nicht wagen, mich jetzt und auf der Stelle so aus dem Affekt ... Sie geht subtiler vor.

Ich horchte in mich hinein, richtete die Aufmerksamkeit auf meine Hand. Die gesamte Haut kribbelte, als würde ich sie in Brennnesseln oder einem Ameisenhaufen baden. Es brannte und war kaum auszuhalten. Am liebsten wäre ich abgehauen, aber sie hielt mich in einer Art fest, dass ich mich wie in diesem Traum fühlte, wo man rennt und rennt, aber nicht von der Stelle kommt. War das schon eine Form der Muskellähmung? *Würde mein Atem aussetzen, mein Herz?* Nein, ich durfte nicht kollabieren. Was passierte hier mit mir?

Vor meinen Augen lief eine Filmszene ab: Ein Mann stand mit dem Rücken zu mir und richtete eine Pistole auf den Kopf einer blonden Frau, die vor ihm am Boden kniete. Er kicherte wie ein Irrer, drehte sich zu mir um und schoss mir in den Kopf. Ich schmeckte Blut. Alles wurde grau wie bei einem Fernseher mit Bildstörung. Im nächsten Moment sah ich wieder klar.

Alinas Augen schienen wissend. Ihre Geste wirkte beruhigend. Ich schwitzte. Sie nahm meine Hand aus dem Kräuterbad und befreite sie sanft mit einem Tuch vom Schleim. »Geh nach Hause, ruh dich aus und reinige dich mit diesem

Tee von innen.« Sie gab mir eine beschriftete weiße Papiertüte. »Wir sehen uns um Mitternacht. Bis dahin sind alle schädlichen Energien aus deinem Körper gespült und wir können beginnen, deine Seele Stück für Stück wieder zusammenzusetzen.«

Um von meiner Verwirrung abzulenken, fragte ich: »Hast du auch ein Mittel gegen die Blutergüsse?« Ich hob das T-Shirt.

»Die Symptome heilen mit dem Auffinden der fehlenden Seelensplitter, denn dann bekämpft der Schmerz sich nicht mehr mit Schmerz. Vertrau mir!«

Sie legte ihre Hand auf meine geprellten Rippen und faselte einen unverständlichen Zauberspruch, der mich an Miraculix, den Druiden, erinnerte.

»Um sie vor dem neugierigen Blick deines Mannes zu verbergen, gebe ich dir was.« Sie stand auf, lief in den Flur und wühlte in ihrem Weidenkorb herum. Woher wusste sie, dass ich die Flecken vor Paul geheim halten wollte? Woher wusste sie überhaupt, dass ich einen Ehemann hatte?

Ganz weltlich drückte sie mir eine Dose mit Camouflage-Make-up in die Hand.

Es klopfte an der Tür. War Hauke Bernstein zurück?

Alina horchte auf und öffnete die Haustür einen Spalt breit. »Guten Tag, junge Frau! Scheibe von der Glasermeisterei Hanke«, grüßte ein schwitzender Mann in straff sitzender Latzhose, deren blaue Farbe vom vielen Waschen ausgeblichen war: »Sie hatten angerufen, wegen des kaputten Fensters.«

205

Kapitel 16

Das verstörende Erlebnis bei Alina hatte mich ganz schön durchgerüttelt. Zu Hause angekommen, suchte ich Paul. Ich musste mit ihm darüber reden, was ich über die Schamanin und den Tod von Cynthia Bernstein herausgefunden hatte. Keine Frage, er würde mir eine Standpauke halten, aber die war immer noch besser, als ermordet zu werden.

Ich fand ihn im Ziegenstall mit dem Tierarzt, der im Nachbardorf Brisenow wohnte. Friedhelm Runk war ein groß gewachsener Mann um die sechzig mit schlohweißem Haar. Seine sonnengegerbte Haut verriet, dass er viel Zeit an der frischen Luft verbrachte. Eine seiner tellergroßen Hände steckte in einem Gummihandschuh, der ihm bis zum Oberarm reichte. Beherzt griff er in die Scheide einer jammernden Ziege mit sehr dickem Bauch. »Das dauert ein paar Stunden, bis es richtig losgeht. Der Geburtskanal ist noch recht trocken. Ich erkläre Ihnen gleich, was Sie tun können.«

Er nahm die Finger aus der Ziege, rollte den Gummischutz ab, warf ihn weg und tastete den Bauch der nächsten Trächtigen ab, deren Meckern herzzerreißend klang. Das Tier hatte eindeutig Wehen. »Steißlage, Vierlinge«, hörte ich ihn murmeln. Nachdem er sich einen neuen Gummihandschuh übergezogen hatte, untersuchte er auch diese Ziege. »Presswehen.«

Beide Männer waren hoch konzentriert und bemerkten

mich gar nicht. Paul schwitzte, sein Blick verriet mir, dass er sich sorgte. Ungünstiger Zeitpunkt zum Reden.

Ich trollte mich ins Haus und kochte den beiden eine Kanne Kaffee, die ich mit Tassen, ein paar belegten Broten, einer Wasserflasche und Gläsern in einem Korb verstaute und wie ein Heinzelmännchen im Stall auf dem Stuhl neben der Doktorentasche abstellte. Paul guckte kurz hoch und ich fing seinen Blick auf, der in diesem Moment keine Aggression gegen mich enthielt, sondern Dankbarkeit ausdrückte. Er nahm mein Versöhnungsangebot also an.

Mit wem sollte ich dann reden? Ich schloss die Stalltür und lief zurück ins Haus.

Sophie? Die springt mir ins Gesicht, wenn sie erfährt, dass ich weiter herumgeschnüffelt habe. Okay! Ich nahm meinen ganzen Mut zusammen und wählte ihre Nummer. Eine Computerstimme sagte: »*The Person you have called is temporarily not available.*«

Benjamin Grube! Warum war ich nicht gleich auf ihn gekommen? Er würde mich verstehen. Ich tippte seine Handynummer in unseren Festnetzapparat. »*The Person you have called is temporarily not available.*« Das gab es doch gar nicht. Wo trieben die sich alle herum?

Bis Mitternacht war noch genügend Zeit, um es später erneut zu probieren. Vielleicht riefen beide ja auch zurück, wenn sie meine Festnetznummer sahen. Hm! Zumindest Sophie. Benjamin konnte damit sicher nichts anfangen.

Nachdem ich Alinas Kräutermischung als harmlos analysiert hatte – und Reinigung von innen konnte schließlich nicht schaden –, brühte ich mir eine Kanne Tee davon auf und ließ ihn zehn Minuten ziehen, wie es auf der Papiertüte handschriftlich stand. Also eines stand fest, sie hatte die Worte von Cynthias Abschiedsbrief nicht geschrieben, denn ihr E und das L sahen viel eckiger aus. Überhaupt neigten sich die Buchstaben alle nach links völlig entgegengesetzt zu denen auf dem Zettel.

Den Beweis, dass Cynthia den Satz verfasst hatte, belegte bereits ein grafologisches Gutachten. Ich brauchte mir darüber keine Gedanken mehr machen.

Ich trank einen Schluck. Das Gebräu schmeckte so scheußlich, dass ich es im hohen Bogen in das Spülbecken spuckte. »Bääähhh!« Ich wusch mir den Mund aus. Das Zeug bekam ich nicht runter, aber ich hatte eine Idee: Wenn Alina tatsächlich über magische Fähigkeiten verfügte, würde sie heute Abend merken, dass ich die innere Reinigung nicht vollzogen hatte. Genau, das war's! So konnte ich sie erst einmal als Betrügerin entlarven. Dabei hoffte ich, dass es sie verunsichern würde, wenn ihr klar wurde, dass mich ihr schamanischer Schnickschnack nicht beeindruckte.

Ich ertappte mich dabei, dass mir ein Schaudern über den Rücken lief. Flößte mir dieses Mädchen etwa Angst ein?

Nein, es war eher Respekt. Ich durfte sie nicht unterschätzen und mich von ihrer Elfengestalt beirren lassen.

Deshalb holte ich mir mein Notizheft, legte mich mit ausgestreckten Beinen aufs Sofa und schrieb alles auf, was ich heute im Zusammenhang mit meinen Tatverdächtigen erlebt hatte. Ich kaute auf dem Stift.

Dass Hauke Bernstein Alina bedroht hatte, war einleuchtend. Aus seiner Sicht hatte sie ihm das Erbe weggenommen. Und er hatte sie bezichtigt, am Tod seiner Tante schuld zu sein. Ich schrieb seinen Vorwurf aufs Papier: *Du hast sie in den Tod getrieben.* Ich starrte ein Loch in die Zimmerdecke.

Er hat damit nicht behauptet, dass sie seine Tante ermordet hatte. Das bedeutete, er wusste etwas. Wie sonst kam er zu dieser subtilen Aussage? Dass er mit seinem Auftritt von sich als Täter ablenken wollte, schloss ich aus. Die Polizei hatte ihn nicht im Visier. Der Fall war für Kommissar Huck abgeschlossen. Hauke Bernstein hatte nichts zu befürchten. Vielleicht sollte ich mit ihm reden. Aber dazu war es noch zu früh.

Ich merkte kaum, wie die Zeit verstrich. Immer wieder ging ich die Notizen durch und suchte nach der Schwachstelle in der Indizienkette, die Alina eindeutig belastete, Cynthia vergiftet zu haben. Sie hatte Zugang zum Haus, kannte sich mit der Wirkung von Giftpflanzen aus, zog einen Vorteil aus dem Tod der alten Dame und hatte damit ein Motiv. Sie war schlau genug, um den Tatort so zu manipulieren, dass es für die Kripo wie Selbstmord aussah. Ihr angebliches Alibi fand ich wenig glaubwürdig. Es belastete sie eher.

Angenommen, sie wäre am Dienstagmittag wirklich länger in der Kirche gewesen, um zu trauern und für ihre verstorbene Mutter Kerzen anzuzünden, dann hätte sie ganz einfach über den angrenzenden Friedhof durch das eiserne Tor auf Cynthias Grundstück gelangen, hintenherum in das Haus eindringen und es auf dem gleichen Weg verlassen können – ohne dass ein Dorfbewohner etwas davon bemerkt hätte. Ich schrieb: *Alibi überprüfen.*

Vielleicht hatte sie unser Pfarrer gesehen? Passte das überhaupt zusammen, dass eine Hexe in die katholische Kirche ging? Als Christin hatte sie die zehn Gebote zu berücksichtigen und wir hatten schon im Religionsunterricht gelernt, dass nach dem ersten Gebot Gott keine anderen Götter neben sich duldete und Magie etwas Böses war, weil sie mit Okkultismus zu tun hatte.

Morgen war die Beerdigung. Bei der Gelegenheit könnte ich hinterher mit dem Pfarrer ins Gespräch kommen ...

Er war ein lockerer, netter Typ. Oder sollte ich gleich einmal probieren, ihn in der Kirche zu erwischen? Vielleicht hatte ich ja Glück und traf ihn bei den Vorbereitungen zur morgigen Messe an? Ich stand vom Sofa auf. Geduld war eindeutig nicht meine Stärke.

In der Kirche, einem schlichten, einschiffigen Bau aus Feldsteinen, der über einen holzverkleideten Turm verfügte, war es angenehm kühl. Leise schloss ich die wuchtige hölzerne Eingangstür und zögerte den nächsten Schritt hinaus.

Mit Kirchen verband ich die schlechtesten Erinnerungen an meine frühe Kindheit: Stillsitzen, Züchtigung bei Ungehorsam, Drohungen, Verständnislosigkeit, weiße Strumpfhosen und Kleider, die ich nicht schmutzig machen durfte. Gott hatte mich nie erhört, wenn ich ihn um Hilfe oder um Antworten gebeten hatte.

Deshalb hatte ich schon als Jugendliche rebellisch jedem Glauben abgeschworen und seitdem einen großen Bogen um den Ort gemacht, der mich so erzürnte. Wer weiß, vielleicht steckte mehr Hexe in mir, als ich dachte, und Alina hatte wirklich eine Art Seelenverwandtschaft in uns erkannt. Ähnliche Erfahrungen konnten Menschen verbinden.

Mein Blick schweifte über die Holzbänke zu den spätgotischen Profilen des Tonnengewölbes, in dessen Mitte ein goldgelb glänzender Deckenleuchter mit Zacken hing, der größer als ein Kutschenrad war. Ich wusste nicht warum, aber mir fiel sofort eine Foltermethode aus dem Mittelalter ein, das Rädern, bei dem das Opfer erst grausam verstümmelt und dann in ein großes Wagenrad eingeflochten wurde.

Ich ließ das Weihwasserbecken neben dem Eingang links liegen. Mit festem Schritt durchquerte ich den Mittelgang bis zum Taufbecken. Dahinter befand sich der Hauptaltar mit Tabernakel, auf dem eine Wachskerze als »Ewiges Licht« dauerhaft brannte und so die Anwesenheit des Allerheiligsten anzeigte. Noch weiter hinten gab es einen alten Hochaltar. Das Kruzifix stand gut sichtbar daneben. Ich drehte mich um und suchte den Balkon über dem Portal, auf dem die glänzenden Orgelpfeifen sich wie Gipfel in den Himmel erhoben, nach dem Vertreter des Herrn auf Erden ab, weil von dort oben Geräusche kamen. »Herr Bart?«

»Der ist kurz nach Neustrelitz gefahren«, antwortete eine alt klingende Männerstimme aus dem Dunkeln, fluchte leise: »Kruzifix!«, und fragte dann genervt: »Kann ich Ihnen helfen?« Die Stimme kam mir irgendwie bekannt vor. Doch ich hatte keine Ahnung woher.

Ohne meine Antwort abzuwarten, spielte der Mann mehrere schiefe Töne auf dem Instrument, als würde er es stimmen. Dann rumpelte es, als hätte er wütend gegen die Orgel getreten. »Na, was nun?« Er musterte mich stirnrunzelnd. »Was wollen Sie von Pfarrer Bart?«

Mein Blick fiel auf den Beichtstuhl. »Ähhh … Meine Sünden beichten.«

Seufzend stieg er die Empore hinunter. »Eine Orgelpfeife spinnt und morgen ist Cynthia Bernsteins Beerdigung. Wenn wir das nicht repariert bekommen, wird sie sich im Sarg die Ohren zuhalten oder aufstehen und ihre eigene Beisetzung verlassen. Sie hat als gute Seele des Hauses so lange für das perfekte Gelingen von Taufen, Kommunionen, Hochzeiten und Beerdigungen gesorgt, dass sie uns nie verzeiht, wenn ihr letztes Geleit von schiefen Orgeltönen begleitet wird.«

Er hielt ein weißes Putztuch in der Größe eines Kopfkissenbezugs in der Hand.

»Ich komme einfach später wieder«, erwiderte ich und verabschiedete mich verständnisvoll nickend.

»Bleiben Sie, das wird ja hoffentlich keine Ewigkeit dauern, was Sie angestellt haben.« Achtlos legte er das Tuch auf der Kirchenbank ab. »Wenn Sie einen kurzen Moment warten, informiere ich schnell den Orgelstimmer, damit er sich auf den Weg macht.«

Der alte Mann schlurfte in die Sakristei und ich hörte, wie er telefonierte.

Als er zurückkam, bemerkte er meinen skeptischen Blick und zog eine seiner buschigen Augenbrauen hoch. »Auch wenn es Ihnen so erscheinen mag, bin ich nicht der Hausmeister, der sich einen Scherz erlauben will. Mein Name ist Ehrenfried Hassteufel, ich bin der ehemalige Pfarrer dieser Kantorei und jetzt im übergeordneten Priesteramt in Neubrandenburg tätig.«

Höflich reichte er mir die Hand. »Da Cynthia Bernstein mir viele Jahre treue Dienste erwiesen hat, fühle ich mich in der Verantwortung, mich selbst um die Vorbereitung ihrer Beerdigung zu kümmern.«

»Eine schlimme Sache, die da passiert ist«, sagte ich.

Seufzend bekreuzigte er sich. »Möge ihre Seele in Frieden ruhen!«

»Sie erteilen ihr den Segen trotz Suizid?«, wunderte ich mich.

Er nahm einen Talar von einem Wandhaken hinter der Tür des Beichtstuhls und zog ihn über, während er antwortete: »Wie könnte ich einen schwer kranken Menschen verdammen, der seinem Leben ein Ende setzt, weil es nur noch aus Schmerz und Leid besteht? Ich bin nicht Gott. Und wie heißt es in der Heiligen Schrift bei Prediger 8,8? ›Der Mensch (...) hat nicht Macht über den Tag des Todes‹.«

Er machte eine bedeutungsschwere Pause, bevor er weitersprach.

»Diese Stelle und der Psalm ›In deiner Hand sind meine Zeiten‹ (Ps 31,15) verdeutlichen, dass der Freitod lediglich ein Ungehorsam gegenüber Gott und seinem Sohn Jesus Christus ist. Und es heißt ja auch ›Der Herr kennt die Seinen‹ (2. Tim 2,19). Cynthia Bernstein hat ihr Leben lang Gott gedient. Nicht ich oder Pfarrer Bart werden entscheiden, ob der Herr sie trotz des Vergehens zu sich nimmt.«

Ich war überrascht, solche Worte aus dem Mund eines höheren Priesters zu hören. *Chapeau!* Er stellte die Religion nicht über alles, sondern zeigte Verständnis für menschliche Schwäche in der Not.

Der alte Pfarrer zwängte sich hinter die Tür mit dem vergitterten Fenster. Ich zögerte, ob ich ihm wirklich etwas beichten sollte. Doch dann wurde mir bewusst, dass er am Dienstagnachmittag in der Kirche gewesen sein könnte. Vielleicht hatte er Alina im Gotteshaus gesehen?

Außerdem mochte ich seine Ansichten. Vielleicht wusste er auch Rat, wie ich mich gegenüber einer Hexe verhalten konnte.

Flugs setzte ich mich in den Holzkasten neben ihn.

Das Beichtgeheimnis würde jedenfalls verhindern, dass er meine Erkenntnisse im Fall Cynthia Bernstein ausplauderte und ich mich vorm Dorf als abergläubisches Weib lächerlich machte.

Ich erzählte ihm alles, was ich seit Dienstag erlebt hatte. Na ja, fast! Dass ich mich mit Paul gestritten hatte, weil er

213

mir verbot, vor Gericht gegen Perez auszusagen, verschwieg ich genauso wie meine wahre Identität. Das tat ja auch alles nichts zur Sache.

»Ich danke euch, Vater, und hoffe auf einen Rat.« Unruhig rutschte ich auf dem harten Beichtstuhl herum. »Indizien und mögliche Motive verhärten meinen Anfangsverdacht gegen Alina Grabowski, zumal Cynthias Neffe sie beschuldigt, seine Tante in den Tod getrieben zu haben.«

Ich erntete Schweigen. War der Pfarrer schon eingeschlafen? »Hallo?«

»Du musst mich nicht wecken! Ich denke nach.«

Ich fühlte mich ertappt und spürte die Verlegenheit als Röte in mir aufsteigen.

»Ein schwerer Vorwurf, den du da erhebst.«

»Der Drang, die Wahrheit ans Licht zu holen, ist so stark in mir, dass ich nicht versprechen kann, auf dem Pfad der Tugend zu wandeln und Gottes Verbote des Lügens zu achten bis der Fall eindeutig gelöst ist. Wenn diese kleine Hexe Cynthia auf dem Gewissen hat, muss sie doch bestraft werden.«

Sein Knurren klang verdrossen. »Dass unsere Cynthia ihrem Leben selbst kein Ende gesetzt hat, sondern Opfer fremder Hand geworden ist, würde mich mit Schmerz und Erleichterung zugleich erfüllen. Dann läge das Vergehen nicht bei ihr, sondern einem anderen Sünder.«

»Ich habe also Ihre volle Zustimmung, die Aufklärung fortzusetzen?«

»Leider hege ich keinerlei Ambitionen wie der legendäre Pater Brown und besitze auch nicht dessen kriminalistischen Spürsinn, um dir bei der Wahrheitsfindung behilflich sein zu können, meine Tochter. Aber bedenke auch die materiellen Motive des Denunzianten. Während der Hexenverfolgung haben immer wieder Menschen versucht, mit dem Stempel ›Hexe‹ unliebsame Konkurrenten aus dem Weg zu räumen.«

»Ihr meint, Hauke Bernstein bezichtigt sie der Hexerei, um an sein Erbe zu kommen?«

»Die Frage kann ich dir nicht beantworten.«

Mit dieser Äußerung fiel meine aufgebaute Indizien- und Motivkette wie ein Kartenhaus in sich zusammen. Ratlos schob ich die Unterlippe nach vorn. »Ihr glaubt doch genauso wenig wie ich an die Existenz von Magie, oder?«

»Wenn das Mädchen tatsächlich eine Anhängerin heidnischer Kulte ist, kennt sie sich in Kräuterkunde aus und ist davon überzeugt, dass es mehrere Welten gibt, zwischen denen sie hin- und herreist. Sie beherrscht sicher schamanische Rituale, mit denen sie hilfesuchenden Menschen den Kopf vernebeln kann; bis hin, dass sie sie in eine Trance versetzt, wo sie willenlos Dinge tun, die sie ihnen einflüstert. Beachte, dass sie dir stets einen Schritt voraus ist. Magie existiert natürlich nicht, aber sie könnte mit Manipulation arbeiten«, warnte er mich vor Taschenspielertricks. »Doch vertraue darauf, dass Gott die Sündigen bestrafen wird.«

Was sollte das denn jetzt heißen? Dass ich tatenlos abwarten sollte, bis der Schuldige vom jüngsten Gericht zur ewigen Verdammnis in der Hölle verurteilt würde? Dann könnten wir uns auf Erden alle Verbrechensbekämpfungen sparen. »Nein, ›Wer Unrecht lange geschehen lässt, bahnt dem nächsten den Weg‹«, zitierte ich Willy Brandt in Gedanken.

Der Pfarrer scharrte ungeduldig mit den Füßen. »Ich werde für dich, Alina Grabowski und Hauke Bernstein beten. Möge der Herr euch vergeben.«

Eine Frage hatte ich noch: »Alina gab an, am Dienstag in der Kirche gewesen zu sein, weil sie um ihre verstorbene Mutter getrauert hat. Stimmt das?«

»Das mag sein.« Er überlegte. »Am Dienstag stand die Kirche noch bis zum Nachmittag offen.«

»Sie wird abends geschlossen?«

»Die marode Bausubstanz von Dach und Tonnengewölbe hätten uns beinahe zu einem Abriss gezwungen. Das Bauamt war am Montag zur Besichtigung da, weil sich der Kronleuchter gesenkt hatte und die Gefahr bestand, dass er samt Gewölbe abstürzte. Stellen Sie sich vor, das würde während eines Gottesdienstes passieren.«

Pfarrer Hassteufel räusperte sich. »Ich habe am Montag noch mit Pfarrer Bart darüber gesprochen, dass die Kirche eigentlich abgerissen werden müsste. Er war natürlich deprimiert. Am Dienstag gab es dann behördliche Vorkehrungen zu treffen, bei denen ich ihn unterstützt habe. Und dann ereilte uns die Kunde von Cynthias Tod, der uns in diesem Moment wie eine göttliche Fügung vorkam. Wir wussten schließlich, dass sie ihr Eigentum der Kirche vermacht.«

Er zögerte. »Ja, ja ... da war eine junge Frau in der Kirche. Aber wie lange sie in der Bank gesessen hat, kann ich wirklich nicht sagen.«

Kapitel 17

Allen Warnungen von Pfarrer Hassteufel zum Trotz, machte ich mich kurz vor Mitternacht auf den Weg zu Alina.

Paul harrte immer noch bei seinen Ziegen im Stall aus, weil er bei zwei weiteren trächtigen Tieren erwartete, dass sie jederzeit werfen könnten und das Muttertier mit den Vierlingen zwei der Geißlein nicht annahm.

Er lag völlig erschöpft auf der Bettdecke im Stroh. Ihm jetzt zu erklären, wo ich hinging, wäre kontraproduktiv für unser Verhältnis gewesen, das sich gerade erst wieder entspannt hatte.

Weder Sophie noch Benjamin hatten sich auf meinen Anruf hin zurückgemeldet. Also hinterließ ich nur einen Zettel auf dem Küchentisch, wo ich meinem Gatten erläuterte, dass ich zu Alina Grabowski eingeladen war, weil wir als Bühnenpartner unsere Rollen einstudieren wollten. Die Adresse – Eulenweg 31 – schrieb ich vorsichtshalber dazu. So wusste Paul wenigstens, wo er suchen musste, falls ich spurlos verschwand, wenn Alina mir etwas antäte oder mich entführte.

Kaum, dass ich die verlassene Dorfstraße betrat, verwandelte sich das dürftige Licht des fast verhangenen Halbmondes in stockdüstere Finsternis, weil sich die Wolken komplett vor den Himmelskörper schoben. Die Nacht hatte mit ihren 21 Grad etwas Tropisches. In Zehentrennern und kurzer Hose schlappte ich über das Kopfsteinpflaster. Meine

Schritte klangen trotz Gummisohlen so unnatürlich laut, dass die Katzen ihr Liebesspiel unterbrachen und im Gebüsch verschwanden.

Alle Straßenlaternen waren aus. Entweder waren sie kaputt oder die Gemeinde sparte Strom.

Im Eulenweg schützten die verschlossenen Fensterläden die Privatsphäre der Nummer 31 vor neugierigen Blicken. Kein Lichtzipfel drang nach draußen. Ich öffnete die Gartenpforte und schritt den Weg zwischen der teils giftigen Blütenpracht entlang, als würde ich durch eine Schlangengrube waten. Zaghaft klopfte ich an die Haustür. Sie gab nach und schwang nach innen. »Alina?«

Ich tastete mich durch den Flur. Flackernder Kerzenschein wies mir den Weg ins Wohnzimmer. Hatte sie mich etwa von Weitem gehört? Auf magische Weise schlug die Haustür hinter mir ins Schloss. Ich erschrak, da kein Windzug wehte, der dafür verantwortlich sein konnte.

Was sollte der Hokuspokus! Ärgerlich blieb ich stehen und lauschte. Allein das Knistern von verbrennendem Wachs unterbrach die Stille. Tappte ich etwa in die Falle? War das ihre Inszenierung von meinem Tod, weil sie ahnte, dass ich sie wegen dem Mord an Cynthia im Visier hatte?

Noch konnte ich wieder gehen.

Meine Neugierde siegte. Auf dem Wohnzimmertisch, wo vorher Cynthias Kopf leblos auf dem Teller gelegen hatte, wartete ein weißes Gewand auf mich, das zu einem Päckchen zusammengefaltet war.

Was machte ich hier? Ich sollte in meinem Bett liegen oder Paul im Ziegenstall Gesellschaft leisten.

Eine Gestalt mit langem Mantel, dessen Kapuze ihr tief ins Gesicht hing, schälte sich aus dem Dunkel. »Alina?«

»Ich habe heute Nachmittag gespürt, dass auch du diese Gabe in dir trägst, die dich drängt, mehr über den Ursprung unserer Lebensenergie zu erfahren.«

Hatte ich es doch geahnt.

»Deshalb nehme ich dich mit auf die Reise zu unseren Geistern in die Anderswelt«, sagte sie erhaben und zeigte auf das weiße Stoffbündel. »Zieh dich vollkommen aus und streif dir das Gewand über.«

»Ohne Unterwäsche?«

»Nichts darf deinen Körper einengen.«

Ich schaute auf ihre nackten Füße. »Barfuß?«

»Wie willst du sonst die Energie von Mutter Erde in dir aufnehmen?«, fragte sie und bewegte dabei den Kopf so monoton auf und ab wie eine chinesische Winkekatze die Pfote.

Sie berührte meinen Arm. »Hast du dich gründlich gereinigt?«

»Jo!«, log ich, ohne rot zu werden – was sie im Dämmerlicht der einzigen Kerze sowieso nicht gesehen hätte.

»Gut!« Ihre Hände berührten mich sanft an der Stirn und klebten mir einen Punkt über die Nasenwurzel. »Das dritte Auge hilft dir, besser zu sehen.« Okay? Bisher hatte meine Brille diesen Job zufriedenstellend erledigt, aber ich fügte mich in mein Schicksal. Hoffentlich war das kein Teer oder irgendwas anderes, was nie wieder abging und mich ein Leben lang brandmarkte.

Ich triumphierte, dass sie meine Lüge nicht enttarnt hatte. Es war also doch alles Humbug. Als echte Hexe hätte sie spätestens jetzt bemerken müssen, dass der ganze Dreck noch in meinem Körper steckte. Mein Verstand kämpfte gegen die aufkeimende Angst, die Kontrolle zu verlieren.

219

Ganz ruhig! Du willst sie in eine Falle locken, damit sie sich selbst entlarvt. Guck erst mal, was sie mit dir vorhat.

Ich konnte den Unfug, den sie trieb, nicht wirklich ernst nehmen.

Sie bewegte sich in Zeitlupe, wie ein Hippieopa auf Gras. Langsam nahm sie ihren Weidenkorb auf, den wieder ein Tuch abdeckte. »Wenn du bereit bist, dann folge mir.« Sie entfernte sich aus dem Raum.

Ich beschloss, das Spiel mitzuspielen, und beeilte mich, in die Klamotte zu kommen. Mit gerafftem Gewand stolperte ich ihr fluchend hinterher. Der Fetzen war so lang wie diese Hotelbademäntel in Einheitsgröße, bei denen ich mit meiner Größe von 1,58 m die Ärmel immer dreimal umkrempeln und beim Laufen aufpassen musste, dass ich nicht auf den Saum trat.

Sie hatte den Hinterausgang genommen und ich sah noch, dass sie durch die Eisentür in Richtung Friedhof davonschwebte. Das passte doch voll ins Klischee! Ich verdrehte die Augen.

»Autsch!« Der Kies unter meinen Sohlen pikste. Meine Füße waren das Barfußlaufen höchstens am Sandstrand gewöhnt. Vorsichtig stakste ich in großen Schritten über Wiese, Stock und Stein. Hoffentlich beobachtet mich niemand in diesem peinlichen Aufzug, dachte ich, als ich hinter mir das Knacken von Ästen aus dem dunklen Garten vernahm.

Sie durchquerte die Gräberreihen und blieb vor der geöffneten Grube stehen, die für Cynthias Beerdigung morgen vorbereitet war. In stummer Geste streute sie etwas aus ihrem Korb hinein. Reis? Sie verharrte kurz, was mir die Gelegenheit bot, aufzuholen.

Ohne auf mich zu warten, lief sie weiter zum Friedhofs-
ausgang. Ich hinterher.

Ein Käuzchen schrie vom Baum. »Halt den Schnabel!«,
schimpfte ich leise.

Wo rennt sie denn jetzt hin? Sie nahm den Weg zum Wald.
Och nee! Auf eine Nachtwanderung ohne Schuhe hatte ich
echt keine Lust. »Au, aah, Zzzz …«, jammerte ich vor mich
hin, und blieb hin und wieder stehen, um mir Tannennadeln
aus der Fußsohle zu ziehen. Langsam kam ich ins Schwitzen.
Die Hornhaut an Alinas Füßen schien so dick wie bei einem
Nashorn zu sein.

Um meinen Kopf summte es unerträglich. Mücken. Mit
einer Hand hielt ich mein Gewand fest, mit der anderen
Hand wedelte ich die Plagegeister weg. Doch ich zielte
schlecht im Dunkeln. Wenn ich mich wenigstens mit einem
Mückenschutz eingerieben hätte. Alina schien das alles
nichts auszumachen. Sie wusste ja, wo die Reise hinging und
hatte sich bestimmt vorsorglich mit *Mückentötolin* behandelt. Vielleicht sprach sie auch mit den Tierchen und schickte
sie absichtlich zu mir, damit sie mich mürbe machten.

Im finsteren Wald knackte es und mir lief ein Schauer über
den Rücken. Wer weiß, welche Viecher sich hier nachts her-
umtrieben. Alina schien sich auch darum keine Sorgen zu
machen. Zielsicher schritt sie auf ihrem Weg voran.

Mitten auf der Lichtung, wo ich ihr am Dienstagabend begegnet war, sank sie auf die Knie und stellte den Korb ab.
Anscheinend war das ihr Lieblingsplatz.

Sie streckte die Arme zum Himmel aus. »Vater des Uni-
versums, empfange mich!« Aus dieser Position heraus vollführte sie ekstatische Bewegungen mit dem Oberkörper und
schritt dann einen großen Kreis ab.

221

Ich blieb am Rande der Lichtung stehen, beobachtete, wie sie summend die Utensilien aus dem Korb in diesem Rund verteilte und im Zentrum eine Schale anzündete. Rauch stieg auf. Irgendwie wurde ich das Gefühl nicht los, dass uns jemand beobachtete. Ich lauschte angestrengt und schaute mich um, konnte aber in der Dunkelheit nichts erkennen. Dabei wusste ich nicht, was ich mehr fürchtete, ein Raubtier oder einen Spanner, der uns heimlich fotografierte oder filmte.

Sie winkte mich zu sich.

Ich watete mit gerafftem Rock über die nasse Wiese und dachte bei jedem Schritt an Zecken.

Als ich vor ihr stand, ging sie in die Knie und pflückte ohne hinzusehen einen der blutrünstigen Parasiten von meiner Wade: »Hab keine Angst vor den Geschöpfen der Natur. Es sind deinesgleichen in anderer Gestalt. Unsere Geister schicken ihre Boten, um dich kennenzulernen.«

Wer über ein bisschen Beobachtungsgabe verfügte, konnte mir an Mimik und Gestik auch im Dunkeln ansehen, was in meinem Kopf vor sich ging. Deshalb versuchte ich meine Verblüffung herunterzuspielen, weil sie gerade schon wieder meine Gedanken gelesen hatte. Aber wie hatte sie die Zecke …? Ich kam nicht dazu, weiter darüber nachzugrübeln.

Sie zog mich in den Kreis und verlangte, dass ich mein Gewand ablegte. »Aber darunter bin ich nackt«, protestierte ich und spähte zu den Bäumen hinüber.

»Körper sind nur die Hüllen, mit denen Mutter Erde und Vater Universum unsere Seelen verpacken. Du brauchst dich dafür nicht zu schämen.« Alina warf ihr Gewand beiseite.

Das sagte natürlich jemand mit Idealfigur und einer jugendlichen Pfirsichhaut, dachte ich mit Blick auf ihren makellosen Körper. Zögernd legte ich ebenfalls den Kittel ab.

Ich täuschte freudige Erwartung vor und fragte: »Welchen Geistern werden wir begegnen?«

»Denen der Toten.«

»Dann kann uns Cynthia Bernstein ihre mysteriöse Botschaft erklären, damit alle verstehen, was ihr leidgetan hat?«

Alinas Augen verengten sich zu Schlitzen. »Warum interessiert dich das?«

»Ich habe sie gefunden, das war ein traumatisches Erlebnis. Deshalb fühle ich mich besonders mit ihr verbunden. Findet eine Seele denn Ruh, wenn es noch offene Fragen gibt?«

Ich bekam keine Antwort. Sie betrachtete mich lächelnd. »Komm, wir werden nun deine Seele erden! Mach deinen Körper bereit dazu, den Spirit zu empfangen.« Sie berührte mich an der Hand und zog mich sanft auf die Wiese. Was wurde denn das jetzt? Irritiert riss ich die Augen auf.

»Du verkrampfst dich!«

Ich legte mich mit dem Rücken ins feuchte Gras und streckte Arme und Beine von mir. »So?« Unter mir kribbelte und krabbelte es unangenehm.

»Schließ deine Augen und lass dich fallen!«

Ich blinzelte. Sie vollführte einen Tanz um mich herum und stimmte wieder das Summen an. Sie sang: »Spüre in dich hinein!«

Da spürte ich nichts außer dem Drang zu flüchten und das nicht nur, weil ich das Gefühl hatte, in einem Ameisennest zu liegen. Nachdem sie mich wild kämpfend gegen unsichtbare Dämonen verteidigt hatte, kniete sie erschöpft neben mir nieder und reichte mir eine Flasche mit einer farblosen Flüssigkeit aus ihrem Korb. »Trink das!«

Nee! So blöd war ich bestimmt nicht, dass ich mir etwas in die Kehle schüttete, was mir eine Person im Vertrauen gab, noch dazu, wenn sie einen so verschlagenen Zug um den Mund zur Schau trug.

»Willst du mich vergiften?«, fragte ich und erntete amüsiertes Lachen. Sie beteuerte: »Ein Trank, der die Wahrnehmung deines dritten Auges schärft und dir hilft, bis auf den Grund deiner Seele zu blicken. Damit kannst du die zerstörerischen Kräfte erkennen, die dich stückchenweise verspeisen.«

Mein drittes Auge interessierte mich nicht die Bohne und ich weigerte mich, die Flasche zum Mund zu führen.

»Deinen Wunsch, Antworten auf Fragen zu bekommen, können nur die Geister der Toten erfüllen. Um mit ihnen Kontakt aufzunehmen, musst du dich in eine andere Dimension begeben«, versuchte sie, mich zu überreden.

Vergiss es, Mädchen! Eine Klara Himmel ...

Ehe ich mich versah, hatte sie mit einem Tropfen der Flüssigkeit meine Lippen benetzt. Ich schmeckte scharf, süß, sauer und bitter zugleich. Ein Pendel kreiste über mir. Das und ihr Summton lullten mich ein. Ich spürte wie alles verschwamm und mein Körper willenlos wurde.

Alina lächelte beruhigend, als ich versuchte aufzustehen und mich aus ihrer Gewalt zu befreien. »Die Geister wollen dich in ihrer Mitte aufnehmen, wehre dich nicht dagegen.«

Ich fühlte mich wie ein willenloser Roboter, als sie mit einer Hand meinen Mund öffnete und den Saft aus der Flasche hineinfließen ließ.

»Hiiiilfe!«, rief eine Stimme in meinem Gehirn, ohne dass ein Ton meinen Mund verließ. Mein Körper gehorchte mir nicht. Über mir flatterte ein kopfloses Huhn, aus dessen

Hals Blut spritzte. Eine Windböe schubste die Wolken am Himmel beiseite und gab die Mondsichel frei, die sich in der Klinge des Messers, das Alina in der Hand hielt, spiegelte. Plötzlich wurde mir bewusst: Das hier war ein Altar und ich das Opfer, das sie ihren Geistern darbrachte.

Kapitel 18

Ich schmeckte Stroh. Eine raue Zunge leckte mein Ohr. Zufrieden lächelte ich in mich hinein, kuschelte mich rücklings näher an den schlafenden Paul, der mich in seinem Arm besitzergreifend festhielt. Seine Wärme und der Rhythmus seines Atems sorgten dafür, dass ich noch einmal wegdöste.

Was für eine Nacht!

Ich hatte ein Wechselbad der Gefühle durchlebt, wie ich es in diesem Extrem noch nie empfunden hatte. Angst, Trauer, Euphorie und Liebe überschlugen sich wie die Wetterkapriolen in diesem Sommer.

Ich wusste nicht, wie Alina es gemacht hatte, aber ich hatte die Geister meiner Toten gesehen und mit ihnen geredet. Zuerst war dieser unerträgliche Schmerz, als die Umrisse meiner großen Schwester und die meiner Eltern im Nebel deutlicher wurden. Ich erstarrte, wollte weglaufen, aber Alina hielt mich fest. Mein Körper fühlte sich an wie eine einzige Wunde. Mama, Papa und Nadine liefen auf mich zu, herzten und umarmten mich. Ich verzieh ihnen, dass sie mich damals bei Tante Hille zurückgelassen hatten. Ich war sieben, als sie allein in den Urlaub geflogen waren und mich nie wieder abholten, weil ihre Maschine auf dem Rückflug abgestürzt war.

Als sie gingen, tauchte Katharina Wolff auf. Schon wieder heulte ich Rotz und Wasser. Nur dass ich mich dieses Mal schuldig fühlte. Sie strich mir beruhigend über den Kopf und beteuerte, dass sie mir verzieh. Komischerweise warnte sie mich nicht vor Ricardo Perez, sondern vor Oberstaatsanwalt Kühl. Ich solle auf Paul hören und ihm vertrauen. Aller Schmerz verschwand, ich fühlte mich mit mir und der Welt versöhnt. Eine ungeahnte Energie füllte mich aus. Vor Freude sang und tanzte ich mich in Ekstase. Cynthias Geist begegnete mir nicht. Mein Ziel, ihren Mörder zu finden, zerfiel zu Staub, den ein Windhauch davonwehte. Ich verschwendete keinen Gedanken mehr daran.

Die plötzliche Angst, ich könnte Paul verlieren, hatte mich letztendlich nach Hause getrieben. Erst als ich im Ziegenstall unter seine Decke geschlüpft war, beruhigte ich mich, weil sich die Furcht als unbegründet herausstellte.

Bei dem Gedanken, dass es ihm gut ging und er an meiner Seite war, stellte sich eine wohlige Geborgenheit ein, die ich bis in die Fingerkuppen spüren konnte.

Die raue Zungenspitze erkundete erneut mein Ohr. Ich wehrte das Tier freundlich, aber bestimmend ab und setzte mich auf. Paul klappte die Lider hoch. »Gut geschlafen? Was war denn los? Du bist unter meine Decke gekrochen und hast am ganzen Körper gezittert.«

»Ich hab wohl schlecht geträumt und hatte auf einmal Angst, dass dir etwas passiert wäre ...«

»Keine Sorge, ich kann ganz gut auf mich aufpassen«, sagte er und wich meinem Blick aus. Ihn belastete doch etwas.

Ich nahm seine Hand, senkte den Kopf schuldbewusst und atmete tief durch. »Es tut mir leid, dass ich so dickköpfig war und ich möchte mich auch für den Egoisten entschuldigen.«

»Das bedeutet?«, fragte er und erwartete eine Erklärung.

Dabei guckte er mich an wie früher Sophie, wenn sie ihrem Vater beichtete, dass sie Mist gebaut hatte.

»Ich sage nicht aus, selbst wenn Kühl mir zehnmal anbietet, dass wir nach Berlin zurückkehren können.«

»Woher der Sinneswandel?« Er wollte es natürlich wieder genau wissen.

Dass ich letzte Nacht mit Katharinas Geist kommuniziert habe und dieser mich vor dem Oberstaatsanwalt gewarnt hatte, fand ich etwas zu abgefahren, um es zuzugeben. Also sagte ich nur: »Ich habe gründlich nachgedacht.«

Sein Blick ergründete, ob ich es ehrlich meinte. Immerhin war ihm bewusst, dass er mit einer Schauspielerin verheiratet war.

»Der Tod von Katharina Wolff belastet mich.« Mit diesen Worten offenbarte ich ihm mein Innerstes, das ich ihm bisher verschwiegen hatte, weil sich Schuld eben verdammt mies anfühlte.

Dabei kam mir etwas in den Sinn: Es war keine Langeweile, sondern der Wunsch nach Wiedergutmachung, der mich dazu getrieben hatte, Schlönkamps und Cynthias Mörder zu suchen. Wenn ich schon Perez und mich nicht dafür bestrafen konnte, dass Katharina Wolff sterben musste, dann sollten wenigstens die Mörder der anderen beiden Toten nicht ungeschoren davonkommen. Mein Unterbewusstsein drängte mich dazu. Ich sollte für Gerechtigkeit sorgen.

Paul zog mich in seine Arme und vergrub sein Gesicht in meiner Halsbeuge.

Ich flüsterte in sein Ohr: »Verzeihst du mir, dass ich dir misstraut habe? Ich hatte einfach Angst, dich zu verlieren.«

Er hob den Kopf und sah mir tief in die Augen. »Du weißt, dass ich alles dafür tun würde, um dich und Sophie zu beschützen. Ihr seid doch meine Familie. Ich will, dass es euch gut geht. Das wollte ich immer! Und wenn du dich an diesem Ort nicht wohlfühlst, weil dir zu viel fehlt, dann finde ich einen Weg. Das verspreche ich dir. Im Moment haben wir aber keine andere Wahl, als in Mordsacker unterzutauchen. Hab bitte Geduld!«

Zärtlich strich er mir eine Haarsträhne aus dem Gesicht. »Also, ich könnte mich daran gewöhnen. Sieht frech aus!« Ein verschmitztes Lächeln huschte über sein Gesicht.

»Ich werde mich bemühen, mit deinen Tieren, deinem Obst und deinem Gemüse Freundschaft zu schließen, versprochen!«

»Sie hat sich stets bemüht!«, unkte er scherzhaft. »Und was ist mit dem Dorf?«

»So schrecklich sind die Leute nun auch wieder nicht. Wenn man sie näher kennenlernt, finde ich sie sogar liebenswert mit ihren Macken«, gab ich zu und dachte dabei an Moni, Steffi und Karen, die ich nach den letzten zwei Tagen in einem ganz anderen Licht sah. »Auf meiner Pro-und-Kontra-Liste stehen im Moment mehr Pluspunkte. Außerdem habe ich eine Rolle im Sommerspektakel ergattert«, sagte ich stolz.

»Ach, hat sich die Grimme-Preis-Verdächtige Diva von ihrem Thron herabgelassen.«

»Ich bin keine Diva! Die da ist eine!«, rief ich mit gespielter Empörung und zeigte auf Pai no joo, die auf einer Stange hockte und uns eifersüchtig beobachtete. Am liebsten hätte sie mich weggehackt.

Er küsste mich versöhnlich. Sein Blick verklärte sich. Pauls Mund und Hände wurden drängender. Ich schob ihn sanft von mir. »Ich muss dir noch was beichten.«

229

Doch er rollte mich bereits auf den Rücken, bedeckte meine Lippen mit Küssen, schob mein T-Shirt hoch und kam ungünstig an den Bluterguss auf meiner Rippe. »Aua!«, fuhr ich ihn an.

Paul hielt erschrocken inne. »Sorry, was hab ich denn gemacht?« Er sah die blaugelben und violetten Flecken auf meinem Rumpf. »Woher hast du die?«, fragte er und richtete sich auf. Über der Nasenwurzel grub sich eine Falte in seine Stirn.

»Das wollte ich dir ja gerade erzählen.« Kleinlaut vertraute ich ihm an, was ich bisher alles unternommen hatte, um den Tod von Cynthia Bernstein aufzuklären. Paul hörte sich meine Ausführungen geduldig an und schüttelte an der ein oder anderen Stelle missbilligend den Kopf oder verdrehte die Augen.

Als ich bei den tätowierten Kassierern des Kreditunternehmens ankam, konnte er sich nicht mehr zurückhalten und erteilte mir eine gehörige Standpauke. »Bist du wahnsinnig, der Kerl hätte dich ins Koma prügeln können. Was ist mit dir los, seit wir hier leben, kommst du mir vor wie ein Adrenalin-Junkie, der ständig die Gefahr sucht.«

»Vielleicht will ich mich bestrafen, weil …«

»Hör auf! Das ist doch Quatsch!«, wehrte er ab, stand auf und klopfte sich Strohreste von den Klamotten. Mit der erotischen Stimmung war es vorbei.

»Huck hat viel zu schnell aufgegeben. Entweder fehlt ihm die Erfahrung oder …«

Paul unterbrach mich. »Ich streite nicht ab, dass deine Beobachtungen und Indizien eine andere Schlussfolgerung zulassen. Aber wie stellst du dir das vor? Ich soll mich in Hucks Ermittlungen einmischen?« Seine Stirnfalte vertiefte sich. Anscheinend befand er sich in einem Interessenkonflikt.

»Du machst einfach da weiter, wo ich aufgehört habe.«

»Es wird Alexander Huck mehr als verärgern, wenn ich seine Ergebnisse infrage stelle und ihn schon wieder auf Fehler hinweise.«

»Was hat das für Konsequenzen?«

»Er wird mich beleidigen, meine Berichte auseinanderpflücken, bewirken, dass ich dämliche Sonderaufgaben bekomme ... Was weiß ich, was er sich einfallen lässt, um mich zu schikanieren.«

»Ist er so einer, der sich für unfehlbar hält?«

Paul knurrte: »Er gehört zu der Generation, die sich noch beweisen will. Manchmal habe ich das Gefühl, dass die jungen Leute bei der Polizei unsere Erfahrungen als Klugscheißerei abtun.« Er winkte ab. »Wahrscheinlich war ich in dem Alter genauso und wusste alles besser.«

»Das lässt du dir doch nicht gefallen?«

»Sehe ich so aus?«

»Nein!« Ich schmunzelte: »Vielleicht erhältst du den Schwiegervaterbonus und er nimmt dir die Kritik nicht krumm. Sophie und er hatten gestern ein Date.«

Mein Gatte hob abwehrend die Hände. »Das will ich gar nicht wissen.«

»Die Ergebnisse der Rechtsmedizin und der Kriminaltechnik liegen jedenfalls in Kopie auf Anettes Schreibtisch.«

»Wie hast du das denn geschafft, obwohl Huck den Fall übernommen hat?«, fragte er irritiert auf mein geheimnisvolles Lächeln hin.

»Es bedurfte nur eines weiteren Kreuzes auf dem Formular.«

Er verschränkte die Arme vor der Brust. »Du bist unmöglich!«

»Den Serviettenrest und die dazugehörige Serviette für eine DNA-Analyse liegen ordentlich eingetütet in meiner Kosmetiktasche im Badezimmerschrank«, verkündete ich stolz.

»So einfach, wie du dir das vorstellst, kann ich keine DNA-Analyse in Auftrag geben. Die Anordnung kann nur vom zuständigen Sachbearbeiter bzw. Staatsanwalt in Zusammenhang mit einem Ermittlungsverfahren erfolgen, wenn es einen begründeten Tatverdacht gibt. Die Zuständigkeit im Fall des Todes von Cynthia Bernstein liegt bei Kommissar Huck. Wie es aussieht, hat er den Fall abgeschlossen. Verstehst du? Ich muss ihn erst von der Notwendigkeit überzeugen, die Ermittlungen neu aufzunehmen. Ansonsten hängt er mir ein Disziplinarverfahren wegen Strafvereitelung im Amt an, wenn ich meine Kompetenzen überschreite.«

Nachdenklich setzte sich Paul in Bewegung und inspizierte die Boxen, in denen er die frischgebackenen Ziegenmamis mit ihren Lämmchen von den anderen getrennt untergebracht hatte. Er winkte mich aufgeregt herbei.

»Sie verweigert ihnen die Zitzen, oder?«

Ich folgte ihm und bückte mich zu den Winzlingen in der Box herunter, die kläglich nach Nahrung blökten. Paul untersuchte das Muttertier. »Ich glaube, ihre Zitzen sind entzündet.«

»Brauchen wir den Tierarzt?«, fragte ich.

Paul nickte. »Versuch mal den Geißlein mit der Flasche Milch von einer anderen Ziege einzuflößen. Er drückte mir einen Topf in die Hand. »Ich probiere derweil Dr. Hanke zu erreichen.« Mein Mann trabte aus dem Stall.

Die Frage, wie ich an die Milch kommen sollte, beantwortete ich mir selbst. Ich hatte Paul meine Kooperation zugesichert und das wollte ich ihm auch beweisen. Deshalb suchte ich mir eine Ziege aus und begann tapfer zu melken.

Kapitel 19

Der Tierarzt gab dem schwächsten Ziegenbaby kaum eine Chance.

Wir sollten noch die Nacht abwarten.

Paul war daraufhin ins Haus gekommen, hatte sich die Beweisstücke angesehen und sie erst einmal in der Schublade des Schreibtisches im Arbeitszimmer verschwinden lassen. In Berlin wäre es für ihn kein Thema gewesen, eine DNA-Analyse von einem befreundeten Rechtsmediziner auf inoffiziellem Wege zu bekommen. Doch für ihn war er tot. Das Risiko, ihn zu kontaktieren, würde unseren Zeugenschutz gefährden. Zu dem Laborheini in Neustrelitz hatte er keinen guten Draht, was wohl an Anette lag. Dr. Hühnerbein war beleidigt, weil Anette sich seit Pauls Ankunft in Mordsacker nicht mehr für ihn interessierte.

Paul lief auf die Dienststelle und sah sich den Bericht der Rechtsmedizin sowie der KTU an.

Als er zurückkam, blieb er grübelnd in der Tür stehen und rieb sich die Hände. »Wann ist heute die Beerdigung?«

»Dreizehn Uhr. Was hast du vor?«

»Mich interessiert, wer wie Abschied nimmt«, antwortete mein Mann knapp. Er guckte auf die Uhr. »Dann sollten wir uns beeilen, um nichts von dem Spektakel zu verpassen. Du kommst doch bestimmt mit?«

Ich zögerte mit meiner Antwort, nickte dann aber bereitwillig.

Die kleine Kirche war rappelvoll. Obwohl Cynthia im Allgemeinen eher als frostig, schroff und distanziert galt, nahm fast das ganze Dorf Anteil an ihrem Tod und war gekommen, um von sich von ihr zu verabschieden. Oder trieb die Sensationsgier die Leute auf den Friedhof?

Die Kirchenorgel erklang ohne jeden Misston und hüllte die heiligen Hallen mit der Melodie von »Isoldes Liebestod« in feierlich-traurige Stimmung.

Wir pressten uns in die letzte Reihe. Dank meiner geringen Größe endete mein Blickfeld an den Rücken und Köpfen der Dorfbewohner, die vor uns standen. Ich sah quasi nix. Außerdem war die Luft hier unten ziemlich dünn und roch ekelhaft, weil sich die verschiedenen Parfüm- und Deodorantausdünstungen direkt vor meiner Nase mischten.

Orr! Warum hatte ich mir keine Fußbank mitgebracht?

Ich drängelte mich weiter nach vorne. Pfarrer Bart besprengte den Sarg mit Weihwasser.

Sofort kamen die Bilder der Beerdigung meiner Familie hoch. Es war besser, ich hörte weg und ließ mich auf keine Emotionen ein. Meine Augen suchten Paul. Er war hinten in der Menge stecken geblieben und mir nicht gefolgt.

Mein Vordermann, Hannes Birke, trat mir aus Versehen auf den Fuß. Ich dankte ihm innerlich für den Schmerz, der mich von meinem eigentlichen Schmerz ablenkte. Dabei fiel mir Alinas schamanische Weisheit ein. *Die Seele bekämpft ihren Schmerz mit anderem Schmerz.* Wie wahr! Hannes Birke entschuldigte sich und machte mir Platz.

Dann versperrte mir der nächste Rücken die Sicht. Ich hörte nur wie der Zelebrant, der Priester Hassteufel, die Trauergemeinde begrüßte. »Und so heißt es im Alten Testament: ›Sie starben doch voll Hoffnung auf Unsterblichkeit, so wird gering ihr Leiden sein …‹«

Okay, ich gab auf. Mich noch weiter nach vorne zu drängen, um die Anwesenden besser beobachten zu können, war zwecklos. Ich trat den Rückzug aus dem Gotteshaus an. So hatte ich zumindest die Chance, eine der Ersten am Grab zu sein.

Da die Tür zur Kirche offen stand, hörte ich das Kyrie-Gebet mit. Nach einem weiteren Gebet, das die Situation des Todes, der Hilflosigkeit und Trauer beschrieb, wurde Gott darum gebeten, die Verstorbene gnädig in seinem Reich aufzunehmen. Trotz größter Anstrengung schaffte ich es nicht, meine Erinnerungen in Schach zu halten. Tränen befeuchteten meine Augen und liefen mir über die Wangen.

Ich dachte an letzte Nacht. Anstatt der sonstigen Wut, weil mich meine Eltern so plötzlich verlassen hatten, umfing mich wieder dieses Gefühl der Wärme. Ich spürte Geborgenheit, denn ich wusste jetzt, dass sie über mich wachten. Ich hatte ihnen verziehen.

Dann folgte die Schriftlesung aus der Bibel, der sich die Auslegung eines Bibeltextes anschloss. Ja, so eine katholische Beerdigungszeremonie dauerte. Und das war erst der erste Teil.

Paul kam aus der Kirche und bedeutete mir mit einer stummen Geste, dass er da drinnen keine Luft mehr bekam, so vollgestopft wie der Raum mit Menschen war. Er beäugte mich, kratzte sich unsicher am Kopf und drückte mich an seine Brust. »Du kanntest sie doch kaum.«

»Du weißt, dass ich Beerdigungen hasse.« Er strich mir über den Kopf.

Wir schlenderten im Schatten der uralten Eichen zum offenen Grab. Von dort konnten wir den kommenden Trauerzug gut beobachten. Über uns zwitscherten die Vögel in den Baumkronen.

Der Priester verstummte. In minutenlanger Stille sollte die Gemeinde die Predigtworte in Bezug auf die eigene Situation und das Leben der Verstorbenen bedenken. Pfarrer Bart stimmte ein Lied an, das die Trauernden gemeinsam sangen. Es folgten Anrufungen und noch ein Gebet, bevor die Trauergäste hinter dem Sarg in einer Prozession aus der Kirche strömten. Ein Ministrant trug das Kreuz voran. Glockenklänge begleiteten Cynthia zur letzten Ruhestätte.

Nachdem alle Teilnehmer des Trauerzuges die Grabstelle erreicht hatten, sprach Pfarrer Bart ein Gebet und dankte der Toten für das Geschenk, das sie der Kirche mit ihrem Letzten Willen gemacht hatte.

Paul hörte aufmerksam zu und verzog keine Miene. Allein ich bemerkte, wie er die Leute taxierte.

Alina trug ein enges schwarzes Kleid und stand etwas abseits. Ihre Lippen leuchteten rot. Die Haare reflektierten das Sonnenlicht. In ihrer jugendlichen Frische sah sie zum Anbeißen aus. Dafür, dass sie sehr gut mit Cynthia befreundet gewesen war, wirkte sie gefasst, beinahe emotionslos. Oder war das eine Maske, weil einige Frauen sie mit abschätzigen Blicken bedachten? Ein Mann mit auffälligen Aknenarben im Gesicht und Haaren, die vom Gel bombenfest in Form saßen, leckte sich bei ihrem Anblick die Lippen. Wiebke Möllenhoff und ihre Mutter spuckten sogar in Alinas Richtung aus und ballten die Fäuste. Hauke Bernstein fehlte.

Anette gesellte sich zu Paul und begrüßte uns mit einem stummen Nicken.

Die Beweihräucherung verströmte ihren Duft. Danach leitete Priester Hassteufel die Grablegung mit tröstenden Worten ein. Benjamin trat aus der Menge hervor und wies die vier Männer in schwarzen Anzügen, die den Sarg bereits aus der Kirche getragen hatten, an, ihn in die Grube abzusenken. Unsere Blicke trafen sich einen Moment.

Dann segneten die beiden Geistlichen, der junge und der alte, das offene Grab mit Weihwasser. Die Zelebranten warfen Erde auf den Sarg. Ein Symbol, das die Vergänglichkeit des Körpers und das Zurückkehren des Leibes zur Erde ausdrückte. Die Priester zeichneten mit ihrer Hand das Kreuz über dem Grab.

Nach Gesang, Fürbitten, Vaterunser und dem Schlusssegen traten die Trauergäste nacheinander an das Grab, riefen der Verstorbenen einen stillen Gruß zu und warfen eine weiße Blume auf den Sarg.

Hauke Bernstein drängelte sich torkelnd durch die Massen. Das Gesicht hochrot und von Schlägen verbeult. Er trat gegen den Blumenkübel mit den weißen Lilien und lief auf Alina zu. »Du Hexe! Dass du dich hierher traust? Verschwinde!« Er erhob seine Hand zum Schlag.

Paul war mit wenigen Schritten bei ihm und nahm den Betrunkenen in den Schwitzkasten. »Bernstein, du riskierst gerade eine Anzeige und die Ausnüchterung in der Gewahrsamszelle. Also lass sie in Ruhe, geh nach Hause und schlaf deinen Rausch aus!« Mein Mann bedachte den Störenfried mit einem warnenden Blick und ließ ihn erst los, nachdem sich Hauke Bernstein nicht mehr wehrte. Er schlich sich wie ein geprügelter Hund vom Platz.

Alina bedankte sich bei Paul mit einem stummen Blick, berührte ihn am Arm und schenkte ihm ein geheimnisvolles

Lächeln. Daraufhin verfinsterte sich die Miene des Typen mit den Aknenarben. Er starrte Paul hasserfüllt an, bevor er sich abwandte und ging.

Der alte Pfarrer beobachtete die Szene und runzelte empört die Stirn. Unsere Blicke trafen sich.

Kapitel 20

Gegen sechzehn Uhr kamen wir zurück. »Kaffee?«, fragte ich, zog die schwarzen Pumps aus und verstaute sie im Schuhschrank neben der Garderobe. Meine rot geschwollenen Füße schmerzten. Ich war das Laufen in hochhackigen Schuhen nicht mehr gewohnt.

Paul befreite sich von Jackett und Schlips und warf die Kleidungsstücke über das Treppengeländer. »Ich muss noch mal weg.« Er knöpfte das weiße Hemd auf und stieg nach oben.

Mit seinem Jackett und dem Schlips über dem Arm folgte ich ihm ins Schlafzimmer. »Sagst du mir wohin?« Ich schmiss seine Klamotten aufs Bett.

Statt einer Antwort gab er mir einen Kuss. »Ich bin in einer Stunde zurück. Kannst du bitte nach unseren Winzlingen sehen, ob es ihnen besser geht?« Er hängte seine Kleidungsstücke in den Schrank und zog sich bis auf die Unterhose aus. Das weiße Hemd landete im Schmutzwäschekorb.

Ich stellte mich mit dem Rücken vor ihn: »Nur, wenn du mir aus dem Panzer hilfst!«

»Das ist Erpressung!«, konterte er und öffnete den Reißverschluss an meinem Kleid.

Ich drehte mich zu ihm um und drückte ihm einen Kuss auf die verschwitzte Männerbrust, die salzig schmeckte. »Der Tag der grundlosen Nettigkeiten ist am siebzehnten

Februar«, verkündete ich keck und schlüpfte aus dem schwarzen Etuikleid.

Sein Gesicht verfinsterte sich. »Dieses Datum streichen wir besser aus dem Kalender.« Er verließ den Raum.

Ups! Da war ich unbedacht in ein Fettnäpfchen getreten, hatte doch am siebzehnten Februar 2016 unsere ganz persönliche Katastrophe begonnen.

Klara, erst denken und dann reden!

»Entschuldige!«, rief ich ihm kleinlaut ins Badezimmer hinterher, wo ich das Wasser der Dusche rauschen hörte.

Ich zog mir ein Top und eine ausgewaschene Jeans über, die ich zur Bermuda abgeschnitten hatte, und verdrückte mich in den Ziegenstall.

Die warme Luft mit ihrem intensiven Geruch nach Stroh und Tierausscheidungen biss sich durch Nase und Bronchien in meine Lunge.

Drei der Vierlinge liefen recht munter herum und blökten aus vollem Halse. Das Kleinste wirkte immer noch schwach und lag mit gesenktem Kopf im Stroh. Zuerst füllte ich die Wassertröge auf und häufte Grünfutter in die Boxen.

Ich melkte mehrere der trächtigen Ziegen und fütterte die verstoßenen Geißlein mit der Flasche. Das Schwache nahm kaum etwas von der Milch auf. Es weigerte sich, seinen Weg ins Leben zu finden.

Ich hob es auf den Arm. »Vielleicht sollte ich dich zu Alina bringen, damit sie deine Lebensgeister weckt.« Liebevoll kuschelte ich mein Gesicht in das weiche Fell.

»Gute Idee!«, sagte Paul, der in dem Moment neben mir stand. »Lass mich das mal machen, aber allein!«

»Das ging aber schnell. Wo warst du denn?«, fragte ich

verwundert. Beim Blick auf Pauls Armbanduhr bemerkte ich allerdings, dass mehr als zwei Stunden vergangen waren.

»Bei Huck.«

Ich streichelte dem Geißlein über die Hörner. »Und wie war es?«

»Wie erwartet.«

»Kein Schwiegervaterbonus?«

Er lachte bitter auf. »Eher im Gegenteil. Sophie hat ihm eine verpasst. Er hat sie gestern Abend nach dem Candle-Light-Dinner ohne Vorwarnung begrapscht.«

»Das hat er dir erzählt?«

»Nein, ich war noch kurz bei Sophie. Hucks Oberlippe sah geschwollen aus. Er war von vornherein sehr feindselig, ohne dass ich erwähnt hatte, warum ich ihn sprechen wollte. Über meinen Schwiegersohn-Witz konnte er überhaupt nicht lachen. Da hab ich eins und eins zusammengezählt. Ich wollte natürlich neben den Einzelheiten von Sophies Beobachtungen am Fundort der Leiche wissen, ob er unsere Tochter zu irgendwas gezwungen hat. Dann hätte ich ihm nämlich die Knochen gebrochen.«

Verblüfft brachte ich nur ein »Oh!« heraus.

Er nahm mir das Ziegenbaby ab.

»Soll ich nicht mitkommen zu Alina? Du kennst sie doch überhaupt nicht.«

»Du hast mir aufgetragen, dass ich dort weitermachen soll, wo du aufgehört hast. Da ich im Moment deine Schlussfolgerungen teile, habe ich auch eine Strategie, sie zu überführen. Wer weiß, was Hauke Bernstein heute noch vorhat. Das will ich nicht verpassen. Er treibt sich nämlich nach wie vor im Dorf herum. Er hat sie gestern und heute bei der Beerdigung angegriffen. Ihm steht das Wasser bis zum

Hals. Ich kann mir kaum vorstellen, dass er einfach so Ruhe gibt.«

Das sah ich genauso.

»Um mehr über unser Fräulein Grabowski zu erfahren, will ich ihr Vertrauen gewinnen. Normale Menschen werden nicht einfach zu Mördern. Ich suche nach dem Hinweis in ihrer Vorgeschichte. Wenn sie bei Thiessen rausgeflogen ist, muss es dafür einen Grund gegeben haben. Wenn sie sich in Sicherheit wiegt, wird sie ihn mir erzählen und vielleicht kitzle ich auch aus ihr heraus, für wen sie vorher als Pflegerin gearbeitet und wo sie gelernt hat.«

Ich verstand.

»Diese Fragen beantwortet mir nämlich kein Polizeicomputer. Unter ihrem Namen und der Adresse in Polen, die sie bei Karen in der Pension auf dem Meldeschein angegeben hat, finde ich nichts.«

»Du hast dich bei Karen in der Pension nach ihr erkundigt?«

»Klara, traust mir zu, dass ich derart plump vorgehe?«

Natürlich nicht. Ich wusste, wie clever er war. Dass er plötzlich so viel Enthusiasmus versprühte, zeigte mir, wie sehr er das Ermitteln in kniffligen Fällen vermisste.

»Als Dorfpolizist habe ich das Recht, mir Einblick in ihre Unterlagen zu verschaffen. In Abständen ist es notwendig zu kontrollieren, ob sie ihrer Pflicht nachkommt und alle Meldescheine der Gäste ordnungsgemäß ausfüllt und aufbewahrt.«

Kapitel 21

Paul kam ewig nicht wieder. Ich vertrat ihn nicht nur im Ziegenstall, sondern kümmerte mich in Begleitung von Pai no joo um die anderen Tiere und Pflanzen unserer kleinen Farm. Das Huhn lief mir wie ein Hund hinterher. Anscheinend fühlte es sich berufen, das Hauspersonal zu kontrollieren.

Unter ihrer Aufsicht fütterte ich und stellte den Gartensprenger auf, damit bei der Hitze nicht alles Gemüse und die Blumen vertrockneten. Ich erntete Gurken und schmorte sie nach einem Rezept, das ich vor zwei Wochen aus einer Zeitschrift ausgeschnitten hatte. Pai no joo beäugte mich und den Inhalt des Römertopfes misstrauisch. Wahrscheinlich unterstellte sie mir die Absicht, ich wolle Paul vergiften.

»Frieden?«, bot ich an und warf ihr eine Hand voll ungeschroteter Weizenkeime hin. Sie pickte das Bestechungsgeschenk zufrieden gackernd auf. Ich beförderte sie in den Garten hinaus. »Geh auf dein Herrchen warten!«

»Dok, dok«, antwortete sie hoheitsvoll und stolzierte davon, wobei sie ihren gefiederten Bürzel elegant hin- und herschwang.

Kopfschüttelnd sah ich Pai no joo nach und begann dann den Küchentisch zu decken.

Draußen zogen dunkle Gewitterwolken heran. Da hätte ich mir die Plackerei mit dem Gießen der dreitausend Quadratmeter sparen können, dachte ich ärgerlich. Vom Schlauch schleppen taten mir alle Knochen weh. Ich setzte mich aufs Sofa und zappte wahllos durchs Fernsehprogramm. Dass Paul nicht zurückkam, machte mich ganz hibbelig. Am liebsten wäre ich losgegangen und hätte geguckt, wo er blieb.

Das tat ich natürlich nicht, sondern legte die Füße hoch und machte kurz die Augen zu.

Als ich meine Augen wieder öffnete, war es dunkel. Ich hörte, dass Paul die Haustür aufschloss. Allein das Studiolicht der Tagesthemen tauchte das Wohnzimmer in flackerndes Blau. Draußen zuckten Blitze am Himmel und Donner grollte. Leicht benommen setzte ich mich auf.

Es dauerte einen Moment bis Paul Schlüssel und Schuhe abgelegt hatte und seinen Kopf zur Tür hineinsteckte. »Und?«, fragte ich neugierig.

Er wirkte niedergeschlagen. »Was soll ich sagen? Sie hat das Geißlein trotz Hokuspokus nicht zum Trinken gebracht.«

»Das tut mir leid!« Paul blieb im Türrahmen stehen und zitierte: »›Wir sollten keine Kreatur mit Macht am Leben halten, die allein im Tod ihre Erlösung sieht. Es wäre wider die Natur.‹«

»Ohne dass der Mensch eingreift, verenden in der Wildnis schwache und kranke Tiere eines Wurfs oder werden gefressen. Fortpflanzung dient allein der Erhaltung der Art«, gab ich Alina recht.

Paul blieb im Türrahmen stehen. »Da ist was Wahres dran. Wir erheben uns über alles und denken, alles regeln zu können.«

Ich machte ein trauriges Gesicht. »Wo ist das Geißlein jetzt?«

»Ich hab es zu seiner Mutter zurückgebracht. Soll die Natur entscheiden. Kommst du ins Bett?«, fragte Paul und lief die Treppe nach oben. Ich schaltete den Fernseher aus und folgte ihm. »Ich hab Schmorgurken gekocht.«

Er drehte sich um. »Danke, aber ich habe keinen Hunger.«

»Gegossen und gefüttert habe ich auch«, verkündete ich. In seinem Blick las ich Dankbarkeit und Verwunderung zugleich.

»Wenn ich dir schon eine Mordermittlung einbrocke ...«

Paul zog sich im Schlafzimmer bis auf die Unterhose aus, schmiss die Klamotten auf den Sessel und verschwand im Bad.

»Hat Alina dir gezwitschert, warum Thiessen sie gefeuert hat?«, fragte ich und gesellte mich zu ihm ans Waschbecken, wo er Zähne putzte.

»Shchiee behauptet, er hätte schchie schchecschchuell belästigt«, sagte Paul mit Schaum im Mund.

Ich füllte meinen Becher und drückte Zahnpasta auf den Bürstenkopf. »Wer, der Pflegebedürftige oder der Sohn?«

Paul spülte sich den Mund aus. »Der Sohn, John Thiessen. Und er hat ihr nicht gekündigt, sondern sie hat den Job geschmissen.« Er wusch sich das Gesicht.

»Da steht Aussage gegen Aussage. Und weiter?«

»Nichts weiter.« Paul stellte das Wasser aus und trocknete sich ab. Draußen erhellten Blitze den Himmel. Das Krachen des Donners durchschnitt eine Sirene. Das Signalhorn der Feuerwehr ertönte. Mein Mann öffnete das Fenster, damit der feuchte Dunst abziehen konnte. Der Geruch von Rauch strömte ins Badezimmer.

Er hing seinen Kopf hinaus und wies auf die schwarze Wolke, die aus Richtung Dorfmitte über dem Kirchturm aufstieg. Anscheinend hatte der Blitz in einen Baum oder ein Hausdach eingeschlagen. Ein weiteres Feuerwehrauto, das aus dem Nachbardorf kam, fuhr mit Blaulicht und Martinshorn an unserem Haus vorbei. Er schloss das Fenster.

»Da brennt mehr als nur ein Baum«, sagten wir beide wie aus einem Munde. Paul holte sich frische Sachen aus dem Schrank und schlüpfte in die Jeans. »Ich gehe mal gucken, ob ich helfen kann.«

Ich war viel zu aufgewühlt, um jetzt ins Bett zu gehen. Also stieg ich die Treppe herunter, schlüpfte in meine Gartenlatschen und zog die Strickjacke an, die an der Garderobe neben der Flurkommode hing. Zögernd öffnete ich die Haustür, weil ich mir irgendwie blöd dabei vorkam, mich auf das Niveau eines Gaffers herunterzulassen.

Draußen pilgerte das halbe Dorf in Richtung Kirche; manche im Morgenmantel und in Hausschlappen. Alle redeten aufgeregt durcheinander. Jeder wollte wissen, was die Ursache der nächtlichen Störung war.

Vielleicht brauchten sie jede helfende Hand? Wenn nötig, packe ich mit an, beruhigte ich mein schlechtes Gewissen und schlappte hinterher.

Je näher ich dem Dorfkern kam, desto stärker wurde der Brandgeruch. Eine riesige Flamme stieg hinter der Kirche auf. Das Blaulicht der Feuerwehrautos zuckte über der Friedhofsmauer. Männer riefen durcheinander. Anette sicherte aus dem Streifenwagen heraus die Zufahrt zum Sportplatz ab.

Ein Hubschrauber kreiste über dem Dorf. Ich schaute nach oben. Die Luftrettung. Also waren Menschen zu Schaden gekommen. Und dann sah ich auch schon, was passiert war. Cynthia Bernsteins Haus brannte lichterloh.

247

Sophie und Nils versuchten Alina auf dem blanken Asphalt der Straße mit Herzdruckmassage und Beatmung wiederzubeleben.

Brennen sollst du! Sofort fiel mir die Drohung von Hauke Bernstein ein, die er gestern Alina entgegengeschrien hatte. Ich suchte Paul in der Menge. Er drängte die Leute zurück und redete auf den Mann mit den auffälligen Aknenarben im Gesicht ein, der mir schon bei der Beerdigung am Nachmittag aufgefallen war. Ich erinnerte mich an das, was Karen über John Thiessen gesagt hat. War er das? Eine Wolldecke der Feuerwehr hing ihm um die nach vorn gebeugten Schultern. Sein panischer Blick streifte rastlos über die Menge. Es sah aus, als stünde er unter Schock.

Paul schien ihn etwas zu fragen, aber er wehrte ab. Ich hörte, wie der Hubschrauber landete.

Karen, Steffi, Bärbel, Anke und Moni liefen auf mich zu.

»Was ist denn passiert?« Anscheinend sahen sie in mir, der Ehefrau des Dorfsheriffs, eine zuverlässige Informationsquelle.

»Ich weiß genauso viel wie ihr«, sagte ich schulterzuckend.

»Komm schon, dein Mann ist der Sheriff.«

»Paul hat Urlaub. Es war Zufall, dass wir noch wach waren und gesehen haben, wie der Rauch aufstieg.«

Steffi unkte: »Meinst du, das hat was mit Haukes Angriff heute bei der Beerdigung zu tun?«

»Also an einen Blitzeinschlag glaube ich kaum. Dafür ist das Haus zu niedrig«, warf Anke ein.

Die Rettungssanitäter und der Notarzt rannten mit Notfallkoffer und einer Trage durch die Menge. Nach mehreren Wiederbelebungsversuchen betteten sie Alina um und transportierten sie schnell ab. Ich ließ die Mädels stehen und ging zu Sophie, die sehr erschöpft wirkte.

Mitfühlend strich ich ihr über den Arm. Sie sah so aus, als ob sie mentaler Unterstützung bedurfte.

Mein Kind atmete tief durch.

Ich fragte: »Wird sie es überleben?«

»Das hoffe ich!« Sophie presste die Lippen aufeinander. Nils und sie sahen sehr besorgt aus.

»Ihr habt alles getan, was in eurer Macht stand.«

»Danke, Mama!«, sagte Sophie, auch stellvertretend für Nils. Ihr Chef hatte sich bereits von uns abgewendet und packte seinen Arztkoffer zusammen. Meine Tochter beobachtete ihn mit wehmütigem Blick.

Daraufhin bot ich an: »Willst du noch auf einen Tee oder was Hochprozentiges mitkommen, um deinen Adrenalinspiegel wieder runterzufahren oder Frust abzulassen?«

»Nee du, ich gehe besser ins Bett. Es war ein harter Tag. Morgen früh hab ich Sprechstunde. Die Nacht ist jetzt schon viel zu kurz.«

»Schlaf schön!« Ich erhob mich auf die Zehenspitzen und gab meinem Kind einen Kuss auf die Wange. Sie war kein kleines Mädchen mehr, das von mir oder ihrem Vater vor der Welt da draußen beschützt werden musste. Sie war so verdammt erwachsen geworden. Das erfüllte mich mit Stolz.

Kaum war Sophie weg, scharten sich die Mädels um mich und fragten neugierig: »Was hat deine Tochter gesagt, kommt Alina durch?«

»Sophie hofft es.«

Schon wieder mutmaßten sie, wie es dazu gekommen war, dass das Haus in Flammen stand. Karen gesellte sich zu uns.

»Ein Blitzschlag war es wirklich nicht.« Sie zeigte auf einen dicken Feuerwehrmann älteren Semesters, der gerade neben dem offenen Fahrerhaus aus einer Wasserflasche trank. »Manfred hat die Kripo und den sachverständigen Brandermittler bestellt, weil die Feuerwehrleute von Brandstiftung ausgehen.«

Der Mann mit den Aknenarben lenkte mich ab. Er war aufgesprungen und schüttelte Pauls Hand ab, die ihn am Arm festhielt: »Mit Ihnen rede ich kein Wort«, brüllte er meinen Mann an und versuchte wegzulaufen. Paul zwang ihn, stehen zu bleiben und fuhr ihn an: »Thiessen, du hast die junge Frau in letzter Minute aus dem Haus gerettet. Die Polizei braucht deine Aussage.«

»Ich rede nur mit Anette«, antwortete er, verschloss den Mund wie ein bockiger Fisch und verschränkte die Arme vor der Brust.

Also war das tatsächlich John Thiessen.

»Dann musst du warten. Sie sichert den Sportplatz für den Rettungsdienst.«

Der Hubschrauber erhob sich über dem Dorf und drehte südwestlich ab. Thiessen zündete sich eine Zigarette an und rauchte hastig, während er Paul abschätzig beobachtete.

Er hatte Alina aus dem Haus gerettet? Das bedeutete ja, dass er sie ausgekundschaftet hatte. Oder war er zufällig vorbeigekommen? Vielleicht stalkte er sie schon länger. Gestern Nacht hatte ich im Garten und im Wald jedenfalls das Gefühl, dass uns jemand hinterherspionierte. Wobei ich da eher Hauke Bernstein vermutet hätte.

»Ich gehe auch nach Hause!« Rasch verabschiedete ich mich von den Mädels, denen ich in den letzten Minuten gar nicht mehr zugehört hatte.

Gähnend schlenderte ich die Dorfstraße entlang, blieb noch einmal stehen und blickte mich um, weil Kommissar Huck im Zivilfahrzeug der Polizei mit Blaulicht angebraust kam.

Bloß gut, dass wenigstens Sophie schon weg war, dachte ich und hoffte, dass Paul nicht mit ihm in aller Öffentlichkeit aneinandergeriet, wenn er als erfahrenerer Polizist die Meinung des Jungspunds nicht teilte oder ihn darauf hinwies, dass es einen möglichen Zusammenhang zwischen der Brandstiftung und Cynthias Tod gab. Jeder halbwegs logisch denkende Ermittler würde das sofort überprüfen. Vor meinem geistigen Auge sah ich den Schnösel, der meine Tochter ungefragt begrapscht hatte, vor Wut in die Luft gehen. Das Schauspiel wollte ich mir noch gönnen und drehte wieder um.

Etwas abseits der Menge blieb ich im Dunkeln gut verdeckt hinter einem Baum stehen. Thiessen redete mit Anette, die sich fahrig nicht vorhandene Haarsträhnen aus dem Gesicht strich. Die Anwesenheit des Kommissars aus Neustrelitz machte sie schon wieder nervös. Ihr Blick huschte unsicher zu Alexander Huck, der gerade mit meinem Mann diskutierte. Wie erwartet, schienen sie unterschiedlicher Meinung zu sein. Huck grinste feist. Paul verpasste ihm einen Kinnhaken. Oh! Das war für Sophie! Huck taumelte und rieb sich das Gesicht. Seine Augen sprühten blanken Hass.

Anette winkte den Schnösel unterwürfig zu sich. Der Kommissar hörte sich Thiessens Aussage an. Thiessen zeigte auf Paul. Huck rief meinen Mann heran und konfrontierte ihn wahrscheinlich mit dem, was er von Thiessen gehört hatte. Leider konnte ich aus der Entfernung nicht verstehen, worüber sie sprachen.

Paul hob die Hände, als wies er jede Schuld von sich. Wahrscheinlich beschwerte sich Thiessen, dass Paul ihn so derb am Ärmel zurückgerissen hatte. Im nächsten Moment zückte Kommissar Huck seine Handschellen. Da hatte sich Thiessen aber schnell verdächtig gemacht. Oder hatte er den Kommissar etwa auch beleidigt?

Oh! Ich traute meinen Augen nicht, denn Huck legte Paul die Metallarmbänder um und führte ihn zu seinem Wagen ab.

Das ist doch absurd! Ich stürzte los. Huck stieg ein und raste mit Paul auf der Rückbank an mir vorbei.

Kapitel 22

Die Dorfbewohner am Straßenrand redeten aufgeregt durcheinander. Anscheinend waren sie genauso schockiert wie ich. Aufgebracht lief ich auf Anette zu. »Kannst du mir verraten, was das zu bedeuten hat?«

Anette hob beschwichtigend die Hände. »Beruhige dich, Klara!«

»Wie soll ich ruhig bleiben, wenn mein Mann verhaftet wird?« Ich ging wie eine Furie auf Thiessen los, der sich davonschleichen wollte. »Was haben Sie dem Kommissar erzählt?«

Thiessen wehrte meine Hand ab, mit der ich ihn am Ärmel festhielt. »Sag mir die Wahrheit.«

Anette ging dazwischen und hielt mich zurück. »Klara, lass es gut sein!«

»Nein, lasse ich nicht!« Ich riss mich aus ihrer Umklammerung los und lief Thiessen hinterher. Anette fing mich ein. »Klara! Er hat gesehen, wie Paul Alinas Haus verlassen hat, kurz bevor es in Flammen aufging. Das konnte ich Huck doch nicht verschweigen. Meinst du, mir gefällt das?«

Sie atmete tief durch. »Alexander hatte in Anbetracht der Anschuldigung keine andere Wahl, als Paul vorläufig festzunehmen.«

Die Mädels stellten sich hinter mich, als wollten sie mich vor Anette beschützen. Die Polizistin schickte sie mit einer

253

Geste weg und gab den Landfrauen zu verstehen, dass sie allein mit mir reden wollte. Sie nahm mich beiseite.

Ich ereiferte mich: »Das heißt doch noch lange nicht, dass Paul den Brand gelegt hat. Das ist doch völlig unsinnig. Warum sollte er so etwas tun? Wer sagt überhaupt, dass es Brandstiftung war? Vielleich war ein elektrisches Gerät defekt oder sie hat beim Ausräuchern der Geister nicht aufgepasst und ein Funke ...«

Die Polizeimeisterin unterbrach mich und zog mich abseits aus dem Blickfeld der anderen Dorfbewohner ins Dunkle. »Eigentlich darf ich dir das gar nicht erzählen.« Sie flüsterte: »Alina war geknebelt und in der verschlossenen Abstellkammer neben der Treppe an einen Stuhl gefesselt. Davor fanden die Feuerwehrleute Brandbeschleuniger. Außerdem hat sie jemand geschlagen.«

Ich blieb stehen. »Habt ihr vielleicht einmal darüber nachgedacht, dass Hauke Bernstein sich gerächt hat, weil Alina ihm das Erbe streitig gemacht hat? Ich war gestern bei ihr wegen meiner Hand, da hat Bernstein sie bedroht und vor dem Haus gebrüllt: ›Brennen sollst du!‹«

Anette kniff die Augen zusammen. Es fiel ihr schwer, mich über weitere Details aufzuklären. »Thiessen hat vom Garten aus gesehen, wie sich Paul und Alina gestritten haben, weil sie sich seinem Annäherungsversuch verweigert hat.«

»Das ist doch absurd! Was hat Thiessen in Alinas Garten zu suchen?«

»Er hat zugegeben, dass er sie öfter heimlich beobachtet hat.«

»Das glaube ich sofort. Aber was Paul angeht, lügt der Thiessen. Das ist doch offensichtlich. Wahrscheinlich hat er den Brand gelegt, weil die schöne Schamanin ihn verschmäht hat. Pfff! Paul wollte doch nichts von Alina.«

Ich konnte mir ja alles Mögliche vorstellen, aber nicht, dass Paul dieses junge Mädchen bedrängt haben sollte.

Bei Anette kam ich nicht weiter. Ich musste nachdenken.

»Es tut mir doch auch leid!«, sagte sie und tätschelte meine Schulter. »Kann ich irgendwas für dich tun?«

»Nein, doch! Gibst du mir die Nummer von Kommissar Huck?«

»Klara, das bringt doch nichts!«

Resigniert winkte ich ab. Die Telefonnummer kriegte ich auch ohne sie heraus.

Ich marschierte zu Sophie.

Nachdem der Wutausbruch meiner Tochter abgeklungen war – ich hatte sie aus dem Tiefschlaf gerissen – hörte sie mir endlich zu. »Alexander Huck hat Papa verhaftet?«

Aufgeregt berichtete ich ihr, was sich ereignet hatte, nachdem sie gegangen war. Sie nahm meine Hand: »Mama, atme tief durch! Beruhige dich!« Das tat ich dann auch.

Wir setzten uns auf das Sofa in ihrem Wohnzimmer und ich erzählte in Kurzform, warum Paul Alina besucht hatte. »Dein Vater hat meine Rückschlüsse geteilt und wollte sich darum kümmern. Er war heute Nachmittag bei Huck und hat dessen Ermittlungsergebnisse angezweifelt.«

»Mama, das weiß ich alles schon.«

»Stimmt, Papa war ja bei dir. Du hast ihm erzählt, dass Huck dich belästigt hat.«

Sie presste die Lippen fest aufeinander.

»Nur weil er mich zum Essen einlädt, darf er mich noch lange nicht vernaschen. Ich bin kein Dessert.«

255

»Wir müssen nach Neustrelitz und Papa dort rausholen!«

»Warte! Ich rufe den Hurensohn an!« Sie fluchte wie eine Straßendirne und holte ihr Handy heraus. »Kacke! Kaum Netz. Das ist echt ätzend in diesem Kaff.«

Was waren denn das für Misstöne über unser Dorf, dachte ich überrascht.

Sie tippte die Nummer aus ihren Kontakten in den Festnetzapparat ein, hielt den Hörer vom Ohr weg und stellte auf laut. Das Freizeichen ertönte. Dann meldete sich der Kommissar am anderen Ende der Leitung: »Dass *du* dich traust, mich anzurufen?«

Sophie verdrehte die Augen. »Dass *du* dich traust ranzugehen? Du hast meinen Vater verhaftet!«, empörte sie sich.

Huck bestätigte: »Ja, ich habe ihn in Untersuchungshaft genommen.«

»Warum?«

»Zeugenaussagen und Indizien weisen eindeutig daraufhin, dass er den Brand gelegt hat.«

»Das ist doch völliger Blödsinn! Mein Vater ist Polizist.«

»Na und? Meinst du, das ist ein Grund, keine Straftat zu begehen? Polizisten sind auch nur Menschen, die in emotionale Ausnahmesituationen geraten können, wo sie den Kopf verlieren.«

»Redest du jetzt von dir oder von meinem Vater?«

Huck lachte am anderen Ende der Leitung bitter auf.

»Frau Doktor, es ist besser, wir beenden das Gespräch und vermeiden zukünftig jeglichen Kontakt.«

»Arschloch!«

»Ich glaube, Sie haben gerade eine Anzeige wegen Beamtenbeleidigung riskiert?«

»Hör mal zu, du Minifurz, pass auf, dass du keine Anzeige

wegen sexueller Nötigung riskierst. Wenn ich damit zu deinem Vorgesetzten gehe, bist du ganz schnell deinen Beamtenstatus los. Ich will jetzt verdammt noch mal wissen, warum du meinen Vater eingebuchtet hast.«

»Darüber darf ich Ihnen als Zivilistin keine Auskunft geben.«

»Die Unverhältnismäßigkeit, meinen Vater wie einen Schwerverbrecher abzuführen, ist doch die Retourkutsche, weil er dir in die Suppe gespuckt hat und dir schlampige Ermittlung und vorschnelles Schließen der Akte im Fall von Cynthia Bernstein vorgeworfen hat. Oder willst du ihn bestrafen, weil er seine Tochter verteidigt und dir einen Kinnhaken verpasst hat?« Sophie redete sich in Rage. Ich war beeindruckt.

»Ha! Da bist du sprachlos!«, rief sie.

Im Hörer tutete es. Huck hatte einfach aufgelegt. Sophie knallte das Telefon in die Ladestation. Sie senkte die Schultern. »Was können wir denn tun?«, fragte sie und schaute mich so hilflos an wie ein kleines Mädchen.

Mir war klar, dass sie genauso wenig schlafen konnte wie ich. Trotzdem schickte ich sie ins Bett und machte mich auf den Nachhauseweg.

Ich hatte keine Wahl, ich musste Oberstaatsanwalt Kühl einschalten. Er kannte bestimmt einen Kniff, um Paul aus der Untersuchungshaft zu holen. Wo hatte ich die Karte mit der Telefonnummer hingelegt?

Die hatte Paul in tausend Einzelteile zerrissen und in den Mülleimer geworfen. Und am Mittwochabend hatte ich den vollen Plastikbeutel im Rahmen der Küchenputzaktion in die Restmülltonne geworfen.

Na toll! Mir blieb auch nichts erspart.

257

Zu Hause angekommen, holte ich meine Brille sowie eine Taschenlampe und machte mich gleich über die Mülltonne her. Der stinkende Plastiksack vom Mittwoch lag obenauf. Ich hob ihn heraus und riss ihn gleich neben den Tonnen auf der gepflasterten Fläche auf.

Puh! Der Inhalt aus Restmüll und Essensabfällen gärte bereits und stank bestialisch. Fliegen und Maden sprangen mir entgegen. Warum schafften wir es einfach nicht wie andere Familien, den Müll ordentlich zu trennen?

Mann! Mann! Mann! Ich suchte mir einen Stock und breitete damit die Abfälle aus. Mit spitzen Fingern sammelte ich die Papierschnipsel auf, von denen einige schon durchgeweicht waren. Voll eklig! Das Kribbeln auf meiner Lippe kündigte bereits den Herpes an.

Ich eilte mit meinem Schatz ins Haus. Am Küchentisch setzte ich das Puzzle zusammen. Schwierig, weil ich eine Zahl nicht wirklich entziffern konnte. War das nun eine Sechs oder eine Neun?

Versuch macht kluch!

Ich wusch mir die Hände. Dann holte ich den Festnetzapparat und zögerte. Was, wenn jemand den Oberstaatsanwalt von Berlin abhörte und meine Nummer zurückverfolgte. Von Paul wusste ich, dass nicht nur die Polizei solche Praktiken anwendet, um den Gegner zu überwachen. Unschlüssig drehte ich das Telefon in der Hand und legte es wieder weg.

Paul bewahrte für den Notfall mehrere Prepaidhandys auf. Aber wo? Jetzt wurde es schwierig! In Berlin hatte er einmal die Geldkarten vor Einbrechern so gut versteckt und dann vergessen, dass wir sie erst beim Renovieren wiedergefunden hatten.

Ich versuchte, mich in seine Denkweise hineinzuversetzen. »Im Haus?«, murmelte ich. »Eher im Ziegenstall!« Ich erinnerte mich an seine Warnung: »Kommt dir jemals etwas komisch vor, ein fremdes Auto, fremde Personen, die unser Haus beobachten, dann schleichst du über die Terrasse in den Ziegenstall, rufst mich an und verschwindest über die Hintertür Richtung Wald zum Treffpunkt. Der Schlüssel hängt daneben am Haken an der Wand. Wichtig ist, die Tür wieder von außen zu verschließen. Damit verwischst du deine Spur.«

Schnurstracks marschierte ich über den Hof. Der Bewegungsmelder sprang an. Streunende Dorfkatzen blinzelten ins Licht und huschten in die Büsche, als hätte man sie bei einem Raubüberfall ertappt.

Die Ziegen lagen friedlich in ihren Boxen auf dem Stroh und meckerten kurz, weil ich ihre Nachtruhe störte. Ich drehte mich suchend im Kreis. Hier ein Versteck zu finden, war genauso wahrscheinlich wie ein Lottogewinn.

Aber wer nicht tippt, kann auch nicht gewinnen. Jetzt aufgeben kam nicht infrage. *Denk logisch, Klara!* Unten im Stall besteht die Gefahr, dass die Ziegen das Versteck aufspüren, es auseinandernehmen und die SIM-Karten fressen.

Also konzentrierte ich mich auf den oberen Bereich des Stalls. Gab es irgendwo Nischen in der Steinmauer? Ich ließ den Blick weiter umherschweifen. Die Holzbalken über mir sahen alle gleich aus.

Stopp! Paul hatte doch vor knapp drei Wochen einen morschen erneuert. Ich war in den Stall gekommen, um ihn zum Essen zu holen. Er hatte mit einem kurzen Brett auf der Leiter gestanden. Garantiert hatte er keinen Balken ausgebessert, sondern ein Versteck für den Notfall eingerichtet.

Na klar, denn das war einen Tag, nachdem wir im Fernsehen gesehen hatten, dass Ricardo Perez wieder auf freiem Fuß war.

Die Holzleiter hing quer an der Wand. Ich hob sie von den Haken, schleppte sie an die Stelle direkt neben dem Gehege unseres Ziegenbocks, wo ich Paul auf der Leiter gesehen hatte. Ich hievte die Leiter hoch, stellte sie schräg an den Balken und kletterte auf den Sprossen so hoch, bis ich die Balken von oben überblicken konnte. Dem Ziegenbock gefiel diese Aktion gar nicht. Er rammte seine Hörner in die Bretterwand seines Verschlags. Er wollte mich, den Störenfried, mit aller Macht von der Leiter schubsen.

Bingo! Das Versteck befand sich eine Armlänge von mir entfernt direkt über dem Ziegenbockverschlag. Na ja! Anderthalb Armlängen. Mein Arm war eben kürzer als der von Paul. Um heranzukommen, musste ich die Leiter mitten in den Verschlag vom Bock stellen.

Ich kletterte wieder herunter. Das Tier nahm Anlauf und krachte seine Hörner erneut in meine Richtung in die Bretter. Mit den Worten »Ruhig, Brauner!«, versuchte ich sein Temperament zu zügeln. Ich kratzte mich am Kopf. In dem Zustand konnte ich den Bock keinesfalls aus dem Gatter lassen oder zu ihm hineingehen. Der würde mich in seiner Wut auf die Hörner spießen. Ich hielt ihm ein Bündel Heu hin, was er verschmähte.

Verdammt, ich brauchte so etwas wie Ziegenschokolade. Frisches Gras! Ich eilte in den Garten, zupfte die halbe Wiese ab, suchte mir ein festes Seil, füllte das Leckerli in eine Schüssel, die ich an der hintersten Ecke des Verschlags neben einem Eisenpfeiler platzierte. Während er genüsslich fraß, schlang ich ihm das Seil um den Hals und band das andere

Ende der kurzen Leine am Pfeiler an. Kaum war sein Trog leer, zerrte er am Strick und bäumte sich auf.

Okay, der Strick hielt. »Sorry! Wenn ich habe, was ich will, lass ich dich wieder frei!«, entschuldigte ich mich bei dem Tier, das sich in seiner Panik völlig verausgabte. Ich wagte mich in sein Gehege, stellte die Leiter um, kletterte nach oben und hob das eingesetzte Brett vom Balken ab. Darunter befand sich ein Hohlraum, in dem Paul fünf Prepaidhandys, ebenso viele eingeschweißte SIM-Karten, einen Revolver und eine Uzi, Munition, eine Tüte mit mehreren tausend Euro und drei Reisepässe mit falschen Namen für ihn, Sophie und mich aufbewahrte. Dass er derart für eine Flucht vorgesorgt hatte, wusste ich gar nicht. Beim Gedanken an meinen klugen Mann wurde mir ganz warm ums Herz.

Ich hole dich da jetzt raus, Schatz!

Ich nahm ein Handy und eine SIM-Karte. Den restlichen Inhalt legte ich wieder zurück. Der Ziegenbock meckerte, sprang und wand den Kopf wild hin und her. Schnell verschloss ich das Versteck mit dem Brett.

Zu spät! Der Ziegenbock befreite sich und türmte aus seinem Verschlag, dessen Gatter ich offen stehen gelassen hatte. Hastig kletterte ich fünf Sprossen hinunter und beobachtete ihn. Er kam vor der Hintertür zum Stehen, drehte um und taxierte mich auf der Leiter. Dann scharrte er mit einem Huf, nahm Anlauf und rannte auf mich zu wie ein Stier, der rot sah und den Torero töten wollte.

Ich erstarrte. Mit seinen Hörnern gabelte er die Leiter auf und verkeilte sich so zwischen den Sprossen, dass sie gefährlich schwankte. Ich krallte mich fest, ließ SIM-Karte und Handy fallen. Mit ganzer Kraft schwenkte er den Kopf hin und her. Ich sprang im hohen Bogen und landete unsanft auf Hintern und Füßen im Stroh. Die Leiter krachte einen halben Meter neben mir zu Boden.

Glück gehabt! Der Ziegenbock schüttelte sich, nahm mich als seine Persona non grata ins Visier und holte erneut Anlauf. Entweder machte ich ihm im nächsten Moment klar, dass ich der Chef war oder ich hatte verloren. Aufsässige Böcke waren nämlich gefährlich.

Manchmal war Angriff die beste Verteidigung. Ich ignorierte seine Drohgebärde, schrie ihn aus vollem Hals an und baute mich in meiner ganzen Größe von 1,58 m vor ihm auf. Paul hatte am Anfang gesagt: »Du darfst ihn bloß nie an den Hörnern packen, weil er das als Kampfaufforderung sieht.«

»Mach mir jetzt Platz, verstanden!«, forderte ich das Tier mit fester Stimme auf. Ohne ihn aus den Augen zu lassen, hob ich Handy und SIM-Karte auf und trat einen Schritt auf ihn zu. Meine Selbstsicherheit beeindruckte ihn. Er schnaubte schon etwas leiser.

»Solange Paul nicht da ist, bin ich der Boss. Ich entscheide, ob es schnödes Heu oder saftiges Gras zu fressen gibt. Das hängt ganz von deiner Kooperationsbereitschaft ab. Du hast die Wahl, Freundchen.«

Während ich auf ihn einredete, schob ich mich seitlich an ihm vorbei und schloss schnell das Gatter. »Puh!« Ich atmete auf. Die Leiter ließ ich liegen, löschte das Licht im Stall und lief zurück ins Haus.

Mittlerweile war es weit nach Mitternacht. Am Küchentisch aktivierte ich das Prepaidhandy und tippte Kühls Nummer ein. Es war mir egal, dass es mitten in der Nacht war. Ich konnte und wollte jetzt keine Rücksicht auf den Schönheitsschlaf des Oberstaatsanwaltes nehmen.

Der Empfang war schlecht. Sollte uns Perez je finden, dann würde unsere Rettung am fehlenden Netz scheitern. Ich lief in den Garten. Immer noch zeigte sich nur ein Balken im Display. Mir blieb anscheinend keine andere Wahl, als mitten in der Nacht auf den Henkersberg zu wandern – dem einzigen Ort, wo das Handynetz reibungslos funktionierte. Mich gruselte es. Vielleicht sollte ich den Ziegenbock zu meinem Schutz mitnehmen? Wenn ich wenigstens einen Hund hätte …

Jetzt reiß dich mal zusammen, Klara! Es geht hier schließlich um das Leben deines Mannes!

Ich atmete tief durch und versuchte, mir Mut zuzusprechen. Das war jetzt meine große Chance, meinem Gatten zu helfen und vielleicht ein bisschen von dem Schaden gutzumachen, den ich in der Vergangenheit angerichtet hatte. Da würde ich mich doch nicht von meiner Angst im Dunkeln aufhalten lassen!

Todesmutig machte ich mich auf den Weg.

Nach einem vollkommen ereignislosen Aufstieg – ich hatte mir völlig umsonst Sorgen gemacht – setzte ich mich schnaufend vor der Burgruine auf die Bank. Dann schaute ich mich um, nichts als Stille und Dunkelheit. Ich zückte das Prepaidhandy und drückte die Taste mit dem grünen Hörer. Das Freizeichen ertönte mehrmals. »Geh ran!«, murmelte ich ungeduldig und hoffte, dass die Formel wie Telepathie wirkte.

Eine männliche Stimme grunzte verschlafen: »Ja?«

»Herr Kühl?«, flüsterte ich, obwohl mich niemand hören konnte.

Der Teilnehmer antwortete mit einer Gegenfrage: »Heiß?«

Das war das Codewort für den Notfall. Schiet! Das hatte ich vergessen zu benutzen. Es ging aber auch nicht um die Info, dass Perez uns aufgespürt hatte und alle Einsatzkräfte in Bewegung gesetzt werden mussten.

»Klara Himmel hier. Ich sollte Sie anrufen, wenn ...«

Er schien plötzlich wach. »Sie haben es sich also überlegt?«

»Es ist etwas passiert. Mein Mann wurde verhaftet.« So knapp wie möglich setzte ich ihn über die Lage der Ereignisse und den Grund für die Anklage gegen Paul in Kenntnis. Ich hörte ihn atmen.

»Sie müssen ihn dort rausholen. Die Anschuldigung ist absurd. Eine Retourkutsche von Kommissar Huck, um seine Macht zu demonstrieren, weil Paul ihm in einem anderen Fall, der damit zusammenhängen könnte, Ermittlungsfehler unterstellt hat. Außerdem hatte er ihm kurz vorher in aller Öffentlichkeit einen Kinnhaken verpasst, weil Huck unsere Tochter bei einem Date sexuell belästigt hat«, rief ich und wurde vor Wut immer lauter.

Kühl unterbrach mich. »Es liegt allein an Ihnen, Klara. Je zeitiger wir uns über Ihre Aussage einig werden, desto schneller ist Paul wieder bei Ihnen.«

»Heißt das, Sie kümmern sich nur darum, wenn ich vor Gericht gegen Perez aussage?«

»Ich bemühe mich, alles so schnell wie möglich zu organisieren. Wir wollen schließlich nicht, dass Paul in der Untersuchungshaft Schaden nimmt, wenn andere Häftlinge mitbekommen, dass er ein Polizist ist.«

Mir blieb vor Schreck der Mund offen stehen.

»Klara? Sind sie noch dran?«

»Das ist Erpressung!«

»Nennen wir es eine unerwartete Wendung des Schicksals, die uns zur Zusammenarbeit auf Augenhöhe zwingt. Sie brauchen meine Hilfe und ich Ihre. Am Ende handelt es sich um eine Win-win-Situation.«

»Sie sind der Oberstaatsanwalt!«

»Der bin ich und ich kann Ihnen versichern, dass ich über sehr gute Kontakte verfüge, um die Sache mit Paul zu beschleunigen, oder eben nicht … Also überlegen Sie sich Ihre Antwort gut. Wir hören uns morgen!«

In der Leitung knackte es. Für einen Moment saß ich erst einmal sprachlos da. Kühl hatte mich in der Hand. Hätte ich Paul doch nie von meinen heimlichen Ermittlungen erzählt, dann wäre er nicht zu Alina gegangen. Ich machte mir Vorwürfe. Hörte das denn nie auf, dass ich von einer Fritteuse in die nächste sprang?

Ich pulte die SIM-Karte aus dem Telefon, zerstörte sie mit einem Stein und warf sie weg. Das Handy schleuderte ich auf dem Rückweg in den Dorfteich.

Brachte es etwas, mit Sophie zu reden? Bei ihr brannte kein Licht. Ich entschied mich, sie nicht zum zweiten Mal in dieser Nacht aus dem Schlaf zu reißen und trabte nach Hause. Ich musste nachdenken.

Kapitel 23

Im Bett wälzte ich mich hin und her. Völlig nass geschwitzt, wachte ich um sechs Uhr morgens beim ersten Hahnenschrei auf. Mein Entschluss stand fest: Bevor ich nicht mit Paul geredet hatte, traf ich keine Entscheidung.

Die Sonne strahlte bereits mit voller Kraft. Ich warf mich in Latzhose und Gummistiefel und drehte die Morgenrunde auf dem Hof, wo ich stellvertretend für Paul alle Tiere versorgte. Dabei ertappte ich mich, wie ich mit ihnen sprach.

Zum Schluss sammelte ich die Eier ein und lobte selbst Pai no joo für ihr winziges Produkt.

Dann kontrollierte ich die Pflanzen im Garten, stellte zwischen den Gemüsebeeten die Sprenger auf und mähte sogar mit dem Rasentraktor das Gras. Ich erntete Gurken, Kirschen und Tomaten. Mich voll auf die Tätigkeiten zu konzentrieren beruhigte mich. Außerdem wollte ich mein Bestes geben, damit Paul sich keine Sorgen machen musste. Gegen neun Uhr gönnte ich mir eine Pause und rief Huck im Kommissariat in Neustrelitz an. Ich wollte eine Besuchserlaubnis für Paul erwirken. Es war Samstag und der Kommissar nicht im Büro. Ich setzte Anette auf ihn an und ließ ihr keine Ruhe, bis sie ihn privat anrief.

Huck lehnte meinen Wunsch freundlich, aber bestimmt wegen Verdunklungsgefahr im laufenden Ermittlungsverfahren ab. Nicht einmal einen Anruf genehmigte er mir. Völlig schwachsinnig! Aufregen war zwecklos, wusste ich doch genau, wer mit seinen Kontakten für diese Anweisung gesorgt hatte. Kühl wollte mich weichklopfen. Paul stellte für ihn also ein ernstzunehmendes Hindernis auf den Weg zu seinem Ziel dar, den Prozess gegen Perez zu gewinnen.

Hatte Katharina Wolffs Geist das kommen sehen, als er mich in der Nacht unserer Begegnung vor dem Oberstaatsanwalt gewarnt hatte? Der Gedanke verwirrte mich.

Ich sollte meinem Mann vertrauen. Und der ist der Meinung, dass meine Aussage vor Gericht für uns tödlich endet.

Wenn ich nicht aussagte, blieb nur eine Möglichkeit, Paul aus der Untersuchungshaft zu holen: Ich musste den Brandstifter überführen.

Das schaffte ich nicht allein. Deshalb suchte ich Sophie nach ihrer Sprechstunde in der Praxis auf. Sie schickte die Sprechstundenhilfe, Frau Schneider, in den Feierabend und wünschte ihr für die nächsten zwei Wochen einen schönen Urlaub.

Seufzend sagte sie zu mir: »Das Chaos ist vorprogrammiert. Ohne dass Frau Schneider die Anrufe entgegennimmt, die Termine und Hausbesuche koordiniert, gehe ich unter. Nils bummelt auch ab Montag eine Woche Überstunden ab, weil seine Tochter Ferien hat ...«

»Ich kann dir helfen. Ich hab den ganzen Tag frei, das heißt, wenn dein Vater wieder da ist. Ansonsten muss ich mich morgens und abends um die Tiere und die Pflanzen kümmern, aber dazwischen kann ich dich unterstützen und Frau Schneiders Platz einnehmen«, bot ich an.

»Danke, das wäre wirklich toll«, freute sich mein Kind und wurde gleich darauf wieder ernst. »Ach, Mama! Was machen wir denn jetzt wegen Papa? Reicht der Arm des Oberstaatsanwalts aus Berlin nicht bis hierher?«

»Das tut er«, druckste ich herum. »Lass uns mal spazieren gehen, dann erkläre ich dir alles.«

Es war heiß. Schwitzend wanderten wir den Weg bis zur Burgruine hinauf. Ich legte alle Karten auf den Tisch. Und damit meine ich alle, angefangen von meinem Fehler, dass ich ihrem Vater in Berlin hinterherspioniert hatte und ich schuld daran war, dass wir uns hier mit neuer Identität verstecken mussten. Ich hatte ja mit einem Wutausbruch ihrerseits gerechnet, mindestens mit Verständnislosigkeit, aber stattdessen guckte sie mich mitleidig an.

»Kühl hilft Paul nur, wenn ich als Kronzeugin aussage.«

»Dieses Schwein! Der gehört doch selbst eingesperrt ...«, ereiferte sich Sophie, während sie aufgebracht Blumen am Wegesrand abriss und ihnen die Köpfe abknickte.

»Sophie! Fluchen hilft uns auch nicht weiter.« Sie warf die Stängel weg und rieb sich die Hände sauber.

Ich berührte sie am Arm. »Uns bleibt nur, den wirklichen Brandstifter zu ermitteln. Die Tat muss mit dem Mord an Cynthia Bernstein zusammenhängen.«

Sie drehte ihre langen Haare zu einem Vogelnest auf dem Kopf zusammen und schlang ein Gummiband darum, das sie aus der Hosentasche holte. »Thiessen hat gelogen. Ich glaube nicht, dass Papa Alina belästigt hat, das würde er nie tun.«

»Daran habe ich keinen Zweifel.«

Sophie blieb stehen. »Wir müssen uns fragen, *warum* Thiessen gelogen hat!«

»Warum hat er sie überhaupt beobachtet?«, ergänzte ich.

»Gestalkt!« Sie lief weiter. Ich nickte zustimmend und war mit drei Schritten wieder neben ihr.

»Er war scharf auf sie ...«, begann meine Tochter.

»Sie verschmähte ihn. Und weil ihn kränkte, dass er sie

nicht bekommen konnte, hat er ihr Haus angezündet«, ergänzte ich und spann den Faden weiter.

Sophie verharrte. »Das heißt, er ist ins Haus eingedrungen, nachdem Papa gegangen ist.«

»Oder, er war schon im Haus, als Paul kam«, gab ich zu bedenken und blieb auch stehen. »Dein Vater wollte ihr etwas über ihre Vergangenheit entlocken und ihre Version hören, warum das Arbeitsverhältnis bei Thiessen nach drei Wochen beendet wurde. Paul ist Polizist. Vielleicht hat sie etwas angedeutet, dass Thiessen belasten könnte.«

»Du meinst, er hat das Feuer gelegt, um zu verhindern, dass Alina ihn zum Beispiel wegen versuchter Vergewaltigung beschuldigt.«

»Das wären Gründe, weshalb er lügen könnte.«

Wir liefen weiter.

»Aber warum hat er sie dann aus den Flammen gerettet?« Ich verscheuchte eine Wespe.

Das Tier umkreiste nun Sophies Kopf. Meine Tochter wedelte es weg. »Um ihr Held zu sein! Genau, das passt zusammen. Sie verschmäht seine Liebe, er rettet sie und steigert damit seine Chancen, beachtet zu werden. Guck ihn dir an. Er wohnt mit vierzig immer noch bei Vati.«

»Vielleicht, weil der alte Mann dement und pflegebedürftig ist.«

Sophie winkte ab. »Nein, nein, er kümmert sich nicht besonders um ihn. Dahinter versteckt er sich bloß.«

»Ich würde Hauke Bernstein trotzdem nicht außer Acht lassen. Alina hat ihm das Erbe genommen und er gibt ihr die Schuld am Tod seiner Tante, um die er sich jahrelang gekümmert hat. Er hat ein handfestes Motiv und er hat sie bedroht.«

»Dann muss er aber schon im Haus gewesen sein.«

269

»Möglich! Er hat die Beerdigung eher verlassen, nachdem dein Vater ihn des Platzes verwies, weil er Alina angegriffen hat. Wie fast alle aus dem Dorf war Thiessen zu dem Zeitpunkt noch auf dem Friedhof.«

Ich blieb stehen und hielt Sophie am Arm zurück, weil mir etwas einfiel. »Nein warte, er ist auch ziemlich schnell verschwunden, nachdem dein Vater Alina vor Bernsteins Angriff in Schutz nahm. Er hat Paul hasserfüllt angesehen, wahrscheinlich weil er Alinas Held sein möchte.«

Sophie spann den Faden weiter: »Und später hat er gesehen, wie Papa Alina mit dem Ziegenbaby aufsuchte. Vielleicht ist er schon eifersüchtig, wenn sie mit anderen Männern redet? Den Rest hat er dazufantasiert. Und als das Haus kurz darauf brannte, nachdem Papa gegangen war ...«

»Und er Alina geknebelt und gefesselt gerettet hatte, reimte er sich den Rest zusammen.«

Sophie fragte: »Aber wie kommen wir an John Thiessen oder Hauke Bernstein ran? Wenn beide oder einer von ihnen für das Feuer verantwortlich war, werden sie uns kaum die Wahrheit erzählen.«

Wir setzten uns auf die Bank unter die Krüppelkiefer, deren Krone der Wind über Jahre in eine Richtung gebürstet hatte.

»Ich denke, wir könnten Benjamin als Verbündeten gebrauchen«, schlug ich aus voller Überzeugung vor.

Sophie guckte skeptisch.

Ich entgegnete: »Keine Sorge, das Geheimnis unserer Identität werden wir ihm natürlich nicht verraten. Aber vielleicht hat er eine Idee, wie wir die Wahrheit aus Thiessen und Bernstein herausbekommen. Ich habe da so eine Ahnung, dass er das schaffen könnte.«

Als ich beim Bestattungsunternehmen Grube ankam, war es geschlossen. Schnell rief ich Benjamin auf seinem Handy an.

»Klara? Du stehst vor der Tür? Moment, ich bin im Keller«, sagte er und öffnete mir eine Minute später in blutbeschmierter Gummischürze.

Ich entschuldigte mich für die Störung: »Ungünstiger Zeitpunkt! Wie ich sehe, bist du beschäftigt.«

»Ich balsamiere gerade Herrn Schröder aus Brisenow für die Überführung in die USA ein. Seine Tochter lebt in New Jersey und möchte den Vater unbedingt bei sich beerdigen.«

Verwirrt starrte ich auf seine Schürze, die eher danach aussah, als würde er im Keller das Lütjendorfer Kettensägen-Massaker anrichten.

»Ja, es ist eine ziemlich blutige Angelegenheit.« Er bat mich mit höflicher Geste hinein. Diesmal stolperte ich nicht, sondern machte einen großen Schritt. Er erklärte: »Um die Verwesung zu verzögern, ersetze ich das Blut durch Formalin. Ich bin gleich fertig. Wenn dein Anliegen zehn Minuten Zeit hat?«

Er wies auf einen bequemen Sessel. »Kaffee?«

»Nein, danke, das überfordert meinen Koffein-Haushalt.«

»So schlimm? Zucker beruhigt. Bitte bediene dich!« Er zeigte auf eine geschlossene Keksdose. »Ich bin gleich bei dir.«

Ich setzte mich auf den samtbezogenen Armlehnstuhl, der nicht so bequem war, wie er aussah. Desinteressiert blätterte ich in den Zeitschriften herum, die auf einem Tischchen daneben ausgebreitet lagen.

Das Fachblatt *Friedhof hat Zukunft* enthielt eine große Auswahl an Urnen, Särgen, Grabschmuck und Totenwäsche sowie mehrere Artikel über den Friedhof als Ort der Begegnung. Außerdem wurden verschiedene alternative Bestattungen beschrieben. Es dauerte höchsten fünf Minuten, dann hörte ich Benjamin die Treppe hochsteigen. Als er sah, dass ich in seinen Zeitschriften las, fragte er: »Und, was Passendes gefunden?«

»Die Baumbestattung finde ich sehr interessant.«

»Ich nehme an, du bist nicht wegen eines Beratungsgespräches hier.«

Ich presste die Lippen aufeinander.

Fragend zog er eine Augenbraue hoch und musterte mich gründlich. »Nach einer Runde Tango siehst du auch nicht aus. Lass mich raten. Du brauchst meine Hilfe im Fall Cynthia Bernstein, weil du einen Zusammenhang zwischen ihrem Tod und dem Feuer in ihrem Haus vermutest. Richtig?«

»Das Haus gehört seit vorgestern Alina Grabowski. Sie wurde angezündet.« Ich weihte Benjamin ein.

Er rieb sich die Hände wie ein Computerspezialist, der den Auftrag hat, den Server des Pentagon zu hacken, um dessen Sicherheitslücken zu finden. Dabei schmunzelte er verschmitzt. »Du konntest es also nicht lassen und hast weiter ermittelt. Ich habe es am Dienstag schon geahnt. Gestern bei der Beerdigung war es mir dann völlig klar, so wie du einige Leute taxiert hast.«

Verlegen kaute ich auf meinem Daumennagel herum und nickte. »Ich habe zwei Verdächtige, Hauke Bernstein und John Thiessen. Was meinst du?«

Benjamin wiegte den Kopf hin und her. »Ich denke, wir fangen damit an, John Thiessen auf den Zahn zu fühlen. Aber vorher sollten wir gucken, ob wir seinen Vater in einem lichten Moment erwischen. Er könnte eine lohnende Informationsquelle sein«, schlug er vor und spitzte die Lippen. »Mir war, als gäbe es da noch einige offene Fragen wegen seiner Beerdigung zu klären.«

Ich stand aus dem Sessel auf. »Du planst die Beerdigung mit dem zukünftigen Toten?«

»Viele alte Menschen sind beruhigt, wenn im Fall ihres Ablebens alles geregelt ist.«

»Galt das für Cynthia Bernstein auch?«

Unsere Blicke trafen sich.

»Nein! Aber das hat nichts zu bedeuten. Pfarrer Bart und sein Vorgänger Ehrenfried Hassteufel haben sich um die Formalitäten gekümmert. Sie war der Kirche und ihren ehemaligen Arbeitgebern sehr verbunden, deshalb wird sie das alles mit ihnen besprochen haben. Sie hatten ihr ja auch den Wunschplatz auf dem Friedhof reserviert.«

»Wenn man bedenkt, dass sie der Kirchgemeinde mit ihrem Tod die Dachsanierung des Gotteshauses ermöglicht und damit die Schließung des Kirchenstandortes in Mordsacker verhindert hat, ist ein schönes Fleckchen für die Grabstelle doch das Mindeste, was sie erwarten konnte.«

Benjamin geleitete mich nach draußen. »Vorsicht, Stufe!« Er griff mir geistesgegenwärtig unter den Arm. Ich stolperte nicht über die Schwelle, sondern über meine eigenen Worte und blieb wie erstarrt mitten auf dem Bürgersteig stehen. Die Hitze hüllte mich erbarmungslos ein. Ich schnappte nach Luft.

Während Benjamin die Tür abschloss, fragte ich mich: Was hätte die Schließung der Kirche für Pfarrer Bart bedeutet? Sollte er etwa damit ein Motiv haben, Cynthia zu töten?

Benjamin drehte sich zu mir um. »Warum hast du dich so erschrocken?« Er war ein sehr aufmerksamer Beobachter.

Ich teilte ihm meinen Gedankengang mit. Nachdenklich spitzte er die Lippen. »Die Frage ist, was passiert mit Haus und Grundbesitz, wenn der Erbe, in dem Fall Alina Grabowski, stirbt? Vielleicht geht der Besitz an die Kirche zurück?«

Ich schlug mir die Hand vor den Mund. »Du hast recht.«

»Manche Kirchenmänner haben im Mittelalter unliebsame Zeitgenossen mit allen Mitteln aus dem Weg geräumt, um sich Vorteile zu verschaffen«, gab der Bestatter mit einem Augenzwinkern zu bedenken.

Kapitel 24

Ich ging zum Auto voran und entriegelte es mit einem Klick auf den Schlüssel. Dabei dachte ich laut nach. »Der Einzige, der was davon hätte, wäre Pfarrer Bart. Wenn das Haus versichert war, spekuliert er vielleicht darauf, dass die Kirche davon ein neues Haus auf ihr Grundstück baut und er einziehen kann, falls er eine Wohnung in Mordsacker sucht.« Im Wagen war es noch heißer als in der Sauna. Ich hatte keine Lust, direkt vor dem Bestattungsunternehmen an einem Hitzschlag zu sterben. Deshalb öffneten wir die Türen und ließen die Wärme erst einmal heraus.

»Soweit ich weiß, wohnt er in einem kleinen Zimmer in Neustrelitz und muss jeden Tag pendeln. So ein zentraler Wohnsitz mitten im Einzugsgebiet der katholischen Kirchgemeinde ist schon ein Vorteil.« Wir stiegen ein und schnallten uns an.

»Ich kann mir vorstellen, dass Menschen in Berlin, Hamburg oder München für eine Eigentumswohnung oder ein Haus bei der derzeitigen Nachfrage morden, aber hier? Wer zieht schon freiwillig in dieses Kaff.« Ups! Jetzt hatte ich mich fast verplappert. Schnell ergänzte ich: »Außer uns.«

»Die Städter strömen immer mehr aufs Land. In zehn Jahren werden die Grundstückspreise explodieren.«

»Trotzdem, einen Giftmord und einen versuchten Mord traue ich unserem Pfarrer nicht zu.« Ich startete den Motor und fuhr ziemlich forsch die Straße runter, um kurz vorm

Dorfausgang genauso energisch zu bremsen, weil zwei Entenküken die Straße überquerten.

»Das ist ja ein Himmelfahrtskommando!«, rief Benjamin erschrocken aus, als er nach vorn gegen die Frontscheibe geschleudert wurde.

»Das hoffe ich doch! Für den, der für diesen ganzen Schlamassel verantwortlich ist.«

Ich sprang aus dem Wagen und scheuchte die zwei Küken liebevoll über die Straße in das Schilf, hinter dem der Dorfteich durchblitzte. »Ab mit euch Rabauken! Mama sucht euch längst.«

Zurück hinterm Steuer – Benjamin beobachtete mich amüsiert – schüttelte ich den Kopf.

»Rennen einfach los, ohne die Gefahr vorher abzuschätzen. Nur weil sie neugierig sind. Wie unvernünftig!«

Mein Beifahrer schmunzelte nur und verkniff sich eine Antwort. Doch ich wusste, was er dachte. In der Vergangenheit hatte ich mich auch oft ohne nachzudenken in die brenzligsten Situationen gebracht.

Ich guckte Benjamin erhobenen Hauptes an und sagte: »Ab jetzt habe ich ja dich an meiner Seite. Und Sophie. Ihr achtet schon darauf, dass ich nicht unter die Räder gerate.«

Wir bogen in die Schäferkoppel und hielten vor Thiessens niedrigem Backsteinhaus, das von einem geflochtenen Weidenzaun umgeben war. In einem Kirschbaum hing ein blauer Wal, ein kunstvolles Windspiel aus Sperrholzteilen, das bestimmt zwei Meter maß.

Interessant! Ein schwarzer Hund, der auf einem Auge blind war, raffte sich mit letzter Kraft auf und humpelte uns bellend entgegen. Er schien genauso alt wie sein Besitzer zu sein, der in Filzlatschen, fleckiger Cordhose und kariertem

Hemd, das ihm auch aus dem offenen Hosenschlitz ragte, an einem verkrüppelten Baumstamm im Garten herumfuhrwerkte.

Trotz des Gebells bemerkte uns der alte Thiessen nicht.

Nachdem wir ausgestiegen waren, rief Benjamin laut. »Arne, hast du einen Moment Zeit?«

Wir passierten die Gartenpforte. Die Tür des Hauses öffnete sich und John Thiessen schnitt uns den Weg ab. Mit einem Fußtritt scheuchte er den Hund beiseite, der jaulend mit eingeklemmtem Schwanz in Deckung ging. Armer Kerl! Meine Wut auf den jungen Thiessen verstärkte sich. Ich ballte die Faust an der Hosennaht. Am liebsten hätte ich ihm auch einen Tritt verpasst, damit er spürte, dass er dem hilflosen Tier wehtat.

»Na, na!«, sagte Benjamin drohend zu John Thiessen, stellte sich schützend neben das Tier und kraulte ihm den verfilzten Kopf. »Wenn du ihn misshandelst, geht er eines Tages auf dich los und beißt zu.«

»Das soll der Köter versuchen, dann erschlage ich ihn!«

Thiessen grinste fies. Was für ein Arschloch. Ich ballte die zweite Hand zur Faust.

»Was willst du, Grube? Geht dir die Kundschaft aus?« Er zeigte mit dem Daumen auf den alten Mann im Garten. »Ich würde ihn dir gerne mitgeben, aber wie du siehst, erfreut er sich wieder bester Gesundheit.«

»Es gibt da noch ein paar Fragen wegen der Beerdigung zu klären.«

»Darüber reden wir, wenn es so weit ist. Vorausgesetzt, du bist billiger als deine Konkurrenz.«

»Dein Vater hat seinen Letzten Willen bereits formuliert.«

»Das bezweifle ich. Sein Geist hat mehr Löcher als ein

Schweizer Käse. Er weiß nicht mal mehr, wofür man ein Handtuch benutzt. Meistens hält er mich für seinen Kameraden aus dem Schützengraben.«

»Glaub mir, ich kann seine lichten Momente erkennen, in denen er völlig klar im Kopf ist. Mit dem Preis werden wir uns schon einig.« Benjamin klopfte John Thiessen kumpelhaft auf den Oberarm. Ich spürte, wie sehr er sich zu dieser Geste überwinden musste. »Lass es mich wenigstens versuchen.«

»Meinetwegen. Was hast du mit der zu tun?«, fragte er und zeigte auf mich. Noch bevor Benjamin antworten konnte sprach Thiessen weiter: »Sie sind doch die Frau von dem Polizisten, der gestern versucht hat, Alina zu ermorden.« Ich riss mich zusammen und schluckte meinen Hass auf den Kerl hinunter. Auch wenn das schwierig war, denn er wuchs gerade zur Größe eines Grüffelo heran.

»Frau Himmel ist meine Sekretärin.«

»So was kannst du dir leisten?«

»Die Geschäfte laufen ganz gut. Alina? Du meinst aber nicht die hübsche Pflegerin von deinem Vater?«

»Genau die, wäre ich nicht gewesen, wäre sie jetzt tot. Ich hab sie aus dem brennenden Haus gerettet.«

»Respekt! So viel Mut hätte ich dir gar nicht zugetraut.« Thiessen streckte stolz die Brust raus. Sein Hund schmiegte sich an Benjamins Bein. »Aber sie liegt im Koma, hab ich gehört. Blöd für euch. Wer betreut jetzt deinen Vater?«

»Wer schon, ich. Alina arbeitet seit vier Wochen nicht mehr bei uns.«

»Ach! Wieso das denn?«

»Ich hab ihr gekündigt.«

»Verrätst du mir warum?«

»Sie hat in unseren Sachen herumgeschnüffelt, gestohlen und ihn gegen mich aufgehetzt. Der Alte hat plötzlich verlangt, dass ich ausziehe.«

Ich guckte beide Männer fragend an und mischte mich ein. »Kriegt man da keinen Ersatz von der Vermittlungsagentur, wenn man mit der Person, die sie einem zuweisen, unzufrieden ist?«, wollte ich wissen.

»Sie kam von keiner Agentur. Das dachte ich erst, als sie vor der Tür stand. Ich hatte ja eine beauftragt, mir jemanden zu schicken.«

Jetzt wurde es interessant. »Sie hat sich privat auf Ihre Annonce gemeldet?«

»Welche Annonce? Ich hab keine aufgegeben!«

»Woher wusste sie dann, dass Sie eine Pflegekraft suchen?«

»Von mir.« Er lachte bitter auf. »Sie stand mit ihrem Gepäck vor der Tür und fragte, ob sie hier richtig sei beim Korbmacher Arne Thiessen. Da dachte ich, das ging aber schnell. Ich bat sie herein und hab ihr ihren Arbeitsplatz gezeigt.«

»Sie haben sich kein Referenzschreiben der Vermittlungsagentur vorlegen lassen?«

»Hätte ich mal lieber tun sollen.«

Klar, ihre jugendliche Schönheit hatte ihm gleich den Verstand vernebelt.

Er winkte ab. »Nein, sie war mit der Bezahlung einverstanden und hat sofort angefangen, aufzuräumen und den Vater zu versorgen. Er ist inkontinent und er hatte gerade … Na ja! Sie hat sich nicht gescheut, die Schweinerei zu beseitigen. Die beiden kamen gut miteinander zurecht. Ihm hat es gefallen, dass sie ihn ständig nach früher und seiner Arbeit

279

als Korbmacher ausgefragt hat. Er hat sogar die alten Flechtmuster ausgekramt, ihr die Bedeutung der ganz persönlichen
Handschrift jedes Korbmachermeisters erklärt und seine
spezielle Flechttechnik vorgeführt.«

Sein Gesicht verzerrte sich, als kaute er auf einer sauren
Gurke herum. Er war neidisch! Fragte sich nur auf wen: auf
seinen Vater, der sich mit Alina verstand, oder auf Alina, weil
sie ihre Aufmerksamkeit seinem Vater zukommen ließ?

»Dass ich einer kleinen Betrügerin aufgesessen bin, hab
ich erst später gemerkt, als sie uns bestohlen hat.«

»Und warum haben Sie Alina gestalkt?«, wagte ich den
Vorstoß.

»Ich hab sie nicht gestalkt! Ich hab sie beobachtet, weil ich
mir den Rubinring meiner verstorbenen Mutter zurück-
holen wollte, den sie angeblich von meinem Vater geschenkt
bekommen, aber in Wirklichkeit geklaut hat.«

Das erklärte einiges. Mein Bauchgefühl schloss ihn als Täter aus. Enttäuscht ließ ich die Schultern hängen. Ein Gespräch mit dem alten Thiessen hatte sich damit erübrigt.
Benjamin dachte das Gleiche. Er fragte: »Und hast du den
Ring zurückbekommen?«

Johns Gesicht färbte sich rot. Er grinste schief. »Ja, den
hab ich ihr bei der Rettungsaktion vom Finger gezogen.«

»Haben Sie vielleicht noch jemand anderen gesehen, als
Sie Alinas Haus gestern Abend beobachtet haben?«, löcherte
ich ihn weiter.

Sein Blick wurde misstrauisch. »Was ist das jetzt hier, eine
Befragung oder was? Ihr wollt gar nicht wegen der Beerdigung mit Vadder reden?« Er stemmte die Hände in die Hüften und versuchte, uns zum Gartentor zu drängen.

»Ihr denkt, ich hab Anette und den Kommissar belogen?«

Seine Stimme wurde drohend. Der Hund trollte sich in seine Hütte. »Ihr wollt mir doch nicht etwa in die Schuhe schieben, dass ich die kleine Mistbiene angezündet habe?«

Ich hob die Hände, um ihn zu beschwichtigen. »Nein! Aber haben Sie noch jemand anderen am Tatort gesehen?«

»Das hätte ich der Polizei gesagt.« Er drehte sich weg und machte einen Schritt Richtung Haustür. Für ihn war das Gespräch beendet.

»Vielleicht ist es Ihnen ja nicht gleich bewusst gewesen. Der Schock. Sie haben einem Menschen in letzter Minute das Leben gerettet und Ihr eigenes gefährdet. Bitte denken Sie nach«, bettelte ich.

Er drehte sich wieder um und kam mit erhobenem Zeigefinger drohend auf mich zu. »Du willst deinen Mann vorm Knast retten. Bist du sicher, dass er dein Engagement verdient hat, wenn er über drei Stunden mit dieser Schlampe herumschäkert.« Er spuckte die Worte verächtlich aus. Der Neid, dass Alina meinem Mann Paul die Aufmerksamkeit geschenkt hatte, nach der John sich so sehr sehnte, fraß ihn innerlich auf. Sein Gesicht verzerrte sich zu einer hässlichen Fratze. Trotzdem schloss ich ihn als Täter aus. Seine verletzten Gefühle waren zu schwach als Mordmotiv, oder?

Thiessen überlegte. »Außer dem besoffenen Bernstein bin ich niemandem im Dorf begegnet. Er saß mit einer Buddel Köm in der Hand auf der Bank vorm Friedhof, während ich die erste Runde gedreht habe. Alina war einkaufen. Ich hab überlegt, ob es Sinn macht, sie auf dem Weg abzupassen. Das hab ich mich nicht getraut. Schlauer fand ich es, bei ihr einzusteigen. Bei der Hitze schlafen doch alle mit offenem Fenster.«

Er machte eine Pause, um Luft zu holen. »Sie trägt den

Ring immer und ich hab gehofft, nachts legt sie ihn ab. Dann hätte ich ihn ihr weggenommen und wäre wieder verschwunden. Bei der zweiten Runde durchs Dorf kam sie mir entgegen. Bernstein war weg und mein Mut auch. Ich bin noch eine Runde herumgetigert, dann sah ich deinen Mann an ihrer Tür klingeln. Er kam ewig nicht wieder raus. Ich hörte sie lachen und dann schloss sie die Fensterläden.«

»Und du hast dir deinen Teil gedacht?«, fragte Benjamin.

»Wer hätte das nicht?«

»Und dann?«

»Bin ich hintenherum, um zu sehen, was die da treiben.«

»Und was haben Sie gesehen?«, bohrte ich weiter.

»Ich konnte nicht ganz ran, weil die Eisentür zum Garten abgeschlossen war. Ich hab nur Gerede und Lachen gehört, dann war kurz Ruhe und die Situation ist gekippt. Der Typ, also dein Mann, wurde gewalttätig. Sie hat aufgeschrien. Ich bin dann zurück zur Vorderseite des Hauses, da hab ich deinen Mann auf der Dorfstraße getroffen. Er ist in großen Schritten weggelaufen. Und als ich am Haus angekommen war, brannte es schon.«

»Haben Sie das der Anette und dem Kommissar Huck so gesagt?«

»Sorry, Lady, warum sollte ich lügen?«

Ich wollte es aber einfach nicht glauben, dass Paul so eine Tat begangen haben sollte und folgerte daraus: Der Täter musste also schon während des Besuches von Paul bei Alina im Haus gewesen sein und hatte, kurz nachdem Paul gegangen war, Alina überwältigt, das Haus angezündet und es ungesehen hinten über den Friedhof verlassen.

Etwa zur gleichen Zeit war Thiessen im großen Bogen durch das halbe Dorf gelaufen und hatte aus der Ferne gesehen, wie Paul aus Alinas Haus gekommen und schnell weggelaufen war. Damit war für ihn klar, dass Paul der Brandstifter sein musste.

»Danke für die Informationen, Herr Thiessen. Wir werden Sie jetzt mal wieder in Ruhe lassen, entschuldigen Sie die Störung«, flötete ich und zerrte Benjamin hinter mir her zum Auto.

»Wenn die Eisentür abgeschlossen war, muss der Täter einen Schlüssel dafür besitzen«, sagte ich zu Benjamin, als wir außer Hörweite waren.

Wir stiegen ins Auto, guckten nachdenklich geradeaus und wandten zeitgleich das Gesicht zueinander. Unsere Blicke trafen sich und der Name »Hauke Bernstein!«, entfuhr uns synchron.

Kapitel 25

Ich startete den Motor und gab Gas.

»Hast du eine Idee, wie wir Hauke Bernstein überführen können?«, fragte Benjamin aufgeregt.

»Vielleicht hat er eine Spur hinterlassen«, gab ich zu bedenken und spielte auf die Flasche Köm an, die Cynthias Neffe vor dem Friedhof geleert hatte. Dabei kam ich mir vor, als klammerte ich mich mitten im tosenden Meer an einem Grashalm fest.

Wir fuhren zum Friedhof nach Mordsacker, guckten unter die Bank, in den Papierkorb und suchten zwischen den Gräberreihen nach einer leeren Flasche. Nichts! Entweder hatte er sie mit ins Versteck im Haus genommen, was ich bezweifelte, oder er hatte sie auf dem Weg durch den Garten entsorgt, was wir von hier aus nicht sahen, weil das Gras zu hoch gewachsen war und wir vor der verschlossenen Eisentür standen.

Benjamin schritt auf die Kirche zu. Ebenfalls abgeschlossen. Verzweifelt stöhnte ich auf. Doch da zog mein Begleiter schon triumphierend einen Schlüsselbund aus der Tasche und wedelte damit stolz vor mir rum.

»Das Leben als Bestatter hat einige Vorteile, unter anderem den freien Eintritt in die Kirche von Mordsacker, rund um die Uhr«, rief er fröhlich und zwinkerte mir zu.

»Was hast du vor?«, fragte ich.

»Ich hole uns den Schlüssel für das Eisentor aus der Sakristei. Der Pfarrer besitzt garantiert einen, wenn der Kirche Haus und Grundstück bis vorgestern gehört haben.«

An einem Brett hinter dem Schreibtisch des Pfarrers, auf dem mehrere Papierstapel wie der *Schiefe Turm von Pisa* in die Höhe ragten, hingen bestimmt zwanzig Schlüssel. Ich sah ihnen bereits auf den ersten Blick an, dass sie nicht passten. Der dritte Haken von rechts war frei.

Wir hörten eine Tür zuklappen. Benjamin bedeutete mir, still zu sein. Schritte näherten sich. Er zog mich hinter den Vorhang, der eine Art Waschkabine abtrennte. Die Scharniere der Tür zur Sakristei quietschten beim Aufstoßen. Jemand wühlte auf dem Schreibtisch herum und verschwand wieder. Die Schritte entfernten sich. Die Holztreppe zur Galerie knarrte. Wir verharrten.

Die Orgel ertönte.

»Komm!«, flüsterte Benjamin und schob den Vorhang ein Stück beiseite. Ich folgte ihm. Aus dem Augenwinkel sah ich, dass jetzt am dritten Haken von rechts ein verrosteter Schlüssel hing, aber der achte Haken frei war. Ich hielt Benjamin am Arm fest. Er blieb stehen. Ich holte den dritten Schlüssel in der Reihe. Während über uns Händel in Moll ertönte, schlichen wir uns vorsichtig an der Wand bis unter die Galerie entlang und huschten nach draußen.

Im Gänsemarsch durchquerten wir die leeren Grabreihen. Niemand war bei der nachmittäglichen Hitze unterwegs und führte Zwiesprache mit seinen Verstorbenen. Erst am Abend würden sie mit ihren Kannen durchs Dorf laufen oder radeln, um die Blumenstauden auf den Gräbern zu gießen.

Wie erwartet passte der Schlüssel. Die Eisentür schwang ächzend auf. Wir guckten unter Büsche, durchkämmten die Wiese und lugten sogar in die Mülltonne auf dem Hof hinter dem halb ausgebrannten Haus, das immer noch Restwärme abstrahlte und nach Rauch roch.

Nichts! Keine Spur von einer Flasche Köm. Ratlos liefen wir den Weg zurück. Seitlich vor der Kirche blieben wir stehen. Ich war maßlos enttäuscht. Mein armer Paul saß im Knast und mir gingen die Ideen aus. »Wir haben nichts in der Hand, mit dem wir Hauke Bernstein konfrontieren können«, sagte ich und kickte vor Wut mit dem Fuß einen Ball weg, den die Dorfkinder nach dem Spielen achtlos liegen gelassen hatten.

Es klirrte. Ups! Das Orgelkonzert verstummte. Im nächsten Moment flog die Kirchentür auf und Pfarrer Bart stürmte schimpfend heraus. »Wie oft muss ich noch sagen, spielt woanders Fußball!« Er sah uns, stoppte Rede und Lauf. »Kinder!« Kopfschüttelnd kassierte er den Ball ein und besah sich den Schaden am Kirchenfenster. Ich presste die Lippen aufeinander. »Entschuldigung! Die Rechnung für den Glaser übernehme ich.«

»Sie sind für die Scherben verantwortlich?«

»Ich habe meine Wut in die falsche Richtung gelenkt«, sagte ich kleinlaut.

Benjamin übergab dem jungen Pfarrer den Schlüssel für die Eisentür. »Ich glaube, der gehört in die Sakristei.« Mario Bart kniff irritiert die Augen zusammen. »Wo haben Sie den her?«

»Gefunden«, sagte Benjamin und schmunzelte.

»Der hing vor zehn Minuten am Haken in … Wozu?«

»Wir haben etwas gesucht. Stand vielleicht heute Morgen eine leere Flasche Köm vor der Kirche oder auf dem Friedhof, die Sie weggeräumt haben?«

»Nicht das ich wüsste, aber wir können gerne in der Mülltonne nachsehen. Der Küster hat heute früh nach der Beerdigung von gestern aufgeräumt.« Wir liefen einmal um die Kirche herum zu einem abgeschlossenen Holzverschlag, den der Pfarrer öffnete. Er hob den Deckel der Tonne und gewährte uns Einblick in den kirchlichen Abfall. »Ich kombiniere. Die leere Flasche ist ein Beweisstück, das Ihren Ehemann als Brandstifter entlastet?«

Ich fühlte mich ertappt und seufzte.

Der Pfarrer tätschelte mir den Arm »Verständlich. Darf ich fragen, wen die Flasche belastet?«

»Hauke Bernstein«, sagte ich leise und erzählte ihm dann, dass er Alina als Hexe beschimpft und gedroht hatte, sie zu verbrennen. »Ich will niemanden beschuldigen, aber er ist sauer, weil sie sich in Cynthias Leben geschlichen und ihm das Erbe streitig gemacht hat.«

»Seine Wut war gestern bei der Beerdigung kaum zu übersehen. Der Täter kann froh sein, dass sie überlebt hat. Gott steh ihm bei!« Er bekreuzigte sich, verschloss Tonne und Verschlag. »Hoffen wir, dass sie bald wieder unter uns weilt. Haben Sie etwas von ihr gehört? Geht es ihr besser?«

»Die Ärzte haben sie ins künstliche Koma versetzt«, antwortete ich.

»Armes Ding, dabei hat sie hier ihre Wurzeln gesucht. Ich werde für sie beten.«

»Waas?« Benjamin und mein Blick trafen sich. Wir hielten den Pfarrer am Ärmel seiner Soutane zurück. »Wie sollen wir das verstehen?«

Er zuckte mit den Schultern. »Ihre verstorbene Mutter stammte wohl von hier. Sie sagte, Arne Thiessen hätte sie zu mir geschickt. Aber unter ihrem Namen fand sich keine Eintragung im Taufregister. Ich habe sie dann an Cynthia verwiesen, weil sie schon damals in der Kirchgemeinde gearbeitet hat. Ich hoffte, dass sie der jungen Frau weiterhelfen konnte.«

»Wann war das?«, fragte ich aufgeregt.

»Vor fünf Wochen.«

Da hatte sie noch bei Thiessen gearbeitet. Sie kannte Cynthia also schon, bevor sie in Monis Friseursalon geputzt hatte. Vorausgesetzt, sie war auf Geheiß des Pfarrers zu ihr gegangen.

»John Thiessen hat uns heute glaubhaft vermittelt, dass sie eine kleine Betrügerin ist. Sie hat seinen Vater und ihn bestohlen. Er hat sie deshalb gefeuert. Sie war ziemlich pleite. Vielleicht hat sie alles nur erfunden, um sich ein nächstes Opfer zu suchen?«, merkte ich an.

»Sie meinen, Cynthia ist einer Blenderin aufgesessen?«

Ich nickte beiden Männern zu. »Hauke Bernstein hat jedenfalls behauptet, dass Alina seine Tante in den Tod getrieben habe.«

»Gott bewahre!« Er schlug sich mit der Hand vor die Stirn. »Dann bin ich mitschuldig, dass Cynthia ... und auch dass die junge Frau in Flammen aufgegangen ist.«

»Nach welchem Namen haben Sie im Taufregister gesucht?«

»Katharina Schwindler.«

»Schwindler, wie passend!«, rutschte es mir heraus. Ich machte große Augen, weil mir einfiel: »Das ist der Name der Bernsteinhexe im Sommerspektakel um Ritter Runibert.«

Lag der Schlüssel zur Lösung des Rätsels vielleicht zwischen den Zeilen in einem Theaterstück verborgen?

Ich sollte mir dringend mal den Text von Anette geben lassen.

Kapitel 26

Mittlerweile war es siebzehn Uhr. Die Zeit drängte. In einer Stunde musste ich die Tiere füttern und wir hatten immer noch nichts Nennenswertes herausgefunden, womit wir Hauke Bernstein auf den Zahn fühlen konnten. Frustriert saß ich mit Benjamin auf dem Sofa in Sophies Wohnzimmer und schlürfte den herrlich kühlen Eistee, den uns meine Tochter gerade servierte.

Benjamin guckte sich interessiert um. Sophie sammelte schnell die herumliegenden Klamotten auf. Sie knüllte sie zusammen und warf sie in den Wäschekorb, der neben einem zusammengeklappten Bügelbrett vor dem raumhohen Bücherregal stand.

»Von Alina bekommen wir vorläufig keine Antwort, wer ihr das angetan hat. Ich habe mit dem zuständigen Arzt gesprochen. Mit den Verbrennungen halten sie sie mindestens noch zwei Wochen im künstlichen Koma, sonst würde sie die Schmerzen nicht verkraften.«

Ohne eine Wertung abzugeben, berichteten wir, was wir von John Thiessen und Pfarrer Bart erfahren hatten. Sophie fläzte sich uns gegenüber in den Schwingsessel aus dem schwedischen Möbelhaus, der wie die Regale fast in jedem deutschen Heim zu finden war. Während sie zuhörte, zwirbelte sie eine Haarsträhne um den Finger. »Was hätte Hauke Bernstein davon, wenn Alina gestorben wäre? Cynthia hatte ihn enterbt. In seiner Situation wäre er doch besser beraten gewesen, Alina zu erpressen, dass er mit seinem Wissen zur Polizei geht. Vorausgesetzt, er hatte wirklich etwas in der Hand gegen sie«, meinte mein Kind.

Ihr Argument leuchtete mir ein. Ich fragte Benjamin: »Kennst du Hauke Bernstein näher? Du bist doch von hier.«

Benjamin schlug völlig unmännlich die Beine übereinander.

»In der Schule war er eher der Haudrauf. Schnell mit der Faust, aber nicht besonders clever. Er konnte zupacken und war ein harter Arbeiter, der bei vielen Leuten auch nach Feierabend auf dem Bau geschuftet hat, um seiner Familie ein gutes Leben zu ermöglichen. Getrunken haben die Jungs vom Bau schon immer. Vor zwei Jahren ist Hauke vom Gerüst gefallen und konnte nicht mehr arbeiten. Danach ging es mit ihm bergab. Frau weg, Haus weg. Er ist eigentlich kein schlechter Kerl, doch das Leben hat ihn verbittert gemacht.«

»Kopfloses Handeln aus Verzweiflung passt also zu ihm.«

»Wir können ihn doch damit erpressen, dass wir ihn gesehen haben. Vielleicht verrät er sich?«

»Ich habe das Gefühl, wir haben irgendetwas *übersehen*«, sagte ich und dröselte beiden meine Gedanken noch einmal von vorn auf.

Sophie kaute auf ihrer Unterlippe herum. »Warum stand Alina gerade bei Thiessen vor der Tür und hat nach seinem Vater gefragt, wenn sie doch gar nicht von einer Altenpflegevermittlungsagentur kam und demnach überhaupt nicht wissen konnte, dass Thiessen eine Pflegerin für seinen Vater suchte?«

Ich stutzte. »Stimmt!« Aufgeregt rutschte ich auf die Sofakante. »Mal völlig außer Acht gelassen, ob sie eine Betrügerin ist oder nicht. Nehmen wir an, Alina hat nach dem Tod

290

der Mutter einen Hinweis gefunden, dass diese aus Mordsacker stammt, dann führte sie dieser Hinweis vielleicht zu Arne Thiessen.«

»Vielleicht ist es ihr Großvater, also der Vater ihrer Mutter. Kann ja ein uneheliches Kind gewesen sein, von dem der Alte nicht einmal wusste«, spekulierte Sophie.

Benjamin zog in einer Art Denkerposition eine Augenbraue hoch.

»Irgendetwas muss sie ja nach dem Rauswurf bei Thiessen bewogen haben, im Dorf zu bleiben«, stellte ich fest.

Benjamin betonte: »Sie hat etwas über ihre Vergangenheit herausgefunden, was ihre Zukunft sichert!«

»Wir verrennen uns. Selbst wenn Alina dageblieben ist, weil sie herausgefunden hat, dass Arne Thiessen ihr Großvater ist, nützt uns das nichts, wenn wir beweisen wollen, dass Hauke Bernstein sie angezündet hat.«

Sophie kniff die Augen zusammen. »Aber wenn das dahinter steckt, könnte John Thiessen euch auch belogen haben. Und er war es doch selbst! Er hat Papa bezichtigt und jetzt noch zur Sicherheit Hauke Bernstein ins Spiel gebracht.«

»Warum hat er sie dann gerettet? Das passt nicht zusammen«, hielt ich dagegen.

»Weil er ihr nur Angst einjagen wollte, damit sie verschwindet. Und natürlich, damit er den Ring zurückbekommt.«

»Den ihr der alte Thiessen vielleicht doch geschenkt hat.«

»Toll! Jetzt sind wir genauso weit wie vorher. Zwei Verdächtige mit gleichstarkem Motiv.« Mit Blick auf meine Armbanduhr stand ich auf. »Entschuldigt, aber Papas Ziegen werden sich die Stimme aus dem Hals blöken. Die Hühner müssen auch noch im Stall in Schutz gebracht werden, damit der Fuchs sie nicht holt. Außerdem lechzen die Pflanzen nach Wasser. Könntest du vielleicht Benjamin nach Hause fahren? Sonst muss er stundenlang auf mich warten.«

Sophie zwinkerte Benjamin zu, sprang hoch und legte ihren Arm um meine Schulter. »Mama, nun sei nicht so frustriert. Ich kann dir helfen.«

Benjamin hustete hinter vorgehaltener Hand. »Ich hab es weniger mit Tieren. Mein Vorschlag: Während die Damen die Gehörnten und das Federvieh bettfertig machen, statte ich dem alten Thiessen einen Besuch ab, ohne dass der Sohn etwas davon bemerkt.«

Ich reichte Benjamin meine Autoschlüssel.

Kapitel 27

Mit Sophie zusammen machte es mir richtigen Spaß, die Ziegen zu füttern. Freudig beobachtete ich meine Tochter, wie sie einerseits mit den Geißlein kuschelte und andererseits dem Bock im Außengehege souverän entgegentrat und ihn in den Stall trieb. Ihr liebevoller Umgang mit den Tieren war instinktiv.

»Hätte es dir als Kind besser gefallen, wenn wir nicht mitten in der Großstadt gelebt hätten?«, fragte ich.

Sie hob den kränkelnden Winzling hoch. Er hatte sich von den Strapazen der Geburt erholt, sprang mit seinen Geschwistern im Stroh herum und lugte neugierig unter der Bretterwand durch, die den Bock vom Rest der Herde trennte. Sie trug ihn zu seiner Mutter. Ich füllte alle Wassertröge mit dem Schlauch.

»Keine Sorge, mir hat es an nichts gefehlt. Regenwürmer, Fliegen und Maikäfer haben mir als Haustiere gereicht«, rief Sophie und schloss die Box, in der die Geiß mit ihren Vierlingen untergebracht war.

Schmunzelnd legte ich den Schlauch beiseite und erinnerte sie daran: »Deine Fensterbank stand voller Einweckgläser mit Insekten, die nach zwei Tagen leblos in der Erde oder den Blättern lagen.«

»Nach ihrem Tod habe ich sie seziert.«

»Ja, es hat dich wahnsinnig interessiert; wie sie von innen aussahen. Du hast sie doch allein für deine Experimente gefangen und nur darauf gewartet, dass sie sterben.« Ich zwinkerte ihr zu.

Sophie protestierte »Das stimmt nicht! Ich wollte ihnen helfen und dachte, wenn ich sie ›repariere‹, kann ich sie wieder zum Leben erwecken.«

»In dir steckte schon immer ein kleiner Dr. Frankenstein«, stellte ich lachend fest.

»Mama!«

Ich gab ihr einen Kuss. »Trotzdem sind Papa und ich sehr stolz auf dich.«

Plötzlich wurde sie traurig. »Was passiert, wenn wir es nicht schaffen, Papa aus der Untersuchungshaft zu bekommen?«

»Ich weiß nicht, wie weit Kühl geht, um mich wegen der Aussage vor Gericht unter Druck zu setzen. Ich hab schon davon gelesen, dass Staatsanwälte Beweise manipulieren, damit sie ihre Interessen durchsetzen können.«

»Das waren aber hoffentlich keine wahren Geschichten, oder?«

Ich nickte bejahend. »Im wahren Leben hoffe ich, dass die Guten auch wirklich die Guten sind.«

»Kannst du dich nicht zum Schein auf den Deal einlassen, Kühl sorgt dafür, dass Papa freikommt und du änderst deine Meinung?«

»Glaubst du nicht, dass er diese Möglichkeit einkalkuliert hat? Soweit ich ihn verstanden habe, wird er sich erst kümmern, nachdem ich ausgesagt habe.«

»Das zieht sich doch bestimmt Monate hin, bis der Prozess neu aufgenommen wird.«

»Eben!«

Sophie ließ resigniert die Schultern hängen. »Wenn Alinas Gesundheitszustand es erfordert, kann sie bis zu einem Mo-

nat im künstlichen Koma liegen. Bei so schweren Verbrennungen beugt es vor, dass der Körper noch mehr Stress ausgesetzt ist.« Sie schniefte. »Armer Papa!«

»Wir haben keine andere Wahl. Wir müssen den wahren
Brandstifter überführen und Kommissar Huck eine lücken-
lose Indizienkette liefern, sodass er gar nicht anders kann,
als den wahren Täter zu verhaften und deinen Vater freizulassen.«

»Anette hasst Huck, aber mag Papa. Kann sie uns nicht
helfen?« Mein Kind verschränkte die Arme vor der Brust
und schob das herumliegende Stroh am Boden mit der
Schuhspitze auseinander.

»Wobei? Sie besitzt den kriminalistischen Spürsinn eines
Goldfischs. Und so übereifrig wie sie sich an die Dienstvor-
schriften hält, traue ich ihr nicht.«

»Aber du traust Benjamin?«

»Ja! Wäre das kein Mann für dich? Er ist höflich, intelli-
gent, belesen, teilt deine Leidenschaft für Anatomie und er
steckt voller Überraschungen«, pries ich ihn an wie saures
Bier.

»Mama! Benjamin steht nicht auf mich, das heißt auf
Frauen im Allgemeinen.«

Das konnte nicht sein, so wie er mich manchmal ansah
und so leidenschaftlich, wie er tanzte. Sollte ich mich derart
getäuscht haben? Im Allgemeinen kannte ich mich mit
Schwulen aus. In der Schauspielbranche war das normal. Ich
umgab mich gerne mit homosexuellen Männern. Wahrscheinlich, weil sie häufig empfindsam waren und ihr Verständnis für Ästhetik meinem entsprach. »Bist du sicher?«

»Ich spüre das. Er sieht mich an, wie ... wie seine Schwester.«

295

»Vielleicht schüchterst du ihn ein.«

»Iiich!«

»Du bist schon ganz schön forsch im Auftreten.«

Sie fasste sich an die Brust.

Ich beobachtete die zwei letzten trächtigen Ziegen. »Was meinst du, lammen sie heute Nacht?«

Sophie betastete ihre schwangeren Bäuche. »Die Gebärmuttermuskulatur ist entspannt. Das dauert bestimmt noch zwei bis drei Tage. Aber ich bin Humanmedizinerin«, sagte sie und beruhigte mich gleich wieder: »Ich bleibe heute Nacht bei dir und passe auf. Aber nur, wenn du uns was zu essen machst. Ich hab tierischen Hunger.« Erst jetzt, wo sie es sagte, bemerkte ich, dass ich den ganzen Tag, außer einem Brötchen am Morgen, noch nichts gegessen hatte. »Schmorgurken und himmlisches Rührei von glücklichen Hühnern?«, bot ich an.

»Heißt ›himmlisch‹ übersetzt verkohlt?«

»Du unterschätzt mich. Auch ich lerne dazu!«, drohte ich und schnappte mir einen herumstehenden Korb, um die Hühner aufzusuchen. Unsere gefiederten Zweibeiner waren bereits allein in ihren Stall marschiert und machten es sich in ihren Nestern gemütlich. Ich füllte ihnen die Wasserbehälter auf. Der Futterspender war noch voll, weil sie den ganzen Tag draußen im Garten nach Würmern gescharrt und Körner aufgepickt hatten. Dann suchte ich die Nester nach Eiern ab. Fünf in der Größe XXL und eins in XXS von Pai no joo, die sich wieder einmal als Einzige noch draußen herumtrieb. Ich verriegelte den Stall und ging sie suchen.

Sophie rief von der Küchenterrasse aus nach mir. Ich gab auf. Dann hatte das Huhn eben Pech und musste selbst zusehen, wie es sich vor nächtlichen Räubern schützte. Mein

Kind beschwerte sich. »In eurem Kühlschrank laufen sich die Mäuse die Hacken wund. Der ist ja komplett leer!«

Ich hielt ihr den Korb entgegen.

»Das reicht gerade einmal für mich.«

»Den Topf Schmorgurken hast du übersehen.«

Sie lächelte verlegen. »Der ist schon alle!«

»Na, dann kann ich noch mit Möhren, Salat, Radieschen, den ersten Tomaten und zwei Dosen weißer Bohnen dienen.«

»Das erinnert mich irgendwie an früher. Wie war das mit lernfähig?«, foppte sie mich.

»Keine Vorurteile bitte! Ich kann eben gut improvisieren.« Mein Blick fiel in die Küche, wo Pai no joo die Brotreste von Sophies kleiner Zwischenmahlzeit neben dem leeren Topf vom Küchentisch pickte. »Dieses Huhn macht mich wahnsinnig!« Ich schnappte es mir und drohte: »Saures Hühnchen dauert maximal eine Stunde.«

Pai no joo guckte mich entgeistert an, krächzte und flatterte um sein Leben. »Das war doch nur ein Scherz! Solange du dich gut benimmst, hast du nichts zu befürchten«, mahnte ich die Diva grinsend. Dann brachte ich sie zu ihren Artgenossen in den Hühnerstall.

Als ich zurückkam, brutzelten die Eier in der Pfanne. Auf dem Stuhl stand ein Weidenkorb mit zwei Henkeln in der Größe eines Weekenders. Benjamin deckte den Tisch und Sophie kämpfte mit dem Dosenöffner.

Ich nahm ihn ihr aus der Hand. »Lass mal die Konservenexpertin ran!« Ruckzuck war die Dose geöffnet. »Hast du etwas herausgefunden?«, fragte ich Benjamin ungeduldig. Ich konnte meine Neugierde kaum zügeln.

»John war nicht da. Er hatte seinen Vater eingeschlossen

und wohl schon ins Bett gebracht, denn ich habe den alten Arne im Schlafanzug mit dem Messer bei seinen Weiden im Garten erwischt. Er muss aus dem Fenster gestiegen sein. Mich hielt er für seinen Lehrling. Er forderte, dass ich die geschnittenen Äste in seine ehemalige Werkstatt trage. Darauf habe ich mich eingelassen, um einen Draht zu ihm zu bekommen.«

Er lächelte stolz und fuhr fort: »Zuerst hat er mir das Besondere an seinem Flechtwerk erklärt und demonstriert, was seine Körbe von denen anderer Korbmacher unterschieden hatte. Ich sprach ihn auf Alina an. Anfangs wusste er nicht, von wem ich rede. Ich erinnerte ihn an den Ring. Keine Reaktion. Er fing immer wieder von seinen Körben und der Flechttechnik an und bestand darauf, dass er den Korb angefertigt hat. Bis ich begriff. Er meinte den Korb, den das Mädchen mitgebracht hatte; einen Babykorb.«

Ich war völlig baff, mir blieb der Mund offen stehen.

»Er hat mir diesen Korb hier herausgekramt und als Muster geliehen, damit ich zu Hause an meiner Flechttechnik übe, denn allein Übung macht den Meister.«

Ich zeigte auf den Korb. »Der sieht genauso aus wie der Korb, in dem Alina ihre Zauberutensilien immer bei sich trägt. Hat er erwähnt, für wen er den Babykorb angefertigt hat?«

»Nein, aber er hat mir ein zerfleddertes Heft gezeigt, in dem er fein säuberlich das Datum und den Preis jedes verkauften Korbes notiert hatte. Namen von seinen Kunden standen nicht daneben, aber jeder Korb besitzt so etwas wie eine Identifikationsnummer.«

»Eine was?«

Benjamin hob den Korb an und zeigte uns eingeflochtene Initialen, die aus einer Buchstabenkombination für das Produkt und einer Zahl bestanden. »Er hat jeden Korb im Boden mit einem Kürzel versehen, das ihn einmalig macht. Dieser hier, BK1, ist der erste Babykorb, den er angefertigt hat.« Benjamin legte ein zerfleddertes Schulheft auf den Tisch.

»Du hast es ihm gestohlen?«

»Ausgeborgt. Er bekommt es wieder.«

Vorsichtig schlug er es auf und zeigte auf die Innenseite des Einbandes. »Hier die Legende. EK steht für Einkaufskorb, WK steht für Wäschekorb und BK für Babykorb«, sagte Benjamin begeistert und blätterte die Seiten um. »Seht ihr, der BK2 wurde am 03.12.1973 verkauft, BK3 am 15.04.1974. BK1, der Prototyp, taucht nicht auf.«

Ich faltete die Hände wie zum Gebet zusammen. »Leider wird Alinas Exemplar mit verbrannt sein. Also nützt uns die Erkenntnis nichts«, sagte ich resigniert.

»Aber vielleicht das Datum!«, warf Sophie ein.

»Dafür müssten wir wissen, wie alt Alinas Mutter war.«

»Um dort ansetzen zu können, müssten wir überhaupt erst einmal wissen, wer Alina war und woher sie kommt.«

»Papa hat doch schon etwas herausgefunden.«

Ich erinnerte sie: »Das werden wir aber nicht erfahren, denn da gibt es dieses winzige Hindernis, es heißt Kontaktsperre.«

»Sie muss ja irgendwo vorher gemeldet gewesen sein.«

»Das hat dein Vater auf dem Meldeschein bei Karen in der Pension ermittelt. Er hat aber keine Eintragung im Polizeicomputer gefunden.«

»Weil sie nicht straffällig war. Wir brauchen so was wie ihren Ausweis oder die Geburtsurkunde.«

Ich sagte: »Auch das wird alles mit verbrannt sein.«

Benjamins Augen hellten sich auf. »Um Cynthias Erbe anzutreten, musste sie sich beim Notar ausweisen. Die Testamentseröffnung hat Dr. Wankelmut vorgenommen, den ich von Berufs wegen zufällig gut kenne«, sagte er und holte sein Handy aus der Tasche. Mit Blick auf das Display merkte er an: »Der Empfang ist ja noch schlechter als in Lütjendorf.« Benjamin versuchte sein Glück auf der Terrasse und im Garten. Wir folgten ihm gespannt. Mit in die Luft ausgestrecktem Arm blieb er an einem Punkt mitten auf der Wiese neben dem Kirschbaum stehen.

»Wir haben auch Festnetz.«

»Bei einer unbekannten Nummer geht Hans am Wochenende bestimmt nicht ans Telefon. Ich brauche nur eine Erhöhung, dann wird es gehen.«

Sophie und ich trugen ihm eine Bank hin. Er stieg hinauf und telefonierte. Dabei hatte er das Handy auf Lautsprecher gestellt, sodass wir mithören konnten.

Nach etlichen Bekundungen der Wertschätzung und Kniefällen wegen der abendlichen Störung fragte Benjamin unter dem Vorwand der Beerdigungsformalitäten nach den Identitätsdaten von Alina Grabowski. Sie sollte nämlich als Alleinerbin für die Kosten der Beerdigung aufkommen. Der Notar beglückwünschte Benjamin zu seinem siebten Sinn, denn schon morgen befinde er sich im Golfresort auf Ibiza. Die Daten übermittelte er im nächsten Atemzug, denn er prüfte gerade die Rechnungslegungen seiner Mitarbeiterin.

»Alina Grabowski, geboren am 18. August 1992 in Stettin«, wiederholte Benjamin und stieg von der Bank herunter.

»Kommt!« Beide liefen mir durch die Küche hinterher. Die Eier mit Bohnen lagen unberührt in der Pfanne und waren längst kalt geworden. Es war einfach der falsche Zeitpunkt, um an Essen zu denken. So schnell würden wir schon nicht verhungern.

»Verschließ bitte die Terrassentür!«, forderte ich Sophie auf und griff mir im Flur Pauls Schlüssel von der Dienststelle. Eigentlich wollte ich ja nie wieder heimlich in den Polizeiakten herumwühlen, aber die Umstände zwangen mich dazu. Hier ging es um nichts Geringeres als das Leben meines Mannes. Ich war mir sicher, dass er für mich das Gleiche tun würde.

»Einer von euch muss Schmiere stehen und Anette ablenken, falls sie heute Abend vorhat, Überstunden zu machen«, sagte ich und stürmte voran.

Kapitel 28

Auf der Dienststelle brannte Licht.

So ein Mist!

Eine Jalousie war hochgezogen und gewährte uns Einblick. Niemand war im Raum. Anettes Computerbildschirm leuchtete blau. »Wartet hier!«, wies ich Sophie und Benjamin an. Beide machten lange Gesichter. »Es ist besser, wir teilen uns auf. Ich kümmere mich um den Schreibtisch und Anette, denn ich habe gerade eine Idee. Ihr könntet im ausgebrannten Haus nachsehen, ob der Korb das Feuer überlebt hat. Besser an zwei Fronten kämpfen als an keiner!«, flüsterte ich.

Ohne ihre Antwort abzuwarten, huschte ich ins Büro und durchsuchte hastig Pauls Schreibtisch nach einer Notiz, die uns weiterhelfen könnte. Auf der Schreibunterlage klebte ein einzelnes Memo. Darauf stand eine Handynummer und der Name »Dudek«. Ich hörte die Toilettenspülung rauschen. Schnell nahm ich den Zettel an mich, machte einen Schritt zurück, versetzte mich binnen einer Zehntelsekunde in tiefste Trauer und drückte mir Tränen heraus, was mir in Anbetracht der Situation nicht einmal schwerfiel.

Anette kam aus dem Bad und erschrak sich. Eine superkurze Shorts mit Blütenaufdruck gab ihre schlanken Beine in der gesamten Länge frei.

Entschuldigend zeigte ich auf das Fenster. »Von draußen sah es so aus, als ob niemand da sei. Ich habe mich gewundert. Die Tür war nicht abgeschlossen.«

»Du siehst verheult aus.«

»Ich mache mir Sorgen um Paul und war spazieren, weil ich nicht schlafen kann.«

»Verstehe.« Sie schenkte mir einen halbherzig mitfühlenden Blick.

Theatralisch wischte ich mir die Tränen weg und schniefte.

»Ich weiß überhaupt nicht, wie es ihm geht, weil unser gemeinsamer Freund Huck diese blöde Kontaktsperre verhängt hat«, sagte ich mit Betonung auf *gemeinsamer Freund*.

Anette zog die Stirn in Falten. Ich winkte ab. »Aber ich will dich nicht mit meinen Problemen belästigen. Du hast wahrscheinlich genug eigene und findest auch keine Ruhe?«

Ich spürte, dass sie durch mich hindurchsah, weil sie mit ihren Gedanken ganz woanders war und es sie zum Computer hinzog. »Du schreibst bestimmt unser Theaterstück zu Ende. Ich will auch nicht weiter stören.«

Anette biss sich auf die Lippen. Ein Zeichen dafür, dass sie mir eigentlich nicht verraten wollte, was in ihrem Kopf herumspukte. Sie überwand sich und teilte mir mit: »Das vergrabene Fahrrad beschäftigt mich. Ich komme einfach nicht weiter. Der Eintrag zu den Personalien von dieser toten Franziska Bach scheint in der Datenbank der Polizei gelöscht wurden zu sein. Es ist zum Haare raufen.«

Mein Gott, ist die hartnäckig. Ich dachte sie hat längst aufgegeben. »Vielleicht sind die Taten mittlerweile verjährt. Na ja, die Frau ist auch tot«, sagte ich gespielt naiv.

Verneinend schüttelte sie den blonden Schopf, sodass ihr zum Nest zusammengestecktes Haar hin- und herschaukelte. »Sind Fingerabdrücke einer Person erst einmal in unserem System erfasst, bleiben sie und die Hintergrundinformationen zu der Person bis in alle Ewigkeiten gespeichert. Der Aufwand, die Daten der Personalien zu löschen, ist viel zu groß.« Trotzig verschränkte sie die Arme vor der Brust, über der sich ein grünes T-Shirt mit der Aufschrift spannte: *Leg dich nie mit einem Dorfkind an, wir kennen Orte, an denen dich niemand findet!*

»Außer! Warte …«

Ach du liebes Kuckucksei, jetzt hatte ich sie auf eine Idee gebracht.

»Außer, die Daten einer Person werden vor unbefugten Zugriffen geschützt, weil sie zum Beispiel ein Undercover-Ermittler oder ein Informant der Polizei ist.«

Eigentor! Neiiiiin! Ich fühlte mich im freien Fall aus dem Flugzeug stürzen und riss die Augen weit auf.

Anette sprang vollkommen hibbelig zu ihrem Computer und den daneben liegenden Aufzeichnungen, die sie in einem abgewetzten Schnellhefter aufbewahrte, der ziemlich privat aussah. Sie schlug ihn auf. »Schon bei meiner ersten Recherche zu Ostern habe ich das hier gefunden.« Sie zeigte mir den Ausdruck meiner eigenen Todesanzeige und blätterte dann weiter zu einer handschriftlichen Notiz. »Am 19. Februar diesen Jahres kam in der Tagesschau, dass Franziska Bach mit Mann und Tochter bei einem Autounfall ums Leben gekommen ist.«

Ich hatte Mühe, meine Panik zu verbergen. »Ja und?«

»Verstehst du, die ganze Familie scheint im Zeugenschutzprogramm gelandet zu sein.«

Ein Kloß saß mir im Hals fest. »Ich denke, sie sind ums Leben gekommen?«, stellte ich mich dumm und hörte wie belegt meine Stimme klang. Jeder Depp konnte mir ansehen, dass ich etwas zu verbergen hatte.

Anette tätschelte mir den Arm. »Als Zivilistin kannst du das nicht wissen.« Sie erklärte: »Wenn das Leben von Kronzeugen, Informanten der Polizei oder Ermittlern, die undercover unterwegs waren, gefährdet ist, bekommen sie eine neue Identität. Dafür wird oft ein Unfall inszeniert, bei dem die Person angeblich stirbt. Es findet eine Beerdigung mit falscher Leiche oder leerem Sarg statt.« Die Polizeimeisterin umarmte mich überschwänglich. »Danke, Klara. Du hast mir gerade dabei geholfen, dass sich mein Computer hier oben nicht aufhängt.« Dabei tippte sie sich an die Stirn. »Ich bin dabei, ein ganz großes Ding aufzudecken. Das spüre ich.«

Das fehlte mir gerade noch. Mir wurde schlecht. Irgendetwas musste mir einfallen, um sie bei ihren archäologischen Ausgrabungen unserer Vergangenheit zu stoppen.

Doch Paul aus dem Gefängnis zu bekommen, hatte Priorität eins. Also setzte ich wieder meine Leidensmiene auf und trat von einem Fuß auf den anderen. Wie von mir provoziert, fragte Anette: »Du hast etwas auf dem Herzen. Was kann ich für dich tun?«

»Ich weiß nicht, ob ich dich darum bitten soll …«

»Komm, spuck es aus. Mehr als Nein sagen kann ich nicht.«

Ich druckste immer noch gespielt herum.

»Brauchst du Hilfe auf dem Hof wegen der Ziegen?«

»Ich wollte dich bitten, Paul anzurufen und ihn zu fragen, wie es ihm geht. Ich mache mir solche Sorgen. Du weißt, wie die echten Ganoven mit Polizisten im Knast umgehen. Zu dir gibt es keine Kontaktsperre. Und dann dachte ich, du gibst mir kurz den Hörer, damit ich Paul etwas fragen kann.«

Sie sah skeptisch aus.

Ich ergänzte schnell: »Ich will auf keinen Fall, dass du Ärger bekommst. Also wegen der Verdunklungsgefahr und so. Du kannst dabeibleiben, es hat nur was mit Dudek, unserem Ziegenbock zu tun.«

Anette hob den Hörer des Polizeiapparates ab und suchte aus einer Liste die Nummer vom Untersuchungsgefängnis der Neustrelitzer Kriminalpolizei heraus, wählte und sprach mit einem Beamten, dem sie glaubhaft vermittelte, dass sie ihren Kollegen Paul Himmel dringend in einer dienstlichen Angelegenheit sprechen musste. »Es dauert einen Moment. Sie holen ihn ans Telefon«, informierte sie mich.

»Was gibt's denn Dringendes, Nettchen?«, hörte ich Paul aus dem Hörer fragen, den Anette auf dem Schreibtisch abgelegt hatte. Mein Herz machte einen Hüpfer. Anette sagte: »Deine Frau möchte dich sprechen.«

»Du hast dich über Hucks Kontaktverbot hinweggesetzt. Respekt!«, erwiderte mein Mann staunend.

Anette lächelte und gab mir den Hörer. Ich fragte: »Wie geht es dir?«

»Bis auf ein blaues Auge und eine dicke Lippe vom Zusammenstoß mit ein paar Rockern, die mir schöne Grüße von ihrem Feng-Shui-Berater bestellt haben, bin ich okay.«

Verdammt! »Mach dir keine Sorgen, wir kümmern uns um die Ziegen, aber was ich mit Dudek machen soll, weiß ich nicht.«

»Du musst mit ihm reden. Bestell ihm einen schönen Gruß von mir.«

»Das werde ich. Pass auf dich auf!« Jetzt übermannte mich echte Sentimentalität. Die Tränen liefen mir nur so übers Gesicht. Ich bedankte mich bei Anette und lief zurück nach Hause.

Sophie und Benjamin trafen fast zeitgleich ein, hoben entschuldigend die Hände und verkündeten: »Alles verbrannt!«

Sophie fragte: »Und bei dir?«

»Ich hab mit Papa gesprochen.«

»Wie hast du das denn geschafft?«

»Unwichtig!« Ich winkte ab. »Wir müssen uns beeilen. Rocker haben ihn verprügelt.« Ich zeigte ihnen das Klebezettelchen mit der Nummer, das ich in der Polizeistation hatte mitgehen lassen.

»Wir sollen Dudek anrufen.«

Kapitel 29

Ich benutzte Pauls Handy, das immer noch in der Ladestation im Bücherregal steckte. Der Akku musste mittlerweile vor Energie platzen. Es war tausend Prozent aufgeladen. Bloß gut, dass ich Pauls Passwort kannte. Ich tippte *anne1989* ein und wählte unter den gespannten Augen von Sophie und Benjamin – beide hockten nebeneinander auf der Sofakante wie die Hühner auf der Stange – die Telefonnummer auf dem gelben Zettel.

Anruf fehlgeschlagen. Mist! Im Eifer des Gefechts hatte ich vergessen, dass sich dieses Haus im Funkloch befand. Genervt rollte ich mit den Augen in Richtung der Kantenhocker. Sie verstanden und wir trotteten im Schwarm zur Gartenbank, die immer noch auf der Wiese stand. Ich stieg hoch. Auf dem Handy zeigten sich zwei Balken. Ich drückte die Wahlwiederholung und lauschte gespannt dem Tuten des Freizeichens. Es knackte. Eine Männerstimme meldete sich. Außer dem Namen Dudek verstand ich nichts, denn der Mann sprach polnisch.

»Guten Abend, Herr Dudek, ich soll Sie von meinem Mann Paul Himmel grüßen …«, sagte ich und hoffte, dass er Deutsch beherrschte.

Ich hatte Glück. Er verstand nicht nur, sondern sprach auch fließend Deutsch. Kurz und bündig, so wie es mir genetisch bedingt als Frau möglich war – es hieß nicht ohne Grund »Ein Mann, ein Wort, eine Frau, ein Wörterbuch« – schilderte ich ihm mein Anliegen.

Es stellte sich heraus, dass Herr Dudek ein polnischer Kriminalkommissar war, den Paul in den letzten Monaten hier einige Male wegen verschiedener Fälle unterstützt hatte. Dank Pauls Informationen und der guten Zusammenarbeit konnte Dudek sie lösen. Paul hatte ihn gestern um Amtshilfe gebeten und er hat sich bereits gewundert, dass sein deutscher Kollege noch nicht zurückgerufen hatte. Dudek hatte die Daten von Alina Grabowski überprüft und in ihrer Vergangenheit recherchiert. Gegen sie lag keine Anzeige vor. »Haben Sie Informationen über Alinas Mutter? Sie hat vor einem Jahr Selbstmord begangen. Darüber gibt es bestimmt eine Akte in Ihrer Behörde.« Ich schilderte ihm unsere Vermutung. Er versprach, sich sofort zu kümmern und beendete das Gespräch.

»Kommissar Dudek ruft gleich zurück, wenn er die Informationen zusammengetragen hat.«

Benjamin reichte mir seine Hand. Ich kletterte von der Bank und setzte mich darauf.

»Erzähl schon, was hat er gesagt?«, fragte Sophie.

Ich berichtete beiden, was mir der polnische Kommissar mitgeteilt hatte.

Die Anspannung machte uns sprachlos. Spekulieren war sinnlos. Jetzt hieß es, Geduld haben und abwarten. Sophie hielt es als Erste nicht mehr aus. »Möchte noch jemand einen Kaffee?«, fragte sie in die Runde.

Ich schüttelte verneinend den Kopf. »Danke, wenn ich jetzt Kaffee trinke, überschlägt sich mein Blutdruck und ich kriege einen Herzkasper.«

»Ich wäre nicht abgeneigt. Wenn es keine Umstände macht. Bitte mit vier Stück Zucker«, antwortete Benjamin überhöflich. In Sophies Gegenwart wirkte er immer etwas verkrampft.

Sophie verschwand im Haus. Ich drehte das Handy nervös zwischen den Händen. Ich hasste es zu warten. Benjamin flanierte derweil an der Küchenterrasse entlang und roch an einzelnen Rosenblüten. Ich bemerkte, wie er Sophie aus dem Augenwinkel durch das Fenster beobachtete. Von wegen schwul! Er war in sie verknallt, aber Frau Doktor verunsicherte ihn.

Ich schmunzelte in mich hinein und starrte wieder auf das Handy in der Hoffnung, es mit telepathischer Beschwörung zum Klingen zu bringen.

Nach weiteren fünf Minuten nervösem Füßescharren war es so weit. Das Mobiltelefon vibrierte in meiner Hand. Hups! Anscheinend war der Klingelton deaktiviert. Ich drückte auf das grüne Hörersymbol und stieg hurtig auf die Bank.

Sophie kam mit zwei dampfenden Bechern Kaffee aus der Küche. Der Bewegungsmelder sprang an und tauchte den Garten in gleißendes Licht.

Der polnische Kommissar weihte mich in seine neuen Erkenntnisse ein. »Ich habe einige sehr interessante Fakten herausgefunden. Die Mutter von Alina Grabowski, Katharina Grabowski, hat sich im letzten Jahr mit Blauem Eisenhut vergiftet, nachdem sie aus der geschlossenen Psychiatrie geflohen war. Dorthin hatte die Tochter sie wegen Suizidgefahr zwangseinweisen lassen. Alinas leiblicher Vater ist unbekannt. Katharina hat sie 1992 mit achtzehn Jahren bekommen. Mit Dreiundzwanzig hat sie Gabor Grabowski geheiratet, der Alina adoptierte. Er verstarb zwei Jahre später bei einem Motorradunfall. Alina hat keine Geschwister. Die Mutter hat nie wieder geheiratet.«

»Wann ist Katharina Grabowski geboren?«

»Schwierig zu sagen. Sie war ein Findelkind, dessen Geburt auf Mai 1974 von dem Säuglingsheim der Caritas in Schwerin geschätzt wurde. Die gaben ihr auch den Namen Katharina Schwindler. Gleich darauf wurde sie von einem Ehepaar Müller adoptiert, das dann ab 1990 in Stettin lebte.«

»Mai 1974, danke! Sie haben mir sehr geholfen«, sagte ich.

»Viel Glück bei der Lösung des Puzzles! Ich bete, dass sich der absurde Vorwurf gegen Paul schnell in Wohlgefallen auflöst.«

Ich drückte den polnischen Kommissar weg. Vor Aufregung krampfte sich mein Magen zusammen, dass mir fast die Luft wegblieb. Sophie bemerkte das natürlich sofort. Sie fragte besorgt: »Alles in Ordnung? Komm!« Beide halfen mir herunter.

»Katharina Grabowski war ein Findelkind, abgestellt vor einem Säuglingsheim der Caritas in Schwerin. Die Ordensschwestern schätzten ihre Geburt auf Mai 1974 und gaben ihr den Namen Katharina Schwindler.« Die Worte sprudelten aus mir heraus und ich musste mich erst einmal setzen.

Sophie forderte mich auf: »Trink was!«, holte mir ein Glas Wasser aus der Küche und reichte mir eine verschrumpelte Banane dazu. »Die beruhigt deinen Magen. Du hast den ganzen Tag nichts gegessen.«

Ich trank einen Schluck, biss zweimal ab und sagte mit vollem Mund: »Es ist nur eine Vermutung, aber Findelkinder werden meistens in Reisetaschen oder Körben abgelegt.«

Benjamin stürmte in die Küche voran, schlug das zerfledderte Heft auf und suchte nach einem Eintrag BK im Frühjahr 1974. »Hier, BK 03, verkauft am 15. April 1974. BK 02 fand am 3. Dezember 1973 einen Kunden und BK 04 am 25. September 1974.«

Ich grübelte laut. »Alina hat den Korb wie ihr Heiligtum behandelt. Als ich ihn berührte, flippte sie aus, als hätte ich eine Ming-Vase zum Schwanken gebracht. Wenn das der Korb ist, in dem ihre Mutter als Baby abgelegt wurde, verstehe ich ihre Reaktion.«

»Der Korb mit seiner einzigartigen Flechttechnik von Handwerksmeister Arne Thiessen hat sie nach Mordsacker geführt. Sie hat John an der Tür nach seinem Vater gefragt, um von ihm zu erfahren, wer den Korb bei ihm gekauft hat. Der Rest hat sich aus dieser Situation ergeben«, schlussfolgerte Benjamin.

Sophie, die sich halb sitzend über den Tisch gebeugt hatte, um Thiessens Eintragungen besser sehen zu können, meinte: »Jetzt müssen wir nur noch herausbekommen, welcher Kunde BK 03 oder BK 02 gekauft hat.« Sie bemerkte Benjamins interessierten Blick auf ihren Ausschnitt, der direkt vor seinem Gesicht hing. Ihre Blicke trafen sich. Sophie setzte sich kerzengerade auf.

Benjamin wurde rot und spann den Faden weiter: »Jemand muss zu der Zeit schwanger gewesen sein. Arne konnte sich nicht erinnern und hat Alina zum Pfarrer geschickt. Der ist aber zu jung und stammt nicht von hier. Also hat er sie mit ihrer Frage zu Cynthia geschickt. Cynthia ist leider tot und kann uns nicht weiterhelfen. Wir wissen auch nicht, was sie Alina erzählt hat.«

Ich überlegte und hatte plötzlich einen Geistesblitz. »Vielleicht kann sich Mutter Birke erinnern!«

Die alte Dame hatte mir schon einmal aus der Patsche geholfen.

»23.41 Uhr ist eine sehr unchristliche Zeit, um eine Zweiundneunzigjährige zu besuchen«, tadelte Sophie mich.

Ich zerstreute ihre und Benjamins Bedenken: »Die Nacht ist warm, vielleicht kann sie genauso schlecht schlafen wie wir.« Dann versprach ich: »Wenn es im Haus dunkel ist, warten wir bis morgen früh.« Wenigstens wollte ich versuchen, heute noch einen Schritt weiterzukommen.

Kapitel 30

Durch die kleinen Fenster von Mutter Birkes Lehmhütte flackerte das Licht des laufenden Fernsehers nach draußen. »Seht ihr! Wir müssen sie nicht einmal aus dem Bett holen.«

»Da hätten wir auch nicht mitgemacht, stimmt's, Benjamin?« Sophie wandte sich an den Bestatter, der höflich nickte.

Bodo, die Promenadenmischung von Hannes, dem Sohn von Mutter Birke, steckte seinen schwarzen Schädel durch die Holzlatten des morschen Zaunes und bellte uns an. »Bodo, aus!«, rief ich und drückte den Plastikknopf an der Gartenpforte. Nach dem dritten Klingeln schlurfte Hannes Birke in Filzlatschen, Shorts und Unterhemd aus der windschiefen Hütte und blinzelte uns aus zusammengekniffenen Augen an.

»N'abend Hannes! Wir müssten dringend deine Mutter sprechen. Ich hoffe, sie ist noch wach.«

Er knurrte etwas in seinen ungepflegten Bart, rief Bodo zu sich und verschwand im Haus, dessen Tür er hinter sich offen ließ. Ich deutete das als Einladung, ihm zu folgen.

Wir traten über die Schwelle der niedrigen Hütte. Es roch muffig nach abgestandenem Bier, kaltem Rauch und gebratenem Fisch. Wer weiß, wann die Bewohner das letzte Mal gelüftet hatten. Ich atmete flach, bis ich mich an den Geruch gewöhnt hatte. An der Ausstattung des Hauses hatte sich seit meinem ersten Besuch in der Nacht vor Karfreitag, nichts verändert. Das Mobiliar war, milde ausgedrückt, schlicht und hatte um die letzte Jahrhundertwende sicher bessere Zeiten gesehen. Es erinnerte mich an Behausungen der Knechte und Mägde in Museumsdörfern.

In der Stube, wo der Fernseher lief – ein überdimensionaler Flachbildschirm, der überhaupt nicht in die karge Umgebung passte –, sah es bis auf die leeren Bier- und Schnapsflaschen so chaotisch wie in Sophies Jugendzimmer aus. Überall lagen Klamotten sowie benutzte Teller herum. Zerfledderte Zeitungen stapelten sich auf den Ablagen der Möbel. Wir blieben mitten im Raum stehen.

Hannes trat mit eingezogenem Kopf aus einer knarrenden Holztür. Dahinter befand sich das Schlafzimmer seiner Mutter, das wusste ich noch von meinem ersten Besuch. Er grunzte: »Mudder kommt gleich, sie hat schon geschlafen.«

Oh nein, er hatte seine alte Mutter schon wieder meinetwegen aus dem Bett gerissen. »Das ist uns jetzt aber peinlich, du hättest uns sagen sollen, dass sie schon schläft.«

Wortlos lümmelte er sich in seinen Fernsehsessel und verfolgte das Geschehen auf der Mattscheibe, als würden keine drei Menschen in seinem Wohnzimmer stehen.

Die Holztür öffnete sich und ein hutzeliges Weiblein mit zerzaustem Haar, das einem Vogelnest glich, schlurfte in viel zu großen Pantoffeln in die gute Stube. Sie blinzelte. »Wer hav ick meen Brill liggen laten?« Sie war auf der Suche nach ihrer Brille.

»Mudder, du hast dien Kopp ok nur för'n Frisör.«

»Jau, ick bün een Dööspaddel!«

Der Sohn eilte ihr zu Hilfe, suchte im Schlafgemach, kam mit dem Drahtgestell in der Hand zurück und setzte sie der alten Frau direkt auf die Nase. »Gut?«

315

Sie nickte und musterte uns. »Gauden Abend ook! Schnieke süchst ihr ut. Ne wat seider moi. De Frau Doktors und de Herr Bestatter? Hannes bün ik etwa tot?«

Hannes antwortete, ohne den Blick vom Fernseher zu lösen: »Nöö, de Herrschaften ham nur eine Frage.«

Sie musterte mich. »Dich kenn ik och. Du warst schon mal bei mir wegen des Quarks. Da hatteste noch lange Haare. Braucht ihr wieder Quark?«

»Nein, Frau Birke, wir wollten Sie fragen, ob 1974 eine Frau aus dem Dorf schwanger war und dann doch kein Kind hatte«, fragte ich laut, um den Fernseher zu übertönen.

»Jau, da muss ik nachdenken.«

Sophie ergänzte: »Sie haben doch schon immer hier gelebt. Das hat doch bestimmt Gerede gegeben.«

Mutter Birke grübelte. »Meen Kopp deit weh. Ob ik dat noch weeß?«

In Zeitlupe schlich sie zum Buffet. Sie kramte drei abgegriffene Fotoalben heraus, die sie zum Tisch schleppen wollte, der voller Flaschen und Gläser stand. Benjamin nahm ihr die Alben höflich ab. Mutter Birke schimpfte ihren Hannes wegen seiner Unordnung aus. Der sprang auf und räumte wortlos den Tisch frei, um dann wieder im Fernsehsessel zu versinken.

»De Jugend!«, entschuldigte Mutter Birke ihren Sohn, der die vierzig längst überschritten hatte. Sie setzte sich auf einen der vier Stühle und schimpfte weiter auf Hannes, weil uns seine Klamotten auf den anderen Stühlen am Hinsetzen hinderten.

Hannes maulte etwas Unverständliches in seinen Bart, das wie eine Entschuldigung klang.

»Ach Tüünkram! Vertäl mee lever nix.«

Ohne den Blick von der Mattscheibe zu lösen, sprang er erneut auf und klaubte seine Sachen zusammen, schmiss sie achtlos aufs Sofa und versank wieder im Fernsehsessel.

Mutter Birke fasste sich an den Hals »De Luft is staubtrocken. Hannes, vier Lüttje!« Zu uns sagte sie: »Eene för euch und eene för me. Dat is Fudder vor Gehirnzellen.« Ihr Junge gehorchte maulend, goss uns Schnaps ein und guckte dann seinen Film weiter.

Wir stießen an: »De lang leevt, de warrt ok olt. Un de nich olt warn will, mutt früh starven. Proost!«

Wer lange lebt, wird auch alt. Und wer nicht alt werden will, muss früh sterben.

Die alte Dame kippte den Korn in einem Zug hinter. Wir tranken ihn schluckweise. Ich schüttelte mich, weil mir das Zeug den Hals wegbrannte.

Mit zitternder Hand schlug sie das erste Album auf. »Welches Jahr habt ihr gesagt?«

»Das Kind kam im Mai 1974 zur Welt«, sagte ich und ergänzte: »Die Schwangere hat einen Babykorb bei Arne Thiessen gekauft.«

»Jau, die waren ja damals modern. Meen Hannes hat och aus so em Korb jebrüllt. Der war ja nach een Monat zu kleen, aber stabil: Den hab ich noch heute zum Wäscheaufhängen. Stimmt's, Hannes?«

»Jau, Mudder!«, rief Hannes unbeteiligt aus seinem Sessel, ohne die Augen von der Mattscheibe zu lösen.

Benjamins Augen blitzten auf. »Können wir den einmal sehen?«

»Hannes! Hol den lieve Herrschaften mal deinen Babykorb. Aber nimm vorher deine schmutzigen Unterplünnen raus!«, wies sie ihren Sohn an. Hannes schnaufte und bedachte uns mit einem wütenden Blick, weil wir ihn zum wiederholten Mal beim Fernsehen störten.

Entsprechend grimmig warf er Benjamin den Korb zu.

Der untersuchte den Boden. »BK 02! Sie haben den ersten Korb der Serie erworben. Das heißt, Sie waren bis Ende 1973 mit Hannes schwanger.«

»Entschuldigen Sie, Frau Birke, aber die Informationen sind sehr wichtig für uns. Würde es Ihnen was ausmachen, Hochdeutsch zu sprechen? Ich bin doch nur eine Zugezogene und verstehe Ihren Dialekt so schlecht«, bat ich schüchtern.

Mutter Birke lachte und sprach überdeutlich weiter. »Na, wenn euch das hilft ... Also, mein Hannes ist wie das Christkind an Weihnachten 1973 geboren und dann haben wir den Korb beim ollen Thiessen gekauft.« Jetzt hatte sie einen Anhaltspunkt, blätterte im Album herum und zeigte uns Fotos von sich mit dickem Bauch bei einem Fest, mit Kinderwagen im Schnee und mit einem dicken süßen Jungen in der Waschschüssel.

»Wer war denn zu der Zeit von den Frauen im Dorf noch schwanger?«

»Die, ach wie heißt 'se? ... die mit der Anke, unserer Postfrau. Erinnerst du dich, mit der Anke hast du im Kindergarten immer geküsst.« Hannes Antwort klang mechanisch: »Jau, Mudder.«

Mutter Birke spitzte die Lippen. »Deine Mudder war ja ... oh, und dann ist ihr Jung ja am plötzlichen Kindstod gestorben«, sagte sie zu Benjamin, der sie entsetzt anstarrte. Anscheinend hatte er nichts von einem großen Bruder gewusst.

Mutter Birke tätschelte ihm mitfühlend die Hand. »Sie war so glücklich, als du fünfzehn Jahre später geboren wurdest. Damit hatte sie gar nicht mehr gerechnet. Eine so liebe Frau, deine Mudder, und so stark bis zu ihrem eigenen Tod.«

Benjamin schlug die Augen nieder. Sophie musterte ihn mitfühlend.

»Damals gab es noch so ein Gerücht. Es hieß, unsere olle Jungfer, die Cynthia, wäre schwanger gewesen, aber das hat sich nicht bestätigt. Sie hatte nie einen Mann und lebte für die Kirche.«

»Wissen Sie den Grund für dieses Gerücht?«

»Sie wurde im Winter mit einem Mal dick. Dann verschwand sie aber aus dem Dorf, war wohl auf der Schule und als sie im Sommer 74 wieder zurückkam, war sie so dünn wie eh und je.«

Mutter Birke winkte ab, blätterte aber dann im Album zurück auf das Bild, wo sie mit Schwangerenbauch bei einem Dorffest am Tisch saß. Im Hintergrund tanzten Paare. Sie zeigte auf eine junge Frau, die einen Mann eng umschlungen festhielt. »Erntedankfest 73. Das war das einzige Mal, wo ich die olle Krähe mal tanzen gesehen habe.«

»Und wer ist der Mann?«, fragte ich gespannt.

»Arne Thiessen. Er, Uwe Teves und Tamme Bols haben sie bei dem Fest so betrunken gemacht, dass sie völlig enthemmt war. Die Jungs hatten einen riesigen Spaß daran. Sie hielten sie für arrogant, weil sie immer so zugeknöpft war. Ihr Vater hätte sie erschlagen, wenn er sie so an dem Abend gesehen hätte.«

Ich sah Sophie an, dass sie in Gedanken rechnete. »Hatte sie was mit einem der drei?«

»Wenn, dann hat niemand was davon erfahren. Da müsst ihr dann Arne fragen. Die anderen zwei sind ja schon tot.«

»Können wir uns das Foto ausborgen?«

»Nur, wenn ihr es mir wiederbringt. Und wenn ihr noch 'n Lüdden mit mir trinkt!«

319

Kapitel 31

»An der Gebärmutter sieht man, ob eine Frau ein Kind geboren hat«, sagte Sophie zu uns, während sie Birkes Gartenpforte hinter uns schloss. Über uns erhellten Millionen Sterne den schwarzen Himmel. Katzen huschten vor uns ins Gebüsch, irgendwo in der Ferne rief eine Eule.

Benjamin schlenderte mit verschränkten Armen vor der Brust los und fragte: »Stand dazu etwas im Obduktionsbericht der Rechtsmedizin?«

Ich blieb abrupt stehen und grübelte. »Nein, das wäre mir ins Auge gefallen ... Oder?«

»Wenn es nicht angeordnet war, gab es für die Rechtsmedizin keinen Anlass, es zu untersuchen.« Sophie hielt sich an mir fest und pulte sich einen Kiesel aus der Sandale.

»Es war nicht angeordnet«, sagte Benjamin wissend und drehte sich zu uns um.

Mit hängenden Mundwinkeln lehnte ich mich gegen Birkes morschen Vorgartenzaun, der unter meinem und Sophies Körpergewicht nachgab. Wir schwankten kurz. Der Zaun kippte in Zeitlupe ins Blumenbeet.

»Was machen wir jetzt?«, fragte ich. »Mit der vagen Vermutung, dass Alina vielleicht Cynthias und Arne Thiessens Enkelin ist, und einem vergilbten Foto, das noch keinen Beweis darstellt, ob Cynthia wirklich ein Kind geboren und dieses mit dem Vater des vermeintlichen Retters ihrer Enkelin gezeugt hat, können wir Huck nicht überzeugen, Paul freizulassen.« Ich richtete den morschen Zaun wieder auf und lehnte ihn gegen einen Pfosten. Benjamin packte mit an.

Sophie faltete die Hände vorm Bauch. »Falls Thiessen und Cynthia die Eltern von Katharina Grabowski sind …«

»Dann wäre auch glasklar, warum Cynthia Alina zur Alleinerbin eingesetzt hat.«

»Genau das wollte ich gerade sagen«, motzte sie mich an, weil ich sie unterbrochen hatte. »Hauke und John haben vielleicht ein und dasselbe Motiv. Sie kämpfen um ihr Erbe.«

»Sie haben gemeinsame Sache gemacht?« Ich schob die Unterlippe vor.

»Mein Gefühl sagt mir, der alte Thiessen hat nichts von einem Kind gewusst. Deshalb hat er Alina auch zum Pfarrer geschickt und nicht direkt zu Cynthia«, mutmaßte Benjamin.

Sophie ergänzte: »Pfarrer Bart ist zu jung und weiß nicht, was in den Siebzigern in Mordsacker passiert ist. Deshalb hat er sie zu Cynthia weitergeschickt. Es war Zufall.«

»Ich hatte aber nicht den Eindruck, dass Alina es wusste«, sagte ich zweifelnd.

Benjamin reckte den Zeigefinger in die Höhe: »Möglich wäre doch, dass sie ihre Großmutter aus Wut umgebracht hat, weil diese damals ihr in Sünde gezeugtes Kind, Alinas Mutter, wegegeben hat.«

»Das liegt nahe. Alina hat ihre Mutter wegen Suizidgefährdung in die Psychiatrie einweisen lassen. Die Ursache der Depressionen kann in der Kindheit gelegen haben. Wer weiß, was Katharina Grabowski Schreckliches bei ihren Adoptiveltern erlebt hat. Die Kindheit mit einer depressiven Mutter war für Alina selbst bestimmt auch nicht rosig«, antwortete Sophie.

Ich fasste unsere Theorie in einem Satz zusammen: »Nach dem Tod der Mutter suchte sie die Wurzel allen Übels, um sich zu rächen.«

»Sie trieb Cynthia in den Selbstmord oder hat sogar nachgeholfen«, ergänzte Benjamin.

Ich spann den Faden weiter: »Cynthia hat ihre Enkelin erkannt, fühlte sich schuldig und setzte sie vorsorglich als Alleinerbin ein. Sie wollte ihren Fehler wiedergutmachen. *Es tut mir leid* bezog sich auf Alinas Schicksal. Sie war krank und dachte, dass allein ihr Tod Alina Frieden schenken kann.«

Sophie nickte zustimmend. »Hauke Bernstein bekam den Wandel im Verhalten seiner Tante vor ihrem Tod mit. Sie hing ja nur noch mit Alina ab.«

»Deshalb behauptete er, sie habe Cynthia in den Tod getrieben«, unterstrich ich Sophies Vermutung.

Wir erreichten den Friedhof. Sophie blieb stehen und hielt Benjamin am Arm fest. »Schöne Theorie, die es nur noch zu beweisen gilt. Huck wird uns auslachen. Wir müssen die Leiche von Cynthia exhumieren und ihre Gebärmutter untersuchen. Jetzt!«

»Wie stellst du dir das vor, mit jetzt? Um den Sarg auszubuddeln, brauchen wir einen Bagger, der macht mitten in der Nacht einen höllischen Krach«, wandte Benjamin ein.

»Wir haben Hände, Mama hat Schaufeln sowie Spaten in der Garage und wir sind zu dritt.«

Benjamin protestierte: »Weißt du, wie schwer der Sarg ist? Den kriegen wir nicht einfach so herausgehoben. Abtransport, Untersuchung, Rücktransport und Zubuddeln haben wir nie bis Sonnenaufgang erledigt.«

»Ich hab eine bessere Idee, bevor wir Cynthias Totenruhe stören und den Ärger von Huck auf uns ziehen, weil wir die

Ermittlungen selbst in die Hand genommen haben. Ich fahre morgen zum Sonntagsgottesdienst nach Neubrandenburg und statte dem Pfarrer Hassteufel danach einen Besuch ab. Er wird ja wohl wissen, ob seine ehemalige Mitarbeiterin damals schwanger war.«

»Und wenn er es nicht bemerkt hat? Du hast Mutter Birke gehört, Cynthia war damals plötzlich weg und kam rank und schlank zurück. Wir brauchen keine Vermutung, sondern einen Beweis, dass Alina und Cynthia miteinander verwandt sind.« Ihre Augen blitzten auf. »DNA, Blutgruppe! An Alinas Genmaterial komme ich mit einem Besuch auf der Intensivstation heran.«

»Und wir haben Cynthia am Dienstag Blut abgenommen; das heißt, Benjamin hat es getan. Ich hoffe, du hast noch etwas davon in deiner Sammlung zurückbehalten«, sagte ich mit einem Augenzwinkern, gähnte und steckte die beiden an. »Wir machen morgen weiter. Mein Akku ist leer. In fünf Stunden verlangen die Ziegen und Hühner nach Futter und Auslauf.«

Sophie wirkte mit einem Mal aufgekratzt. »Dann sieh zu, dass du ins Bett kommst. Ich bringe Benjamin nach Hause. Hast du etwas dagegen, wenn ich doch in meinem eigenen Bett schlafe und nicht bei dir?«

Ich schüttelte verständnisvoll mit dem Kopf und schlug vor: »Wir treffen uns um neun zum Frühstück!«

Viertel nach neun kam ich aus dem Stall ins Haus zurück. Meine Knochen taten mir weh und ich schwitzte. Die Sonne hatte die feuchte Luft so aufgeheizt, dass ich mich wie in den Tropen fühlte. Aus der Küche duftete es nach Kaffee und frischen Brötchen. Benjamin deckte den Tisch und Sophie kochte Kaffee.

Beide sahen total übernächtigt aus. Dass sie überhaupt geschlafen hatten, bezweifelte ich. Bahnte sich da etwas zwischen meiner Tochter und dem Bestatter meines Vertrauens an? Sie bemerkten, dass ich sie beobachtete. Schmunzelnd warfen sich beide einen geheimnisvollen Blick zu.

Wir ließen uns um den Tisch nieder, auf dem Wurst, Käse, Marmeladensorten, Honig und Obst standen. Wäre der Anlass für unser gemeinsames Sonntagsfrühstück nicht so traurig und der vierte Stuhl in unserer Küche besetzt gewesen, hätte ich es genossen so zusammenzusitzen – einfach mal miteinander quatschen, ohne auf die Zeit zu gucken. Dazu kamen wir viel zu selten.

Sophie schlürfte den Milchschaum von ihrem Cappuccino. Benjamin zerpflückte sein Croissant, bevor er es mit Butter und Honig bestrich. Ich schnitt mir ein Vollkornbrötchen auf und belegte es mit Käse, auf dem ich dunkelrote Marmelade verteilte. Ich biss hinein und verzog das Gesicht. Ohne Brille hatte ich mich vergriffen. Anstatt Johannisbeere hatte ich mir Anettes Kirschmarmelade mit Marzipangeschmack auf den Käse geschmiert.

Sophie sah zerknirscht aus und suchte Benjamins Blick. Er nickte zustimmend. »Es gibt eine gute und eine schlechte Nachricht.«

»Bitte zuerst die schlechte!«

»Alina ist unerwartet gegen halb zwei heute Morgen an Herzversagen verstorben.«

»Oh Gott! Damit ist meine letzte Hoffnung, dass sie deinen Vater entlastet, wenn sie aufwacht, dahin.« Mir wurde speiübel. Meine Hände zitterten. »Das bedeutet auch, dass Paul nun wegen Mordes angeklagt ist.«

»Ruhig, Mama!« Sophie nahm meine Hand.

»Meinst du, da hat jemand nachgeholfen und sie für immer zum Schweigen gebracht, Sophie? Der Täter muss ja vermutet haben, dass sie ihn entlarven kann.«

Benjamin sagte: »Ein Argument, dass gegen John Thiessen als Verdächtigen spricht.«

Sophie verwarf Benjamins Überlegung. »Wir wollen jetzt nicht spekulieren.«

»Immerhin hat er sie gerettet.« Der Bestatter zuckte mit den Schultern.

»Das kann er ja extra so inszeniert haben, um den Verdacht von sich zu lenken und sie später im Krankenhaus zu töten«, sagte ich.

Sophie meinte: »Der perfekte Mord.«

»Und was ist die gute Nachricht?«, fragte ich, obwohl ich nicht mehr daran glaubte, dass es nach der Information noch etwas Gutes gab.

Sophie knallte ein Röhrchen mit einem Wattestäbchen sowie einen Objektträger, zwischen dessen zwei Glasplättchen ein Blutstropfen klebte, auf den Tisch. »Wir wollten die nächtliche Pause des Pflegepersonals auf der Intensivstation nutzen und mussten uns dann unbemerkt in den Kühlraum schleichen, wo sie die Leichen hinbringen, bevor der Pathologe sie auf den Tisch bekommt. Bloß gut, dass Benjamin sich da unten im Krankenhaus auskennt. Ich hätte mich in dem Labyrinth der Gänge verlaufen. Wir haben der Toten wenigstens noch eine DNA-Probe aus der Mundhöhle entnommen. In Benjamins Hightech-Labor habe ich mich dann an mein Pathologieseminar erinnert.«

»Ihr habt die Proben bereits verglichen.« Ich kratzte die Marmelade vom Käse.

Sophie hob den Zeigefinger. »Wir sind dabei.« Sie begann

in ernstem Ton zu dozieren: »Die gonosomalen DNA-Marker spielen ...« Ich verstand nur Bahnhof. Mein fragender Blick irritierte sie so, dass sie sich selbst unterbrach.

Meine Tochter trank einen Schluck von ihrem Cappuccino. Der restliche Milchschaum hinterließ einen weißen Bart. »Gut, auf Deutsch heißt das, allein die mütterliche Linie der Frauen, also Tochter, Mutter und Großmutter kann ziemlich präzise verfolgt werden.« Sie leckte sich die Oberlippe.

Mit zusammengekniffenen Augen versuchte ich das Glas mit Johannisbeer-Marmelade zu identifizieren. Sophie reichte es mir. Eigentlich war mir der Hunger vergangen. »Und was bedeutet das in unserem Fall?«, fragte ich gespannt, schraubte den Deckel des Marmeladenglases auf und griff nach dem Messer.

»Wir haben aus dem Material DNA-Stränge isoliert und bereits einen kleinen Teil verglichen. Es sieht bis jetzt nach einer Übereinstimmung aus. Cynthia und Alina könnten miteinander verwandt sein. Aber das müssen wir noch an anderen Strängen überprüfen.«

Ich ließ das Messer fallen und starrte beide mit aufgerissenen Augen an. »Also stimmt unsere Theorie.«

Während Benjamin kaute, wiegte er den Kopf hin und her.

»Vielleicht.«

»Aber wir können damit noch nicht zu Huck gehen?« So interpretierte ich seine Mimik.

Sophie gähnte, winkelte ihr Bein an und schob einen Fuß unter den Oberschenkel. »Erstens müssen wir noch ein paar Versuche machen und zweitens ist die Analyse illegal und nicht verwertbar. Er könnte mir daraus sogar einen Strick drehen. Sie hilft uns nur, die Richtung zu finden, um das Motiv des Täters zu ermitteln«, sagte meine Tochter.

Ihr Blick verfinsterte sich. »Ich habe Huck in seiner Eitelkeit gekränkt. So wie ich diesen selbstherrlichen Wichser kennengelernt habe, würde er uns voll auflaufen lassen.« Sie ballte die Hand zur Faust.

»Sophie!« Entrüstet rügte ich ihren vulgären Tonfall. Was sollte Benjamin von ihrer Erziehung denken, wenn sie wie ein Hafenarbeiter fluchte?

»Das heißt nur, wir sind auf der richtigen Spur.«

»... und können Bernstein damit in die Enge treiben«, schlussfolgerte ich und fragte: »Was ist mit John Thiessen?«

»Bei der Brisanz der Lage ist es besser, wir fahren zweigleisig«, schlug Benjamin vor.

»Kriegen wir denn über einen DNA-Test heraus, ob Arne Thiessen Alinas Großvater ist?«

Sophie zuckte mit den Schultern und antwortete: »Leider nein.« Ich nahm das Messer wieder auf, schmierte das Brötchen im zweiten Versuch mit der richtigen Marmelade und legte es dann doch beiseite, weil ich an das arme Mädchen denken musste. »Ich glaube nicht, dass sie den Familienring gestohlen hat, sondern dass Arne ihn ihr wirklich geschenkt hat. John weiß bestimmt mehr, als er uns gesagt hat.«

Benjamin empfahl: »Sophie arbeitet weiter an der Analyse und wir konfrontieren derweil Arne mit dem Foto von Mutter Birke. Mal sehen, ob das seinem löchrigen Gedächtnis auf die Sprünge hilft.« Wie selbstverständlich überreichte er Sophie seine Schlüssel.

Ich staunte nicht schlecht und sagte: »Davon darf John aber nichts mitkriegen.«

»Stimmt!« Er kratzte sich am Kopf. »Sophie, ich fürchte, du musst uns begleiten.«

Wie ein Gaunertrio hatten wir unsere Vorgehensweise geplant. Meine Tochter hatte die Aufgabe, mit ihrem Arztkoffer bei Thiessen an der Haustür zu klingeln. Sie gab vor, gerade in der Nähe gewesen zu sein und verwickelte John in ein längeres Gespräch zum Gesundheitszustand seines Vaters, der vor vier Wochen das letzte Mal in der Praxis vorstellig geworden war.

Benjamin und ich schlichen mit einer Wurst bewaffnet von hinten über den Zaun durch die Weidenplantage in die Werkstatt, wo wir den Alten vermuteten. Die Ablenkung des Hundes klappte ohne Zwischenfall. Die klapprige Promenadenmischung nahm den Leckerbissen bereitwillig und genoss es, dass Benjamin das verfilzte Fell streichelte.

Die Werkstatt war leer. Also gingen wir das Risiko ein und huschten durch die Verbindungstür weiter ins Innere des Hauses. Den Flur füllte abgestandene Luft. Es stank nach Essen und Urin. Die Tapeten an den Wänden waren mindestens hundert Jahre alt. Mit Grauschleier überzogen, wellten sie sich und hingen an den oberen Ecken von der Decke. Die Teppiche knirschten bei jedem Schritt. Wer weiß, wann sie das letzte Mal gesaugt worden waren.

Mittlerweile saß Sophie mit John in der Küche. Wir lauschten. Der Hausherr junior bot ihr einen Kaffee an, den sie gespielt dankend annahm. Armes Kind! Sie schmiss mit lateinischen Fachbegriffen um sich und bat unter dem Vorwand einer neuen wissenschaftlichen Erkenntnis darum, den Medikamentenvorrat ihres dementen Patienten zu sehen.

Thiessen murrte, bequemte sich aber dann, die Tabletten

seines Vaters zu holen. Mist! Sophie dachte, wir hielten uns mit Arne in der Werkstatt auf. Im letzten Moment versteckten wir uns in der Garderobennische hinter einem fast deckenhohen Klamottenberg. Benjamin hielt meine Hand und presste sich den Finger auf den Mund. Mein Adrenalinspiegel erhöhte sich schlagartig.

Ich hielt die Luft an. Der Bestatter wirkte dagegen gelassen. Irgendwie hatte ich das Gefühl, er versteckte sich nicht zum ersten Mal in brisanter Mission vor neugierigen Blicken. John Thiessen schlurfte an uns vorbei. Wir duckten uns. Ich hörte, wie er eine Tür öffnete und in einem Schrank herumkramte. Es klapperte als fiele ein Zahnputzbecher ins Waschbecken. Irre, dass ich das sofort erkannte. Ich dachte an die Radiosendung, wo ein Zuhörer mit der Identifikation ebendieses Geräusches zehntausend Euro gewonnen hatte.

Aber Geld war mir im Moment so was von egal. Ich wollte nur meinen Mann aus dem Knast bekommen, ohne dass ich uns alle mit meiner Aussage als Kronzeugin in Lebensgefahr bringen musste.

Die Badtür knallte zu. Thiessen schlurfte wieder an uns vorbei, zurück in die Küche. Benjamin lugte vorsichtig über den Haufen und gab Sophie ein Zeichen hinter Johns Rücken. Anscheinend sah sie ihn, denn sie fragte John: »Wo ist eigentlich Ihr Vater?«

»Schläft oben in seinem Zimmer.«

»Dann sollten wir die Tür schließen, damit wir ihn nicht stören und Sie am Sonntag auch ein bisschen Zeit für sich haben. Die haben Sie verdient. Ich meine, durch die Pflege ihres Vaters ...«

Die Küchentür fiel ins Schloss. Wir mussten uns beeilen. Hurtig sprangen wir hinter dem Versteck hervor und schlichen uns zur Treppe. Ich setzte meinen Fuß auf die Mitte der ersten Stufe. Sie knarrte in den höchsten Tönen. Erschrocken zog ich den Fuß zurück und die Augenbrauen hoch. Benjamin flüsterte mir ins Ohr: »Geh am Rand entlang!«

Wir schlichen uns fast lautlos nach oben. Die Tür zum Zimmer des Alten war abgeschlossen. Der Schlüssel steckte von außen. Der Sohn hatte ihn eingesperrt, damit er nicht wieder abhaute.

Wir schlossen auf. Arne Thiessen saß in einem abgewetzten Sessel und flocht an einem Korb. Neben ihm auf dem Holzboden lagen abgeschnittene Weidenruten in unterschiedlichen Farben und Längen. Der Fenstergriff war abgeschraubt. Wenigstens hatte der Sohn ihm ein Wurstbrot und Tee hingestellt, den alten Mann angezogen und hoffentlich auch gewickelt.

Wir sagten gleichzeitig »Hallo«, und bewunderten seine Flechtarbeit. Er guckte hoch, lächelte und fragte mich: »Bist du meine Frau?«

Benjamin griff ein. »Deine Heike ...« Ich hielt Benjamin mit einem Blick zurück, nickte dem alten Mann aufmuntert zu und lobte: »Du bist immer so fleißig, min Arne.« Ich streichelte ihm den Kopf. »Aber sag mal, jetzt im Ernst! Ich hab da dieses Foto gefunden.« Benjamin gab es mir. Ich hielt es Arne unter die Nase und tippte auf ihn und Cynthia, die eng umschlungen miteinander tanzten. »Hast du damals beim Erntedank was mit Cynthia gehabt?« Empörung spielend, stemmte ich die Hände in die Hüften und improvisierte: »Du bist erst in der Nacht nach Hause gekommen.«

Arne riss die Augen auf und errötete. Schuldbewusst biss er sich auf die Lippen. »Ich gebe zu, Tamme, Uwe und ich haben sie betrunken gemacht. Cynthia hat uns angemacht und wir haben um den Ladenhüter gewettet. Wer sich opfert und sie entjungfert, bekommt ein Fass Bier.«

»Ich hab's geahnt!«, sagte ich streng. Arne machte ein zerknirschtes Gesicht.

»Und wer hat die Wette gewonnen?«

»Heike, sei nicht immer so streng mit mir. Hör mich erst an!« Arne suchte nach meiner Hand. »Keiner! Wir haben nur ein bisschen gefummelt. Sie war rattenscharf«, druckste er herum. Er hielt mich für seine verstorbene Frau und ich konnte schwer einschätzen, ob er sie aus Gewohnheit belog. »Der Herr Pfarrer hat uns erwischt.«

Die Tür schwang auf und John stand breitbeinig im Rahmen. »Wie seid ihr hier reingekommen?« Er beäugte uns misstrauisch. Arne wies seinen Sohn an: »Ah, da bist du ja endlich! Wo hast du dich wieder rumgetrieben. Hilf deiner Mutter beim Weidenschneiden. Die Körbe müssen fertig werden.«

»Raus hier, Grube und Himmel! Wenn ich euch noch einmal in meinem Haus erwische, gibt's 'ne Anzeige!«

»Wie redest du mit deiner Mutter!« Der Alte stand auf und verpasste dem Sohn eine Watschen, die ihr Ziel verfehlte, weil John ihm die Hand festhielt. Thiessen junior schrie: »Mudder ist tot. Kümmer du dich um deine Körbe! Die und deine Weibergeschichten waren dir schon immer wichtiger als wir.«

Oh, oh! Das hörte sich weniger nach einer harmonischen Vater-Sohn-Beziehung und einer guten Ehe an. Und nun rechnete John wohl mit seinem Vater ab, indem er ihn mies behandelte. Die Ursache, warum manche alten Leute von ihren Kindern und Enkeln vernachlässigt wurden, lag eben oft in der Vergangenheit. Hatten die Kinder wenig oder keine

Zuwendung von ihren Eltern erfahren, gaben sie das dann zurück, wenn diese schwach wurden.

Hoffentlich haben Paul und ich unserer Sophie niemals das Gefühl gegeben, unwichtig in unserem Leben zu sein ...

Wir sparten uns einen Kommentar und nahmen die Treppe nun laut und schnell.

Zurück in meinem Haus wuschen wir uns erst einmal gründlich die Hände. Ich trocknete mir die Finger ab. Die Geschichte von Mutter Birke über Cynthia und die drei Männer beim Erntedankfest hatte sich durch Arnes Aussage bestätigt. »Vielleicht ist doch mehr passiert, als nur ein bisschen Fummeln.«

Sophie lehnte im Türrahmen vom Badezimmer. »Du denkst, sie haben sie vergewaltigt?«

»Es wäre doch möglich. Sie bekommt das Kind heimlich, weil der Vater sie erschlagen hätte ... Damit niemand etwas merkt, geht sie zur Ausbildung weg und setzt das Kind nach der Geburt aus.«

»Den Babykorb hat sie aber erst im April 1974 gekauft. Wenn das Kind im Mai geboren wurde, war sie hochschwanger. Sie geht doch nicht weg, damit keiner etwas merkt, um dann kurz vor der Geburt zurückzukommen und einen Korb bei dem Mann zu kaufen, der an dem Dilemma beteiligt oder sogar dafür verantwortlich war. Oder?«, fragte Benjamin zweifelnd.

Sophie klemmte sich eine Haarsträhne hinters Ohr. »Der Pfarrer hat sie in der Nacht erwischt. Sie war seine Mitarbeiterin. Was, wenn sie sich ihm danach anvertraut und er ihr geholfen hat? Sie hatte bestimmt Angst vor ihrem Vater.«

»Cynthia hätte das Kind abtreiben können. Zu DDR-

Zeiten war das für eine Frau kein Problem. Wobei, für eine Katholikin schon, genauso wie für einen katholischen Pfarrer«, sagte ich.

Sophie meinte: »Vielleicht hat er sie sogar in Ausbildung geschickt.«

»… und den Korb ironischerweise bei dem Mann gekauft, der sich an Cynthia vergangen hat«, sagte Benjamin mit einem geheimnisvollen Lächeln auf den Lippen.

Meine Tochter erinnerte uns: »Katharina kam in ein Säuglingsheim der Caritas.«

»Vielleicht war sie gar kein Findelkind, sondern ihre Herkunft wurde einfach vertuscht«, mutmaßte ich und beschloss mit Blick auf die Uhr: »Es ist Viertel vor elf. Ich fahre nach Neubrandenburg und versuche, Cynthias ehemaligen Arbeitgeber, Pfarrer Hassteufel, nach dem Gottesdienst zu erwischen.«

»Du kennst ihn?«, fragte Sophie.

»Ja, ein netter alter Herr mit etwas rauer Schale. Er flucht genauso gerne wie du«, sagte ich zu Sophie und ergänzte: »Wenn er die Geschichte bestätigt, knöpfen wir uns Thiessen und Bernstein vor.«

Kapitel 32

In Hassteufels Büro sah es aus wie im Büro eines Unternehmenschefs, der die Fähigkeit besaß, die Arbeit an seine Mitarbeiter zu delegieren. Der Schreibtisch war leer. Er war antik und reich verziert. An den Wänden hingen Kreuze und Gemälde mit religiösen Motiven. In einer Besucherecke verströmten eine Kaffeekanne und eine Torte ihren aromatischen Duft.

Der Priester trug ein mächtiges Kreuz an einer Kette um den Hals. Sein schwarzes Gewand stand im Kontrast zum violetten Stoffgürtel und der spitz zulaufenden Kopfbedeckung. War das eine Mitra? Trugen die nicht eigentlich nur Bischöfe?

Die Vorzimmerdame hatte ihn mit »Monsignore« angesprochen. Dann musste er so etwas wie ein »Ehrenkaplan Seiner Heiligkeit« sein. Ein Titel, den er vom Papst höchstpersönlich verliehen bekommen hatte. Diesen Zusammenhang hatte ich einmal irgendwo gelesen. Aber die Kleiderordnung der Kirche war mir so fremd wie Atomphysik. Die farbigen Accessoires peppten das triste Schwarz jedenfalls auf, ein Trick, den ich selbst gern bei dunklen Outfits anwendete.

Trotzdem fragte ich mich: Weshalb trugen ausgerechnet Priester als Verkünder der Frohen Botschaft im Alltag Schwarz. Die dunkelste aller Farben brachten wir im Allgemeinen mit Tod und Trauer in Verbindung. Außerdem assoziierte man mit ihr Negatives und Verbotenes: Schwarzes

Schaf, der Schwarze Tod, Schwarzmarkt oder Schwarzfahren. Aber in der Damenmode ging schwarz immer und es machte schlank. Seltsam.

Ich zuckte mit den Schultern und begrüßte den Vertreter Gottes freundlich, der sich über meinen Besuch wunderte.

»Ihre Kirche ist in einem recht modernen Bauwerk zu Hause«, leitete ich unser Gespräch mit einem wohlwollenden Small Talk ein, um nicht gleich mit der Tür ins Haus zu fallen und ihn zu verschrecken. Er reichte mir die Hand.

»Die alte St.-Johannes-Kirche musste dem Ausbau der Hochstraße weichen. Anfang des 20. Jahrhunderts gab es dort ein Kirchlein, das einer kleinen Gemeinde, vor allem aber polnischen Erntehelfern, eine geistliche Zuflucht bot.«

Mit einer ausladenden Geste bot er mir einen Platz in der Besucherecke an. »Habe ich Sie in meiner heiligen Messe übersehen?«

»Oh, nein, ich wollte …«, sagte ich zögernd.

Er beendete meinen Satz: »… wieder beichten?«

»Nein, ich wollte Sie um Hilfe bitten.«

Hassteufel räusperte sich. »Kaffee, ein Stück Torte?«

Ich schüttelte verneinend den Kopf.

»Kommen Sie, Sie sind schlank und können so ein Kalorienbömbchen vertragen. In meinem Alter wandelt sich die süße Sünde gleich in Bauchfett um und das Cholesterin belastet das Blut wie Feinstaub die Luft in Peking. Aber, was soll's. Ich kann der Versuchung einfach nicht widerstehen. Bei schnellen Autos ist es genauso …« Träumerisch sah er aus dem Fenster.

»Gehört der schicke schwarze Mercedes, der draußen geparkt ist, etwa Ihnen?«, fragte ich staunend. Es war ein Luxusmodell mit allen Schikanen, das mir sofort ins Auge stach.

335

»Priester sind auch nur Menschen«, sagte er schnell und wirkte plötzlich verlegen.

Er wechselte das Thema, indem er bei seiner Vorzimmerdame einfach ein weiteres Gedeck bestellte. Die Frau im unscheinbaren grauen Kleid mit einem Allerweltsgesicht, das man sofort wieder vergaß, servierte es umgehend und entschwand dann so lautlos, wie sie hereingekommen war.

Er schaufelte mir ein Stück auf den Teller und goss mir Kaffee ein. »Kosten Sie! Das ist meine neueste Kreation. Kirschbrand-Schoko-Mandelbaiser.«

Ich aß. Die Torte zerschmolz auf der Zunge und diese Kombination aus Kirsche, Schokolade und einem Hauch Bittermandel erinnerte mich an Anettes Marmelade. Die musste ich dringend noch überbieten, um Paul zu beeindrucken. Vielleicht sollte ich mir von dem backenden Priester das Rezept für dieses Meisterwerk geben lassen, oder? Ich leckte mir die Lippen. »Nehmen Sie Bestellungen auf? Einfach köstlich!«

Der Monsignore lachte verschmitzt. »Das haben mich schon einige gefragt. Leider muss ich Sie enttäuschen. Zum Torten kreieren bleibt mir in meinem Amt zu wenig Zeit. Es ist ausschließlich ein Hobby.«

Ich kaute eifrig und sagte mit vollem Mund: »Schade!«

»Wo brennt es denn?«, wollte der Priester wissen.

»Es hat gebrannt, leider mit schlimmen Folgen, aber das wissen Sie bestimmt schon von Pfarrer Bart.« Ich schlug die Augen nieder.

»Eine schreckliche Sache. Ja, er hat mich informiert und auch von dem Gerücht erzählt, dass die Dorfbewohner diese junge Frau, der Cynthia ihr Erbe hinterlassen hat, als Hexe bezeichnet haben.«

Mit der Kuchengabel spießte ich den letzten Bissen auf. »Einige hätten sie am liebsten mit Fackeln und Mistgabeln aus dem Dorf vertrieben.« Ich schob mir das Kuchenstück in den Mund und bestätigte nuschelnd: »Schhhie war eben etwas schhhpeziell.«

»War?«, hakte er nach.

»Sie ist letzte Nacht verstorben.«

Er bekreuzigte sich. »Möge Gott ihrer Seele gnädig sein!«

Nach einer Schweigeminute bot er mir Nachschlag an, den ich einfach nicht ablehnen konnte, weil diese Torte ein Geschmackserlebnis war, das meinen Gaumen zum Explodieren brachte. Mein Hosenbund spannte bereits.

»Ich hoffe, Sie haben nichts damit zu tun?« Er sah mich mit seinen grauen Augen unter den buschigen Brauen so eindringlich an, dass ich erst einmal schluckte, weil ich mich irgendwie schuldig fühlte. War ich das nicht auch? Vielleicht wäre das alles nicht passiert, wenn ich nicht herumgeschnüffelt und Paul zu Alina geschickt hätte?

»Die Beichte entlastet Ihr Gewissen.«

Ich erzählte ihm, was mit Paul passiert war und was ich herausgefunden hatte. Den DNA-Vergleich auf Verwandtschaft ließ ich aus taktischen Gründen aus und erwähnte auch Sophies und Benjamins Unterstützung nicht, damit sie keine Schwierigkeiten bekamen. Immerhin hatten wir uns in Polizeiermittlungen eingemischt.

»*Sie* haben den Babykorb bei Thiessen gekauft, stimmt's?«

Der Monsignore lachte auf. Dass es künstlich klang, merkte er selbst.

Ich bluffte weiter: »Sie wussten von Cynthias Schwangerschaft und dass sie ihr Kind weggeben wollte, weil es bei einer Vergewaltigung gezeugt wurde. Sie haben Cynthia weggeschickt, um sie vor ihrem Vater und dem Gerede im Dorf zu schützen. Warum haben Sie die drei damals nicht angezeigt?«

Er biss sich auf die Lippen und ich verstand, dass er eigentlich nicht darüber reden wollte. Seine Körpersprache verriet mir, dass ich richtiglag. Also folgerte ich weiter: »Weil ihr Vater Cynthia wegen der Schande erschlagen hätte?«

Ehrenfried Hassteufel kaute schweigend.

»Das einmalige Flechtmuster sollte dem Kind den Weg zu seinen Wurzeln weisen? Sie wollten, dass Thiessen später für seine Sünde bezahlt?«

Leider hatte diese vielleicht ehrenwerte Absicht nun tragische Folgen für Cynthias Enkelin gehabt, die er so bestimmt nicht gewollt hatte.

Die Gesichtszüge des Monsignore erschlafften.

»Haben Sie Arne Thiessen damit konfrontiert?«, fragte er und stopfte sich einen zu großen Bissen zwischen die Zähne, sodass ihm etwas Sahne aus dem Mundwinkel tropfte und auf seinem Schoß landete. Er fluchte: »Kruzifix!«, und putzte den Fleck mit der Serviette vom Gewand.

Während ich ihn aufmerksam beobachtete, antwortete ich: »Bis auf die Vergewaltigung hat er zugegeben, dass er und seine zwei Kumpanen Cynthia betrunken gemacht haben. Auf die Schwangerschaft habe ich ihn nicht angesprochen. Er dachte in dem Moment, ich sei seine verstorbene Frau. Der wird er ja wohl kaum beichten, dass er Cynthia, die nicht mehr Herrin ihrer Sinne war, wie ein Stück Torte vernascht hat.«

Ich trank einen Schluck Kaffee und verschluckte mich. Allerdings an meinen eigenen Worten in Zusammenhang mit dem Bild, wie sich mein Gegenüber den Sahnefleck von der Soutane rieb. Mir fiel es wie Schuppen von den Augen: *Eh-*

renfried Hassteufel hat eine Vorliebe für Torte. Er bäckt so-gar selbst gern.

Krieg er Cynthias Besucher? Vielleicht hatte er die Creme-torte auf dem Tisch der Toten sogar selbst gebacken und mit-gebracht.

Und jetzt fiel mir auch wieder ein, wo ich seinen auffälli-gen mattschwarzen Mercedes schon mal gesehen hatte: Bei meinem Unfall am Tag von Cynthias Tod. Er war es, der mich beinahe überfahren hatte und dann aus dem Ort ge-braust war, als wäre der Teufel persönlich hinter ihm her.

Mein Adrenalinspiegel schoss in die Höhe. Vorgestern, als Alinas Haus gebrannt hat, war er wegen der Beerdigung ebenfalls im Dorf gewesen. Ich musterte ihn, kaute und lä-chelte schief, um mein wachsendes Unbehagen in seiner Ge-genwart zu überspielen.

Mir fiel Arne Thiessens Satz ein. Der Pfarrer hat uns er-wischt. Wenn nun doch keiner der drei Burschen etwas mit ihr hatte, dann ist vielleicht Ehrenfried Hassteufel Alinas Großvater?

Er soll zum Weihbischof eines Erzbistums aufsteigen. Ein katholischer Würdenträger, der einst der Fleischeslust erlag, hat auch nach 42 Jahren starkes Interesse daran, seine Sünde zu vertuschen ...

Meine Hände trieften vor Schweiß. Eigentlich konnte ich keinen weiteren Tatverdächtigen gebrauchen. Aber ich durfte diese Möglichkeit nicht außer Acht lassen.

Hassteufel lächelte. »Sie sind mit einem Mal so schweig-sam. Stimmt etwas nicht?«

»Doch, doch. Ich genieße nur«, versicherte ich schnell und stopfte mir einen weiteren Bissen der Torte in den Mund, obwohl mir bereits übel war. »Ein Traum, der auf der Zunge zergeht«, lobte ich abermals mit belegter Stimme und leckte mir den Finger ab, während ich mich dafür in den Hintern beißen konnte, dass ich die Torte auf Cynthias Tisch nicht gekostet hatte. Dann hätte ich einen geschmacklichen Vergleich gehabt ... *Äh, nein, da hatte ich ausnahmsweise mal schlau gehandelt – schließlich hätte ich mich damit auch vergiften können.*

Rein optisch hatte sie nichts Besonderes, sie sah perfekt aus, wie vom Konditor. Es gab nur zwei Möglichkeiten: Entweder hatte er die Torte auf Cynthias Kaffeetafel gebacken oder sie hatte sie beim Bäcker im Nachbardorf erworben. Reichte das schon als Beweis? Die Serviette fiel mir wieder ein. In meinem Kopf reifte eine Idee. Wenn Sophie in Benjamins Hightech-Labor die Verwandtschaft testen konnte, würde sie vielleicht auch einen DNA-Abgleich von der Serviette und der Kuchengabel des Priesters durchführen können, die er sich gerade in den Mund schob. Aber wie sollte ich an die rankommen?

Nachdem wir fertig waren, sprang ich auf, stellte nebenbei die Gedecke zusammen, wies auf das Gemälde an der Wand hin und fragte: »Ist das Maria Magdalena?«

Sein Blick war kurz abgelenkt. Ich ließ die Kuchengabel in meine Tasche gleiten. Okay, das war geschafft. Er antwortete irritiert: »Nein, das ist ...« Verwirrt brach er den Satz ab. Hurtig schickte ich mich an, die Gedecke zu seiner Vorzimmerdame hinauszutragen.

Der Monsignore trat mir in den Weg, lächelte breit und hielt die Hand auf. Verdammt! Er hatte mich erwischt. Mein Gesicht lief puterrot an. Stotternd brachte ich eine Entschuldigung hervor. »Gewohnheit, bei manchen hübschen Dingen kann ich mich schwer bremsen.«

»Sie sind die Ehefrau eines Polizisten!«, rügte er und beäugte mich abschätzend. Hoffentlich hatte er mein wahres Motiv nicht erkannt.

Orr! Ohne einen stichhaltigen Beweis würde Huck diesen Würdenträger niemals ins Visier nehmen. Bisher war meine unausgesprochene Anschuldigung nicht mehr als eine Vermutung, ein Gefühl, das mich nervös machte.

So nah kam ich nie wieder an ihn heran. Ich musste ihm eine Falle stellen. Hatte er etwas mit Cynthias Tod und Alinas Ermordung zu tun, würde er sich darauf einlassen, um seine Spuren zu vertuschen. Lag ich falsch, konnten wir ihn ausschließen und uns weiter um John und Hauke kümmern.

Ich setzte mein ganzes schauspielerisches Können ein und schlug schuldbewusst die Augen nieder. »Könnten Sie mich von dieser Verfehlung und einem anderen Sündenbekenntnis lossprechen?«

Er lächelte gönnerhaft, führte mich in die Kirche und bat mich hinter die verzierte Tür des Beichtstuhles. Ich verharrte und tat so, als erhielte ich gerade eine Nachricht auf dem Handy, das in meiner Hosentasche steckte. Ich fingerte es heraus, guckte auf das Display und öffnete die vermeintlich brisante Nachricht, die eigentlich schon vor einer halben Stunde von meiner Tochter gekommen war. Sophie fragte, wo ich blieb.

»Wollen Sie nun oder wollen Sie nicht? Ich pflege üblicherweise am Sonntagmittag ein Nickerchen zu machen«, tadelte er mein Verhalten.

»Entschuldigung! Jetzt ist es vielleicht hinfällig …« Ich wollte seine Neugierde wecken.

Er musterte mich mit verschlossenem Gesicht.

»Sich von seinen Sünden zu befreien kann aber nie schaden«, flötete ich und entlockte ihm damit ein Stöhnen. Er setzte sich in die Kabine neben mich.

Ich fragte: »Kann ich beginnen?«

»Schießen Sie los!«

»Das mit der Kuchengabel ist mir peinlich. Die Gier hat mich übermannt. Ich werde nie wieder stehlen, versprochen!«

Sagte er gerade etwas? Ich horchte am Gitter und verstand nur Latein. Aha, er betete für mich. Schön, wenn es so einfach wäre, seine Weste reinzuwaschen.

»Ich habe Kommissar Huck belogen und ihm einen anonymen Brief geschrieben. Darin habe ich mich als alten Freund von Cynthia ausgegeben. Um dem Ganzen etwas Nachdruck zu verleihen, habe ich das Briefpapier benutzt, das ich in der Sakristei der Kirche von Mordsacker gefunden habe. Ich bin dort nach dem Brand eingebrochen. In dem Brief habe ich behauptet, dass Cynthia Bernstein damals von Korbmacher Thiessen geschwängert wurde und Alina Grabowski die Enkelin der beiden ist.«

Ich ließ meine Worte bei ihm sacken, dann ergänzte ich: »Die Beweise dafür hat sie leider mit ins Grab genommen – ihre DNA und Gebärmutter. Es tut mir leid, aber ich habe keinen anderen Ausweg gesehen, die Spur von meinem Mann abzulenken. Da ich nicht wusste, ob Kommissar Huck darauf reagiert, bin ich heute zu Ihnen gekommen. Ich habe nur geahnt, dass Sie mehr wussten und gebe zu, dass ich geblufft habe.«

Wieder machte ich eine Pause, um mich dann zu rechtfertigen: »Ihre Reaktion hat mir gezeigt, dass ich mit meiner Beschuldigung, dass Arne Thiessen Cynthia geschwängert hat, richtigliege. Ich wollte Sie eigentlich überzeugen, dass Sie es gegenüber dem Kommissar bestätigen.«

Auf der anderen Seite der spanischen Wand entfuhr dem Monsignore ein Seufzer. »Wie haben Sie sich das gedacht?«, empörte er sich.

»Stopp! Das ist nun nicht mehr notwendig. Ich habe gerade von meinem Mann aus dem Gefängnis eine Nachricht bekommen, dass Kommissar Huck den Bestatter Grube angewiesen hat, Cynthias Leiche zu exhumieren, um morgen früh nachträglich in der Rechtsmedizin ihre Gebärmutter untersuchen und die Verwandtschaft zwischen Alina und ihr feststellen zu lassen. Ist das bewiesen, findet die Polizei den Vater schnell. Wer weiß, vielleicht hat Cynthia gar keinen Selbstmord begangen, sondern wurde schon vorher von Alinas Mörder um die Ecke gebracht?«

»Erst hat Alina Cynthia in den Tod getrieben und jetzt vermuten Sie gar einen Doppelmord? Ich will Ihnen ja nicht zu nahe treten, aber geht da nicht ein bisschen die Fantasie mit Ihnen durch?«, zweifelte der Monsignore.

»Wieso?«, fragte ich naiv. »Mit diesen neuen Erkenntnissen tun sich ganz andere Motive und Verdächtige auf. Paul gerät aus Hucks Schusslinie. Bitte verstehen Sie mich, er wurde im Knast zusammengeschlagen. Ich konnte doch nicht träge darauf warten, dass Gott sich um die Lösung des Problems kümmert«, antwortete ich und zitierte damit Martin Luther King.

Von der anderen Seite kam keine Antwort. Schnell schlüpfte ich aus dem Beichtstuhl und rief: »Danke fürs Zuhören!«

Kapitel 33

Auf dem Rückweg fuhr ich bei der Bäckerei in Brisenow vorbei. So eine große Auswahl handgemachter Backwaren fand man jedenfalls nicht in Bärbel Fries' Hofladen. Bäcker Frisch besaß neben dem Laden und angrenzendem Café einen mobilen Verkaufswagen. Der tourte regelmäßig über die umliegenden Dörfer und stand auch zweimal pro Woche in Mordsacker.

Das Café war am Sonntagnachmittag natürlich geöffnet. Einige Fahrradtouristen saßen auf dem Freisitz bei Kaffee und Kuchen. Ich schaute mich drinnen an der Theke um und fragte nach, ob man für eine Feierlichkeit auch ganze Torten kaufen könne.

»Nur auf Bestellung, eine Woche im Voraus«, sagte mir die Verkäuferin im weinroten Polo-Shirt, auf dessen Brusttasche eine Brezel als Firmenlogo eingestickt war. Sie schlug ein Buch auf, nahm einen Stift in die Hand und zählte auf: »Wir haben Ananas-Käse, Himbeersahne, Blaubeerkokos, Joghurt-Baiser, Nougat, Schweden- und Schwarzwälder Kirschtorte.«

»Ich glaube, ich nehme die Schwarzwälder Kirsch.«

»Auf welchen Namen geht das?«, fragte sie und setzte zum Schreiben an.

»Himmel, Klara Himmel. Liefern Sie auch bis nach Mordsacker?«

»Na, extra nicht! Das ist nur möglich, wenn Sie die Torte

für Dienstag oder Freitag bestellt haben, wenn unser mobiler Verkaufsstand sowieso nach Mordsacker fährt.«

Ich fragte: »Verraten Sie mir, ob letzten Dienstag …«

»Moment!«, unterbrach sie mich mit Blick auf den Freisitz. »Bin gleich wieder da.« Sie eilte mit der Geldbörse in der Hand nach draußen.

Ohne groß zu überlegen, huschte ich hinter die gläserne Verkaufstheke und suchte in ihrem Kalender nach einer Tortenbestellung für letzten Dienstag.

In der Spalte stand tatsächlich C. Bernstein. Grübelnd stellte ich mich wieder an den Platz vor den Tresen zurück.

»Drei Verdächtige, drei Motive, die alle einen Doppelmord rechtfertigen«, fasste Benjamin nüchtern zusammen, nachdem Sophie uns das Ergebnis ihrer Analyse verkündet und ich beiden die Erlebnisse meines Ausflugs geschildert hatte.

Nach dem Bäckereibesuch kam mir der ausgelegte Köder für Monsignore Hassteufel – die angebliche erneute Untersuchung von Cynthias Leiche – von Minute zu Minute immer sinnloser vor.

Ich grübelte und hörte nur mit halbem Ohr hin. »Er könnte beobachten, ob Bens Bestattungsunternehmen wirklich einen Sarg ausbuddelt und abtransportiert«, gab Sophie zu bedenken.

Benjamin beruhigte sie: »Eine Pseudoexhumierung kriege ich organisiert.«

Sophie rutschte nervös auf ihrem Stuhl herum. Ihre Gesichtsgymnastik dabei zeigte mir, dass sie etwas ausbrütete. »John Thiessen und Hauke Bernstein wissen nicht, dass Alina verstorben ist.« Sie sah mich an. »Du suchst beide auf und teilst ihnen triumphierend mit, dass Alina aufgewacht ist und den wahren Brandstifter identifizieren kann.«

»Was?«

»Mama, hast du überhaupt zugehört?« Sie wiederholte ihren Vorschlag.

»Ich?«

»Du bist die hysterische Ehefrau des Mannes, der unschuldig im Knast sitzt. Komm, so ein bisschen Verzweiflung kriegst du locker hin, Mama. Du bist …« Sophie biss sich auf die Zunge. Beinahe hätte sie verraten, dass ich Schauspielerin bin. Sie forschte in Benjamins Gesicht, ob er irgendetwas bemerkt hatte.

»Für einen hoffnungslosen Gesichtsausdruck muss ich mir wirklich keine große Mühe geben. Das kriege ich auch hin, ohne Schauspielerin zu sein«, sagte ich schnell und demonstrierte mein Können. Sophie atmete auf, weil Benjamin arglos schmunzelte.

Sie sprach weiter: »Dann müssen wir nur abwarten, bis einer der beiden ins Krankenhaus kommt.«

Skeptisch schüttelte ich den Kopf. »Mit zwei Baustellen verzetteln wir uns. Wir müssten das Personal einweihen. Viel zu kompliziert!« Da hatte ich eine bessere Idee.

Nachdem wir meinen Vorschlag in einen handfesten Plan verwandelt hatten, setzten wir uns in unterschiedliche Richtungen in Bewegung, um den großen Bluff vorzubereiten. Sophie musste allerdings erst einen medizinischen Notfall versorgen, denn sie hatte an diesem Sonntag Rufbereitschaft.

Ich fuhr nach Lütjendorf und klingelte bei Hauke Bernstein Sturm.

Mist! Niemand da.

Ich ahnte, wo ich ihn antreffen würde.

So schnell, dass die Reifen quietschten, fuhr ich zum Hotel und stürmte ins Spielcasino. Dort baute ich mich wie eine Furie breitbeinig neben dem Mann am einarmigen Banditen auf. »Sie haben Alinas Haus angezündet. Sie wollten sich für den Verlust des Erbes rächen. Ich habe gehört, wie Sie ihr damit gedroht haben«, beschuldigte ich ihn, ohne Rücksicht darauf zu nehmen, dass mich der Croupier hinter seinem Tresen hörte.

Bernstein reagierte mit einem Achselzucken, guckte sich aber einen Moment beschämt um. Außer dem uniformierten Angestellten war das Casino leer. Hauke musterte mich aus seinen von Schlägen und Alkohol verquollenen Augen, als sei ich eine Verrückte. Dann wandte er seine Aufmerksamkeit wieder dem Automaten zu. Anscheinend fühlte er sich sicher.

Bühnenreif griff ich in sein Spiel ein und drückte irgendeinen Knopf. Protestierend sprang er auf und drohte mir mit der Faust. »Eh! Was fällt Ihnen ein!« Ich wich zurück. Schrille Töne überschlugen sich. Der Spielautomat blinkte und spuckte einen Schwall Münzen aus.

Bernstein nahm den Arm herunter, drehte sich erstaunt um und kratzte sich am Kopf. »Ähm … Danke!«

»Freuen Sie sich nur nicht zu früh! Alina ist verstorben. Jetzt ist es Mord! Dafür werden Sie bezahlen. Haben Sie Ihre Tante auch schon umgebracht, damit nicht herauskommt, dass Alina Cynthias Enkelin ist?«, fauchte ich ihn an.

Seine Pupillen weiteten sich vor Schreck und ihm stockte der Atem. Er kniff die Augen zu Schlitzen zusammen und biss die Zähne aufeinander. Ich sah, wie er seine Hände zu Fäusten ballte. Seine Halsschlagader pulsierte. Nur mit größter Anstrengung schaffte er es, seine Wut im Zaum zu halten.

Bei diesem Anblick war ich froh, dass ich nicht allein mit ihm in seinem Haus war.

Der uniformierte Herr hinterm Tresen verließ seinen Platz und verschwand diskret im Personalbereich. Im nächsten Moment zerrte mich Bernstein am Arm zu dem Gang, der zu den Toiletten führte.

Er schloss die Tür zum Casino und nagelte mich mit einem Griff seiner Pranke, die er um meinen Hals legte, an die Wand. Meine Füße zappelten in der Luft und das Atmen fiel mir schwer. Ich röchelte: »Stellen Sie sich, damit mein Mann endlich entlastet wird!«

Ein Gast kam aus der Toilette. Umgehend lockerte Bernstein den Griff. Sein Blick sagte: *Halt die Fresse, sonst bist du tot!*

Dann guckte er den Unbeteiligten drohend an. Der Mann beeilte sich, aus dem Flur zu kommen. »He! Sie Weichei! Sehen Sie nicht, dass ich Hilfe brauche?«, krächzte ich dem Feigling heiser hinterher. Bernstein drückte fester zu. Ich klopfte mit der flachen Hand gegen die Wand hinter mir. Ein Zeichen, das jeder Judo- oder Karatekämpfer verstand. Der zieht das durch! Meine Augen weiteten sich vom Sauerstoffmangel. Die Umgebung verschwamm zu Brei.

Völlig unvermittelt ließ Bernstein von mir ab und marschierte in die Spielhalle.

Verblüfft und hustend blieb ich zurück. Bevor er noch zurückkam, verschwand ich lieber schnell auf der Damentoilette. Mit zitternden Fingern öffnete ich den Wasserhahn und kühlte mein Gesicht. Im Spiegel inspizierte ich meinen Hals, den ein fettes Würgemal zierte.

Verdammtes Arschloch!

Aber meine Mission war noch nicht beendet. Wütend

stürmte ich zurück in die Spielhalle. Dort fand ich Bernstein vor seinem Automaten. Er stopfte das gewonnene Geld zurück in den Schlitz, um sein Glück erneut herauszufordern.

Ich trat hinter ihn und beugte mich etwas nach vorn zu seinem Ohr und zischte weniger aggressiv: »Okay, ich nehme das als Antwort, dass Sie sich nicht stellen wollen. Das wird Ihnen trotzdem nicht helfen.«

Obwohl er auf seinen Spielautomaten starrte, hatte ich seine Aufmerksamkeit wieder und sagte gelassen: »Kommissar Huck hat den Bestatter Grube beauftragt, Cynthias Leiche zu exhumieren. Wenn morgen die Verwandtschaft von Alina und ihr nachgewiesen ist, stehen Sie sowieso mit einem knallharten Motiv für einen Doppelmord im Fokus der Ermittlungen.«

Hoch erhobenen Hauptes dampfte ich ab und machte mich auf den Weg zu John Thiessen.

Ganz nach Plan überraschte ich auch den Korbmachersohn mit der Information zu Cynthias angeordneter Exhumierung sowie der zwischenzeitlichen Lagerung ihrer sterblichen Überreste im Bestattungsunternehmen Grube bis zum Montagmorgen. Hoffentlich schluckte er den Köder ebenfalls.

»Warum, John? Hat Alina Sie erpresst und gedroht, damit an die Öffentlichkeit zu gehen, dass Sie der Sohn eines Vergewaltigers sind? Oder wollen Sie einfach Ihr zukünftiges Erbe nicht teilen? Vielleicht ist sie ja gar nicht an ihren Verletzungen gestorben, sondern Sie haben letzte Nacht im Krankenhaus nachgeholfen. Als Rettungsassistent ist das bestimmt kein Problem für Sie. Wissen Sie, ich glaube sogar, dass Sie den Brand und Alinas anschließende Rettung

349

aus den Flammen extra inszeniert haben, damit Sie sie dann an Ihrem Arbeitsplatz ungestört töten können. Niemand würde Sie je damit in Verbindung bringen. Außer, es wird nachgewiesen, dass Alinas Mutter Ihre Halbschwester war. Dann haben Sie ein Motiv.«

Ähnlich wie Hauke Bernstein zuvor schwieg er zu dem Vorwurf. Seine Reaktion fiel jedoch gewaltfrei aus, was besser zu seinem Charakter passte. Er war ein hinterlistiger Fuchs. Den Schreck überspielte er mit einem schiefen Grinsen. Doch die Augen verrieten, dass er mich am liebsten erwürgt hätte. Ich machte auf dem Absatz kehrt und verschaffte mir einen bühnenreifen Abgang.

Stolz fuhr ich zurück nach Mordsacker und bremste einmal stark, weil eine junge Eule mitten auf der Landstraße saß.

Ein Zeichen? Es heißt doch im Volksmund, dass eine Eule, die dir im Traum begegnet, der Vorbote einer Erkenntnis ist.

Kapitel 34

Teil eins meiner Aufgaben war erfüllt. Ich rief Sophie an und gab ihr und Benjamin ein Zeichen, dass sie loslegen konnten.

Zurück im Dorf beobachtete ich meinen Bestatterfreund bei der Arbeit.

Benjamin wies seine Leute an, mit dem angekarrten Minibagger ein Grab direkt neben Cynthias Ruhestätte auszuheben. Er hatte den Friedhof abgesperrt, damit die Arbeiten vor den neugieren Blicken der Dorfbewohner verborgen blieben. Von Weitem sah alles nach einer echten Exhumierung aus.

Währenddessen hatte Sophie schon bei Anette geklingelt, sie auf die Polizeiwache gelockt und in ein längeres Gespräch bezüglich letzter Formalitäten zu Cynthias Tod verwickelt. Ich stieß dazu und mimte die verzweifelte Ehefrau, die kurz vorm Nervenzusammenbruch stand. Wir beschäftigten sie solange, bis Benjamin mit dem Leichenwagen am Fenster vorbeifuhr. Dank unserem Ablenkungsmanöver bekam sie auch den Rücktransport des Minibaggers nicht mit.

Vor der Wache schlug uns die Hitze wie eine Wand aus Watte entgegen. Selbst der Schatten der Kugelakazien am Straßenrand machte die Temperaturen kein bisschen erträglicher. Das Dorf wirkte wie ausgestorben. Einzelne Katzen hockten reglos im Gebüsch. Hunde hechelten erschöpft hinter den

Hoftoren. Mittlerweile war es achtzehn Uhr. Schwarze Gewitterwolken verdunkelten den Himmel. Von Ferne grollte bereits Donner.

Mit Blick nach oben sagte ich: »Ziegen und Federvieh müssen in den Stall und gefüttert werden.«

»Ich helfe dir«, bot Sophie an.

Wir beschleunigten unsere Schritte und erledigten meine Pflichten als Aushilfslandwirtin noch bevor das Gewitter herunterkam.

Mitten in der Arbeit wurde Sophie zum zweiten Mal an diesem Tag zu einem Notfall gerufen. Nils Ackermann, der Bereitschaftsdienst hatte, war noch in einem anderen Fall unterwegs. Als ich deshalb meine Bedenken wegen unserer Aktion äußerte, wiegelte sie ab: »Ich muss nur ganz selten mal ausrücken, wenn ich Rufbereitschaft habe.«

»Heute ist das anscheinend anders.«

»Das liegt am Luftdruck. Damit kommen die Herz- und Kreislaufpatienten nicht klar. Das Gewitter muss erst durch.«

Als Sophie von ihrem Einsatz zurückkam, fuhren wir mit ihrem kleinen Flitzer, auf dessen Rückbank ihr Notfallkoffer lag, ins Bestattungsinstitut. Endlich fielen die ersten Regentropfen auf die Frontscheibe. Der Luftdruck verringerte sich und ich konnte wieder durchatmen.

Wir parkten in einer Seitenstraße und rannten durch prasselnden Regen zum Hintereingang des Beerdigungsinstitutes, für den Sophie noch den Schlüssel bei sich trug. Über uns blitzte es grell und es donnerte in vollen Tönen.

Kaum steckte sie den Schlüssel ins Schloss, sprang die Tür wie von Zauberhand auf. Wir erschraken vor den Umrissen des Mannes im Dunkeln dahinter. Ein Blitz erhellte die Szenerie. »Benjamin!«, riefen wir wie aus einem Mund erleichtert.

»Sehe ich so gruselig aus?« Er lächelte verschmitzt. Wir huschten hinein. »Nicht zusperren!«, mahnte er Sophie, die die Tür hinter sich schloss. »Wir wollen doch, dass der Raubfisch ohne Schwierigkeiten an seine Beute gelangt.«

»Aber dann sieht es für ihn vielleicht wie eine Falle aus«, protestierte ich.

Benjamin legte den Kopf schief wie ein aufmerksamer Hund.

»Da könntest du recht haben. Wer von unseren drei Verdächtigen die Spuren seines Motivs beseitigen will, besitzt genügend kriminelle Energie, sich Einlass zu verschaffen.«

»Stimmt!« Sophie wischte sich Regenwasser aus dem Gesicht und merkte an: »Dieser Umstand vervollständigt unsere Beweiskette. Stünde die Tür offen, kann der Täter später behaupten, er sei vorbeigekommen, habe es bemerkt und wollte nur nachschauen, ob alles in Ordnung sei.«

Vor dem Kühlraum stand ein mit Erde verdreckter Holzsarg, an dem der Rest von einem Kranz klebte. Darauf lag ein handgeschriebener Zettel. Ich setzte die Brille auf und las:

Cynthia Bernstein (Exhumierung 02.07.)
Mordsacker R 7/ G 12
Hubertus. Bitte den Holzsarg nicht für den Transport in die
Rechtsmedizin am Montag, den 03.07. verwenden. Danke!
Sie liegt in Fach 5.
Die Leiche wird um 8.00 Uhr erwartet. Sei pünktlich!
Ich komme morgen erst mittags.
Ben

»Du bist ein Perfektionist und hast wieder einmal an alles gedacht!«, sagte ich bewundernd zu Benjamin und zerkrümelte etwas Erde zwischen den Fingern.

»Es soll doch authentisch aussehen. Es handelt sich auch um das gleiche Sargmodell wie bei ihrer Beerdigung.«

Ich fragte: »Und wer liegt wirklich im Fach fünf?«

»Eine alte Dame von nebenan, die ihr in der Statur ähnlich ist.« Er zeigte in Richtung Altersheim.

»Was für ein Zufall!« Sophie schmunzelte.

Wir vermuteten, dass der Täter verhindern wollen würde, dass Cynthias Leiche in die Rechtsmedizin gelangt. Dafür hatten wir die Möglichkeiten seines Vorgehens gedanklich durchgespielt und waren zu folgendem Ergebnis gekommen: Entweder würde er die Leiche stehlen oder sie gegen eine andere austauschen.

Da Benjamin keiner seiner Kundinnen zumuten wollte, dass sie irgendwo im Wald verscharrt oder im See versenkt wurde, hatte er den Nährboden für den Austausch der vermeintlichen Leiche von Cynthia in Kühlfach fünf vorbereitet und dem Täter die Entscheidung für Variante zwei erleichtert. In Fach drei lag die Leiche einer alten Frau, die laut dem Zettel, der an der Kühlfachtür klebte und auch wieder an Benjamins Helfer Hubertus adressiert war, am Montag früh zum Krematorium gebracht werden sollte.

Beide abgedeckten Leichen trugen Namensschilder zur Identifizierung. Auf dem Zettel am Zeh der Leiche in Kühlfach fünf stand Cynthia Bernstein. Wir hofften, dass dies dem Täter ausreichte, er nicht sentimental wurde und sich das Gesicht der Toten noch einmal genau ansah. Den Fall, dass er doch das Laken lüften wollte, hatte Benjamin natürlich auch bedacht und würde den Täter in diesem Falle erschrecken. Dieser würde sich beeilen, sein Werk zu beenden, denn das Letzte, was er gebrauchen konnte, war entdeckt zu werden. Dabei hatten wir ihn vom Betreten des Bestattungsinstituts an im Visier, denn Benjamin hatte überall winzige Überwachungskameras aufgestellt.

Er wies uns mit einer Handbewegung in den Versorgungsraum, wo er die Leichen wusch. Dort hatte er den Laptop aufgebaut, der wiedergab, was die Kameras aufzeichneten. »Macht es euch derweil gemütlich. Ich gehe nach oben, schließe den Laden und verkrieche mich in mein Dachgeschoss, um den Sonntag beim Tatort ausklingen zu lassen.«

»Wie passend!«, merkte Sophie an.

Er lachte auf: »Galgenhumor! Gern lass ich euch hier unten nicht allein.«

»Geh nur. Wir sind schon groß und haben keine Angst im Dunkeln oder vor den Leichen, die in deinem Schrank liegen.«

Benjamin zögerte. »Sicher?« Er musterte Sophie, die mit dem Fuß Kreise auf den Boden malte.

Ich hieß Benjamins Vorgehensweise gut. »Für unseren Täter muss es authentisch wirken. Er wird dich ausspionieren und erst handeln, wenn du im Bett liegst.«

»Dann geh zeitig schlafen und gucke nicht so lange in die Röhre!«, forderte Sophie, setzte sich auf einen der beiden Stühle vor dem Laptop und spielte nervös an ihrem Handy herum. Benjamin schloss die Tür hinter sich, die von außen nur einen Knauf hatte. Wir saßen im Dunkeln. Allein das graue Licht der Überwachungsbilder auf dem Monitor und Sophies Handydisplay erhellten den Raum. »Ich hasse warten!«, sagte sie zu mir, ohne aufzublicken.

Das musste Vererbung sein. Sie war genauso ungeduldig

wie ich. Und ihr war die Situation unheimlicher, als sie zugab. Das Handy erschien ihr wie ein Rettungsanker. Mich machte die Anspannung sprachlos. Ich beobachtete mein Kind, das mit enttäuschtem Gesicht sein Smartphone wegsteckte und auf die Bilder der leeren Räume im Monitor starrte. Sie rutschte unruhig auf dem Stuhl herum. Ich versuchte, sie abzulenken, um ihr die Angst zu nehmen.

»Du wartest, dass Nils sich meldet?«

»Mama, das Thema ist abgehakt. Seine Frau ist zurückgekommen. Er hat ihr den Fehltritt verziehen. Sie haben ein gemeinsames Kind. Ich war nicht mehr als seine Affäre, mit der er sich getröstet hat. Muss ich mehr dazu sagen?«

»Und was ist mit Benjamin?«

»Was soll mit Benjamin sein?«

»Tu nicht so unschuldig!«

Sophie wehrte aggressiv ab: »Mama, hast du keine anderen Sorgen?«

»Hab ich! Angst um Papa, um uns!« Ich presste die Lippen aufeinander. »Wenn die Aktion heute Nacht erfolglos verläuft, bleibt nur ein Weg, Papa aus dem Gefängnis zu kriegen.« Ich guckte ihr direkt in die Augen und sah, dass sie erkannt hat, dass ich bereit war, mein Leben für das ihres Vaters zu opfern.

»Dazu wird es nicht kommen«, sagte sie trotzig.

Ich nahm ihre Hand. »Hab keine Angst!«

Gegen zehn Uhr hörten wir Schritte. Vor der Tür schlich jemand herum. »Pst!« Ich drückte Sophies Arm und hielt die Luft an. Wir guckten auf den Monitor und sahen, dass Benjamin uns zuwinkte. Wir öffneten ihm. Er trug einen gestreiften Schlafanzug über Anzughose und Polohemd. Perfektionist! Bestimmt hatte er sich damit dem Täter noch einmal am Fenster gezeigt und danach das Licht gelöscht.

Er fragte: »Alles ruhig hier unten?« Dann zog er seine Verkleidung aus.

Nach einer weiteren Stunde auf dem ergonomischen Stuhl taten mir Hintern und Rücken dermaßen vom Sitzen weh, dass ich aufstehen und hin- und herlaufen musste.

»Achtung!«, mahnte Sophie und zeigte auf den Monitor. Ich stellte mich hinter Benjamin. Wir starrten reglos auf den Bildschirm.

Zwei dunkle Gestalten mit vermummten Gesichtern traten durch die Hintertür. Zwei? Einer steckte einen Schlüssel in die Hosentasche. Dann schlichen sie den dunklen Flur entlang und blieben vor dem präparierten Holzsarg stehen, auf dem der Zettel für Hubertus lag. Einer von beiden nahm ihn und der andere beleuchtete die Schrift mit der Taschenlampe seines Handys.

Die Gesichter konnte man nicht erkennen, da sie ihre Kapuzen tief über den Kopf gezogen hatten. Der eine war groß und stämmig, der andere etwas kleiner und schmaler in der Statur. Machten Bernstein und Thiessen etwa gemeinsame Sachen? Ich guckte Benjamin und Sophie entgeistert an. Die Männer legten den Zettel wieder zurück und klinkten an mehreren Türen. Wir sahen sie den Knauf von der Tür des Raumes berühren, in dem wir uns verschanzten. Sie rüttelten an der Tür.

Ich biss mir auf die Lippen.

Sie liefen zur nächsten Tür und öffneten den Kühlraum. Während der eine zögernd stehen blieb, öffnete der andere Kühlfach fünf zielsicher. Ich schluckte. Sophie griff meine Hand. Genau in diesem Moment durchbrach der Piepton von einer eingegangenen Nachricht auf ihrem Handy die Stille. Die Männer horchten irritiert auf.

»Sorry!«, entschuldigte sich Sophie leise.

Benjamin sprang hoch und stürmte aus dem Raum.

Was hatte er vor? Entsetzt beobachteten wir auf dem Bildschirm, wie er im nächsten Moment hinter den Einbrechern stand und ihnen die Kapuzen vom Kopf riss. Weder Bernstein noch Thiessen kamen zum Vorschein, sondern zwei Halbwüchsige. Kopfschüttelnd stellte er sie zur Rede, nahm dem einen den Schlüssel ab und scheuchte sie zur Hintertür hinaus.

Sophie las die eingegangene Nachricht. »Mist, ein Notfall.«

Benjamin kam zurück. »Hab ich es doch geahnt. Jens!« Wir guckten ihn fragend an. Er erklärte: »Hubertus' Sohn wollte seinen Kumpel einer Mutprobe unterziehen.«

»Mutprobe?«

»Eher eine Wette. Wer sich nicht traut, die Leiche anzufassen, zahlt zehn Euro.«

»Hast du dein Taschengeld früher auch so aufgebessert?«

Benjamin schmunzelte geheimnisvoll. »Ich hab keinen Eintritt genommen, wenn ein großmäuliger Klassenkamerad unbedingt eine echte Leiche sehen wollte.«

»Hoffentlich haben die beiden unseren Täter jetzt nicht verschreckt.«

Sophie druckste herum: »Es gibt ein Problem, ich muss weg, John Thiessen hat mich benachrichtigt. Sein Vater hat Atemnot.«

»Woher hat er deine Nummer?«

»Die habe ich ihm heute Vormittag gegeben, falls er es sich ... ach, egal!«

»Ist das ein Trick?«, fragte ich Benjamin. »Meint ihr, er hat beobachtet, dass wir zur Hintertür …«

Sophie unterbrach mich: »Ich kann das nicht ignorieren.« Mir wurde irgendwie bange.

Auf Benjamins Stirn bildete sich eine Falte. »Ich glaube nicht, dass euch jemand gesehen hat. Der einzige Beobachtungsposten, wo der Spion selbst vor neugierigen Blicken geschützt ist, befindet sich im Kirchturm. Von da aus hat er nur die Vorderfront des Hauses im Blick.« Sophie stand auf und begab sich zum Flur.

»Warte, ich bringe dich zur Eingangstür raus. Erstens glaube ich nicht, dass unser Täter diesen Weg nimmt und zweitens würde es John Thiessen irritieren«, versuchte Ben mich zu beruhigen. Ich verstand seinen Gedankengang nicht, nickte aber.

Benjamin zog sich den Schlafanzug über die Sachen und sagte zu Sophie: »Dafür müsste ich dich aber beim Abschied küssen.«

Sophie stutzte.

»Für den Fall, dass wir beobachtet werden.«

»Ich bin also dein heimliches Date, das du unbemerkt über die Hintertür hineingeschmuggelt hast.« Sie schmunzelte, weil sich Benjamins Gesicht puterrot färbte.

»Pass auf dich auf!«, sagte ich zu meinem Kind. Benjamin ließ die Tür offen und rief: »Ich bin sofort zurück!«

Mit einem Seufzer gab ich der aufkeimenden Angst um Sophie nach, weil ich mir plötzlich ausmalte, wie John Thiessen sie in eine Falle lockte, entführte und als Druckmittel benutzte. Er war gerissen und ich hatte die Ratte in die Enge getrieben. Blödsinn! Mit einer Armbewegung wischte ich die Gedankenkette weg und starrte weiter auf den Bildschirm, wo Benjamin und Sophie vor die Tür des Bestattungsunternehmens traten und aus dem Blickfeld der Kamera verschwanden.

Wie lange küssen die sich denn, dachte ich noch, als sich die Hintertür öffnete und die nächste Kapuzengestalt den Flur betrat. »Benjamin!«, schrie ich lautlos und saß wie gelähmt vor dem Bildschirm. Der Eindringling blieb schon wie seine beiden Vorgänger am Holzsarg mit der Nachricht für Hubertus hängen und beleuchtete die Schrift mit seiner Taschenlampe. Jetzt war er keine fünf Meter von der geöffneten Tür des Versorgungsraumes entfernt, in dem ich saß. Auch wenn ich mich stocksteif machte, rechnete ich nicht damit, dass er mich für eine lebensgroße Puppe aus Madame Tussauds Wachsfigurenkabinett hielt. Außerdem hatte ich es mit meiner einmaligen Fernsehrolle als Kommissarin Emma Schröter keinesfalls zur berühmten Diva in der Filmgeschichte gebracht, der man ein derartiges Denkmal setzen würde.

Und er musste an dieser Tür vorbei, wollte er sein Werk vollenden! Der Bildschirm warf sein verräterisches Licht bis in den Flur. Mit einem Knopfdruck schaltete ich ihn aus. Ein Adler sieht eine Maus aus drei Kilometer Entfernung. Ich sah auf einmal überhaupt nichts mehr. »Benjamin!«, flüsterte ich abermals lautlos. Aus der Finsternis kamen Schritte näher. Für zwei Sekunden erfasste mich eine Art Schockstarre.

Orr! Die plötzliche Dunkelheit hatte die Aufmerksamkeit des Eindringlings auf mich gelenkt. Wohin jetzt? Völlig originell huschte ich hinter die offene Tür, wo an einer Hakenleiste Benjamins Gummischürzen hingen. Ich stieß mit dem Fuß gegen seine Plastikschuhe, die darunter standen, erstarrte in der Bewegung und presste die Zähne aufeinander. Scheiße! Die Schritte kamen gefährlich nah. Den Täter und mich trennte nur das Türblatt. Er blieb im Türrahmen stehen. Ich hörte ihn atmen und hielt selbst die Luft an, weil er zu lauschen schien.

»Benjamin, wo bist du?«, flehte ich in Gedanken meinen Retter herbei. Aber weder Benjamin noch sonst ein Ritter erhörten mich. Ich war allein, allein mit einem Mörder im Keller des Bestattungsunternehmens.

Wie passend!

Ein Geräusch vor dem Kellerfenster beruhigte uns anscheinend beide. Katze oder Ratte? Egal! Mich hatte das Tier jedenfalls fürs Erste gerettet. Der Kapuzenmann leuchtete mit seiner Taschenlampe in den Raum. Hoffentlich kam er nicht auf die Idee, hinter die Tür zu gucken. Als Polizist würde ich das natürlich als Nächstes tun. Aber wahrscheinlich ging er nicht davon aus, dass sich noch jemand anderes außer dem Bestatter im Haus befand.

Hatte er Benjamin bereits überwältigt, nachdem dieser Sophie oben zur Tür herausgelassen hatte? Nein, dass der Täter noch eine Leiche produzierte war unlogisch. Er war schlau und hatte sein Vorgehen bis ins kleinste Detail durchdacht.

Vermutlich hatte er Benjamin überrascht und irgendwie außer Gefecht gesetzt. Woher hatte er sonst den Schlüssel? Aber warum kam er dann über die Hintertür? Ein dumpfer Schlag, gefolgt von einem knisternden Geräusch und Benjamins lautem Stöhnen unterbrach meinen Gedanken. Ich sprang hinter der Tür hervor. Benjamin stürzte zitternd zu Boden. Der Angreifer drehte sich blitzartig um und drückte mir seine Waffe, einen Elektroschocker, gegen den Bauch.

»Monsign…!« Ein extrem quälender Schmerz ließ mich zusammenbrechen. Während ich ungebremst auf den Boden knallte, hatte der Monsignore Benjamin bereits einen weiteren Stromschlag verpasst und schleifte ihn zum Kühlraum.

Mein Innerstes brannte. Ich war wie gelähmt und konnte mich nicht rühren. Türen klappten. Ich rappelte mich hoch, schleppte mich dem Angreifer hinterher und sah noch, wie er Benjamin auf eine leere Trage legte, in ein Kühlfach schob und die Tür dazu verriegelte.

Ich sammelte meine Kräfte und sprang ihm auf den Rücken. Er schüttelte mich ab. Ich landete auf dem Boden. Er zückte seinen Elektroschocker und beugte sich über mich. Mit meinem linken Fuß trat ich ihm die Waffe aus der Hand. Sie landete vor der Edelstahlwand, hinter der sich die Kühlfächer verbargen.

Der Monsignore erstarrte für einen Moment, hob die Waffe aber blitzschnell wieder auf, während ich auf die Füße gekommen war. Wir standen uns wie lauernde Tiere mit gebührendem Abstand gegenüber. Er kam mit dem ausgestreckten Arm, in dem er die Waffe hielt, im Bogen auf mich zu. Ich wich aus und stand jetzt mit dem Rücken zu den Kühlfächern.

Mist! Hätte ich die offene Tür zum Flur hinter mir gehabt, hätte ich flüchten und ihn im Kühlraum einsperren und Hilfe rufen können. Hätte, hätte …

Irgendwie musste ich ihn ablenken.

»Sie sind Alinas Großvater!«, sagte ich triumphierend, obwohl er sichtlich im Vorteil war.

Er stöhnte: »Wie haben Sie es heute so schön formuliert? Cynthia hat mich damals wie ein Stück Torte vernascht. Ich hatte sie vor den drei ungestümen Burschen beschützen wollen. Nach dieser Nacht war mir bewusst, dass eher die Burschen vor ihr Schutz bedurft hätten.«

»Soll ich Sie jetzt bedauern?«

»Ich war ein fünfundzwanzigjähriger Mann und hatte gerade mein Zölibat abgelegt. Und als die Frucht der Sünde in ihr heranwuchs, schickte ich sie in ein Kloster, wo katholische Mädchen unbemerkt von der Öffentlichkeit und dem Gesundheitssystem der damaligen DDR ihre Kinder bekommen konnten. Die Neugeborenen waren bei kinderlosen Ehepaaren im Westen sehr begehrt. Unsere staatlich vernachlässigten Kirchen bekamen im Gegenzug dafür eine Finanzspritze, um die Bausubstanz unserer Gotteshäuser zu erhalten.«

»Na klar, das System war schuld«, höhnte ich. »Das war Menschenhandel!«

Er schlug die müden Augen nieder und stieß den Atem geräuschvoll aus. »Ein Deal, der allen Beteiligten nützte. Wieso konnte Cynthia unser Geheimnis nicht einfach wahren? Ich bin kein Mörder.«

»Das ist Ihre Rechtfertigung vor Gott? Ach nein, in Ihrer Religion gibt es ja eine Waschmaschine, die Sie vor dem Fegefeuer schützt. Sie beichten, beten drei Vaterunser, dann ist die Weste wieder sauber.«

»So einfach ist es eben nicht.«

»Stimmt, da gibt es ja auch noch das irdische Gesetz. Ich nehme an, wenn jetzt ihr Zölibatsbruch bekannt geworden wäre, hätten Sie die Ernennung zum Weihbischof vergessen können.«

»Cynthia war unbelehrbar! Sie hat von mir verlangt, dass ich mich zu Alinas Mutter als meinem Kind bekenne. Plötzlich fing sie an zu bereuen, dass sie das Baby damals wegge-

363

geben hatte. Sie setzte mich unter Druck und beschimpfte mich, dass ich sie zu dem Schritt gezwungen hätte.«

»Haben Sie?«

Hassteufel verzerrte das Gesicht, als plagten ihn Kopfschmerzen. »Nein, es war ihre Entscheidung. Dann kommt dieses Mädchen und will so gerne die Hauptrolle in diesem Sommerspektakel spielen und Cynthia wollte ihr diesen Wunsch erfüllen. Sie sah es als Teil ihrer Wiedergutmachung. Doch sie wusste, dass sie nie im Dorf durchsetzen würde, dass eine Fremde den Part übernimmt. Also wollte sie am Dienstagnachmittag die Bombe platzen lassen und alle informieren, dass Alina ihre Enkeltochter ist. Das musste ich verhindern«, sagte er.

Die einzelnen Puzzleteile, die schon länger in meinem Hirn herumschwirrten, fügten sich mit diesen Informationen nun endlich zu einem zusammenhängenden Bild. »Sie haben Cynthia vorher besucht und Torte mit ihr gegessen.«

»Sie hat mich dazu genötigt.«

»Ich nehme an, den Eisenhut haben Sie bereits nach Ihrem vorletzten Besuch aus dem Vorgarten mitgehen lassen, um aus der Wurzel das Gift zu gewinnen. Dann haben Sie absichtlich gekleckert und mit Ihrer Serviette die Sahne von Ihrem Gewand abgewischt. Sie wussten, dass die penible Cynthia aufspringen wird, um einen Lappen für den Fleck auf dem Teppich zu holen. Den Moment haben Sie genutzt und ihr das mitgebrachte Gift unbemerkt in den Tee geschüttet. Aconitin, geruchs- und geschmacklos. Die ahnungslose Cynthia hat getrunken, Sie haben ihrem Todeskampf beigewohnt und danach den Tatort perfekt in Szene gesetzt, damit es für die Polizei wie Selbstmord aussieht. *Chapeau!*

An Ihnen ist ein Regisseur verloren gegangen. Sie verstehen Ihr Handwerk. Ich wette, Sie haben nicht nur den Fernseher eingeschaltet, sondern sogar darauf geachtet, dass der richtige Sender läuft, wenn sie gefunden wird.«

»Respekt!«, sagte er mit echter Bewunderung in der Stimme. »Anscheinend habe ich Sie unterschätzt.«

In der Hoffnung, ihn zu zermürben, redete ich weiter auf ihn ein. »Aber Sie wussten nicht, was Cynthia Alina erzählt hatte. Damit, dass Alina plötzlich Alleinerbin von Cynthias Nachlass wurde, hatten Sie nicht gerechnet. Alle wunderten sich darüber und es war eine Frage der Zeit, dass die Wahrheit ans Licht kam, denn Hauke Bernstein hätte nicht locker gelassen. Also musste auch Alina sterben.«

Längst hatten sich meine Augen an die Dunkelheit gewöhnt. Er musterte mich zwar mit Ehrfurcht, aber seine Anspannung wuchs, das sah ich an der Ader, die auf seinem kahlen Schädel hervorgetreten war und pulsierte. Trotzdem wagte ich es, ihn zu provozieren: »Ist Ihre Enkelin im Krankenhaus letzte Nacht eines natürlichen Todes gestorben? Oder haben Sie sie aufgesucht und nachgeholfen?«

Er bekreuzigte sich. »Ich habe nicht vor, für eine Sache zu bezahlen, die ich nicht bestellt habe. Ich wollte kein Kind. Sind Sie nicht mal langsam zufrieden? Ihr Rätsel ist gelöst. Aber das wird Ihrem Mann auch nichts nützen, denn Sie werden Ihren Triumph mit ins Grab nehmen.« Hassteufel drängte mich in die Ecke. »Nun machen Sie nicht so ein überraschtes Gesicht. Sie erwarten doch nicht ernsthaft, dass ich Sie und den Totengräber unter den gegebenen Umständen am Leben lasse. Wie heißt es in diesem indischen Sprichwort? ›Wer auf die Jagd nach einem Tiger geht, muss damit rechnen, einen Tiger zu finden.‹«

Benjamin trat mit den Füßen von innen gegen die Kühlfachtür. Ich war für einen kurzen Moment abgelenkt. Hassteufel schoss in einer blitzartigen Bewegung seinen Arm mit dem Elektroschocker nach vorn. Ich reagierte zu langsam. Der akute Schmerz zwang mich zu Boden.

Er packte mich, fesselte mir mit Kabelbindern die Hände auf dem Rücken und band meine Füße zusammen. Dann holte er ein braunes Fläschchen aus der Jackentasche und drehte den Deckel ab. »Keine Sorge, die Medizin gegen zu viel Wissen schmeckt nicht bitter. Aconitin ist sogar geschmacklos«, höhnte er.

Ich presste die Lippen fest zusammen. Panisch suchte ich nach einer Lösung, ihm zu entkommen. Das Klopfen aus dem Kühlfach erstarb. Der Monsignore kniete sich neben mich, hob meinen Kopf an und versuchte mir den Inhalt der Flasche in den Mund zu träufeln. Ich wehrte mich so gut ich konnte, drehte und wendete mich wie eine Schlange im Sack. Ich durfte es keinesfalls verschlucken. Bereits 4 mg des Gifts reichten als tödliche Dosis aus.

Sein Griff wurde fester. Er schlug mir mit der flachen Hand ins Gesicht und brüllte. »Es macht keinen Sinn, dich zu wehren! Nimm dein Schicksal an, das Gott dir zugedacht hat. Mach den Mund auf!«

Tränen der Verzweiflung traten mir in die Augen. Tröstend tätschelte er mir die Wange und sagte milde: »Keine Angst, ich habe es sehr hoch dosiert. Zwing mich nicht dazu, dein Leiden zu verlängern, indem ich es dir in die Nase träufle.« Ich zappelte mit dem Kopf hin und her.

Er packte mein Kinn, schraubte seine Finger unter meine Wangenknochen und überdehnte meinen Hals nach hinten. Ich brüllte mit fest verschlossenem Mund dagegen an. Ein, zwei, drei kalte Tropfen rannen in meine Nase. In meinem Gehirn hämmerte es: Nicht schlucken! Nicht schlucken!

Mit voller Wucht stieß ich die Luft durch die Nüstern nach außen. Kalter Schweiß trat mir aus den Poren. In meinen Ohren rauschte es. Anstatt Blut schien Eiswasser durch meine Adern zu fließen. Vor meinen Augen verschwamm alles in grün-gelb. Fingerspitzen und Zehen kribbelten, als steckten sie in einem Ameisenhaufen.

Ich hatte das Gefühl, im nächsten Moment das Bewusstsein zu verlieren.

»So ist es brav!«, lobte mein Peiniger und lächelte unschuldig wie die heilige Maria.

»Hände hoch! Hier spricht die Polizei!«, rief eine mir bekannte Stimme forsch aus der Dunkelheit.

Anette!

Es war der erste Moment, in dem ich mich über ihre Anwesenheit freute. Sie richtete ihre Waffe auf Hassteufel. Der erschrak. Anette brüllte noch einmal: »Nehmen Sie die Hände hoch!«

Sie kam näher. »Herr Pfarrer?« Anette schien verblüfft. Im Bruchteil einer Sekunde setzte der Monsignore das Fläschchen zwischen seine Zähne und warf den Kopf nach hinten, während er die Hände in Zeitlupe hob. Anette tänzelte mit ausgestreckten Armen weiter auf ihn zu. Den Finger hielt sie am Abzug der Waffe.

Im nächsten Moment sackte Hassteufel zuckend neben mir zusammen. Es polterte. Sein Blick verklärte sich, seine Augen verdrehten sich, bis nur noch das Weiße zu sehen war. Er öffnete die Lippen und hauchte mit letzter Kraft »Gute Tragödien enden unerwartet«, bevor sein Körper regungslos erschlaffte.

Kapitel 35

»Wasser!«, brüllte ich panisch. Anette erstarrte kurz.

»Klara? Was machst du …?«

»Wasser! Ich brauch Wasser, mach mich los!« Sie löste meine Fesseln. Ich zog mich an ihr hoch. Der kalte Schweiß rann mir in Bächen übers Gesicht. Die Ameisen liefen längst über Waden und Ellenbogen. Meine Bauchmuskeln und Gedärme verkrampften sich wie in den Wehen. Ich musste mich erst einmal am Griff eines Kühlfachs festalten, um nicht zusammenzusacken. Das wenige Gift, das ich über die Nasenschleimhut aufgenommen hatte, wütete in meinem Körper wie ein Amokläufer.

»Klara, geht es dir gut?«, fragte Anette und starrte mich mit weit aufgerissenen Augen an.

Ich brüllte »Aconitin!« Dann entriegelte ich das Kühlfach, vor dem ich stand, weil die Tür von Benjamins Tritten vibrierte. Ich stieß mich ab, schleppte mich in den Versorgungsraum und hing meinen Kopf unter den Wasserhahn, spülte meine Nase aus, steckte mir den Finger in den Hals und erbrach mich. Völlig erschöpft versank ich in schwarzem Nebel.

Von weit weg hörte ich Anettes, Benjamins und Sophies Stimmen. Sie redeten durcheinander und riefen nach mir. Ich hatte das Gefühl, von oben auf meinen Körper herabzusehen. Sophie fühlte meinen Puls. Alle drei hievten mich auf den Leichentisch. Sophie warf Benjamin ihren Autoschlüssel zu. »Der Notfallkoffer liegt auf dem Rücksitz.«

368

Dann untersuchte sie mit einer Lampe meine Pupillen. Ich spürte das unkontrollierte Zittern in meinen Gliedmaßen.

Sie hielt meine Hand. »Das ist der Schock.« Ich versuchte zu atmen, bekam keine Luft und hyperventilierte. Das Kribbeln in Armen und Beinen wurde stärker. Angst! Da war nur noch Angst. Todesangst!

Ich rannte. Meine Eltern und Nadine standen am Ende des Tunnels und warteten stumm. Alina und Katharina Wolff drängten sie beiseite und riefen: »Du hast dich verirrt. Geh zurück und bring es zu Ende!« Sie ließen mich nicht passieren. Ihre Gestalten verschwanden.

Das Erste, was ich wahrnahm, als ich wieder zu mir kam, war, dass Sophie mir eine Plastiktüte über Nase und Mund legte. »Ruhig einatmen, ausatmen!« Sophies Stimme drang durch den Nebel zu mir. Die Tüte hob und senkte sich.

Ich schloss die Augen, hörte Sophies, Benjamins und Anettes Stimmen; ein Singsang aus Buchstaben und Wortsalat, der von weit weg an mein Ohr drang. Dann spürte ich einen Piks in der Armbeuge. Mein Atem beruhigte sich und das Zittern ebbte langsam ab. Ich öffnete die Augen wieder.

»Besser?«, fragte Sophie, während mich drei Augenpaare besorgt musterten. Sie strich mir über den Kopf. Ich lallte: »Steeerben? Werde ich …?« Meine Zunge war schwer wie Blei.

Sophie beendete: »Sterben? Keine Angst, Mama, so schnell vergeht Unkraut nicht!« Sie versuchte zwar, mich mit einem Scherz aufzumuntern. Ihren besorgten Augen sah ich aber an, dass sie sich mit dem Galgenhumor selbst beruhigte. Kein Zweifel, sie war meine Tochter!

Das Kribbeln in Armen und Beinen verschwand. Ich fühlte die kalte Oberfläche des Edelstahltisches unter mir. Die Augen nach oben zur Zimmerdecke gerichtet, sagte ich: »Nach dem Probeliegen muss ich sagen, lieber Gott, wo immer du auch bist, schenk mir bitte noch eine lange Zeit, bevor dein Sensenmann mich holt, denn dieser Platz hier ist verdammt unbequem.«

Benjamin bot mir seine Hand an. Ich lehnte dankend ab und setzte mich auf. »Da ich noch lebe, möchte ich diesen Tisch ohne fremde Hilfe verlassen.«

Nachdem ich wieder festen Boden unter den Füßen hatte, klärten wir Anette über die Vorkommnisse auf. Ich erfuhr, dass Benjamin dafür verantwortlich war, dass mich die Polizeimeisterin in letzter Sekunde vor dem Tod gerettet hatte.

Nachdem er Sophie oben verabschiedet hatte und die Tür absperren wollte, hörte er aus dem Keller komische Geräusche. Deshalb hatte er die Tür zum Geschäftsraum unverschlossen gelassen, die Polizei zur Verstärkung gerufen und einen Einbruch gemeldet. Dann war er schnell die Treppe hinuntergeschlichen. Benjamin hatte gesehen, dass der Eindringling in den Versorgungsraum treten wollte. In einem Überraschungsmoment hatte er versucht ihn von hinten zu überwältigen. Damit, dass der Täter einen Elektroschocker in der Hand hielt, hatte er allerdings nicht gerechnet.

Wir bedankten uns bei Anette. Sie rief Kommissar Huck an.

Nach dreißig Minuten wimmelte es im Bestattungsinstitut von Polizisten in weißen Overalls, die Spuren sicherten. Anette zog sich dezent zurück und blieb unschlüssig etwas abseits stehen. Sophie stellte den Tod des Monsignore fest und übergab ihn an Nils Ackermann. Huck hatte ihn als diensthabenden Notarzt angefordert.

Meine Tochter wirkte erschöpft. Nils musterte sie mitfühlend, während sie ihm erzählte, was passiert war. Die Blicke der beiden jungen Männer trafen sich. Huck wich betreten zurück. Er verstand.

Benjamin stand stumm daneben, senkte den Kopf und musterte seine Schuhspitzen. Die Lippen fest zusammengepresst, richtete Huck seine Augen auf Anette. Er suchte einen Prellbock, an dem er die Wut über seine Niederlage auslassen konnte. Kopfschüttelnd motzte er: »Was stehst du so dämlich rum. Beweg deinen hübschen Hintern! Oder musst du erst im Handbuch nachlesen, was …«

Weiter kam er nicht, denn ich ging dazwischen und stellte mich vor Anette. »Dass Sie jetzt wie ein Blödmann dastehen, haben Sie sich selbst zuzuschreiben. Das ist nicht Anettes Schuld. Sie hat mir mit ihrem unerschrockenen Einsatz gerade das Leben gerettet. *Sie* haben mit ihrem vorschnellen Urteil, dass Cynthia Bernsteins Tod ein Selbstmord war, die Ereigniskette in Gang gesetzt.«

Huck lächelte verkniffen.

Als ich am nächsten Morgen dabei war, die Ziegen zu füttern – genauestens überwacht von Pai no joo, die jeden meiner Handschläge wie die Aufseherin im Straflager von ihrem Thron, einem umgekippten Eimer, misstrauisch beäugte –, stand Paul plötzlich vor mir im Stall.

Seine Oberlippe war von einem Bluterguss angeschwollen. Die Augenbraue zierte eine verkrustete Platzwunde. Ich ließ den Schlauch fallen und warf mich in seine Arme. Er legte eine Hand unter mein Kinn, hob es an und küsste mich.

Es bedurfte keiner Worte, was wir in diesem Moment empfanden.

Das Huhn flatterte aufgeregt, hackte nach mir und versuchte sich dazwischen zu drängen. Paul wies die Diva in die Schranken. Mit einem kehligen »Dok, dok, doook!« warf sie den Kopf in den Nacken und stakste beleidigt zur Seite. Fehlte nur noch, dass sie mir vor die Füße kackte.

Ich bedachte sie mit einem überlegenen Blick. Um aus ihr ein saures Hühnchen zu machen, musste Paul sie nicht killen und mit Suppengrün, Thymian, Zitrone und ordentlich Knoblauch in einem Topf ansetzen. Das hatte er auch so geschafft. Mein Paul!

»Wie bist du hergekommen? Ich hätte dich abgeholt.«

»Alexander Huck hat mich gefahren.«

»Das war das Mindeste, was er tun konnte. Hat er sich bei dir entschuldigt?«

»Du erwartest zu viel.«

»Und Kühl?«

»Keine Angst, den knöpfe ich mir gleich vor.« Paul drehte das Wasser ab, das längst über den Rand des Troges gelaufen war und sich zu einer große Pfütze gesammelt hatte, auf der Strohreste schwammen.

Er holte die Leiter, lehnte sie an den Balken über dem Verschlag des Ziegenbocks, der seine Angriffshaltung einnahm. Ich guckte den Bock scharf an, rief ihn mit einem Büschel Gras zu mir. Er gehorchte, fraß mir sogar aus der Hand und rieb dann noch seine Flanke unter meinen Händen hin und her, damit ich ihn besser kraulen konnte.

Paul staunte.

Ich zuckte mit den Schultern. »Du hast mir empfohlen, dass ich mit Dudek rede. Mehr habe ich nicht getan.«

Paul grinste: »Wurde auch Zeit, dass das Tier endlich einen Namen bekommt. Kommissar Dudek, es freut mich, Ihre Bekanntschaft zu machen.« Lächelnd verbeugte er sich vor unserem Ziegenbock. Ich kicherte.

Dann stieg mein Gatte auf den Sprossen nach oben zu seinem Versteck, nahm den Deckel ab und holte ein Handy sowie eine SIM-Karte heraus. Zum Schluss verschloss er den hohlen Balken wieder. Sein Gesichtsausdruck wurde ernst. »Du hast es gefunden und gesehen, was ich in den letzten Tagen besorgt habe. Nun weißt du, wo ich hingefahren bin. Die Waffen sind illegal. Kannst du zur Not damit umgehen?«

»Mit dem Revolver vielleicht.« Natürlich musste er mir nicht sagen, dass ich Stillschweigen darüber bewahren sollte. Er wusste, dass ich meine Klappe hielt.

»Hoffentlich müssen wir sie nie benutzen.«

»Du rechnest also damit, dass Perez uns findet?«, stammelte ich.

»Ich rechne damit, dass er dich bzw. uns sucht. In einem hatte Kühl recht, die Bosse der Unterwelt wissen leider genau, wie wir unsere Kronzeugen schützend aus der Schusslinie bringen. Er wird nicht aufgeben, bis er dich getötet hat. Deshalb müssen wir gewappnet und schneller sein. Nachdem, was Kühl mit uns abgezogen hat, traue ich ihm nicht mehr.«

Ich guckte Paul ängstlich an.

»Auch er wird es weiter vorantreiben, sein Ziel zu erreichen. Ich weiß nicht, was er nun vorhat, aber eins steht fest: Er weiß, dass er an dich nur über meine Leiche herankommt.«

Bei den Worten erstarrte ich. Paul lachte bitter auf. »Das macht unsere Situation nicht einfacher. Deshalb noch einmal: Nimm meine Warnung mit der Veröffentlichung deines Krimis ernst! Schreib meinetwegen weiter. In ein zwei, drei Jahren sieht die Welt vielleicht anders aus ...«

Ich fügte mich. Die Manuskripte verdarben ja nicht wie die Kirschernte aus unserem Garten. Und wer weiß, vielleicht waren wir ja wirklich irgendwann mal in Sicherheit?

Hoch und heilig versprach ich ihm, dass ich mein Projekt erst einmal auf Eis legen und mich stattdessen in das Theaterspektakel hineinknien würde. »Nicht nur weil dessen Erfolg für das Dorf wichtig ist, sondern auch weil ich Anette etwas schuldig bin.«

Paul lächelte und nahm mich in den Arm. »Du willst endlich mit Anette Frieden schließen? Oh Mann, Klara, bei dir weiß man echt nicht, was du als Nächstes tust. Und das meine ich jetzt im guten Sinne.« Er schmunzelte.

»Ja, so bin ich eben«, erwiderte ich. »Deshalb wird es bei uns auch niemals langweilig werden, keine Sorge.«

Epilog

Am Premierenabend stand das halbe Dorf hibbelig in mittelalterlichen Kostümen in den Startlöchern. Gleich würde es losgehen.

Ich sah von meiner Position aus, wie die anderen von einem auf den anderen Fuß trippelnd ihre Sätze vor sich hin murmelten. Selbst Paul, Sophie, Benjamin, Nils, Frau Schneider, Mutter Birke samt ihrem Hannes, Nachbar Hinrichsen mit Dackel Putin und Pfarrer Bart hatten eine Rolle im Sommerspektakel *Ritter Runiberts Abenteuer* angenommen. Wiebke Möllenhoff steckte unter der roten Perücke der Bernsteinhexe. Meine Bühnentochter. Zu Recht! Ihr schauspielerisches Talent bedurfte unbedingt der Förderung.

Nachdem ich mit Anette die Tragödie zu Ende geschrieben und – na ja, sagen wir mal so, sanft aber bestimmt in Dramaturgie und Regie des Theaterstücks eingegriffen hatte –, war es nun eine Komödie. Und gleich war mir die Idee für einen Slogan gekommen, der uns mit einem Alleinstellungsmerkmal zum Erfolg bei der Kulturtour verhelfen sollte: »Ein Dorf spielt Theater!«

Und das bezog sich nicht nur auf die Menschen. Nein, ich wollte das gesamte Dorf zur Bühne machen, bei dem die Häuser – auch Cynthias halb abgebrannte Hütte –, die Kirche, Plätze und Straßen, die Ruine auf dem Berg, die Badebucht mit den Booten, der See selbst und sogar der angrenzende Wald die Kulisse für einzelne Szenen bildeten.

375

Die Zuschauer sollten nicht zwei Stunden bewegungslos auf ihrem Platz sitzen und der Handlung folgen, sondern mit ihren Klappstühlen, die sie am Dorfeingang ausleihen konnten, der Handlung tatsächlich folgen. Das ganze hieß schließlich Kulturtour.

Ja, jetzt wollte ich es wissen, und den Wettbewerb um das beste Kulturangebot der Region gewinnen. Wenn ich mich einmal ins Zeug legte, dann eben nicht so halb, sondern richtig. Anette und die Mädels waren begeistert von meiner Idee. Wir hatten zusammen gebrainstormt, das Konzept erarbeitet und es in wochenlanger Arbeit in die Tat umgesetzt. Viele fleißige Helfer hatten das Dorf auf Mittelalter getrimmt. Selbst die kulinarischen Genüsse zur Stärkung der Gäste. Es gab Rahmfladen, überbackene Eier, Huhn mit Backpflaumen, Brotknödel, Hypokras und Pfefferkirschen in Karamellsoße.

Und das Konzept ging auf! Die Zuschauer strömten ins Dorf. Sie folgten uns Darstellern mit ihren Stühlen, überschütteten uns mit Lachsalven und tobendem Applaus. Hinterher waren wir erschöpft, aber glücklich. Das Projekt hatte uns zusammengeschweißt.

Die Touristen wollten gar nicht mehr gehen und gesellten sich wie selbstverständlich zu unserer Feier nach der letzten Vorstellung am Lagerfeuer, wo Benjamin noch einmal in seiner Rolle als gelangweilter Satan eine Partnerin suchte, die sein Feuer beim Teufelstango neu entfachte und ihn davon abhielt, die Hölle für immer und ewig zu verlassen.

Erst tanzte er mit Moni, dann mit mir. Er schnappte sich Sophie und ich spürte, wie die Luft nicht nur vom Lagerfeuer brannte. Wäre Nils nicht in seiner Rolle als Runibert aufgesprungen und hätte den Totengräber symbolisch erwürgt – alle lachten –, wären beide auf einem weißen Schimmel in die Unendlichkeit davongeritten.

Pauls und mein Blick trafen sich. Wir rückten näher zusammen. Das Lagerfeuer knisterte und sprühte Funken.

Plötzlich erstarrte ich. Was passierte gerade mit mir? Ich suchte nach dem inneren Unmut. Weg! Konnte es sein, dass ich mich wohlfühlte?

Ein älterer Journalist der regionalen Tageszeitung unterbrach meine Gedanken, weil er mich um ein Interview bat.

Ich schob Anette vor. Doch sie und die Mädels rückten mich plötzlich in den Mittelpunkt als Initiatorin und Regisseurin des Spektakels.

Am nächsten Nachmittag räumten wir alle die Überreste der Party rund um den Lagerfeuerplatz auf. Wir sahen alle ziemlich übernächtigt aus und bewegten uns steifbeinig. Karen kam angerannt und wedelte mit dem *Mecklenburger Boten*. Schon von Weitem rief sie. »Wahnsinn! Wir stehen in allen Zeitungen!« Prustend hielt sie mir den Artikel über uns hin.

»Ohne Brille kann ich den nicht lesen«, wandte ich ein.

Unsere Postbotin Anke riss ihr das Blatt aus der Hand: »Zeig!« Sie las, dann grinste sie mich frech an, während sich Anette und die anderen Mädels von unserem Landfrauenverein um uns scharten.

Anke zitierte: »Die meisten Lacher erntete Klara Himmel, die ihre Rolle als Doris Schwindler, die Mutter der Bernsteinhexe, mit einer Art von Slapstick ausfüllte, die mich an die Fernsehkommissarin Emma Schröter erinnerte, deren Fan ich einmal war. Leider wurde die Serie damals nach fünf Folgen abgesetzt, weil eine Ermittlerin mit Humor und übersinnlichen Fähigkeiten – sie träumte Verbrechen im Voraus – im deutschen Fernsehen zu ungewöhnlich war. Klara Himmel machte der verstorbenen Darstellerin Franziska Bach alle Ehre!«

»Und du hast gesagt, du hast keine Ahnung vom Schauspielen. Sie vergleichen dich sogar mit einer Fernsehschauspielerin. Du bist ein Naturtalent!« Alle gackerten ausgelassen, nur Anette und mir blieb das Lachen im Halse stecken. Skeptisch musterte sie mich.

Ich lächelte breit, wehrte die Beifallsbekundungen der anderen ab, hob die Hände und rief: »So ein Blödsinn, unsere wahre Heldin ist Anette.«

– ENDE –

Danksagung

Dieses Manuskript war das reinste »Himmelfahrtskommando«. Am Ende hatte ich das Gefühl, der Fluch der Bernsteinhexe lastet auf mir. Ein Schicksalsschlag nach dem anderen wollte mich daran hindern, es zu Ende zu schreiben.

Aber nun ist es geschafft und der zweite Mordfall in Mordsacker gelöst. Im Dorf und bei mir kehrt erst einmal wieder Ruhe ein.

Bloß gut, dass man bei so einem Buchprojekt immer wieder Unterstützer hat, die einen motivieren und auf neue Gedanken bringen, wenn man feststeckt.

Danke, liebe Familie, auch für manch harte Kritik!

Danke an Sophie, meine liebste Agentin, die mir immer wieder Mut gemacht hat.

Danke an meine allerliebste Lektorin, Maya, die der Geschichte wie immer den letzten Schliff verpasst hat. Dein Humor ist einfach unschlagbar! Außerdem kann Pai no joo froh sein, dass es dich gibt, sonst hätte Klaras Hühnerjagd um den Küchentisch eindeutig brutaler ausgesehen.

Und natürlich danke ich auch dem weltbesten Team von HarperCollins Germany/Mira Taschenbuch, allen voran Claudia Wuttke, die diesen tollen Romantitel kreiert hat. Diese Doppeldeutigkeit ist einfach genial. Ich liebe ihn! Genau wie das Cover.

Danke auch an alle Buchhändler, die meine Geschichte in

ihre Regale stellen und somit dafür sorgen, dass Leser sie überhaupt finden.

Last, but not least. Danke liebe LeserInnen und BloggerInnen für Euer Feedback, Eure Rezensionen, egal ob Lob oder Kritik! Mit Euren Nachrichten und E-mails verschafft Ihr mir die emotionalsten Momente in meinem Autorenleben und motiviert mich zum Weiterschreiben. Also schickt mir Eure Meinung über das Kontaktformular auf meiner Homepage: www.cathrinmoeller.de. Ich freue mich.

Vielleicht sehen wir uns ja mal in Mordsacker?
Habt eine schöne Zeit!

Cathrin Moeller, im April 2018

Informationen zu unserem Verlagsprogramm, Anmeldung zum Newsletter und vieles mehr finden Sie unter:

www.harpercollins.de

Karin Spieker
Schlagerfeen lügen nicht

Tinka Kuhn hat ein Geheimnis: Als Schlagerfee bringt sie regelmäßig die Säle in Seniorenheimen zum Beben. Doch das dürfen die Mitglieder ihrer Band niemals erfahren, denn die halten gar nichts von der seichten Schunkelmucke. Tinkas Leben wird noch verwirrender, als sie sich bei der Datingbörse »Together Forever« anmeldet und plötzlich gleich mehrere Traumprinzen zur Auswahl hat. Gut, dass Oma Edith ihr mit Rat und Tat zur Seite steht. Eine pfiffige Großmutter als Amor und Karrieremaskottchen hat schließlich noch niemandem geschadet ... oder etwa doch?

ISBN: 978-3-95649-796-4
9,99 € (D)

Tanja Janz
Strandrosensommer

Pfahlbauten, kilometerweiter weißer Sandstrand, blühende Strandrosen und das Rauschen vom Meer - nach über zehn Jahren hat Inga fast vergessen, wie schön es in St. Peter-Ording ist. Nachdem ihr Freund sich zur Selbstfindung nach Indien aus dem Staub gemacht hat, ist Inga ebenfalls reif für eine Auszeit. Sie besucht Tante Ditte, die auf einem wunderschönen alten Pferdehof an der nordfriesischen Küste lebt. Doch aus der geplanten Erholung wird nichts, denn der Hof steht kurz vor der Pleite. Der einzige Ausweg scheint eine zündende Geschäftsidee oder ein mittelgroßes finanzielles Wunder zu sein. Inga krempelt die Ärmel hoch - und das Glück ist mit den Fleißigen ...

ISBN: 978-3-95649-830-5
9,99 € (D)

Petra Schier
Vier Pfoten am Strand

Ein Sommer Auszeit um an seinen Skulpturen zu arbeiten, mehr sucht Ben eigentlich nicht in dem kleinen Ort am Meer! Aber dann stolpert ihm der junge Rüde Boss über den Weg und Ben beschließt, ihn bei sich aufzunehmen. Der Hund stellt Bens Leben auf den Kopf und seine Geduld auf eine harte Probe. Niemals wird er es alleine schaffen, ihn zu bändigen. Zum Glück ist da noch Christina. Sie leitet die Hundeschule und scheint genau die Richtige für Boss zu sein.
Und vielleicht auch für sein neues Herrchen ...

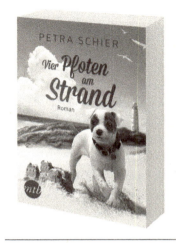

ISBN: 978-3-95649-793-3
9,99 € (D)

Anne Barns
Drei Schwestern am Meer

Deutsche Erstveröffentlichung

Eine Insel, drei Frauen, ein altes Familiengeheimnis

Das Weiß der Kreidefelsen und das Grün der Bäume spiegeln sich türkis im Meer – Rügen! Viel zu selten fährt Rina ihre Oma auf der Insel besuchen. Jetzt endlich liegen wieder einmal zwei ruhige Wochen voller Sonne, Strand und Karamellbonbons vor ihr. Doch dann bricht Oma bewusstlos zusammen und Rina muss sie ins Krankenhaus begleiten. Plötzlich scheint nichts mehr, wie es war, und Rinas ganzes Leben steht auf dem Kopf.

ISBN: 978-3-95649-792-6
9,99 € (D)